HEYNE
BÜCHER

Von Paul-Loup Sulitzer sind
als Heyne-Taschenbücher erschienen:

Money · Band 01/6936
Cash · Band 01/6937

PAUL-LOUP SULITZER

PROFIT

Roman

Deutsche Erstausgabe

WILHELM HEYNE VERLAG
MÜNCHEN

HEYNE ALLGEMEINE REIHE
Nr. 01/6938

Titel der französischen Originalausgabe
FORTUNE
Deutsche Übersetzung von Rudolf Kimmig

Printed in Germany 1987
Umschlaggestaltung: Atelier Ingrid Schütz, München
Satz: IBV Satz- und Datentechnik GmbH, Berlin
Druck und Bindung: Presse-Druck, Augsburg

ISBN 3-453-00372-1

Meinem Vater, meiner Mutter und
meiner Tochter Olivia.

Meinen Freunden Claude, J.-R. Hirsch,
Albert und Catherine Blanchard,
Marc Sulitzer, J.-P. Rein,
Pierre Douglas, J.-F. Prévost...
Und für Lyne Chardonnet und Anouchka Auspitz

Inhaltsverzeichnis

Die starken Währungsschwankungen können bei den Umrechnungen der Dollar-Angaben in Deutsche Mark in diesem Buch nicht berücksichtigt werden. Allen Umrechnungen liegt ein Kurs von eins zu zwei zugrunde; ein Dollar entspricht folglich zwei Mark.

PROLOG

Am 18. September 1976 waren es etwas mehr als drei Monate her, daß ich mit dem Kauf und dem Bau eines riesigen Hotel-Kasinos auf amerikanischem Boden begonnen hatte. Ein echtes Kasino: einmal fertiggestellt, würde es zwischen fünfundzwanzigtausend und dreißigtausend Spieler aufnehmen können. Eine ganz hübsche Zahl; eine echte Konkurrenz zum *Caesars* oder zum *Sands* in Las Vegas. Zumindest die Dimensionen der Hotel-, besser der Kasinopaläste waren nahezu identisch.

Die Investitionssummen? Zwei Zahlen sollen hier genügen: Die (geschätzten) Gesamtinvestitionen beliefen sich auf fünfhundert Millionen Dollar, die im Prinzip innerhalb von dreieinhalb Jahren wieder eingebracht werden sollten; den dazu notwendigen Jahresgewinn kann sich jeder selbst ausrechnen.

An diesem 18. September 1976 setzte mich ein Taxi vor dem Eingang eines Gebäudes in der fünfundsechzigsten Straße in Manhattan, New York, ab. Es war ziemlich genau acht Uhr abends.

»Ich heiße Franz Cimballi. Mister Olliphan erwartet mich.«

Der bewaffnete Portier schaute auf eine Liste, die auf dem Schreibtisch vor ihm lag, warf mir dann einen kurzen, prüfenden Blick zu und nickte mit dem Kopf. Ich ging zu den Aufzügen. Der Portier rief mich zurück:

»Zu Mister Olliphans Wohnung kommen Sie nur mit einem privaten Aufzug«, informierte er mich.

Er verließ seine Loge und ging vor mir her zu einer auf Hochglanz polierten Eichentür, die merkwürdigerweise weder einen Griff noch ein Schloß noch sonst ein System hatte, mit dessen Hilfe man sie hätte öffnen können.

»Bitte schauen Sie in die Kamera.«

Ich mußte den Kopf heben; das Auge der Kamera erfaßte mich. Ich lächelte so charmant, wie es in meiner Macht stand, und normalerweise wird behauptet, daß dieses charmante

Lächeln eine meiner Geheimwaffen sei. Zehn Sekunden verstrichen, dann glitt die türgrifflose Eichentür beiseite, und ich entdeckte den Aufzug, eine Art mit Rohseide ausgeschlagenes Boudoir, in dem zwei hohe Lehnstühle eine Kommode im Stil Ludwig XVI. einrahmten. Ich trat in den Aufzug; lautlos glitt hinter mir die Eichentür wieder zu. Ich spürte nicht, wie die Kabine sich in Bewegung setzte, und auch der leichte Ruck beim Anhalten entging mir. Vierundsechzig Stockwerke weiter oben glitt die Eichentür wieder beiseite. Ein portorikanischer Haushofmeister begrüßte mich und half mir aus meinem Regenmantel.

»Bitte hier entlang, Mister Cimballi.«

Die Wohnung erstreckte sich über zwei Stockwerke, wie ich aufgrund der extrem schmalen Ebenholztreppe feststellte, auf der ich in das oberste Stockwerk des Gebäudes ging. Der Luxus war selbst für ein Apartment-Haus dieser Klasse ungewöhnlich.

Der Mann, der mich zum Abendessen eingeladen hatte, erwartete mich am äußersten Ende einer völlig mit Holz getäfelten Galerie in einer ebenfalls mit Holz getäfelten Bibliothek. Als ich eintrat, räumte er gerade eine Violine beiseite, die, da wäre ich jede Wette darauf eingegangen, allein schon mehr wert war als die Wohnung samt der Innenausstattung. Der Mann war ungefähr fünfzig Jahre alt, groß, schlank, sehr schön, beeindruckend distinguiert mit silbernen Schläfen und leicht gebräuntem Teint und grünen, lebhaften, intelligenten Augen. James Montague Olliphan lächelte mich an. Er hatte mir, wenn auch nur als Vertreter der eigentlichen Besitzer, den *Weißen Elefanten* verkauft.

»Möchten Sie etwas trinken, Mister Cimballi?«

»Nein, danke.«

Aufmerksam musterte er mich.

»Ich kannte Scarlett«, sagte er mit seiner weichen Stimme.

John Carradine, genannt Scarlett. Wirtschaftsanwalt, inzwischen verstorben (er hatte, da er an einer entsetzlichen Krankheit litt, Selbstmord begangen; es hatte für ihn keinen anderen Ausweg gegeben). Doch kurz vor seinem Tod hatte er mir bei meinem Rachefeldzug gegen den Schweizer Bankier Yahl geholfen und indirekt auch beim Aufbau meines

Vermögens. Ich schaute kurz zu Olliphan und wurde mißtrauisch.

»Sie scheinen viel über mich zu wissen.«

»Sie heißen Franz Cimballi. Wenn man Sie so anschaut, hält man Sie für zwanzig, höchstens zweiundzwanzig Jahre. In Wirklichkeit sind Sie etwas älter, allerdings nicht viel. Trotzdem sind Ihnen auf dem Gebiet der internationalen Hochfinanz bereits einige sehr schöne Schachzüge gelungen. Und Ihr persönliches Vermögen... Möchten Sie, daß wir zum Essen gehen? Haben Sie Hunger?«

»Immer. Vor allem zwischen den Mahlzeiten.«

Schon beim Betreten des Raumes hatte ich den Eindruck gehabt, hier stimme etwas nicht. Ich war mir inzwischen beinahe sicher, einen außerordentlich nervösen, vielleicht sogar verzweifelten Mann vor mir zu haben, der sich großartig beherrschte. Er schloß seinen Satz ab:

»Und Ihr persönliches Vermögen dürfte höchstwahrscheinlich mehr als achtzig Millionen Dollar betragen.«

Er war, während er sprach, zum Eßzimmer gegangen; ich folgte ihm. Der Anblick, dem ich hier ausgesetzt wurde, überfiel mich mit einer Wucht, die mich nahezu lähmte und für eine kurze Zeit zu einer Salzsäule erstarren ließ. Eine Frau, zumindest war dieses Wesen, dieses Monstrum, diese ungeheure Masse aus Fett, vor einigen Jahren noch eine Frau gewesen, saß an der Stirnseite eines langen Tisches, das heißt, sie lag eher als daß sie saß. Ihre schwarzen, eiskalten Augen verfolgten mich, seitdem ich das Eßzimmer betreten hatte, und ließen mich keine Sekunde los.

»Liebling«, sagte Mister Olliphan überraschend sanft, »darf ich dir meinen Freund Franz Cimballi vorstellen? Mister Cimballi, meine Frau. Meine Frau Angelina.«

Ich streckte ihr meine Hand entgegen, doch das Monstrum machte keine Anstalten, sie zu ergreifen. Es aß bereits, das heißt, es schlang alles in sich hinein, was in den Schüsseln um sie herum angerichtet war, und bediente sich dabei ihrer Hände. Zum Kotzen. Das Schlimmste aber war Olliphans Haltung, der die Frau, seine Frau, behandelte, als sei sie die schönste auf der Welt. Während des ganzen Essens richtete er ununterbrochen das Wort an sie, rief sie als Zeugin an für das, was er soeben gesagt hatte, forderte sie auf, mit ihm gemeinsam meine Stellungnahmen zu bewundern oder zu kommentieren und behandelte sie mit einer exquisiten Höflichkeit. Er schien überhaupt nicht zu bemerken, daß er es mit einem Riesenkraken zu tun hatte, der mit seinen Fangarmen alles Eßbare wahllos in seinen kleinen Mund stopfte, gebackene Tintenfische, Spaghetti, von denen die Tomatensauce tropfte, Kalbshirn... Die Zärtlichkeit in Olliphans Stimme übertraf noch seine Höflichkeit, wenn er die ihm Angetraute anredete.

»Einen Kaffee, Mister Cimballi?«

Endlich war das Essen vorüber. Nein, danke, keinen Kaffee. Und auch keinen Cognac. Ich hatte nur einen Wunsch: so schnell wie möglich dieses Zimmer und, wenn möglich, diese Wohnung zu verlassen.

»Ich möchte Ihnen gerne etwas zeigen«, machte Mister Olliphan meine Hoffnung zunichte.

Er stieg die schmale Treppe in das über dem Eßzimmer liegende Stockwerk hoch – war die Treppe so schmal, damit das Monstrum sie nicht benutzen konnte? Hatte Mister Olliphan sich ein Refugium geschaffen, wo er sich von der anstrengenden Präsenz seiner Frau erholen konnte? Meine Fragen blieben unbeantwortet.

Wir gingen einen langen Flur entlang; Mister Olliphan nahm das Gespräch wieder auf:

»Habe ich mich vor dem Essen eigentlich getäuscht, als ich ihr Vermögen einschätzte?«

Nein. Er hatte nur vergessen, die fünfundzwanzig Millionen Dollar abzuziehen, die ich für den Ankauf des *Weißen Elefanten* ausgegeben hatte. Olliphan stieß eine Tür auf. Abrupt stieg die Temperatur um mehrere Grade. Wir waren in einem Gewächshaus angekommen; die Luft war schwülfeucht und voller schwerer exotischer Parfüms. In der Mitte des Gewächshauses befand sich ein acht bis zehn Meter langes und keineswegs schmales Becken, das man durchaus schon als Schwimmbad bezeichnen konnte.

»Gefällt es Ihnen, Mister Cimballi?«

»Ja, nicht übel.«

Ich schaute nach oben; durch das Glasdach konnte man

den halb mit Wolken verhängten, halb mit Sternen übersäten Himmel über Manhatten sehen. Ich fragte Olliphan:

»Kennen Sie Martin Yahl?«

»Ich bin ihm niemals begegnet.«

Meine so unvorbereitet gestellte Frage schien ihn nicht zu überraschen; man konnte fast den Eindruck gewinnen, als habe er mit ihr gerechnet. Er lachte leise. Seine Pupillen schienen in dem Halbdunkel heller zu sein als vorher im Eßzimmer. Wir gingen durch den langen Gang, der diesen exotischen Garten, fünfundsechzig Stockwerke über dem Central Park, teilte.

»Martin Yahl ist ein Schweizer Bankier, soviel ich weiß«, sagte er. »Er haßt Sie, und Sie hassen ihn ebenfalls. Ich weiß auch, daß sie sich bereits heftige Kämpfe geliefert haben und daß Sie zweimal als Sieger aus diesen Finanzschlachten hervorgegangen sind. Bitte, folgen Sie mir, ich möchte Ihnen gerne noch etwas anderes zeigen...«

Eine Glastür glitt beiseite. Wir betraten eine Terrasse, die das ganze Dach des Gebäudes umfaßte, von dem Teil natürlich abgesehen, der von dem Gewächshaus eingenommen wurde. Es war frisch, mindestens zwanzig Grad kälter als in dem exotischen Paradies. Olliphan ging, ohne zu zögern, geradeaus ins Dunkel. Er befand sich drei, vier Meter vor mir, und ich konnte ihn kaum noch erkennen, als er sich kurz umdrehte und zu mir sagte:

»Sie sind keineswegs verpflichtet, mir zu folgen.«

Natürlich folgte ich ihm in das Halbdunkel, das gar nicht so dunkel war, nachdem sich meine Augen erst einmal an die anderen Lichtverhältnisse gewöhnt hatten. Der Boden war schwarz, wie matter Teer. Ich bückte mich und strich mit den Fingern kurz über die Oberfläche: Asphalt. Olliphan war inzwischen weitergegangen. Ich sah immer besser und konnte zu meiner Linken Kamine erkennen, die sich gegen die Lichter des Empire State Buildings abzeichneten.

»Olliphan, arbeiten Sie für Yahl?«

»Nein.«

»Haben Sie bereits einmal für ihn oder mit ihm gearbeitet?«

Kurzes Lachen in der Nacht:

»Nein.«

»Gibt es eine Beziehung, auch wenn sie entfernt sein sollte, zwischen dem *Weißen Elefanten* und Martin Yahl?«

»Soviel ich weiß nicht.«

Er lachte wieder. Ich machte schnell ein paar Schritte, um auf seine Höhe zu gelangen, und bemerkte zu meiner größten Verblüffung, daß der Boden, der bisher horizontal verlaufen war, plötzlich wider Erwarten abschüssig wurde. Sofort blieb ich stehen und bekam Angst, richtige Angst. Auf was für ein Spiel hatte ich mich da eingelassen? Ich versuchte, den Boden vor mir zu erkennen, und sah nichts.

NICHTS.

Einige Sekunden lang glaubte ich an eine Halluzination, doch als ich mich noch einmal umschaute, stellte ich fest, daß das Geländer, das die Terrasse umgab, auf einer Länge von mindestens zehn Meter unterbrochen war. Mein Puls beschleunigte sich abrupt.

»Schauen Sie vor sich auf den Boden«, forderte Olliphan mich auf.

Ich erfüllte seine Bitte und erkannte die Zahl fünf in weißer Schablonenschrift auf dem schwarzen Asphalt. Olliphan sprach weiter, etwas amüsiert und, vielleicht täuschte ich mich da auch nur, irgendwie nicht ganz bei der Sache:

»Ich zögerte, als ich den Auftrag erteilte. Sollte ich die Gradeinteilung in Yards oder in Metern vornehmen? Letztlich habe ich mich dann für das metrische System entschlossen, das sicher eines Tages weltweit verbreitet sein wird. Meine Skala reicht von eins bis zwanzig. Bis fünf ist von der Neigung kaum etwas spürbar. Doch dann wird sie laufend steiler: fünf Prozent, zehn Prozent, fünfzehn, zwanzig ... Sobald die zwanzig Prozent erreicht sind, befindet man sich der Leere gegenüber, fünfundsechzig Stockwerke Leere ... amüsant, nicht?«

Ich schluckte nur noch mühsam:

»Zum Brüllen! Stammt die Idee von Ihnen?«

Inzwischen hatten meine Augen sich soweit an die Dunkelheit gewöhnt, daß ich erkennen konnte, wie er lächelnd nickte. Seine irischen Augen wurden heller und heller.

»Ich selbst bin schon bis zur Siebzehn vorgestoßen.«

»Ein Weltrekord, nehme ich an?«

»Ja. Man muß auf den Wind achten. Und auf die Nässe, wenn es regnet. Doch Rekorde sind dazu da, gebrochen zu werden.«

Ich lachte gezwungen. Der Kerl war verrückt.

»Monsieur Cimballi, wagen Sie sich doch wenigstens bis zur Zehn vor. Das Risiko, das Sie dabei auf sich nehmen, ist unbedeutend, fast unbedeutend.«

Dieses ›fast‹ beunruhigte mich. Trotzdem machte ich zwei, drei Schritte ins Dunkel, blieb dann stehen, schluckte und mußte erst einmal tief Luft holen, bevor ich mich aufraffte und noch ein paar Schritte machte. Ich erkannte die NEUN. Und dachte mir:

›Cimballi, du bist noch verrückter als dein Gastgeber. Was hast du hier eigentlich zu suchen, du ausgemachter Trottel?‹

Vorsichtig tastete ich mich immer zuerst mit dem rechten Fuß voran und zog dann schnell den linken nach, um einen möglichst festen Stand zu bewahren. Ich sah die ZEHN, die mit einem weißen Kreis umgeben war. Mir war sofort klar, daß die Neigung sich jenseits der ZEHN verstärkte. Olliphan war bereits bei der VIERZEHN angelangt; gelassen hatte er seine Hände in die Taschen seines Jackets gesteckt, während der Wind mit seinen Haaren spielte:

»Wollen Sie wirklich nicht bis zu mir vorstoßen?«

»Nicht ohne Fallschirm.«

»Dabei hatte ich eigentlich angenommen, daß Sie Spezialist für risikoreiche Unternehmen sind...«

In meinem Kopf flackerte ein Warnsignal auf. Sehr bestimmt antwortete ich:

»Nicht für diese Art von Risiken...«

Ich konnte in ziemlicher Entfernung von mir die ZWANZIG erkennen, die in der Tat nur wenige Zentimeter vom Abgrund entfernt war. Olliphan drehte mir den Rücken zu, hielt seine Hände immer noch in den Taschen versteckt und ging einen Meter weiter:

»Ein Kasino zu kaufen stellt ein enormes Risiko dar, Mister Cimballi...«

Ich hatte lange warten müssen, bis er endlich auf das eigentliche Thema zu sprechen kam. Olliphan machte zwei

Schritte, ein weiterer Meter zum Abgrund hin war zurückgelegt.

»Und ich möchte sogar behaupten, daß dieses Risiko mit dem vergleichbar ist, bei einem Tag mit heftigem Wind bis zur ACHTZEHN vorzustoßen und nicht auf den strömenden Regen zu achten, der den Asphalt rutschig werden läßt...«

Schweigen. Ich blieb eisern bei der ZEHN stehen und fragte ihn nach einer langen Pause:

»Was soll das, Olliphan? Wollen Sie mich warnen?«

Er war ebenfalls stehengeblieben, doch anstatt mir zu antworten, ging er weiter, die Hände immer noch tief in seinen Taschen vergraben.

»Olliphan, ich habe Ihnen eine Frage gestellt.«

Er schüttelte unwillig den Kopf. Und ging weiter in Richtung Abgrund. Ich stellte mir bereits vor, wie ich der Polizei erklärte, daß mein Gastgeber am Ende eines idiotischen Spieles sich freiwillig zweihundert Meter in die Tiefe stürzte, bevor er hart auf dem Gehsteig aufschlug, und daß ich keinen Einfluß auf die Entscheidung meines Gastgebers gehabt hätte.

»Noch etwas, Olliphan?«

»Sie sind mir sehr sympathisch.«

Nun, ich fand, daß er dabei war, das Spiel zu weit zu treiben, drehte mich um und begann vorsichtig, die Neigung hochzuklettern, bis ich endlich wieder wunderbar ebenen Boden unter meinen Füßen verspürte. Ich drehte mich um: Olliphan hatte sich durch meinen Rückzug nicht stören lassen, sondern war weitergegangen und versuchte, auf seinen Absätzen balancierend, das Gleichgewicht zu halten.

»ACHTZEHNEINHALB, der Rekord ist gebrochen!«

»Glauben Sie, daß der Erwerb des Kasinos für mich zu einer Falle werden könnte?«

»Nicht, daß ich wüßte.«

Ich konnte zwar sein Gesicht nicht deutlich erkennen, spürte aber an seiner Stimme, daß er sich königlich amüsierte:

»Bei diesem Verkauf habe ich als Bindeglied zwischen meinen Auftraggebern und Ihnen gedient. Nehmen Sie wirklich an, daß ich Ihnen gegenüber jetzt einräume, daß das Geschäft auf schwankendem Boden steht?«

Ich hatte mich hingekniet, denn jetzt, auf der Ebene, hatte ich plötzlich mit heftigen Schwindelanfällen zu kämpfen gehabt. Mühsam richtete ich mich wieder auf.

»Olliphan, ich gehe. Vielen Dank für das Abendessen. Gute Nacht.«

»Gute Nacht.«

Olliphans Diener tauchte auf, sobald ich auf der schmalen Holztreppe das darunterliegende Stockwerk erreicht hatte. Er reichte mir meinen Regenmantel. Ich ging hinter ihm durch die Zimmerfluchten. Das Eßzimmer war inzwischen leer. Madame Olliphan saß in einem der vielen Salons in einem breiten Sessel. Wieviel mochte sie wohl wiegen? Einhundertdreißig Kilo? Mißtrauisch verfolgten mich ihre Augen, während sie Schokolade in sich hineinstopfte.

»Auf Wiedersehen.«

Keine Antwort.

Ich floh. Buchstäblich.

Langsam, Cimballi. Fang beim Anfang an! Bring nicht, wie üblich, alles durcheinander!

ERSTER TEIL

Heiliges Cassata

1

Ich hatte später lange überlegt: Sarah war an allem schuld gewesen (auch wenn sie es abstritt). Denn die Idee, ein Hotel zu kaufen oder gleich eine Hotelkette, stammte von ihr.

Im Frühjahr 1976 lagen die abenteuerlichen Ereignisse meiner Kaffee-Spekulationen gut sechs Monate hinter mir; ich hatte in der Zwischenzeit Ferien gemacht und mich in der Hauptsache ruhig verhalten. Natürlich spekulierte ich ab und zu, tauschte eine oder zwei kleine Dollar-Millionen in Gold, D-Mark, Schweizer Franken, japanische Yen oder auch brasilianische Cruzeiros, kaufte kanadische und australische Staatsobligationen, aber alles in allem handelte es sich nur darum, nicht aus der Übung zu kommen; im Grunde war ich brav wie ein Erstkommunikant.

Ich reiste viel und kehrte auch häufiger auf Maria Cay zurück, die menschenleere Insel am Ende der Bahamas, dort, wo sich kaum noch Touristen hinverirren; ich hatte sie gekauft, das heißt, Ausländer haben kein Recht, auf den Bahamas Grund zu erwerben, so daß ich mich mit dem Nutzungsrecht zufrieden geben mußte, das mir allerdings für neunundneunzig Jahre eingeräumt worden war. Zusammen mit Sarah Kyle und meinem Sohn spielte ich dort Herr, Frau und Junior Crusoe. Wir flogen von Tahiti nach Neuseeland und machten dabei einen Abstecher über Peru. Sarah zeigte mir ihre Heimat, die grüne Insel Irland, die ich bisher nur vom Überfliegen her kannte, und in Aspen im amerikanischen Bundesstaat Colorado fuhren wir Ski. Unser Skilehrer, mit dem wir uns angefreundet hatten, begleitete uns auch nach Kanada, wo wir mit dem Hubschrauber zu unberührten Hängen flogen und uns dort vergnügten. Die restliche Zeit machte ich Siesta, beobachtete meinen Sohn und Sarah, die ihre Hotels mit energischer, dabei verbindlicher Hand leitete (*ihre* ist nicht ganz richtig, denn die Hotels gehörten nicht Sarah; obwohl ich ihr mindestens zehnmal angeboten hatte, ihr die Hotels zu kaufen, hatte sie dies immer abgelehnt und sich mit der Rolle einer Generalmanagerin zufriedengegeben).

Während des Frühjahrs 76, also noch Monate, bevor ich zum erstenmal von Mister Olliphan und dem *Weißen Elefanten* gehört und auch die merkwürdigen, selbstmörderischen Vergnügungen dieses Millionärs über den Dächern von New York noch nicht gekannt hatte, sagte Sarah plötzlich unvermittelt zu mir:

»Franz, du trittst auf der Stelle.«

Ich schaute sie völlig verblüfft an. Während sie diesen für mich völlig unverständlichen Satz sagte, lag ich in einer Hängematte am Strand der Montego Bay auf Jamaika, und mein Sohn vergnügte sich damit, so nackt, wie er auf die Welt gekommen war, auf meinen Bauch zu springen.

»Wie bitte? Was tue ich?«

»Du trittst auf der Stelle!«

»Meinst du das wirklich?«

»Außerdem wirst du langsam dick.«

Sie war überzeugt, daß es für mich an der Zeit sei, meine Lethargie abzuschütteln. Sie sähe sehr wohl, sagte sie, daß ich langsam anfinge, mich zu langweilen, und verstünde dies; ich wäre schließlich erst sechsundzwanzig Jahre alt, und es läge in meiner Natur, durch die Welt zu rasen.

»Ich gehe dir auf die Nerven, meinst du das?«

Nein, das meinte sie nicht, sie meinte nur, ich solle endlich diese Hängematte verlassen und etwas unternehmen. Wobei dieses ›Etwas‹ in ihr schon eine ganz bestimmte Form angenommen hatte: eine Hotelkette.

»Die du leiten wirst.«

»Auf gar keinen Fall! Es gibt einen Mann auf dieser Welt, den ich nie als Chef akzeptieren werde, und das bist du, mein Lieber! Da geh ich lieber putzen!«

Ihre Unabhängigkeit ging ihr über alles. Nicht nur die finanzielle. Zweimal hatte ich sie bereits gebeten, meine Frau zu werden, und zweimal höchst energisch vorgebrachte NEINS zur Antwort bekommen.

»Warum willst du mich nicht heiraten?«

»Wir werden darüber sprechen, wenn du einmal erwachsen geworden bist!«

In solchen Augenblicken konnte sie mich bis zur Weißglut bringen. Sarah war, und das ist sicher, der einzige Mensch auf der Welt, der mich, Franz Cimballi, nicht ernst nahm. Ich nahm mich allerdings selbst nicht immer ernst.

Sarahs Vorschlag konnte mich nicht begeistern, aus einem einfachen Grund: Ich konnte mich für Hotels, ob ich sie nun kaufen oder bauen sollte, einfach nicht erwärmen. Übrigens: auch mit achtzig Millionen Dollar konnte man in diesem Wirtschaftszweig keinen großen Staat machen; einige Tausend Hotelzimmer, das war's dann auch schon. Ich sah mich bereits um die Welt fliegen, von einem Hotel zum anderen, und meine Geschäftsführer überprüfen, ob sie nicht gerade dabei waren, meine silbernen Löffel zu versilbern. Eine entsetzliche Vorstellung.

Um wenigstens so zu tun, als ob ich dem Gedanken nicht ganz abgeneigt wäre, und um meine schöne Irländerin für eine Weile zu besänftigen, bat ich Marc Lavater, eine Studie über das internationale Hotelwesen anzufertigen.

Einen Monat später erhielt ich Antwort in Form eines vier- bis fünfhundert Seiten dicken Wälzers; ich hatte nicht die geringste Lust, mich in diese Materie zu vertiefen und mich mit den Organisationsplänen und Bilanzen der großen internationalen Hotelketten wie Hilton, Sheraton, Holiday Inn, Hyatt und anderen zu beschäftigen. Eine Lektüre, die genauso abwechslungsreich war wie die des New Yorker Telefonbuches.

Einer von Marcs Mitarbeitern hatte es für richtig gehalten, in dem dicken Wälzer einen Satz rot zu unterstreichen, einen einzigen:

»*Sechzig Prozent der von der Hilton-Gruppe weltweit erzielten Umsätze stammen aus einem Hotel, dem Las Vegas International Hilton.*«

Und hatte freundlicherweise auf dem Rand dieses Phänomen gleich handschriftlich erklärt:

»Aufgrund des Kasinos, das im Hilton Las Vegas untergebracht ist.«

In diesem Augenblick funkte es in mir. Ich rüstete mich zu einer neuen Schlacht.

»Ein Kasino?«

Es war inzwischen Mitte Juni geworden. Genauer, der vierzehnte. In New York herrschte seit einigen Tagen herrliches Wetter. Philip Vandenbergh, der mir gegenübersaß, schaute mich an, als ob ich ihm vorgeschlagen hätte, aktiv in den Drogenhandel einzusteigen oder ein Mädchenpensionat geschlossen der Prostitution zuzuführen. Wir mochten uns nicht, das beruhte auf Gegenseitigkeit, und waren im Lauf der Zeit doch so etwas wie Komplizen geworden. Während der fünf Jahre, die wir nun zusammenarbeiten, hat er mir kein einziges Mal zugelächelt; wir haben nie zusammen gegessen, und er hat es, ganz unamerikanisch, immer abgelehnt, mich mit meinem Vornamen anzureden. Wenn wir uns notgedrungen zusammen in einem Raum aufhielten, versuchte er immer, möglichst viel Abstand zu mir zu gewinnen, und ich bin überzeugt, daß wir Lautsprecher gebraucht hätten, um uns zu verständigen, hätten wir uns einmal im Yankee-Stadion verabredet. Doch der gleiche Philip Vandenbergh hatte Gott und die Welt alarmiert, inklusive seiner eigenen Familie, um die etwas mehr als dreißig Millionen Dollar aufzutreiben, die ich vor nicht allzu langer Zeit dringend brauchte, um mit heiler Haut aus meiner Kaffee-Spekulation herauszukommen. Ich wiederum ließ keine Gelegenheit verstreichen, um ihm meine Antipathie zu manifestieren, auch wenn ich seit nunmehr fünf Jahren seinen Rat ununterbrochen einholte und teuer dafür bezahlte.

»Ein Kasino«, wiederholte ich, nachdem er sich von seinem ersten Schreck erholt hatte, »ich möchte ein Kasino kaufen oder bauen.«

Er lehnte sich in seinem Sessel zurück, schaute gottergeben zur Decke und legte die Fingerspitzen aneinander:

»Haben Sie überhaupt eine Vorstellung, wie hoch der Betrag sein wird, den Sie investieren müssen?«

»Ich möchte ein großes.«

»In diesem Fall müssen Sie mit mehreren Hundert Millionen Dollar rechnen.«

»Ich werde mein Sparschwein schlachten müssen.«

»Was wissen Sie über dieses Gewerbe?«

»Überhaupt nichts.«

Das war die Wahrheit, die reine Wahrheit und nichts als die Wahrheit. Wenn ich mit Sarah würfelte, verlor ich jedesmal haushoch, mein vierjähriger Sohn machte bereits Anstalten, mich bei allem, was man auch nur ungefähr als Glücksspiel bezeichnen konnte, zu schlagen, und bei meinem letzten Besuch in Las Vegas hatte ich zu allem Überfluß zwei Dollar und fünfzig Cent verloren.

»Haben Sie schon einmal von einer Organisation gehört, die allgemein als Mafia bezeichnet wird?«

»Ich habe den *Paten* zweimal gesehen.«

»Amüsant«, bemerkte Vandenbergh, *»sehr komisch.«*

Er lächelte, eiskalt. Anscheinend tat ich ihm leid. Ich oder mein Geisteszustand. Der es anscheinend nicht wahrhaben wollte, daß sich die Mafia bereits seit langem mit dem Glücksspiel beschäftigte, ob das nun in Las Vegas, Atlantic City, in San Juan auf Porto Rico, auf den Bahamas oder in verschiedenen lateinamerikanischen Ländern stattfand. Der es anscheinend nicht wahrhaben wollte, daß ich auf diesem Gebiet keinen Schritt unternehmen konnte, ohne mit irgendeiner ›Familie‹ Streit zu bekommen.

Nach einer kurzen Pause fügte Vandenbergh hinzu:

»In den 50er Jahren befand sich praktisch ganz Las Vegas in den Händen von Gangstern. Inzwischen hat sich das aufgrund verschiedener Affären etwas geändert, so aufgrund des *Silver Slipper*, des silbernen Pantoffels, einer enormen Geldwaschanlage, mit deren Hilfe Schwarzgelder aus dem Drogengeschäft reingewaschen wurden. In einem Ausmaß, das bis dahin unvorstellbar war. Der Staat Nevada hatte eingreifen müssen und über die Lizenzen, die von der staatlichen Spielaufsicht verteilt, verlängert oder auch entzogen werden, versucht, so etwas wie Ordnung zu schaffen. Die meisten Familien haben den neuen Investoren Platz machen müssen, die alle zu den Elefanten im internationalen Finanzwesen zählen: Erdölgesellschaften, Filmgesellschaften aus Hollywood, Hotelketten oder Milliardäre wie Howard Hughes, die immer auf der Suche nach neuen Anlagemöglichkeiten sind. Die Creme der Creme.«

Was nichts anderes heißen sollte als: wie willst du kümmerlicher Hund mit deinen lächerlichen achtzig Millionen

Dollar bei diesem Spiel mitpokern? Du wirst zwischen den Finanzhaien und den übriggebliebenen Familien in kürzester Frist aufgerieben sein.

»Und in anderen Städten? Ich meine, nicht in Las Vegas?«

Philip Vandenberghs Gesichtsausdruck wurde, wenn überhaupt möglich, noch mitleidsvoller.

»Diese Idee sollten Sie aufgeben. Natürlich stimmt es, daß in Atlantic City vor kurzem das Glücksspiel erlaubt wurde. Doch alles weist darauf hin, daß sich hier schon bald die Situation einstellen wird, die die 50er Jahre in Las Vegas kennzeichnete. Vielleicht wird es sogar noch schlimmer werden: Das New Yorker Milieu ist sehr straff durchorganisiert, viel straffer als damals das Milieu im Süden. Erschwerend kommt hinzu, daß New York von Atlantic City nur einen Katzensprung entfernt liegt. Geben Sie ihre Idee so schnell wie möglich auf, denn Sie werden bei diesem Abenteuer nicht mit dem Leben davonkommen. Ich meine das nicht bildlich, sondern wörtlich.«

In diesem Augenblick hatte ich meine Entscheidung gefällt. Vandenberghs letzter Satz war für mich eine Herausforderung, die ich unbedingt annehmen mußte, wollte ich vor mir selbst bestehen, vor allem, da ausgerechnet Vandenbergh ihn ausgesprochen hatte. Sarah hatte recht gehabt: in den letzten Monaten war ich schlaff geworden, beinahe verweichlicht. Ich spürte, wie sich in mir wieder etwas zu regen begann. Ich war schließlich erst sechsundzwanzig Jahre alt und keineswegs bereit, in Rente zu gehen.

Natürlich unterschätzte ich Vandenberghs Warnung nicht. Es hatte schon seinen Grund gehabt, daß ich zuerst mit ihm über meine Idee gesprochen hatte, noch vor Lupino und Rosen. Nicht einmal Lavater war bisher eingeweiht. Ich konnte Vandenbergh nicht ausstehen, hatte aber den Computer, der ihm als Gehirn diente, schätzen gelernt. Ich wußte, daß er recht hatte. Das heißt, beinahe recht hatte. Denn ich wußte auch, daß ich meine achtzig Millionen Dollar nur verdient hatte, weil ich meinem Instinkt mehr vertraute als allen Ratschlägen, die man mir in reichlichem Maße gab. Ich lächelte Vandenbergh gewinnend an:

»Nehmen wir einmal an, ich schlage Ihre Warnungen in den Wind.«

Er zuckte nur mit den Schultern:

»Wollen Sie sich hier in den Vereinigten Staaten ein Kasino zulegen?«

Eine blöde Frage! Meinte er etwa, ich würde versuchen, das Kasino von Enghien oder, noch besser, das von Monte-Carlo zu kaufen? Ein solcher Plan mußte einfach schon an der Größe des Objektes scheitern!

Nachdem nun ich ihm mitleidsvoll zugenickt hatte, schaltete Vandenbergh sein Computer-Gehirn ein:

»In diesem Fall müssen Sie im wesentlichen drei Bedingungen erfüllen.«

Er richtete seinen Daumen hoch:

»Erstens: Wie ich bereits gesagt habe, benötigen Sie, wenn Sie ein wirklich bedeutendes Kasino haben wollen, mehrere Hundert Millionen Dollar. Nehmen wir einmal, nur um eine Zahl zu nennen, an, Sie kommen mit fünfhundert davon. In diesem Fall würde man Sie um 20 Prozent Eigenkapital, also um hundert Millionen Dollar bitten. Die Sie nicht haben. Sie brauchen folglich Partner, die über alle Zweifel erhaben sind. Nicht leicht zu finden. Eine Erdölgesellschaft oder ein anderer Riese dieser Größenordnung wird sich auf keinen Fall mit Ihnen verbinden, aus einem einfachen Grund: Eine solche Gesellschaft braucht ihre Partnerschaft nicht. Und klassische Finanziers werden ihr Geld nie auf dem Glücksspielsektor anlegen. Es bleiben kaum Partner, die für Sie in Frage kommen.«

Der Zeigefinger fuhr in die Höhe:

»Zweitens: Die Lizenz. Sie selbst sind ja kein amerikanischer Staatsbürger; Lizenzen werden aber nur an Amerikaner vergeben, an natürliche Personen und nicht an Gesellschaften oder Firmen. Sie müssen sich also mit einem amerikanischen Staatsbürger zusammenschließen, der noch nie mit dem Gesetz in Konflikt gekommen ist, der sich in Glücksspielgeschäften auskennt, fähig ist, ein Kasino zu leiten, keinerlei verdächtige Kontakte unterhält und von Grund auf anständig ist, so daß Sie ihm völlig vertrauen können – wenn Sie überhaupt einem Menschen Ihr Vertrauen schenken wollen –, und der als letztes unabhängig und bereit ist, mit Ihnen zusammenzuarbeiten.«

Er war dabei, mir das Jesus-Kind zu beschreiben, und ging mir auf die Nerven. Ich sage nur:

»Ein Kinderspiel.«

Der Mittelfinger.

»Drittens: Das Grundstück. Bebaut oder unbebaut. Ich spreche natürlich von dem Grundstück, auf dem Ihr Kasino gebaut werden soll. Ein Kasino zu kaufen, das sich bereits in Betrieb befindet, wird außerordentlich teuer sein. Fünfhundert Millionen Dollar reichen in diesem Fall nicht aus. Sie müssen mit dem Doppelten rechnen. An Ihrer Stelle würde ich ein Kasino bauen oder ein Gebäude in ein Kasino umwandeln, wenn ich einmal davon absehe, daß ich nie so verrückt sein werde, mich mit einer solchen Idee auch nur zu beschäftigen. Es ist unabdingbar, daß sie entweder in Las Vegas oder in Atlantic City sich nach einem Grundstück umsehen. Wenn Sie sich für Las Vegas entscheiden, dann auf dem Strip* oder zumindest in unmittelbarer Nähe; in Atlantic City auf dem Boardwalk oder gleich daneben. In diesen Lagen gibt es nur noch wenige freie Grundstücke, um die sich die Immobilienmakler streiten. Die logische Folge: die Preise klettern täglich.«

Vandenberghs kaltes Lächeln wurde jetzt regelrecht sadistisch:

»Drei Bedingungen, Mister Cimballi. Glauben Sie, daß Sie diese Bedingungen erfüllen können?«

Natürlich kannte ich nur eine Antwort:

»Was wetten wir?«

Auch mit Rosen und Lupino sprach ich über mein neues Projekt. Ihre Reaktionen waren nahezu identisch mit der Vandenberghs; auch sie hielten mich für verrückt. Jimmy Rosen riß ein Blatt von dem auf seinem Schreibtisch liegenden Notizblock und warf schnell ein paar Zahlen darauf:

* Hauptverkehrsader von Las Vegas, an der die größten Vergnügungspaläste der Welt liegen.

»Franz, Sie müssen mit einer Investitionssumme zwischen vierhundert und sechshundert Millionen Dollar rechnen.«

»Ich kann auch mit weniger davonkommen.«

»Das würde mich sehr überraschen.«

Rosen ging beinahe automatisch in Verteidigungsposition, denn er haßte es, wenn man seine Zahlen bezweifelte.

»Aber ich kann es doch immerhin versuchen, nicht wahr, Jimmy?«

»Sie hatten schon immer extravagante Ideen, doch diese ist bei weitem die schlimmste.«

Aber da ich darauf bestand, versprach er mir, sich nach einem geeigneten Projekt umzuschauen.

Bei Lupino die gleiche Reaktion. Mit einem einzigen Unterschied: er krümmte sich vor Lachen.

»Es geht wieder los. Ich konnte kaum glauben, daß du monatelang in der Sonne gelegen bist und nichts unternommen hast. Wie groß soll dein Kasino sein und wo soll es stehen?«

Ich hatte noch keine genauen Vorstellungen. Acht, zehn Tage verstrichen; meine drei Anwälte suchten nach einem geeigneten Objekt, das die drei von Vandenbergh aufgestellten Bedingungen erfüllte, die mir unabdingbar, ausreichend und kaum erfüllbar erschienen. Ich erinnere mich noch genau an meinen seelischen Zustand im Juni 1976, während der Zeit, in der die Vereinigten Staaten ihren zweihundertsten Geburtstag feierten: auf der einen Seite war ich unsicher und hätte am liebsten alles gestoppt, auf der anderen Seite trieb mich aber ein unerklärlicher Tatendrang immer weiter voran.

Ich war so hin- und hergerissen, daß ich Marc Lavater, der mich gegen den 25. Juni anrief, meine neuen Pläne verschwieg. Er fragte mich, ob ich die Unterlagen über das internationale Hotelgewerbe, die er mir hatte zukommen lassen, hätte gebrauchen können. Ausweichend antwortete ich, ich hätte aus reiner Neugier um diese Unterlagen gebeten und noch keine Entscheidung getroffen. Zwei Tage später hatte sich meine Stimmung noch nicht gebessert. Lupino rief mich im *Pierre* an, als ich gerade von einem kurzen Ausflug nach Kanada zurückgekehrt war; ich hatte mir die riesige Baustelle in der James-Bay angeschaut, zu deren Finanzierung die Regierung in Quebec Staatsobligationen ausgegeben hatte, die mich als Anlage interessierten.

»Franz, ich glaube, ich habe etwas für dich gefunden.«

»In Las Vegas?«

»Nein, in Atlantic City.«

Irgendwie war ich enttäuscht. Ich kannte Atlantic City nicht und wußte nur, daß es sich um eine Art Geisterstadt, eine *ghost town*, handelte.

»Und wieviel kostet dein Objekt?«

»So um die dreißig Millionen Dollar, mein Freund. Ein Pappenstiel.«

Ich glaubte zuerst, er wolle sich auf meine Kosten einen Scherz erlauben. Im Gegensatz zu Vandenbergh und Rosen, die so komisch waren wie Beerdigungsunternehmer, riß Jo Lupino gerne Witze und war sehr humorvoll. Doch als er weitersprach, spürte ich, daß es ihm ernst war:

»Franz, ich bin mir sicher, daß sich das Objekt lohnt. Du solltest unbedingt hinfahren und es dir anschauen.«

»Morgen.«

Wir beschlossen, am nächsten Tag um ein Uhr mittags gemeinsam im Wagen nach Atlantic City zu fahren. Jo Lupino schilderte mir kurz diese ›günstige Gelegenheit‹:

»Ein Hotel mit ungefähr vierhundert Zimmern, zu Beginn des Jahrhunderts errichtet und ziemlich baufällig, mit riesigen Sälen, direkt am Meer liegend, im Stadtzentrum, mit direktem Zugang zur Uferpromenade und eigener Bootsanlegestelle. Um die zwei Hektar Grund. Alle elektrischen und sanitären Installationen müssen herausgerissen und völlig erneuert werden. Und um den ›positiven‹ Eindruck abzurunden: das Hotel steht unter *landmark*, unter Denkmalschutz, und darf äußerlich nicht verändert werden.«

»Und für diese Bruchbude soll ich dreißig Millionen Dollar auf den Tisch legen?«

»Wir können ja noch über den Preis verhandeln. Doch den Auskünften zufolge, die ich eingeholt habe, handelt es sich wirklich um eine günstige Gelegenheit.«

Woran ich lebhaft zweifelte. Mein Wunsch, mir dieses

Wunderwerk amerikanischer Architektur anzuschauen, war ungefähr so stark wie der, mich aufzuhängen; trotzdem überredete mich Lupino, und ich stimmte nach langem Zögern zu:

»Gut, wenn du meinst, Jo. Also bis morgen, ein Uhr.«

Ich hatte schon immer bemerkt, daß ein Ereignis selten allein eintrifft, und war davon überzeugt, daß es so etwas wie ein ›Gesetz der Serie‹ gab. Der Beweis? Am gleichen Abend aß ich bei Rosen, privat. Jimmys ältester Sohn wollte in Kürze nach Europa fliegen und dort, bevor er sein Studium an einer amerikanischen Universität aufnahm, ein Jahr verbringen, vor allem in Paris. Jimmy hatte Angst, sein Sohn würde auf der anderen Seite des Atlantiks sich zu allein fühlen, so daß ich vorschlug, Lavaters zu bitten, sich etwas um ihn zu kümmern.

»Ich werde sie morgen früh gleich anrufen.«

Was ich denn auch tat. Als ich mit Marcs Sekretärin sprach, konnte diese einen überraschten Ausruf nicht unterdrücken:

»Was für ein Zufall, Monsieur Cimballi! Ich wollte Sie gerade in New York anrufen, als das Telefon läutete. Monsieur Lavater hat eine wichtige Nachricht für Sie...«

Kurz darauf Marcs Stimme, die merkwürdig belegt klang:

»Franz? Es handelt sich um Hassan Fezzali. Er ist wieder aufgetaucht.«

2

Hassan Fezzali war der Freund meines Vaters gewesen, bevor er mein Freund geworden war. Er gab sich gerne den Anstrich eines alten Teppichhändlers, verwaltete aber vor seinem Verschwinden das märchenhafte Vermögen eines saudiarabischen Ölprinzen – Milliarden Petrodollars! Er hat mir nie ein besonderes Geschenk gemacht, aber jedesmal, wenn ich einen Verbündeten brauchte, war er zumindest bereit gewesen, meine Argumente wohlwollend anzuhören, auch wenn er nicht in jedem Fall mit mir übereinstimmte. Vor jetzt anderthalb Jahren war er spurlos verschwunden. Ohne jede Warnung. Er hatte sein Büro in Kairo verlassen und war zum Flughafen gefahren, wo er ein Flugzeug nach Italien nehmen wollte. Doch dort war er nie aufgetaucht, und kein Mensch wußte, wo er sich aufhielt. Ich war inzwischen überzeugt gewesen, daß Fezzali nicht mehr am Leben war.

»Er lebt, das steht außer Zweifel«, sagte mir Marc Lavater am Telefon. »Ich habe die Beweise.«

Nicht nur meine Freundschaft und die Neugier, herauszufinden, was mit Hassan Fezzali geschehen war, ließen mich aufhorchen. Kurz vor Hassans Verschwinden hatten wir zusammen eine Erdölspekulation unternommen, auf deren Details ich hier nicht weiter eingehen will. Wichtig ist nur, daß wir das dazu notwendige Kapital bereits auf das Konto unserer gemeinsamen Liechtensteiner Gesellschaft bereits eingezahlt hatten (Fezzali neunzehn Millionen Dollar, Marc Lavater eine Million und ich zehn). Eine besondere Klausel in dem Gesellschaftsvertrag legte fest, daß auch die geringste Überweisung oder Abhebung nur dann möglich war, wenn wir alle drei unterschrieben; für den Fall, daß einer von uns nicht mehr am Leben sein sollte, mußten die Rechtsnachfolger unterschreiben. Wenn also mein Lieblingsbeduine wieder auftauchte, dann bedeutete das neben allen freundschaftlichen Gefühlen auch, daß ich wieder über die seit achtzehn Monaten in Liechtenstein blockierten zehn Millionen Dollar verfügen konnte.

Ich war schon aus unwichtigeren Gründen nach Paris geflogen. Trotz Lupinos heftigem Protest sagte ich unseren Ausflug nach Atlantic City ab und sprang in das erste Flugzeug Richtung französische Hauptstadt.

»Der Brief ist in Vaduz eingegangen. Vor zwei Tagen. Hier eine Fotokopie.«

Ich schaute mir das Blatt Papier genau an, das Marc Lavater mir unter die Nase hielt. Der kurze englische Text war handgeschrieben:

»Please transfer spot value on next 29th june 61,551.86 U.S.$ to account 1543 ZSM Weiner Bank Zürich attention Mr. Gunthardt.« (Bitte überweisen Sie bis zum 29. Juni 61551 Dollar

und 86 Cents auf das Konto 1543 ZSM der Weiner Bank, Zürich, zugunsten von Mister Gunthardt.)

Hinzugefügt war der Geheimcode, den nur Hassan, Marc und ich kannten, von dem Bankier einmal abgesehen, und Hassans Unterschrift. Im Grunde ein ganz normaler Überweisungsauftrag.

»Franz, du weißt genauso gut wie ich, daß die Bank in Vaduz diesen Auftrag in dieser Form nicht ausführen kann, denn es fehlen deine und meine Unterschrift. Und Hassan weiß das natürlich ebenfalls.«

Es war offensichtlich, daß Fezzali diesen Auftrag nur geschickt hatte, um uns zu alarmieren.

»Die einzig mögliche Erklärung. Hassan war sich sicher, daß der Bankier uns sofort nach dem Eintreffen des Briefes benachrichtigen würde, was er ja auch getan hat.«

Ich schaute auf die Fotokopie: die Handschrift war nicht ganz sicher und schien etwas zittrig zu sein, doch sie war mir absolut vertraut.

»Hast du einen Experten befragt? Stammt der Brief wirklich von Hassan?«

»Jeder Zweifel ist praktisch ausgeschlossen. Und, vergiß nicht, daß der Geheimcode stimmt.«

»Warum wohl diese merkwürdige Summe? Sechsundachtzig Cents? Warum hat Hassan nicht aufgerundet und um die Überweisung von zweiundsechzigtausend Dollar gebeten? Ich weiß, daß er geizig ist, aber trotzdem...«

»Keine Ahnung.«

»Marc, ich bin mir ganz sicher, daß Hassan uns mit dieser Summe etwas ganz Bestimmtes mitteilen wollte.«

Nur, was? Ich war wütend, daß ich die Botschaft nicht auf Anhieb verstand. Denn daß Hassan um Hilfe rief, das war sicher. Und ich konnte diesen Hilferuf nicht einfach unbeantwortet lassen. Übrigens: noch von New York aus hatte ich, da ich die offiziellen Behörden wohl kaum aufgrund eines Überweisungsauftrages alarmieren konnte und mir dies auch nicht günstig erschienen wäre, das Büro eines Privatdetektives eingeschaltet, mit dem ich bereits verschiedene Male zusammengearbeitet hatte und das von dem von mir nur als ›Engländer‹ bezeichneten Mann geleitet wurde, der immer noch genauso blond, phlegmatisch und gut gekleidet war.

»Ich habe alles Notwendige veranlaßt! Direkt nach Ihrem Anruf vom Kennedy Airport habe ich ein Team nach Vaduz und ein anderes nach Zürich geschickt, das sich um die Weiner Bank kümmert. Ein drittes Team steht in Reserve bereit. Sobald die Überweisung in der Schweiz eingegangen ist, werden wir versuchen herauszufinden, für wen das Geld wirklich bestimmt ist. Natürlich nur, wenn unsere Schweizer Freunde damit einverstanden sind. Die haben zum Teil sture Ansichten über das, was ein Bankgeheimnis ist.«

Er schaute mich phlegmatisch an, als habe er mir eine unerhörte Wahrheit mitgeteilt.

Natürlich leisteten Marc und ich die notwendigen Unterschriften, damit die Überweisung ausgeführt werden konnte, denn das war für uns die einzige Möglichkeit, am Ball zu bleiben. Um wirklich sicher zu gehen, daß die Post den Brief nicht unglücklicherweise verlor, beschloß ich, selbst nach Vaduz zu reisen. Am 25. war der Brief bei der Vaduzer Bank eingetroffen; am 27. nachmittags war ich in Paris gelandet und befand mich abends bereits in Vaduz. Ich veranlaßte alles, damit die Überweisung wie gewünscht am 29. in Zürich eintraf.

Während ich darauf wartete, daß die Dinge in Gang kamen, zermarterte ich meinen Kopf. Was hatten die 61551,86 nur zu bedeuten? Ich ging jeder Idee nach: eine Telefonnummer (ein im Grunde zu deutlicher Hinweis, aber ich wollte nichts übersehen). Wenn man das Komma verschob, ergab sich eine Pariser Telefonnummer: 6155186. Ich sprach mit Marc Lavater darüber, der nicht nur seine eigenen Mitarbeiter, sondern auch andere Büros mit der Suche nach siebenstelligen Telefonnummern beauftragte. Wollen Sie wissen, wieviel siebenstellige Telefonnummern zum Zeitpunkt meiner Nachforschungen gültig waren? Nun, eine Million sechshundertachtundzwanzigtausend und ein paar zerquetschte. Gott sei Dank konnte ich mich auf eine Zahl beschränken: Es gab weltweit insgesamt neunundvierzig Telefonanschlüsse mit der Nummer 6155186.

Der erste Teilnehmer war eine gelähmte Frau in Kalifornien, der zweite eine Wäscherei in Rio, der dritte lebte in Australien...

Allen gemeinsam ist, daß sie nichts mit Hassans Verschwinden zu tun haben.

Als nächstes nahm ich mir die Postleitzahlen vor. Hier wurde die Sache sehr viel komplizierter, denn es hätte Monate gebraucht, die Einwohner aller Orte mit dieser Postleitzahl zu überprüfen. Ich gab diese Idee schon bald auf.

»Vielleicht dient die Summe zum Ausgleich einer Rechnung«, schlug Marc mir am Telefon vor. »Hassan ist offensichtlich die Geisel von einem Unbekannten, und dieser Unbekannte hat eine Rechnung zu bezahlen... Ich weiß nicht...«

»Vielleicht die Gasrechnung?«

Ich versuchte zu lachen, doch es gelang mir nicht. Wütend starrte ich weiter auf die Fotokopie. Ich war nach wie vor überzeugt, daß dieser Überweisungsauftrag eine Botschaft enthielt und daß diese Botschaft mir persönlich galt. Nur, ich verstand sie nicht!

Die Zeit drängte. Wenn ich nicht irgend etwas unternahm, bevor die Überweisung in Zürich eintraf, würden sich die einundsechzigtausend Dollar innerhalb des Bankensystems mit Hilfe von weiteren Überweisungen in Luft auflösen, und damit auch die einzige Spur, über die wir verfügten. Am 28. traf ich morgens in Zürich ein und verschaffte mir Zutritt zu diesem Gunthardt, beinahe mit Gewalt, dessen Name auf der Überweisung erwähnt wurde. Er stellte sich als ganz normaler Bankier heraus, der sich, die Höflichkeitsformen strikt einhaltend, dumm stellte.

»Wie heißt der Mann, von dem Sie mir erzählen?«

»Fezzali. Hassan Fezzali.«

Zum x-ten Mal erzählte ich die Geschichte von Hassans unerwartetem Verschwinden, unserem Vertrag, dem blockierten Geld usw. usw. usw. Gunthardt musterte mich, ohne daß ich hätte ahnen können, was sich in seinem Kopf abspielte.

»Monsieur Cimballi, Sie kennen bestimmt die Gesetze, die das Bankgeheimnis in meinem Land regeln?«

»Es handelt sich um Leben oder Tod eines Menschen!«

Eine Mauer. Ich wußte, daß ich aus diesem Mann nichts herausbringen würde! Eher würde er sich umbringen lassen, als sein so hochgeschätztes Bankgeheimnis zu verletzen! Niedergeschlagen ging ich zu dem Engländer, der mich auf meiner Reise in die Schweiz begleitete und auf dem Paradeplatz auf mich wartete.

»Nur die Schweizer Polizei könnte etwas unternehmen.«

Daran hatte ich bereits gedacht. Doch ich kannte die Antwort der Schweizer Behörden von vornherein: Konnte ich meine wilde Geschichte belegen? Nein! Es gab nur einen einzigen Ausweg. Hektisch telefonierte ich mit Gott und der Welt, bis ich endlich ein Flugzeug auftrieb, das sofort starten und viertausend Kilometer ohne Zwischenlandung hinter sich bringen konnte. Ich hatte keine Zeit gehabt, den nächsten Linienflug abzuwarten.

Kurz nach drei Uhr nachmittags flog ich an diesem 28. von Zürich ab; als wir in Riad in Saudi-Arabien landeten, war es noch hell. Lavater hatte meine Ankunft von Paris aus telefonisch angemeldet. Zwei junge, europäisch gekleidete Männer, die allerdings das traditionelle rotweiß-gestreifte Kopftuch der Araber trugen, holten mich ab, so daß mir die üblichen Einreiseformalitäten erspart blieben. Ich hatte nicht einmal die Zeit, die Hitze richtig zu spüren, da saß ich auch schon in einem klimatisierten Rolls Royce.

»Ihr erster Besuch in unserem Land?«

Ich war noch etwas durcheinander von der sich überschlagenden Entwicklung und bejahte die Frage wie im Traum. Laut hupend bahnte sich der Rolls einen Weg durch den dichten Verkehr.

»Prinz Aziz erwartet Sie, Monsieur Cimballi. Er hegt die größten freundschaftlichen Gefühle für Hassan Fezzali.«

»Ich ebenfalls.«

Ich hatte Prinz Aziz, der ungefähr das gleiche Alter hatte wie ich, ein einziges Mal getroffen, vor einigen Jahren bereits, im *Hôtel de Paris* in Monte Carlo, wo wir Langustensoufflé und Meerwolf auf gedünstetem Salat aßen. Wir hatten damals miteinander sympathisiert, wenn man mit einem Prinzen

Saudi-Arabiens überhaupt sympathisieren kann. Er hörte mir schweigend zu. Ich faßte zusammen:

»Ich bin mir jetzt sicher, daß Hassan noch am Leben ist oder es zumindest vor drei, vier Tagen noch war.

Schweigen. Langes Schweigen. Ich hatte plötzlich den unangenehmen Eindruck, als ob meinem Gesprächspartner das, was ich soeben erzählt hatte, bereits bekannt gewesen war und als ob er vielleicht sogar mehr wußte als ich. Er ließ mich nicht lange im Unklaren:

»Ich dachte, sie wären auf dem laufenden gewesen. Hassan ist im Januar letzten Jahres verschwunden. Seit dem darauffolgenden Februar überweise ich jeden Monat zweihunderttausend Dollar, damit man ihn nicht umbringt.«

Der Prinz machte ein Zeichen. Fotos wurden gebracht, die auf der Rückseite datiert waren, vom Februar 75 bis Juni 76. Von wenigen Details abgesehen, waren sie identisch: Fezzali stand oder saß auf einem Hocker und hielt eine Tageszeitung in der Hand, deren Schlagzeilen es erlaubten, den Tag, an dem die Aufnahme gemacht wurde, genau festzulegen. Ich fragte:

»Wo wird er festgehalten?«

»Das wissen wir nicht.«

Die Aufnahmen enthielten keinerlei Hinweise: hinter Hassan hatte man ein weißes Leinentuch gespannt, das offensichtlich eine Mauer verbarg. Und bei den Tageszeitungen handelte es sich jeweils um ein Exemplar der Weltpresse.

»Wer hält ihn fest?«

»Auch das wissen wir nicht.«

Ich schaute Aziz fest an; ich verstand die Welt nicht mehr. Warum hatte er bei den enormen Mitteln, über die er verfügte, nicht versucht, etwas zu unternehmen? Noch bevor ich ihm eine entsprechende Frage stellen konnte, erklärte er aus eigenem Antrieb:

»Das Lösegeld wird jeden Monatsersten auf ein Nummernkonto in der Schweiz überwiesen. Wir haben ein einziges Mal versucht, den Weg zu verfolgen, den dieses Geld nimmt...«

Er zeigte auf den Stapel Fotografien vor mir.

»Schauen Sie sich einmal die Aufnahme vom Monat April genau an.«

Ich erfüllte seine Bitte. Ohne daß mir etwas Besonderes auffiel.

»Die linke Hand«, erklärte der saudi-arabische Prinz.

Ich zuckte zusammen; Hassans linke Hand wies nur noch vier Finger auf.

»Zwei Monate später haben wir unter den größten Vorsichtsmaßnahmen, die man sich nur denken kann, einen zweiten Versuch unternommen, den Weg des Geldes zu verfolgen. Schauen Sie sich bitte die sechste Aufnahme an, die mit Juli gekennzeichnet ist.«

Entsetzlich! Man hatte Fezzali die beiden ersten Glieder des Ring- und des Mittelfingers amputiert.

»In dem Begleittext zu diesen Aufnahmen wurden wir darauf hingewiesen, daß Fezzali bei unserem nächsten Versuch, den Weg des Geldes zu verfolgen, die ganze Hand abgeschlagen würde.«

Er lächelte bitter:

»Monsieur Cimballi, ich hege Hassan gegenüber eine ganz besondere Zuneigung, die mit freundschaftlichen Gefühlen nur schlecht ausgedrückt ist. Ich lege keinen Wert darauf, daß man ihn in Stücke schneidet, und habe eine enorme Summe für seine Freilassung angeboten, doch seine Entführer haben sich nicht einmal die Mühe gemacht, mir zu antworten. Ich weiß nicht, wer ihn festhält, ich weiß nicht, wo und warum und auch nicht, wie lange dieser Zustand noch dauern wird. Ich weiß nur eines: Ich werde alles, wirklich alles tun, was in meiner Macht steht, um sein Leben zu erhalten, und ich warne Sie: sollten Sie etwas unternehmen, das sein Leben aufs Spiel setzt, dann wird die Sympathie, die ich für Sie empfinde, nicht mehr existieren.«

Er schaute mich streng an, und ich erinnerte mich plötzlich daran, daß ich mich in der Hauptstadt eines Wüstenstaates aufhielt, der seine Gerechtigkeit mit Vorliebe mit dem Beil ausübte.

Trotzdem machte ich einen letzten Versuch. Ich war mir weiterhin sicher, daß Hassan uns mit seinem Überweisungsauftrag hatte alarmieren und uns gleichzeitig einen neuen, von den anderen abweichenden Hinweis hatte geben wollen. Für mich stand es fest, daß die einundsechzigtausend Dollar nichts mit den zweihunderttausend zu tun hatten, die Aziz monatlich überwies. Es mußte sich dabei um zwei verschiedene Aktionen handeln.

»Hassan ist es gelungen, seinen Entführern eine Falle zu stellen. Wir wissen beide, wie durchtrieben er ist. Wenn wir auf seinen Hilferuf nicht eingehen, lassen wir ihn für immer im Stich.«

Ich allein konnte nichts gegen das Schweizer Bankgeheimnis unternehmen. Doch wenn der saudische Prinz die Regierung in Riad alarmierte und diese über die diplomatischen Kanäle auf die Schweizer Behörden einwirkt, dann...

Meine Bemühungen liefen ins Leere. Prinz Aziz stand auf: »Sie verlieren Ihre Zeit, Monsieur Cimballi.«

Ich spielte meine letzte Karte aus:

»Und wenn es mir gelingt, Hassans Botschaft zu entziffern? Wenn ich endlich begreife, was er uns hatte mitteilen wollen?«

»Ich habe den Brief gelesen, dessen Fotokopie Sie mir gezeigt haben. Ich glaube nicht, daß er etwas anderes enthält als einen ganz normalen Überweisungsauftrag.«

Natürlich hätte ich nach dieser vernichtenden Niederlage Riad sofort verlassen können, doch so leicht wollte ich mich nicht geschlagen geben. Die Sekretäre des Prinzen hatten für mich im *Riad Intercontinental* eine Suite reserviert, einem Hotel, in dem sich Geschäftsleute aus allen Ländern der Welt auf der Suche nach lukrativen Aufträgen die Klinken in die Hand gaben. Ich telefonierte mit Marc. In Paris hatte sich in der Zwischenzeit nichts ereignet. Zumindest, was Fezzali anbelangte.

»Jo Lupino hat dagegen zweimal angerufen. Es handelt sich um ein Hotel in Atlantic City. Jo will, daß du dich schnell entscheidest. Franz, ich bin gar nicht informiert... willst du ein Hotel kaufen?«

Zum Teufel mit Lupino und Atlantic City! Ich hatte meinen Kopf im Augenblick wirklich...

»Franz, Jo drängt unwahrscheinlich!«

Ich spürte natürlich an Marcs Stimme, daß er etwas enttäuscht war. Ich hatte mit ihm noch nicht über meine neuen Pläne gesprochen, obwohl er sicher der Mann auf der Welt war, dem ich am meisten vertraute. Doch das hatte sich alles dermaßen schnell abgespielt...

»Marc, keine Sorge, ich werde mit dir darüber sprechen, ausführlich. Doch nicht jetzt.«

Er legte als erster auf; offensichtlich war er immer noch gekränkt. Was soll's, das würde sich alles wieder arrangieren. Ich studierte von neuem die schicksalhafte Fotokopie. Zum wahnsinnigwerden: *Please transfer spot value*...

Endlich rief ich Rosen in New York an, nur, um auf andere Gedanken zu kommen:

»Jimmy, es handelt sich um diese Kasino-Geschichte. Jo Lupino meint, in Atlantic City etwas Interessantes aufgetrieben zu haben. Bitte, überprüfen Sie die Angelegenheit, unabhängig von Joe. Ich möchte Ihre Meinung wissen.«

Er war, ohne weitere Kommentare abzugeben, einverstanden und meinte, er würde sich sofort an die Arbeit machen, die, wenn ich auf einer fundierten Untersuchung bestehe, zwei Wochen in Anspruch nehmen würde.

Kaum hatte ich aufgelegt, dann bat ich die Vermittlung um ein weiteres Gespräch mit New York. Ich rief Vandenbergh an und bat ihn, mir ein möglichst vollständiges Dossier über Atlantic City zusammenzustellen.

»Sie haben zwei Wochen Zeit«, sagte ich zum Abschluß.

Ein drittes Gespräch mit New York. Jo Lupino. Er erschien mir ungeduldig und in gewisser Weise sogar nervös zu sein.

»Um Himmels willen, Franz, wo steckst du bloß?«

Inzwischen war es in Riad dunkel geworden. In Saudi-Arabien kümmerte man sich nicht um die Zeitzonen, sondern regelte die Zeit jeden Tag nach dem Sonnenauf- und Sonnenuntergang.

»Wo steckst du?«

»Auf dem Rücken eines Kamels. Halt endlich einen Augenblick deinen Mund. Du schwörst, daß das Geschäft in Atlantic City einmalig ist; einverstanden, ich werde es riskieren. Aber ohne Nervosität, wenn irgend möglich. Geh zu den Verkäufern und bitte um eine Option für einen Monat.«

»Darauf werden sie nicht eingehen. Du bist nicht der einzige potentielle Käufer und ...«

»Stell dich auf deine Hinterbeine. Option für einen Monat.«

Ich überschlug das Geschäft kurz in meinem Kopf: die von Jo aufgetriebenen Verkäufer verlangten für ihren alten Hotelkasten dreißig Millionen Dollar:

»Biete ihnen zweihunderttausend Dollar Optionsgebühr.«

»Das wird nicht leicht sein.«

»Verflixt! Ich zahle dich schließlich nicht für deine Besuche bei Cosmos! Und wenn dein Geschäft stinkt, dann wirst du die zweihunderttausend berappen!«

In diesem Augenblick hätte ich beinahe gebrüllt!

Die ganze Zeit, die ich am Telefon verbrachte, von meinem ersten Gespräch mit Marc angefangen bis zu diesem Moment, hatte ich dauernd die Fotokopie vor mir liegen. Plötzlich sprang mir ein Wort, ein einziges Wort in die Augen! Endlich verstand ich! Warum nicht schon früher, ich Dummkopf!

»Jo, jetzt kümmere dich schon um das Hotel. Ich ruf' dich morgen wieder an.«

Ich legte auf, so daß er keine Zeit zu neuen Protesten hatte. Das *Intercontinental* wurde ausgezeichnet geleitet, denn innerhalb von wenigen Minuten hatte man mir alle Unterlagen auf mein Zimmer gebracht, um die ich gebeten hatte. Einige kurze Berechnungen, die ich vorsichtshalber mit meinem Taschenrechner durchführte, und ich war mir meiner Sache sicher. Ich stürzte wieder zum Telefon und hatte wirklich keine Zeit mehr zu verlieren, denn wenn ich mich bei den Berechnungen des Zeitunterschiedes nicht getäuscht hatte, was leider öfters vorkam, als es mir lieb war, dann blieben mir noch zwölf, maximal sechzehn Stunden, bevor die einundsechzigtausend Dollar aus Vaduz überwiesen wurden. Ich konnte es kaum aushalten und hüpfte am Telefon von einem Fuß auf den anderen. Fünfzehn Minuten verstrichen, endlose Minuten, mit Diskussionen, Drohungen, Flehen, neuen Drohungen ausgefüllt. Nein, Ihre Hoheit war nicht mehr in Ihrem hoheitlichen Palast, sondern wohnte einem Empfang im Palast Al-Ma'ather bei, und Ihre Hoheit...

Endlich erklang Azizs Stimme:

»Monseur Cimballi, ich hoffe, Sie haben mich nicht gestört, um...«

Völlig respektlos unterbrach ich ihn mitten im Satz. Eine an sich undenkbare Frechheit:

»Ich habe es herausgefunden. Ich weiß, wo Hassan festgehalten wird.«

SPOT!

Was nichts anderes heißt als in bar. Doch so einfach ist die Geschichte nicht, denn kein normaler Bankier oder Finanzier würde bei einem Überweisungsauftrag dieses Wort benutzen, obwohl es natürlich jedem bekannt war. Wenn überhaupt, schriebe er *cash*, obwohl das bei einer normalen Überweisung selbstverständlich ist und nicht extra erwähnt wird.

SPOT wird häufig von den Devisenhändlern benutzt, von diesen Spezialisten, die tagaus, tagein eine Währung in die andere tauschen, Dollar gegen Schweizer Franken, diese gegen holländische Gulden, diese wieder gegen mongolische Tugrik (was allerdings recht selten vorkommt). Ich selbst hatte mich mit solchen Spekulationen bereits beschäftigt, ohne mich allerdings mit Hassan vergleichen zu wollen, der es auf diesem Gebiet zu einer wahren Meisterschaft gebracht hatte. Aziz schaute mich wütend an.

»Sie haben mich dazu gebracht, den Empfang zu verlassen, der von meinem Vater gegeben wird, nur um mir dies mitzuteilen?«

Ich reichte ihm eine der Listen, die mir von der Rezeption des *Intercontinental* geliefert worden waren und auf der alle Währungen dieser Welt verzeichnet waren, in alphabetischer Reihenfolge, von Abu-Dhabi angefangen (wo man seine Rolls in Bahrein-Dinaren bezahlte) bis zu Sambia, im Englischen Zambie (wo man, um ein Fahrrad zu kaufen, am besten mit zwei oder drei Tonnen Kwachas bezahlte, die wiederum in Ngwees unterteilt wurden). Ich erklärte:

»In seinem Zahlungsauftrag benutzte Hassan das Wort SPOT, obwohl er darauf hätte verzichten oder zumindest ein anderes benutzen können. Er wollte also, daß wir an den Devisenhandel denken. Dazu kommt diese merkwürdige Zahl,

61 551,86 Dollar. Eine ungerade Zahl, das wenigste, was man dazu sagen kann. Hassan gab noch ein Datum an, den 29. Er muß damit den 29. des vergangenen Monats gemeint haben, denn auch er kann ja die Kursentwicklung nicht genau vorhersagen. Ich habe nun alle Währungen durchgerechnet, die überhaupt in Frage kommen. Die einzige, bei der die einundsechzigtausend Dollar eine runde Zahl ergeben, einmal umgerechnet, ist die Währung von...«

Ich erlaubte mir den Luxus, eine kleine Pause einzulegen, die die Spannung steigerte.

»... von Nord-Jemen, Hoheit. Es steht eindeutig fest, daß Hassan Fezzali irgendwo in Nord-Jemen gefangengehalten wird.«

3

Es ist äußerst leicht, die Schweizer Polizei und die Schweizer Bankiers davon zu überzeugen, das Bankgeheimnis aufzuheben und zu erfahren, wieviel Geld sich auf dem Konto eines gewissen Herrn Schmuuggluff befindet (ein erfundener Name, versteht sich), woher dieses Geld stammt und wohin es überwiesen wird.

Dies ist äußerst leicht, wie gesagt, wenn drei Bedingungen erfüllt werden. Wenn man nämlich:

– über ein Jahreseinkommen von ungefähr einer Milliarde Dollar (nach Abzug der Steuern) verfügt

– von einer legalen und unabhängigen Regierung, deren Auslandsschulden sich bei ungefähr null befinden, vorbehaltlos unterstützt wird

– und den Schweizern einen stichhaltigen Grund liefert.

Ich weiß, daß es dann leicht ist und sehr schnell geht, denn Aziz hat genau dies getan. In einer Rekordzeit. Kaum hatte ich meinen kleinen Vortrag gehalten, da sprach er auch schon mit einem Vetter, dem Premierminister, der wiederum mit einem Vetter sprach, dem Außenminister, der einen Großneffen der beiden anrief, den saudi-arabischen Botschafter in der Schweiz. Dieser hielt am 29. Juni in der Früh im Schweizer Justizministerium Vortrag: die beiden Regierungen waren sich einig, daß ein Verbrechen geschehen sein mußte, genauer, einer der wichtigsten Berater eines Mitgliedes der königlichen Familie war entführt worden; als Beweis dienten die Überweisungen des Lösegeldes, die Äußerungen der Entführer, sie würden Hassan weiter in Stücke schneiden, falls man die Nachforschungen nicht einstelle, die Untersuchungen der saudischen, ägyptischen und anderen Polizeibehörden, die im Januar 1975 und in den darauffolgenden Monaten durchgeführt worden waren usw. Die Regierungen und die Polizeibehörden waren sich weiterhin einig, daß das Bankgeheimnis in der Tat aufgehoben werden mußte. Das Ergebnis: gegen zwei Uhr nachmittags rief mich der Engländer aus Zürich phlegmatisch an und teilte mir mit:

»Wir verfolgen die Spur. Zumindest ihren Beginn. Der Mann, der das Nummernkonto bei der Züricher Bank eingerichtet hat, heißt angeblich Belkacem und wohnt in London. Wir haben die Adresse überprüft; sie ist falsch.«

»Ist bereits bekannt, was mit den einundsechzigtausend Dollar geschehen soll, die nach Zürich überwiesen wurden?«

»Sie sollen heute noch nach Luxemburg transferiert werden. Die Schweizer Polizei hat ein Rechtshilfeersuchen gestellt, so daß wir die Spur weiterverfolgen können. Wohin auch immer das Geld überwiesen wird.«

Der Engländer war optimistisch. Ich auch, zeitweilig zumindest. Ich hielt mich immer noch in Riad auf, hauptsächlich da Aziz mich persönlich eingeladen hatte. Eine Einladung, die ich eher als beunruhigend denn als eine Ehre empfand. Aziz wollte wohl auf einen Verantwortlichen zurückgreifen können, wenn Hassan Fezzali etwas zustoßen sollte. Und dieser Verantwortliche konnte nur ich sein. Mir wurde bewußt, daß meine logischen Schlußfolgerungen zwar in sich stimmig, aber doch auf sehr schwankenden Boden aufgebaut waren. Was war, wenn ich mich getäuscht und wenn ich schlicht und einfach die Durchtriebenheit und Widerstandskraft meines alten Freundes überschätzt hatte? Mein Hauptargument, mit dem ich Aziz, Aziz seine Regierung und seine Regierung letztlich die Schweizer Regierung hatte überzeugen können, klang nicht schlecht: Ich ging davon aus, daß es Hassan gelungen war, einen seiner Wächter zu bestechen und daß er ihm zu diesem Zweck mehr als einundsechzigtausend Dollar angeboten hatte (im Jemen ein Vermögen), die er natürlich nicht mit den anderen Bewachern teilen mußte.

Doch wenn ich mich getäuscht hatte, wenn aufgrund meiner Schritte Fezzalis Leben in Gefahr geraten sollte, dann war diese Welt zu klein, um mich vor dem Unwetter zu schützen.

Die weitere Entwicklung abwartend: neues Telefongespräch mit Lupino, dem es gelungen war, die von mir gewünschte Option für das Hotel in Atlantic City zu erhalten.

»Ich mußte zweihundertfünfzigtausend Dollar anbieten, und die Option ist auf drei Wochen beschränkt, nicht auf vier. Franz, das war das Äußerste, was ich erreichen konnte. Du hast jetzt bis zum 21. Juli Zeit, dann mußt du dich entscheiden.«

Anders ausgedrückt, sollte ich am 21. Juli nicht bereit sein, das Hotel endgültig zu kaufen, das ich noch nicht einmal gesehen hatte und das die hübsche Summe von dreißig Millionen Dollar kosten sollte, dann konnte ich die zweihundertfünfzigtausend Dollar in den Wind schreiben.

»Übrigens, die Verkäufer verlangen nach wie vor dreißig Millionen«, fuhr Jo fort. »Ich denke aber, daß wir den Preis etwas drücken können, auf siebenundzwanzig oder achtundzwanzig.«

»Wir werden sehen.«

Am gleichen Tag, das heißt, immer noch am 29., rief mich Lavater an. Ich erzählte ihm, daß Aziz endlich eine Entscheidung getroffen hatte. Unmittelbar legte er seinen Finger auf die wunde Stelle:

»Wenn dein Eingreifen Hassan Fezzalis Lage verschlechtert, dann Gnade dir Gott! Aziz wird dich nicht mehr aus dem Land lassen!«

»Du bist so richtig beruhigend! Vielen Dank!«

»Du hättest die Polizei einschalten müssen! Die ganze Affäre dem Engländer anvertrauen – das heißt nichts anderes, als das Risiko unberechenbar werden zu lassen.«

»Ich habe mehr Vertrauen in meinen Engländer, als in alle Polizisten dieser Welt! Und wenn wir Erfolg haben, wird mein Verdienst nur um so größer sein!«

Doch das war nicht der eigentliche Grund, warum ich die Polizei aus dem Spiel gelassen hatte. Aziz wußte nichts von dem Engländer, obwohl er natürlich annehmen mußte, daß ich Privatdetektive eingeschaltet hatte. Ich hatte mich gehütet, diesen Punkt auch nur anzuschneiden. Eine Vorsichtsmaßnahme, denn ich hatte nicht vergessen, daß auch der zweite Versuch der Saudis, den Entführern auf die Spur zu kommen, gescheitert war, »trotz aller erdenklicher Vorsichtsmaßnahmen«. Die Bilanz: Hassan hatte zwei Finger zusätzlich verloren. Und ich hatte keine Lust, an neuen Metzgereien die Schuld zu tragen!

An diesem gleichen 29. Juni erfuhr ich von dem Engländer, der natürlich unseren privaten Geheimcode verwendete, was mit dem Geld geschehen war:

»Das Geld ist nicht einmal eine Stunde auf dem Luxemburger Konto geblieben, sondern sofort nach Rom überwiesen worden.«

Der Engländer hatte augenblicklich veranlaßt, daß die römische Bank überwacht wurde, wobei die italienische Steuerfahndung ihm behilflich war. Ohne Erfolg. Zwei Tage lang hatte es den Anschein, als ob sich niemand für die einundsechzigtausend Dollar interessiere. Ich selbst hielt mich weiterhin in Riad auf, wo ich inzwischen wirklich alles gesehen hatte, was man sich nur anschauen konnte, inklusive eines ehemaligen Vizepräsidenten der Vereinigten Staaten, der inzwischen als Vertreter einer Panzerwestenfabrik buchstäblich an allen Türen des Landes klingelte; bis zu einer Bank, die ausschließlich von Frauen geleitet und nur für weibliche Kundschaft bestimmt war (es hat den Anschein, als ob auf diese Weise alle Anforderungen des Korans erfüllt worden waren) ... und deren Zutritt mir von zwei bis zu den Zähnen bewaffneten Wächterinnen energisch verweigert worden war.

Am 2. Juli endlich rührte sich etwas in Rom. Der Engländer rief an:

»Ein neuer Überweisungsauftrag ist eingetroffen. Nächster Bestimmungsort: Beirut.«

»Wer hat den Überweisungsauftrag erteilt?«

»Eine Londoner Bank, die aber nur als Zwischenstation diente. Wir sind sicher, daß der Überweisungsauftrag aus Kairo kam. Ich habe sofort ein Team hingeschickt.«

Der Engländer selbst flog hinter den einundsechzigtausend Dollar her in den Libanon. Er hatte das gleiche Gefühl gehabt wie ich: dieser angesichts der bescheidenen Summe eher lächerliche Aufwand an Vorsichtsmaßnahmen konnte bedeuten, daß sich jemand einen gewaltigen Spaß auf unsere Kosten erlaubte. Oder aber, und wir neigten eher zu dieser Annahme, daß hier ein Laie am Werk war, ein blutiger Amateur, der versuchte, seine Spuren zu verwischen und auch über einige der gebräuchlichsten Bankmechanismen auf dem laufenden war, sich aber mit einem richtigen Experten nicht messen konnte. Anders ausgedrückt: meine ursprüngliche Hypothese gewann an Gewicht; es wurde immer wahrscheinlicher, daß es Fezzali gelungen war, einen seiner Bewacher zu bestechen, der mit dem Kopf der Entführer nichts zu tun haben konnte, denn bei den achtzehn Überweisungen, die Aziz bisher durchgeführt hatte, war es kein einziges Mal gelungen, weiter als bis zur Schweizer Bank, der ersten, vorzudringen.

»Und ich bin davon überzeugt, daß Kairo auch der endgültige Bestimmungsort der Gelder sein wird.«

Er sollte recht behalten: am 3. Juli überwies die Beiruter Bank das Geld auf ein Konto der Maha & Moore Bank in Kairo. Der Engländer änderte sein Verhalten. In Vaduz, Zürich, Luxemburg, Rom und Beirut hatte er jedesmal mit der Leitung der Bank und den örtlichen Behörden Kontakt aufgenommen; hier in Kairo verzichtete er darauf. Seinem Instinkt vertrauend, hatte er beschlossen, sich ausschließlich auf seine eigenen Leute zu verlassen und auf jede offizielle Hilfe zu verzichten. Er war natürlich persönlich dem Geld gefolgt. Am 4. rief er mich von Kairo aus an:

»Der Mann, den wir suchen, befindet sich hier.«

Drei Stunden später, nach einer ziemlich harten Diskussion mit Aziz, der mir vorgeworfen hatte, ihn nur hinhaltend zu informieren, dann aber doch einverstanden gewesen war, daß ich Saudi-Arabien verlassen konnte, ohne vorher in hübsche Scheiben geschnitten zu werden, flog ich von Riad aus in die ägyptische Hauptstadt.

»Das ist er.«

Durch das Rückfenster des Wagens entdeckte ich einen jungen, ungefähr fünfundzwanzig Jahre alten, europäisch gekleideten Mann. Wir befanden uns in dem Viertel Choubra. Der Engländer hatte mich am Flughafen abgeholt und war direkt in die Guezireh el-Badrane gefahren, die Hauptgeschäftsstraße in dem Viertel Kairos, in dem die syrischen, libanesischen und anderen Christen sich zusammengeschart hatten. Der Mann kam auf unseren Wagen zu und würde schon bald an uns vorbeigehen. Er war ziemlich klein, sonnenverbrannt und trug einen stark gestutzten Schnauzbart. Ich konnte nicht behaupten, daß er den Eindruck machte, die Intelligenz mit großen Löffeln gegessen zu haben.

»Sind Sie sicher, daß ausgerechnet dieser Mann für uns so wichtig ist?«

»Sicher. Er arbeitet in der Buchhaltung der Maha & Moore Bank. Wir haben uns mit Ihrer These beschäftigt, Hassans Botschaft habe etwas mit den Devisenkursen zu tun, und er müsse sich im Jemen aufhalten. Nun, es scheint, als hätten Sie einen Volltreffer erzielt. Was heißt hier scheint, denn Sie haben einen Volltreffer erzielt. Unser Mann stammt aus dem Jemen, aus einem völlig abseits gelegenen Dorf in einer Gegend, die heute zum Nordjemen gehört. Vor fünf Wochen hatte der junge Mann seinen Jahresurlaub angetreten und war nach Hause geflogen; ein ganz gewöhnlicher Vorgang. Ungewöhnlich war allerdings, daß er sechs Tage später bereits wieder in Kairo auftauchte. Wir haben die Unterlagen der in Frage kommenden Fluglinien überprüft und seine Spur gefunden. Von Kairo aus flog er nach Beirut, Rom und Zürich. Zwischen Zürich, Vaduz und Luxemburg hat er wahrscheinlich den Zug genommen, denn er ist nicht gerade sehr wohlhabend. Von Luxemburg aus flog er dann wieder weiter, nach London, und von dort aus zurück nach Kairo. Natürlich haben wir ihn mit Hilfe eines Teleobjektives aufgenommen und das Foto den Bankiers in Vaduz und Zürich vorgelegt: sie sind sich sicher, daß dieser Belkacem, der sich die Mühe machte, die einundsechzigtausend Dollar von einem Konto auf ein anderes zu überweisen, mit dem jungen Mann dort identisch ist.«

»Wie heißt er?«

Der Engländer machte sich die Mühe, für einen Augenblick seine Craven A aus dem Mund zu nehmen.

»Yousouf Irgendwie.«

Der Mann ging an uns vorbei. Hätte ich meinen Arm durch das offene Fenster gestreckt, dann hätte ich ihn packen können.

»Glauben Sie, daß er etwas mit Hassan Fezzalis Entführung zu tun hat?«

Nein, das war wohl ausgeschlossen. Die Theorie des Engländers stimmte mit meiner so ziemlich überein: Yousouf war nach Hause geflogen, mußte dort auf die eine oder andere Weise erfahren haben, daß man Fezzali festhielt und mußte Fezzali persönlich getroffen haben. Wir waren überzeugt, daß er Hassan um die einundsechzigtausend Dollar hatte betrügen wollen, indem er ihm vorgespielt hatte, er würde uns direkt benachrichtigen oder irgend etwas in dieser Richtung unternehmen.

»Und Hassan war noch gewitzter als er. Es steht also fest, daß Hassan sich in der Nähe von Yousoufs Dorf aufhalten muß?«

»Das ist gesichert«, bestätigte der Engländer phlegmatisch.

Der Mann verschwand in der lärmenden Menge Richtung Bahnhof und Ramses-Statue. Ich war überrascht, daß er nicht überwacht wurde.

Der Engländer schaute mich mitleidig an:

»Natürlich wird er überwacht. Fünf Mitarbeiter von mir lassen ihn keine Sekunde aus den Augen.«

»Ich kann Ihre Mitarbeiter nicht entdecken.«

»Genau aus diesem Grund arbeiten Sie für mich. Benehmen sie sich zu auffällig, dann setze ich sie sofort vor die Tür. Monsieur Cimballi, wir haben drei Möglichkeiten: Wir können ihn der ägyptischen Polizei ausliefern, oder der saudiarabischen, und ihn der Beihilfe bei einer Entführung und der Unterschlagung von Geldern belangen. Oder wir können uns selbst um ihn kümmern und ihn zum Sprechen bringen. Und wir bringen ihn zum Sprechen, darauf können Sie sich verlassen!«

Ich schaute ihn kurz an. Worauf wollte er hinaus? Ich hatte wirklich keine Lust, in eine Folter-Geschichte verwickelt zu werden, auch nicht indirekt und auch nicht am Rande. Selbst wenn es sich um eine Kitzelfolter handeln sollte. Ich fragte:

»Und die dritte Möglichkeit?«

Die dritte Möglichkeit war ganz einfach: sich nicht um Yousouf kümmern, so tun, als ob man von seiner Existenz keine Ahnung habe... und sich gleichzeitig im Nord-Jemen in seinem Dorf einmal näher umsehen...

»Welches der beiden Jemen ist eigentlich die Volksrepublik, die noch etwas stalinistischer ist als Stalin selbst?«

»Der Südjemen. Wir haben es mit dem Nordjemen zu tun.«

»Nun, dann fliegen Sie einfach hin und versuchen Sie, Hassan Fezzali aus den Klauen seiner Entführer zu befreien. Ich weiß, das ist leichter gesagt als getan. Und ich weiß auch, daß das, was ich über den Jemen weiß, auf einer Briefmarke Platz findet, aber ich habe doch die Ahnung, daß sich das Land von der Schweiz in bestimmter Hinsicht unterscheidet. Ich glaube, es handelt sich um eine recht verlassene Gegend...«

»Schlimmer«, antwortete mein Engländer gelassen. »Die Gegend, in der Hassan festgehalten wird, heißt Rub al-Khali. Die Regierung von Sana, der Hauptstadt, übt dort nur eine sehr theoretische Gewalt aus. Die *Eingeborenen* sind immer noch bis zu den Zähnen bewaffnet, und wir werden dort genauso auffallen wie ein Londoner Bankier in seinem gestreiften schwarzen Anzug in einem Nudisten-Club.«

Er lächelte mir zu und war mit seinem Vergleich offensichtlich zufrieden.

Wir stimmten darüber ein, daß es besser wäre, keine Söldnertruppe im Stil Hollywoods anzuheuern – ob diese nun von Prinz Aziz oder von mir finanziert wurde. Auch wenn ich einige Stunden lang ernsthaft daran gedacht hatte. Doch abgesehen davon, daß ich auf diesem Gebiet nicht sehr erfahren bin, hatte ich Angst, ein generalstabsmäßiger Aufmarsch in der Wüste könne Hassans Leben gefährden, ein Risiko, das ich keinesfalls auf mich nehmen wollte. Schon allein die Aushebung einer entsprechenden Söldnertruppe hätte soviel Aufsehen erregt, daß man im Nord-Jemen unruhig geworden wäre. An diesem 4. Juli hatte ich Aziz noch nichts von unseren neuen Erkenntnissen berichtet. Denn ich hatte den nicht von der Hand zu weisenden Verdacht, daß in der unmittelbaren Umgebung des Prinzen sich wohl ein oder auch mehrere Männer befanden, denen die Abwesenheit Fezzalis nur behagte und die unter Umständen über ein endgültiges Verschwinden Hassans keine Träne vergießen würden. Nun, genaues wußte ich nicht, doch es war wohl auf alle Fälle besser, auf eigene Faust zu handeln.

Zumal ich über zwei Trümpfe verfügte, die es mir erlaubten, auf meine Art, ohne Gewaltanwendung, zu handeln. Einmal hatte der Engländer jemanden aufgetrieben, der jemanden kannte, der wiederum jemanden kannte, der mit einem Mann befreundet war, der die Wüste um Rub al-Khali und die beiden jemenitischen Staaten wie seine Hosentasche kannte.

Und dann hatte ich eine Idee. Eine völlig verrückte, wahnsinnige, übergeschnappte Idee, wie immer man will, aber eine Idee, in die ich regelrecht verliebt war.

4

In Kairo nahm ich mir eine Suite im *Nile Hilton*, das, wie der Name schon bedeutet, direkt an dem großen Fluß liegt. Am Abend des 4. Juli erreichte ich endlich Adriano Letta telefonisch in Rom, in dem Moment, als der Engländer in meiner Suite auftauchte. Er verkündigte freudestrahlend, es sei ihm gelungen, den bestimmten jemand, der von jemand gekannt wurde, der wiederum von jemand gekannt wurde, usw., aufzutreiben.

»Er wartet vor der Tür. Sie müssen unbedingt mit ihm sprechen.«

»Einen Augenblick, bitte.«

Ich erklärte Adriano Letta, einem meiner zuverlässigsten freien Mitarbeiter in Europa, was ich von ihm wollte und wie er die von mir gestellte Aufgabe lösen konnte. Er war anscheinend nicht überrascht, sondern fragte nur, wieviel Zeit ihm zur Verfügung stünde, um die Aufgabe zu erledigen.

»Je schneller, desto besser.«

Er war mit allem einverstanden und wollte sich sofort an die Arbeit machen. Adriano diskutierte in der Regel nicht sehr lange, eine seiner Eigenschaften, die ich am meisten schätzte. Wenn ich ihn eines Tages anrufen und ihm mitteilen würde, ich hätte den Eiffel-Turm oder die Brooklyn-Brücke gekauft und beabsichtige, daraus Pfeifenstopfer herstellen zu lassen, würde er sich wohl mit der Frage zufriedengeben, zu welchem Preis er diese Pfeifenstopfer verkaufen solle. Der Engländer dagegen, der das Gespräch mitbekommen hatte, verlor wenigstens dieses Mal sein gewohntes Phlegma, riß die Augen auf und fragte mich völlig verblüfft:

»Und das wollen Sie wirklich tun?«

»Ich muß Hassan irgendwie mitteilen, daß ich seine Botschaft erhalten und sie verstanden habe und daß ich mich um ihn kümmere.«

»*No comment*«, war der einzige Kommentar des Engländers, der sein gewohntes Phlegma wiedergefunden hatte.

Er bat den Spezialisten der beiden Jemen herein, der allein schon die Reise lohnte. Ich selbst bin nicht gerade sehr groß und muß, wenn ich meinem Gesprächspartner direkt in die Augen schauen möchte, in der Regel den Kopf in den Nacken legen, doch unser Spezialist übertraf mich da bei weitem. Der Bekannte des Bekannten des Engländers war allerhöchstens einen Meter fünfzig groß und mindestens so breit wie hoch; auf dem Kopf trug er einen Tropenhelm à la Kitchener. Ich hatte den Eindruck, Henry Morton Stanley in einem Zerrspiegel zu sehen. Haßerfüllt schaute mich der kleine Wicht an (ich stellte schnell fest, daß er die ganze Welt haßerfüllt anschaute, aus einem einleuchtenden Grund: er haßte die ganze Welt!). Ich wußte nur wenig von ihm: als ehemaliger Gefreiter der britischen Armee war er zu den Zeiten, zu denen das British Empire noch eine gewisse Bedeutung gehabt hatte, in Aden stationiert gewesen und hatte sich unsterblich in den Jemen verliebt, so unsterblich, daß er in Aden blieb, als die Armee Ihrer Majestät sich zurückzog und sogar selbst versuchte, die beiden Jemen wieder zu vereinen; ohne Erfolg. Als er aller Welt auf die Nerven ging, warf man ihn kurzerhand hinaus. Ein zweiter Lawrence von Arabien, ein gescheiterter, der sich erst noch beweisen mußte.

Haßerfüllt fuhr er mich an:

»Und Sie glauben, es sei ein Kinderspiel, al-Chaafi einen Gefangenen abzujagen? Glauben Sie das wirklich?«

Ich war völlig verblüfft; wer, um Himmels willen, war denn dieser al-Irgendwie? Verächtlich schaute mich der Tropenhelm an: al-Chaafi war natürlich der Mann, der Hassan Fezzali in seinem Schloß gefangenhielt.

»Das kann niemand anderes getan haben als dieses Schwein! Das Dorf, in dem Ihr Yousouf geboren wurde, wird von diesem al-Chaafi regiert.«

Er spuckte auf den Teppichboden, ohne sich lange zu fragen, ob dies in einem *Hilton* wohl angebracht war, und bequemte sich endlich, mir zu erklären, daß es sich bei dem fraglichen al-Chaafi um eine Art arabischen Landjunker handelte, der als uneingeschränkter Herrscher über das befestigte Dorf in den jemenitischen Bergen regierte, und daß dieses Dorf an der einen Seite von der Rub al-Khali Wüste begrenzt wurde, die wüsteste Wüste, die man sich nur vorstellen konnte... dieser sympathische Mann war anscheinend bereit, für Geld alles zu tun, was man von ihm verlangte.

»Auch einen Finanzier wie Hassan Fezzali in den Straßen Kairos zu entführen?«

Das hätte ich nicht fragen sollen; Lawrence von Arabien II. schaute mich an, als ob ich total übergeschnappt und gemeingefährlich sei:

»Dieser Hurensohn al-Chaaf weiß nicht einmal, wo Kairo liegt. Nein, wenn Fezzali in seinem Verließ schmachtet, dann nur, weil ein anderer Betrüger Fezzali entführt und al-Chaafi anvertraut hat.«

Ich warf dem Engländer einen Blick zu; mein Verdacht bestätigte sich, denn es war nach dieser Aussage offensichtlich, daß man Fezzali nicht nur zur Erpessung von Lösegeld entführt hatte. Jemand aus Azizs engster Umgebung hatte anscheinend seine Hand mit im Spiel gehabt. Aus Eifersucht, aus persönlichen Gründen oder aufgrund von Martin Yahls Drängen ... es war wohl richtig gewesen, Aziz nicht in meine Pläne einzuweihen, und ich wollte dies auch weiterhin nicht tun.

»Können wir dieses Dorf überfallen?«

Lawrence von Arabien II. drehte sich angesichts meiner Naivität der Magen um; einer Kompagnie aus Fallschirmjägern würde es nicht gelingen, das Dorf einzunehmen. Ganz abgesehen davon, daß al-Chaafi seinen Gast sofort verschwinden lassen würde, sobald er den Aufmarsch bemerkte, notfalls in Form von Spießchen zum Grillen.

»Kann man ihn kaufen?«

Diesmal wurde der Zwerg von einem Lachanfall durchgeschüttelt, der einem Riesen Ehre bereitet hätte:

»Wie wollen Sie mit ihm denn Kontakt aufnehmen? Etwa telefonisch? Dort unten lebt man noch wie im Mittelalter. Es gibt nicht einmal Straßen, auf denen man dort hingelangen könnte. Und nehmen wir einmal an, ich setze mich auf ein Kamel und reite in das Dorf, um mit al-Chaafi zu verhandeln – wissen Sie, was da mit mir passieren wird? Im besten Fall nimmt er mich ebenfalls gefangen!«

In diesem Augenblick begann Lawrence von Arabien II. mir langsam auf die Nerven zu gehen. Zum Teufel noch mal, es mußte doch eine Lösung geben! Der Engländer forderte mich lachend auf: »Sie müßten unseren Freund von der Idee in Kenntnis setzen, die Sie ausgebrütet haben!«

Warum eigentlich nicht? Anscheinend gab es sowieso keine Möglichkeit, etwas für Hassan zu tun. So erklärte ich ihm, was Adriano Letta gerade in Rom mit seiner gewohnten Tüchtigkeit für mich erledigte. Ich war auf einen neuen Vulkanausbruch gefaßt, doch zu meinem großen Erstaunen verhielt sich mein Tropenhelm beinahe andächtig still. Zum ersten Mal, seitdem er meine Suite betreten hatte, schaute mich Lawrence von Arabien II. beinahe respektvoll an.

»Endlich eine intelligente Idee«, kommentierte er dann. »Das war aber auch Zeit. Das könnte klappen. Völlig verrückt, aber es könnte klappen. Wirklich.«

Wir flogen am Morgen des 7. Juli gegen acht Uhr von Dschibuti ab. Wir, das waren Adriano Letta (der neben vielen anderen Sprachen auch fließend Arabisch sprach), Lawrence von Arabien II., ein Experte im Fallschirmspringen und ich. Die Maschine wurde von meinem bevorzugten Piloten, Flint, der extra aus Florida gekommen war, gesteuert, eine DC3, die ich in Addis Abeba nicht ohne Schwierigkeiten gechartert hatte. In Äthiopien wütete eine heftige Revolution, und der Besitzer hatte mir das Flugzeug verkaufen und nicht nur vermieten wollen.

Die sechs mit Fallschirmen versehenen Container standen neben der Bordtür, durch die wir sie ins Freie stoßen wollten. Ich fragte mich übrigens, wie wir das fertigbringen sollten, denn vor wenigen Minuten hatte ich versucht, einen der Container anzuheben. Unmöglich, viel zu schwer. Jeder Container wog wohl zwischen einhundertfünfzig und einhundertachtzig Kilo. Meine Idee war wirklich verrückt! Was hatte ich hier zu suchen und den Operettenhelden zu spielen, während ich in Paris, New York oder Saint-Tropez zu sein hatte, oder, wichtiger noch, in Atlantic City, wo ich mir ein altes Hotel anschauen wollte, das mich bereits zweihundertfünfzigtausend Dollar gekostet hatte, oder, und das wäre sicher das beste gewesen, in Jamaika bei Sarah und meinem Sohn?

Unter uns ging die Meerenge von Bab el Mandeb zu Ende. Das ›Glückliche Arabien‹, wie man früher den Jemen nannte, lag unter uns. Die Luft war erstaunlich klar. Um so besser, denn wir durften uns nicht verirren: Der Nordjemen hatte uns ohne jedes Problem die Überflugsgenehmigung erteilt – er ist prowestlich eingestellt –, während man uns aus Aden, der Hauptstadt des Südjemens, kühl informiert hatte, man verfüge über ausgezeichnet ausgerüstete MIGs, die uns ohne Vorwarnung abschießen würden, sobald wir in den südjemenitischen Luftraum eindringen sollten.

Mühsam flog die DC3, deren Reisegeschwindigkeit 250 km/h nicht übertraf, Richtung Dorf. Das Rote Meer war inzwischen vollständig aus unserem Blickfeld verschwunden, und die Landschaft unter uns wurde immer gebirgiger. Wie üblich schimpfte Flint auf das Flugzeug, das in seinen

Augen nichts taugte; er meinte, wir würden jede Sekunde abstürzen und nie die dreitausend Meter hohen Gipfel überwinden, die vor uns lagen. Endlich erklärte er sich bereit, mir auf der Karte zu zeigen, wo wir uns befanden: nicht einmal hundert Kilometer südöstlich von Sana, also nicht mehr sehr weit von unserem Ziel entfernt. In ungefähr zwanzig Minuten würden wir wohl unseren Bestimmungsort erreicht haben, wie Lawrence von Arabien II. uns versicherte, der es sich auf dem Platz des Co-Piloten bequem gemacht hatte. Er erkannte die Pisten, auf denen die Karawanen von einem Wasserloch zum anderen zogen, und die verschiedenen *Wadis,* Wasserläufe, die ausgetrocknet waren.

»Wir sind gleich da.«

Wir überquerten Taiz und dessen Hochplateaus mit den schachbrettartig angelegten Feldern. Hier hatte sich einst das wirkliche ›Glückliche Arabien‹ befunden, das in der Antike als Kornkammer bekannt gewesen war, doch heute war auch hier Gelb die vorherrschende Farbe; jedes Jahrhundert trocknete die Erde weiter aus, und es war absehbar, daß in Kürze auch um Taiz herum nichts mehr wachsen würde. Flint schwenkte nach links ab; unter uns von neuem eine wilde und absolut lebensfeindliche Berglandschaft. Von Zeit zu Zeit allerdings waren befestigte Dörfer sichtbar, und man fragte sich unwillkürlich, wovon die Bevölkerung lebte. Straßen gab es keine, Menschen sah man keine, nur ab und zu vereinzelte Ziegen. Reinstes Mittelalter, wie es unser Lawrence von Arabien II. ausgedrückt hatte.

Wir flogen jetzt in nord-nord-östlicher Richtung. Die Landschaft wurde immer unwegsamer, menschenfeindlicher, ausgedörrter. Die Grenze zum Südjemen war nicht mehr weit, und links war jetzt deutlich die Wüste Rub al-Khali zu erkennen, einer der trockensten Landstriche der Erde.

»Dort!«

Lawrence von Arabien II. hatte sich vorgebeugt; er zitterte vor Aufregung. Vielleicht war er auch nur gerührt. Wenn ich seiner Biographie Glauben schenken durfte, dann hatte er dreißig Jahre seines Lebens in diesem wilden Land verbracht. Er zeigte mit seiner Hand auf ein befestigtes Dorf, das auf einer Bergspitze klebte, so daß es einem beim Anblick bereits schwindelig wurde.

Flint verminderte die Flughöhe. Als er zum erstenmal das schloßartige Haus überflog, das das Dorf überragte, eine im Grunde primitive Konstruktion aus getrocknetem Lehm, die aber mit ihren Wachtürmen und Fensterhöhlen recht beeindruckend aussah, vor allem im Vergleich zu den armseligen Dorfhütten, befanden sich kaum dreißig Meter zwischen dem Dach und dem Flugzeug. Männer liefen auf die Terrassen und schauten nach oben.

»Vorsicht, diese Hurensöhne bringen es fertig, auf uns zu schießen!«

Flint machte kehrt und überflog das Dorf ein zweites Mal. Lawrence von Arabien II. hatte sich nicht geirrt: Die männliche Bevölkerung schoß aus allen Rohren auf uns, ohne allerdings Unheil anzurichten.

»Vorsicht, beim nächsten Mal haben sie ihre Maschinengewehre in Stellung gebracht!«

Es war sicher besser, nicht mehr als ›Tontaube‹ zu dienen. Der Fallschirmspezialist hatte die Tür geöffnet.

»Los geht's!« schrie er.

Flint hatte wieder an Höhe gewonnen, und schon bald schwebte der erste Container an einem weißen Fallschirm am jemenitischen Himmel. Die fünf restlichen folgten ohne Unterbrechung. Wir hatten die Container nicht anheben, sondern nur aus der Tür stoßen müssen.

»Hauen wir ab!«

Die Aufgabe war erledigt. Das hatte ich zumindest gedacht. Doch Flint war anscheinend anderer Meinung, denn er schickte sich an, das Dorf zum vierten Mal zu überfliegen, und ich hatte den Eindruck, als wolle er diesmal noch tiefer hinuntergehen. Ich schrie ihn an, doch das half alles nichts. Er lachte wie ein Verrückter und deutete mit dem Daumen hinter sich; Lawrence von Arabien II. hatte sich mit der einen Hand an der Stange neben der noch offenen Tür festgeklammert und schickte sich an, auf das Dorf zu pinkeln und dabei irgendwelche Verwünschungen auszustoßen. Der Engländer und der Fallschirmspezialist krümmten sich, genau wie Flint, vor Lachen, und selbst Adriano Letta deutete so etwas wie ein Lächeln an, so daß ich der einzige war, der diesen vierten Überflug keineswegs komisch finden konnte.

Die sechs Container waren inzwischen gelandet. Ich beobachtete, wie sich die Männer des Dorfes vorsichtig den riesigen Behältern näherten. Schon bald würden sie sie öffnen. Und nicht nur mein Verhandlungsangebot vorfinden, sondern auch sechshundert Liter Eis. Natürlich kein x-beliebiges Eis, sondern echtes Cassata, Vanille-Pistazie-Schokolade, mit Pinienkernen, kandierten Früchten und Schokoladensplittern. Hassan Fezzalis Lieblings-Cassata. Ich hatte natürlich darauf geachtet, daß die sechshundert Liter bei dem Mailänder Eisfabrikanten bestellt worden waren, den Hassan, wie er mir einmal in einem Anfall von Vertraulichkeit verraten hatte, für den besten hielt.

Jetzt mußte ich nur noch warten.

Ich wartete. Und kaute an meinen Nägeln. Bevor ich mich entschlossen hatte, das jemenitische Dorf mit Cassata-Containern zu bombardieren, hatte ich eine Hypothese nach der anderen gewälzt, miteinander verbunden und auf diesen Hypothesen ein logisches System aufgebaut. Wenn auch nur eine von diesen Hypothesen sich als falsch herausstellen sollte, dann würde ich dies unter Umständen mein ganzes Leben zu bereuen haben, denn Azizs Saudis würden sich hundertprozentig um mich kümmern, wenn auch vielleicht nur auf finanziellem Gebiet.

Ich hatte Adriano gebeten, in Sana zu bleiben und dort abzuwarten, ob al-Chaafi bereit war, auf mein Verhandlungsangebot einzugehen. Ich selbst war direkt nach Paris geflogen, ohne in Kairo oder Riad Station zu machen. Am Morgen des 9. Juli traf ich in Roissy ein. Als Marc Lavater von meinen Eskapaden erfuhr, hob er die Arme zum Himmel: erst ein Kasino und dann Cassata im Jemen!

»Franz, du solltest wirklich einen Psychiater aufsuchen!«

»Vielleicht habe ich Erfolg. Lawrence von Arabien II. meinte sogar, die Cassata-Geschichte sei eine geniale Idee gewesen. Übrigens, ich bin genial, falls du das noch nicht wissen solltest!«

Jetzt bekam auch ich, wenn auch mit bemerkenswerter

Verspätung, einen entsetzlichen, nicht zu unterdrückenden Lachanfall, mit dem Erfolg, daß Marc schmollte.

»Ich hätte es wirklilch vorgezogen, von deinen Geschichten nichts, aber auch gar nichts zu wissen!«

»Damit ich als einziger nachts nicht mehr schlafen kann! Du Egoist!«

Wir aßen im *Lipp* zu Mittag. Ich sagte zu Roger Cazes, dem Inhaber: »Dieser Typ da hält mich für völlig übergeschnappt!« und deutete dabei auf Marc.

»Nur Irre sind wirklich interessant. Übrigens, ich bin froh, Sie wiederzusehen!« antwortete Roger in seinem gewohnt bissigen Stil.

Während des Mittagessens, bei dem ich große Mengen kaum angebratener Steaks verschlang (mein Aufenthalt in den arabischen Ländern hatte in mir so richtig die Sehnsucht nach einem blutigen Steak geweckt), erzählte Marc mir von Jersey und den anderen Kanalinseln. Er hatte kürzlich ein Wochenende dort verbracht und war begeistert. Im Augenblick interessierte mich Jersey nicht mehr als eine Furunkel-Epidemie in Senegal, doch mit der Zeit, Marc zuhörend, beinahe gegen meinen Willen...

»Nun, warum eigentlich nicht...«

Marc schaute mich erstaunt an:

»Was, warum eigentlich nicht?«

»Wenn ich ein Kasino, viele Kasinos, ein Hotel, viele Hotels kaufe und die Kette immer größer wird und schließlich viele Kasino-Hotels auf die Welt bringt, dann brauche ich eine Gesellschaft, eine Holding, die die ganzen Aktivitäten unter einen Hut bringt. Und warum soll diese Holding eigentlich nicht auf den Kanalinseln beheimatet sein?«

Strategisch gesehen war die Lage einmalig. Und wenn Marc sich nicht täuschte – doch auf diesem Gebiet täuschte sich Marc eigentlich nie –, dann waren die Vorteile für denjenigen, der auf den Kanalinseln eine Gesellschaft gründet, nicht zu verachten. Steuerlich gesehen, zum Beispiel. Auf Jersey beträgt der höchste Einkommensteuersatz zwanzig Prozent; verlockend. Doch Marcs Erzählungen sollten noch besser werden. Auf einer kleinen Insel, nicht weit von Jersey entfernt, auf Sark, herrschten geradezu paradiesische Zustände. Wenn man auf Sark wohnt, hat man die Wahl zwischen zwei Steuerarten: Als Landwirt zahlt man zehn Prozent seiner Jahresernte. Ist man kein Landwirt, ist man verpflichtet, jedes Jahr zwei Tage seiner Freizeit für den Staat zu opfern und nützliche Dienste zu verrichten, Straßen zu bauen, zum Beispiel. Doch wenn man keine Lust hat, zwei Tage dem Staat zu schenken, kann man sich loskaufen. Für dreißig Shilling! Nicht einmal zehn Mark!

Ich fühlte mich plötzlich als der geborene Straßenbauarbeiter!

Und sah mich schon von meiner Insel aus den Finanzministern von Frankreich und England Kartengrüße schicken!

Und wie gelangte man nach Jersey?

Ganz einfach: mit dem Flugzeug. Ein Blick, und ich mußte Marc recht geben: die Landschaft war ungeheuer schön, abwechslungsreich und ruhig. Und diese kleinen englischen Hotels und Pubs! Zum Verlieben! Wir stiegen im *Longueville Manor* in Saint-Saviour, französisch Saint-Hélier, ab und verbrachten dort gerade soviel Zeit, um uns einer Langusten-Orgie hinzugeben, dann ging es auch schon weiter mit einem Hovercraft auf die Insel Sark.

Liebe auf den ersten Blick. Verständlich, wenn man weiß, wie schön dieser Garten ist, der vom lieben Gott mitten in das Meer gepflanzt worden war, wenn man weiß, daß es auf der Insel keine Autos gibt (von einigen Traktoren abgesehen), keine Kriminalität, denn jeder der fünfhundert Einwohner ist abwechselnd Dorfpolizist, und daß das einzige Verbot dort Hündinnen betrifft... eine Hündin hatte vor mehr als zweihundertfünfzig Jahren die Enkelin des Inselherrschers gebissen!

Ich lernte den Inselherrscher kennen. Den aktuellen, natürlich. Ein höflicher Mann, der das Zuhören gelernt hatte. Auf der Reise von Paris nach Jersey hatte ich viele Ideen entwickelt. Warum sollte man die juristischen und steuerlichen Vorteile der Insel Sark nicht voll ausnutzen?

Der ganz besondere Status der Insel hängt, wie bei Jersey und Guernsey, mit einem Vergessen zusammen: Als die Krone Englands in dem Vertrag von 1258 auf ihre Rechte in der Normandie verzichtete und somit die Normandie ganz an die französische Krone fiel, wurden die Kanalinseln vergessen; auf der anderen Seite unterstanden sie aber auch nicht vollständig der englischen Krone, sondern im Grunde altem normannischem Recht. Kein Wunder, daß Begriffe wie Mehrwertsteuer, Erbschaftssteuer, Zoll und ähnliches dort unbekannt waren. Großartige Perspektiven für einen international arbeitenden Finanzier, nicht wahr?

»Man könnte eine Bank gründen oder eine Freihandelszone ausrufen oder auch beides...«

Der Herrscher hörte mir weiter ausgesprochen höflich und aufmerksam zu. Wir waren gerade dabei, einen Rundgang um die Insel zu machen, zu Fuß natürlich, vom kleinen Hafen ausgehend bis zum Dorf.

»Und was braucht man zur Gründung einer Freihandelszone? Ein Büro, das ist alles, für das Handelsregister. In dem, wie in Panama, die Handelsschiffe registriert werden.«

»Wir entwerfen unsere eigene Flagge...«

»Richtig. Und nichts steht der Möglichkeit entgegen, daß jeder Ihrer Untertanen hundert oder zweihundert Unternehmen leiten wird. Das wird ihn höchstens eine Viertelstunde pro Woche in Anspruch nehmen.«

»Und das ist alles ganz legal? Ich meine, ohne Betrug oder so?«

»Selbstverständlich«, beruhigte ich ihn. »Und Kunden für Ihre Insel werden Sie mehr als ausreichend finden, so daß die finanziellen Probleme der Insel innerhalb einer verblüffend geringen Frist geregelt sein werden. Die Insel hat doch wirtschaftliche Schwierigkeiten, wie?«

»Wer hat heutzutage keine Schwierigkeiten? Sie werden für uns Kunden werben?«

Problemlos. Ich hatte vor, Büros in Genf, Hongkong, Ulan-Bator, überall auf der Welt aufzumachen und natürlich für jeden Kunden eine anständige Provision zu verlangen. Doch das verstand sich ja von selbst. Vielleicht sollte man auch einplanen, daß auf Sark wie in Panama, Curaçao oder Liechtenstein anonyme Handelsgesellschaften gegründet werden konnten. Juristisch war das einwandfrei. Der Herrscher hatte das Recht, entsprechende Bestimmungen zu erlassen...

Ich sprach und plante. Für einige Stunden wenigstens

hatte ich meine schlimmsten Sorgen vergessen und vielleicht auch den amtierenden Herrscher von der Richtigkeit meiner Ansichten überzeugt. Wir kamen wieder zu unserem Ausgangspunkt zurück, dem Sitz des Herrschers, einem ehemaligen Kloster aus dem 6. Jahrhundert, das hervorragend instand gehalten wurde. Marc verließ das Gebäude, als wir in Sichtweite waren. Er hatte in seinem Pariser Büro hinterlassen, wo man uns erreichen konnte, eine Vorsichtsmaßnahme, die sich als nützlich erwies.

»Franz, Adriano hat aus dem Jemen angerufen. Er braucht dich dringend.«

Ende der Pause. Ich reiste sofort ab.

5

Adriano Letta holte mich auf dem Flughafen Sana ab. Sobald wir nicht mehr befürchten mußten, von indiskreten Ohren belauscht zu werden, berichtete er:

»Monsieur Cimballi, sie haben vor noch nicht einmal vierzig Stunden mit mir Kontakt aufgenommen.«

In dem Brief, den ich den Eis-Containern beigegeben hatte, hatte ich Lettas Name und seine Adresse in Sana angegeben, ein kleines Fuduk (Hotel) in der Nähe des Tores Bab el-Yemen. Wir hatten eigentlich angenommen, und ich als erster!, daß sich die ganze Angelegenheit wohl in die Länge ziehen würde und daß wir vor dem 15. bis 17. Juli keine Reaktion erhoffen durften (die Eis-Bombardierung hatte ja am 7. Juli stattgefunden). Inzwischen waren aber nur fünf Tage verstrichen...

»Ich hatte gerade mein Hotel verlassen und befand mich auf der Straße. Drei Männer, bewaffnet, aber das will nicht viel heißen, denn hier sind alle Männer bewaffnet, kreisten mich ein und drängten mich in ein Haus. Sie waren stur wie Beduinen: ›Cimballi, wir verhandeln nur mit Cimballi.‹

Ich habe ihnen natürlich gesagt, daß Sie nicht da seien und daß ich Sie vertrete, doch nichts zu machen. Sie wollen nur mit Ihnen verhandeln.«

Adriano hatte für mich einen Termin ausgemacht. Und Leibwächter engagiert, denn er traute der ganzen Geschichte nicht.

»Adriano, tickt bei Ihnen etwas nicht mehr richtig? Ist es hier zu heiß?«

Er schüttelte sorgenvoll seinen Kopf, den ich im Verdacht hatte, nicht mehr ganz richtig zu ticken:

»Monsieur Cimballi, die Sache ist gefährlich. Wirklich gefährlich. Sie haben es abgelehnt, sich mit Ihnen in der Stadt zu treffen. Und sobald man Sana verläßt, ist alles möglich.«

»Wo sollen wir uns denn treffen?«

Anscheinend an einem völlig verlassenen Ort; die Unterhändler der Gegenseite erwarteten mich in Marib-Fata.

»Habe ich noch nie gehört.«

»Marib-Fata liegt im Herzen des Landes, das früher einmal von der Königin von Saba regiert wurde.«

Die Königin von Saba hatte mir gerade noch zu meinem Glück gefehlt!

»Dann werde ich mich wohl am besten Salomo nennen, als Tarnname.«

Eine ockerfarbene Mondlandschaft, von tiefen Gräben durchzogen, erwartete mich; hier und da erhoben sich kleine Tafelberge, und über das ganze Hochplateau waren ockerfarbene oder schwarze Steine verstreut, so, als ob eines Tages eine ungeheure Explosion stattgefunden habe. Die scharfe Sonne verlieh allen Objekten beeindruckende Konturen. Wir hatten die Motoren abgestellt, und die Stille war erdrückend.

Marib-Fata, die Stadt der Königin von Saba, eine wahre Geisterstadt, lag sieben-, achthundert Meter vor uns auf einem Hügel. Die Häuser sahen aus wie Festungen, und manche schienen fünfzig Meter hoch zu sein. Von meinem Standpunkt aus konnte ich die Tonziegel und die Schießscharten deutlich erkennen, die als Fenster dienten, denn die Luft war sehr klar.

»Und in dieser Wüste lebt jemand?«

»Drei oder vier Händler, die die Reisenden versorgen.«

Ich griff nach meinem Fernglas; in der Geisterstadt konnte ich keine Anzeichen von Leben erkennen. Und wenn sich dort wirklich Händler befinden sollten, dann konnte man sie wegen Aufdringlichkeit wohl kaum belangen.

»Noch fünf Minuten bis zum vereinbarten Zeitpunkt«, verkündete Adriano mit seiner düstersten Grabesstimme (er tat wirklich alles, um mich aufzumuntern!).

Auf arabisch erteilte er verschiedene Befehle; meine Leibgarde sprang von den Lastwagen, Toyotas, auf denen sie von Sana hergekarrt worden waren, ungefähr dreißig Mann hoch, mit Kalaschnikows ausgerüstet, die anscheinend in China hergestellt worden waren, und mit den ›Jambias‹, den Dolchen mit kunstvoll gearbeiteten Griffen, ohne die ein wahrer Jemenit kein wahrer Jemenit ist. Sie sahen furchterregend aus mit ihren Bärten und den riesigen Sonnenbrillen, die die Augen verdeckten. Ich fragte mich, ob ich eher vor al-Chaafi Angst hatte, der zu dem Treffpunkt kommen sollte, oder vor meiner Leibgarde, die mich bereits – zum Schutz? – umzingelte.

»Noch zwei Minuten«, bemerkte Adriano, dessen Stimme noch heiserer geworden war.

Ich schaute starr auf das kleine Haus aus Lehmziegeln, das auf halbem Weg zwischen der Geisterstadt und mir lag. Vor zwanzig Minuten hatte Adriano es bereits untersucht, um sicherzugehen, daß sich niemand dort befand, der mir unter Umständen an den Kragen gewollt hätte.

»Eine Minute!«

Cimballi, du Rindvieh, warum bist du eigentlich nicht in Montego Bay am Strand und spielst mit deinem Sohn! Trottel! Idiot!

»Jetzt«, sagte Adriano. »Viel Glück!«

Hatte er wirklich flüstern müssen? Mir war plötzlich, mitten in der Wüste, eiskalt. Zu Fuß legte ich die wenigen Hundert Meter zurück, die mich von dem kleinen Haus, eigentlich eher einer Hütte, trennten. Bei jedem Schritt wuchs meine Überzeugung, daß ich mich wie ein ausgemachter Esel benahm. In der Geisterstadt rührte sich nichts, was meine Unsicherheit nur noch verstärkte. Ich war mir sicher, daß mein Abenteuer schlimm enden würde. Wenn ich Glück hatte, würden mich Hassans Entführer versetzen...

Ich war an der Hütte angelangt. Pfeifend wie ein kleines

Kind im Wald ging ich einmal um sie herum, jeden Augenblick darauf gefaßt, das Krummschwert, das meinen Schädel spalten würde, zischen zu hören. Ich warf sogar einen Blick in die Hütte (eine Heldentat!). Es stank entsetzlich nach Ziegenbock, sie war aber ansonsten so leer wie eine Privatbank im Ostblock.

Als ich wieder an die frische Luft kam, hörte ich zum erstenmal die Geräusche. Es konnte kein Zweifel mehr bestehen: MAN kam. Und zwar aus der Richtung der Königin von Saba.

Ich war auf alles vorbereitet gewesen, auf wilde Reiter auf noch wilderen Pferden, die Gesichter mit weißen Tüchern verhüllt, oder auf stolze Beduinen, die auf ihren Wüstenschiffen schweigend eintrafen, oder auch auf etwas wie im Wilden Westen, in der Art der Indianer, sich anschleichend und plötzlich, peng...

Ich war auf alles gefaßt gewesen, nur auf das nicht, was sich wirklich ereignete.

Drei Motorräder. Das erste eine Maschine, wie man sie sich eigentlich nur in Florida vorstellen kann, mit James Dean am völlig verrückten Lenker. Der Mann, der das Motorrad gekonnt um die Steine lenkte, war ungefähr in meinem Alter, hatte struppige Haare und verbarg seine Augen hinter einer riesigen Sonnenbrille mit einem rosa Gestell. Er trug eine gelbe Hose aus Seide und dazu eine schwarze Lederjacke mit einem Adler auf dem Rücken; die Jacke war mit blauem Pelzbesatz verziert. Auf dem Rücksitz saß wohl seine Freundin; zumindest nahm ich das an, denn erkennen konnte ich nicht sehr viel, da ihr Körper in ein Cape aus schwarzem Velours ge- und ihr Gesicht mit einem rosa Schleier verhüllt war; nur die stark geschminkten Augen, die mich mit unverhohlener Neugierde musterten, waren sichtbar.

Der *Chopper* hielt zwei Meter vor mir und lächelte mich freundlich an:

»Wir sind pünktlich, nicht wahr?«

»Sie sind nicht al-Chaafi.«

»Sein Sohn.«

Ich musterte die beiden anderen Motorradfahrer. Auch sie hatten automatische Feuerwaffen russisch-chinesischer Herkunft bei sich, die sie sorglos über den Rücken gehängt hatten, doch ich war mir sicher, daß die beiden nur wenige Sekunden brauchten, um sich in Scharfschützen zu verwandeln.

»Wo ist Hassan Fezzali?«

Eine vage Geste:

»Das weiß nur Allah.«

Dieser junge Mann machte sich anscheinend über mich lustig. Meine Antwort fiel ziemlich scharf aus:

»Ich bestehe auf einem Beweis, daß er noch am Leben ist.«

Der junge Mann griff mit seiner behandschuhten Rechten in eine Tasche seiner Lederjacke und holte einige Polaroid-Abzüge heraus. Ich warf nur einen kurzen Blick darauf und mußte mich sehr zusammennehmen, denn sonst hätte ich schallend gelacht: die Aufnahmen zeigten Hassan vor großen Bergen Cassata.

»Wieviel bezahlt man Ihnen für die Bewachung Hassans?«

Kurzes Zögern:

»Fünftausend Rial.«

Monatlich?«

»Ja.«

Umgerechnet waren das ungefähr elftausend Dollar. Prinz Aziz bezahlt monatlich zweihunderttausend Dollar. Ein hübscher Reingewinn für den, der Hassan entführt hatte...

»Diejenigen, die euch Fezzali übergeben haben, betrügen euch. Sie kassieren dreimal soviel, wie sie euch bezahlen.«

Ich hatte ganz bewußt nicht die richtige Zahl angegeben; erstens wollte ich al-Chaafis Sohn nicht erniedrigen, denn er hätte sich natürlich erniedrigt fühlen müssen, hätte er gewußt, daß man seinen Vater mit einem Taschengeld abspeiste, und zweitens wollte ich die Preise nicht unnötig in die Höhe treiben. Meine Überlegungen waren sehr einfach: Kannte der Junge die genaue Summe der monatlich fälligen Lösegelder nicht, dann war meine Ausgangshypothese richtig gewesen: al-Chaafi und sein Dorf waren in diesem Fall nichts anderes als einfache Komparsen. Mit denen ich ohne Schwierigkeiten verhandeln konnte.

Der Junge runzelte die Stirn und fragte:

»Dreimal soviel?«

»Dreimal soviel; sie betrügen euch. Dabei geht ihr das eigentliche Risiko ein. Vor allem jetzt, wo bekannt geworden ist, daß ihr Fezzali gefangenhaltet.«

»Wie haben Sie das herausbekommen?«

»Ich habe eine Wahrsagerin befragt.«

Langsam hatte ich mich von der Überraschung erholt, in der jemenitischen Wüste Motorrädern zu begegnen, die in Florida keinem Menschen aufgefallen wären, einfach, weil sie völlig verrückt gebaut waren. Ich hatte übrigens einen ganz anderen Verhandlungsstil erwartet: auf dem Boden sitzend und mit einem alten Häuptling, dem ich Glasperlen und mein Pfadfindermesser geschenkt hatte, die Friedenspfeife rauchend, Stunden um Stunden, schweigend... Doch das Überraschendste habe ich noch gar nicht erwähnt: Mein junger Gesprächspartner sprach ein sehr verständliches Englisch, fast fließend, das er keinesfalls in dieser verlassenen Gegend gelernt haben konnte (genau wie es hier keine Yamaha-Werkstätte für sein Motorrad gab). Ich war mir sicher, daß er bereits größere Reisen unternommen hatte. Vielleicht gehörte er zu den Hunderttausenden von Jemeniten, die auf der Suche nach Arbeit ihre Heimat verlassen hatten und in die Golfstaaten ausgewandert waren. Vielleicht hatte er aber auch studiert, von seinem Papa al-Chaafi finanziell unterstützt, der mit Hilfe seiner Tätigkeit als Geiselnehmer sicher einiges hatte zurücklegen können. Ich würde die Wahrheit wohl nie erfahren, und im Grunde war sie mir auch völlig gleichgültig.

»Zehn Millionen Dollar«, eröffnete der Motorradsportler die Verhandlungen.

Ich lachte. Schallend. Dann wurde es doch noch etwas orientalisch, denn wir brauchten mehr als eineinhalb Stunden, bis wir uns auf eine Summe hatten einigen können – während der Verhandlungen erfuhr ich, daß Papa al-Chaafi vor drei Jahren gestorben war; die Informationen von Lawrence von Arabien II. waren anscheinend nicht so zuverlässig, wie er meinte.

»Ich zahle Ihnen das Lösegeld für ein Jahr, nicht mehr.«

»Fünf Millionen.«

»Hassan Fezzali ist nicht mehr der Jüngste. Und die lange Gefangenschaft...«

»Er ist völlig gesund.

»Von den Fingern einmal abgesehen, die Sie ihm abgeschnitten haben!«

»Das war nicht ich, das war mein Onkel«, entschuldigte sich der junge Mann augenblicklich. Zu meiner großen Erleichterung erfuhr ich, daß auch dieser unzivilisierte Onkel vor sieben Monaten verstorben war. Der junge Mann hatte Fezzali regelrecht geerbt.

»Drei Millionen.«

»Fezzali ist alt und krank. Wenn er stirbt, werden Sie überhaupt nichts mehr bekommen. Das heißt, eines schon: Die saudische Armee wird sich mit Ihrem Dorf und Ihnen beschäftigen, und ich garantiere Ihnen, daß man sich dann nicht nur um Ihre Finger kümmern wird! Fünfhunderttausend.«

Wir einigten uns dann schließlich auf diese fünfhunderttausend. Bar. Ich dachte schon, die Verhandlungen seien zu Ende, doch ich hatte mich getäuscht:

»Das ist noch nicht alles, Mister Cimballi.«

Er stellte mir seine letzte Bedingung. Ich schaute ihn mit weit aufgerissenen Augen an; meinte er das wirklich ernst?

»Ganz, wie Sie wollen, Mister Cimballi. Ich bin nicht bereit, mit Ihnen über diesen Punkt zu verhandeln. Das Geld ist für mich bestimmt, der Rest für das Dorf. Die Dorfbewohner werden nie bereit sein, Ihren Freund freizulassen, wenn Sie ihre Bedingung nicht erfüllen.«

Ich war natürlich bereit, auch die letzte Bedingung zu erfüllen. Feierlich schüttelten wir uns die Hände. Er und seine Begleiter stiegen wieder in ihre Sättel und verschwanden Richtung Behausung der Königin von Saba. Ich ging zu Adriano Letta zurück und lachte, bis mir die Tränen kamen. Letta schaute mich sorgenvoll an.

»Eine WAS?« fragte mich Adriano.

»Eine kleine Fabrik zur Herstellung von Cassata-Eis. Das ist ihre Bedingung *sine qua non*. Diese Fabrik muß in ihrem Dorf aufgebaut werden und ausschließlich für ihren eigenen Bedarf arbeiten. Sie haben sich in meine Cassata verliebt. Von den Pinienkernen einmal abgesehen. Sie ziehen Mandeln vor.«

Wir verloren natürlich keine Sekunde. Adriano flog von Sana direkt nach Mailand, um das Notwendige in die Wege zu leiten. Am 16. rief er mich gegen Ende des Vormittags an; er hatte alle Maschinen gefunden, und auch den Öl-Generator, der die Energie liefern sollte. Am selben Abend noch sollte alles per Frachtflugzeug in den Jemen transportiert werden.

»Und die kandierten Früchte? Die Mandeln?«

Adriano hatte daran gedacht. Je eine Tonne. Er hatte sich natürlich genau über die Produktionsbedingungen für Cassata-Eis informiert (Milch, Eier, Zucker und Sahne) und alles besorgt, entweder tiefgefroren oder in Form von Pulver.

»Die Eier allerdings«, erklärte Adriano mit einer Ernsthaftigkeit, die mich so amüsierte, daß ich ihm kaum zuhören konnte, »stellen ein großes Problem dar. Zwei Möglichkeiten: Entweder wir versorgen unsere Jemeniten mit Trockenei, was den Geschmack der Cassata erheblich beeinträchtigt, wie man mir glaubhaft versicherte, oder wir schließen einen Vertrag mit einer ägyptischen Firma, jede Woche 72 Dutzend fast frische Eier nach Sana zu liefern, die Menge, die nach Auskunft der Mailänder Spezialisten notwendig ist, um dreihundertneun Personen mit zwei dicken Scheiben Cassata pro Tag eine Woche lang zu versorgen.«

Jetzt konnte ich nicht mehr an mich halten – ich weinte vor Vergnügen, buchstäblich. Marc blieb ernst. Seine Milz riskierte nicht, aufgrund heftiger Lachanfälle durchgeschüttelt zu werden, zumal ich ihn bei der Erledigung der anfallenden Dinge eingespannt hatte:

»Hast du eigentlich vergessen, daß eine Million Dollar, die dir gehört, auf dem Konto in Liechtenstein schlummert und mit Hassans Befreiung aus ihrem Dornröschenschlaf geholt wird? Nein? Dann tu gefälligst etwas dafür!«

Marc kümmerte sich um die notwendige Importerlaubnis für unsere Cassata-Fabrik. Er hielt sich höchstpersönlich am 18. Juli in Sana auf, als Adriano an Bord des Transportflugzeuges eintraf; ich selbst war bereits am Nachmittag des gleichen Tages in Sana angekommen, nachdem ich die Überweisung der fünfhunderttausend Dollar von einem meiner Konten auf den Bahamas auf das Konto einer Bank im Jemen in die Wege geleitet hatte.

Wir waren also zu dritt. Das heißt, eigentlich zu viert. Marc hatte verblüfft den kleinen, völlig schwarz gekleideten bärtigen Mann betrachtet, der Adriano in Mailand die ganze Zeit nicht von den Fersen gewichen war und sich auch jetzt an uns hängte. Marc fragte mich flüsternd:

»Und wer ist dieser Typ?«

»Erkennst du ihn nicht? Ein Imam. Ein muselmanischer Pfaffe!«

»Und was hat dieser Pfaffe in dieser verrückten Geschichte zu suchen?«

»Ich weiß, ich hätte dir schon früher von diesem Imam berichten sollen, doch alles hat sich so schnell abgespielt... Unsere Freunde aus den jemenitischen Bergen wollen nicht nur eine einfache Cassata, sondern eine religiös abgesicherte, einwandfreie. Kurz und gut, jeder Kauf Adrianos, jede Maschine, alles, auch der Aufbau der Maschinen in dem Dorf, wird von diesem Imam überwacht. Ich habe ihn in der Gegend von Paris aufgetrieben, wo er in einem Dorf lebt und gegen den Schah, seinen Landsmann, wettert.«

Auf diese Weise würde es nun die ersten islamischen Cassatas auf dem Weltmarkt geben.

Marc war völlig am Boden zerstört. Er hatte auch allen Grund dazu.

Eine Konsequenz dieser verrückten Geschichte war nicht verrückt: Hassan sollte, nachdem alle Bedingungen erfüllt worden waren, freigelassen werden. Überraschenderweise hatte es kaum größere Schwierigkeiten gegeben, als wir, das heißt Adriano und die Monteure aus Mailand und Florenz, die die Maschinen aufbauen sollten, der Imam, Marc und ich in Sana eintrafen. Natürlich waren wir aufgefallen, aber nach einigem Hin und Her und dem in dieser Gegend üblichen und relativ bescheidenen Bakschisch war alles in bester Ordnung. Der Hubschrauber, den ich gemietet hatte, flog Maschinen und Zutaten in das Dorf, und die Monteure begannen am 19. mit dem Aufbau der Fabrik, die im Grunde recht bescheiden war und in ein größeres Zimmer paßte. Noch am gleichen Tag konnte man den ersten Probelauf starten; zwei Stunden später strahlten die Bewohner, denn die erste Cassata mit Mandeln entsprach voll und ganz ihren Erwartungen. Adriano informierte mich sofort über Sprechfunk. Ich selbst hielt mich ungefähr fünfzig Kilometer nordwestlich von Sana auf und hatte auch diesmal meine Leibwache dabei. In dem zweiten Hubschrauber, der mich zu dem vereinbarten Treffpunkt gebracht hatte, befanden sich unter der Obhut von Marc und dem Engländer die fünfhunderttausend Dollar.

Zwanzig Minuten später tauchten die drei Motorräder am Horizont auf. Diesmal saß auf dem Rücksitz des größten und verrücktesten keine vermummte Jemenitin, sondern Hassan Fezzali.

Jetzt erst war ich mir sicher, daß sich mein junger Verhandlungspartner an die Abmachungen halten würde.

Die ersten Worte meines Lieblingsbeduinen zeigten mir, daß Hassan Fezzali immer noch Hassan Fezzali war:

»Ihnen kann man wirklich nicht mehr helfen: Sie haben sich in der Mailänder Adresse geirrt. Die wirklich gute Cassata wird in Crescenzago hergestellt!«

Am 20. wechselten wir in Kairo praktisch nur das Flugzeug und flogen gleich weiter nach London, wo wir sofort Anschluß nach Jersey hatten, wo im *Longueville Manor* zwei Suiten reserviert waren.

»Warum eigentlich Jersey?« fragte Hassan, der alles über sich hatte ergehen lassen und nicht einmal mehr die Kraft zu seinen sonst so hartnäckig vorgebrachten Protesten hatte.

Ohne die Antwort abwarten zu können, schlief er ein. Er war am Ende seiner Kräfte. Während seiner Gefangenschaft hatte Fezzali, der nie dick gewesen war, entsetzlich abgenommen, und ich war mir sicher, daß er nicht mehr lange durchgehalten hätte. Die Ärzte, die ihn auf mein Drängen hin auf dem Londoner Flughafen Heathrow untersucht hatten, hatten mich allerdings beruhigt; Hassan brauchte Ruhe und Erholung, ansonsten war er gesund, erstaunlich gesund sogar. Warum also nicht Jersey. Ich hatte noch nicht einmal Prinz Aziz von der glücklichen Befreiung unterrichtet und wollte dies auch Hassan überlassen, der in Riad und auch anderswo, aber vor allem in der nächsten Umgebung seines Lieblingsprinzen wohl mit einigen Männern abzurechnen hatte, und da wollte ich mich auf gar keinen Fall einmischen. Fezzali war der einzige, der bestimmen konnte, welche Rache angebracht war, sobald er sich wieder erholt hatte. Und ich war überzeugt, daß auch Prinz Aziz sich aus dieser Abrechnung heraushalten und alles blind unterstützen würde, was Fezzali vorschlug.

Ich selbst hielt mich nicht lange in Jersey auf, denn meine Geschäfte drängten. Die Option auf das Hotel in Atlantic City lief am 21. Juli aus, und genau an diesem Tag landete ich morgens um neun Uhr fünfzehn in New York, müde, aber doch zufrieden mit mir. Sarah hatte gemeint, ich solle meine Lethargie abschütteln? Nun, sie konnte ebenfalls mit mir zufrieden sein. Und: ich hatte nicht nur einem alten Freund geholfen, sondern auch die zehn Millionen Dollar, die auf dem Konto in Liechtenstein ruhten, wieder an mich bringen können. Über die Unkosten der Befreiungsaktion machte ich mir, obwohl sie nicht ganz unbeträchtlich gewesen waren, keine Sorgen. Hassan würde die Rechnung begleichen, denn er war schließlich ein reicher Mann; vielleicht würde sich aber Prinz Aziz nicht die Ehre nehmen lassen, für die Befreiung seines alten Beraters persönlich aufzukommen.

Ein Geschäft war abgeschlossen. Das andere konnte beginnen. Hätte man mich damals gefragt, ob zwischen diesen beiden Geschäften eine Verbindung bestand, dann hätte ich voller Überzeugung geantwortet:

»Nein!«

ZWEITER TEIL

Der weiße Elefant

6

Doch kommen wir auf das Wesentliche zurück.

Es waren genau siebendundzwanzig Tage vergangen, seit Jo Lupino mich zum erstenmal angerufen hatte, um mir mitzuteilen, daß er, ich verwende seine eigenen Worte, »etwas für mich gefunden habe«.

Ich hatte ihn gefragt:

»In Las Vegas?«

»Nein, in Atlantic City.«

Ich war enttäuscht gewesen, ungefähr so wie jemand, der sich auf Champagner freut und dem man eine Coca-Cola anbietet. Das heißt, dieser alte, direkt am Meer liegende Hotelkasten hatte mich wirklich nicht begeistern können.

»Und was meinst du heute?«

»O Gott...«

Lupino lachte:

»Nun, eines steht fest: Du mußt dich schnell entscheiden. Die Verkäufer erwarten uns um fünf Uhr nachmittags. Egal, ob du dich entschließt, den alten Kasten zu kaufen oder nicht, du wirst ihnen eine Antwort geben müssen.«

Er hatte mich am Kennedy Airport abgeholt, zusammen mit Jimmy Rosen und Philip Vandenbergh. In einem kleinen Privatflugzeug waren wir über die Bucht von New York und Sandy Hook und anschließend die Küste von New Jersey entlanggeflogen. Es war noch nicht einmal zehn Uhr dreißig, als wir auf dem Flughafen Pomona, der Atlantic City am nächsten lag, in einen Leihwagen stiegen. Inzwischen waren wir in der Stadt angelangt.

Ein Franzose würde sofort an Deauville denken. Aufgrund der großen Hotels direkt am Meer und auch aufgrund des Holzsteges, vornehmer, der Promenade, die aus Holzlatten zusammengezimmert war und hier in Atlantic City Boardwalk hieß, achtzehn Meter breit und ungefähr fünfzehn Kilometer lang. Doch da hört der Vergleich mit Deauville auch schon auf. Atlantic City hatte zu Beginn des Jahrhunderts und dann noch einmal in den zwanziger und dreißiger Jahren seine heroische Zeit erlebt. Doch dann hatten sich die Vorlieben der Amerikaner geändert; die Kleinstadt mit knapp fünfzigtausend Einwohnern schlief langsam ein, und niemand konnte davon ausgehen, daß sie eines Tages wieder aufwachen würde. Vor drei Jahren hatte ich mit Jimmy Rosen bereits einmal über Atlantic City gesprochen. Damals hatte ich mich noch nicht auf die riesige Kaffee-Spekulation eingelassen, die um ein Haar zu meinem Ruin geworden wäre*, und suchte nach einer vielversprechenden Anlagemöglichkeit. Während eines Fluges hatte mir ein Unbekannter einen sogenannten ›Geheimtip‹ gegeben und mir geschworen, daß man in Atlantic City schon bald das Glücksspiel offiziell zulassen würde. Jeder konnte sich ausrechnen, daß in diesem Fall die Immobilienpreise über Nacht um das Tausendfache klettern würden. Ich hatte mit Jimmy Rosen über diesen ›Geheimtip‹ gesprochen, doch er hatte nur abgewinkt und gemeint:

»Franz, das sind olle Kamellen! Der Reichtum des Staates Nevada gründet sich seit mehr als fünfzig Jahren auf zwei Industrien: in erster Linie die Scheidungs-Industrie (der heute in der ganzen Welt anerkannte Scheidungsgrund ›seelische Grausamkeit‹ war bezeichnenderweise zum erstenmal von einem Gericht in Nevada anerkannt worden) und dann die Glücksspiele, die in Nevada im Jahre 1931 zugelassen wurden. Kein anderer Bundesstaat war dem Beispiel Nevadas gefolgt. Das heißt, dieser Staat hält ein exklusives, alle normalen Maßstäbe übersteigendes Privileg in Händen. Zweihundertdreißig Millionen Amerikaner können nur in Nevada spielen. Und du meinst, die wären bereit, mit anderen dieses Privileg zu teilen? Die Spiellobby Nevadas ist die mächtigste Lobby in ganz Amerika, und Geld spielt überhaupt keine Rolle. Nevada unternimmt alles, um sein Monopol zu behalten. Seit langem wird gemunkelt, in Atlantic City würde das Glücksspiel zugelassen. Schon vor meiner Geburt... So wie man immer wieder Miami oder die Pocono Mountains hun-

* Siehe Cash, Heyne-TB Band 01/6937

dert Kilometer östlich von New York ins Spiel bringt. Man munkelt, aber die Realität sieht anders aus. Das kann noch hundert Jahre so gehen.«

Rosen täuschte sich nicht sehr häufig. Und wenn ich ehrlich sein soll: Seitdem wir uns kennen, hatte er sich nur ein einziges Mal getäuscht, eben in Bezug auf Atlantic City. Er hatte einen ausschlaggebenden Faktor unterschätzt: die finanzielle Katastrophe von New York und, damit verbunden, vom Staat New Jersey. Es war sicher richtig, in diesem Zusammenhang von einem regelrechten Ruin zu sprechen; folglich mußten dringend neue Finanzquellen gefunden werden.

Als im Staat New Jersey neu abgestimmt und beschlossen wurde, das Glücksspiel zuzulassen, war ich völlig von meiner Kaffee-Spekulation in Atem gehalten gewesen, so daß ich das Ereignis nur am Rande registriert hatte. Die Lobby aus Nevada hatte sich in das Unvermeidliche fügen müssen und, typisch amerikanisch, sofort auf Gegenoffensive geschaltet: Die Big Bosse aus Vegas und Reno nahmen das nächste Flugzeug und schauten sich in diesem merkwürdigen Nest Atlantic City, das ihnen Konkurrenz machen wollte, gründlich um.

Es war nur logisch, daß die Immobilienpreise anzogen, so daß man schamlos dreißig Millionen für mein Hotel haben wollte, das ich vor drei Jahren unter Umständen für dreihunderttausend Dollar hätte kaufen können.

Doch ich kann niemand anderem die Schuld zuschieben oder gar darüber jammern, daß da einige Leute sich eine goldene Nase verdienen wollten: Vor vier, fünf Jahren hatte ich bei meiner ›Operation Sonnengürtel‹* genauso gehandelt und ganze Straßenzüge aufgekauft, als die Preise tief im Keller staken, die ich dann nur kurze Zeit später mit hohem Gewinn weiterverkaufte, denn der amerikanische Markt hatte sich in kürzester Frist erholt gehabt. Ich hatte also wirklich keinen Anlaß, anderen einen Vorwurf zu machen, und dachte auch gar nicht daran.

»Erzähl mir etwas über die Verkäufer, Jo.«

* Siehe Paul-Loup Soulitzer, Money, Heyne TB Band 01/6936

»Ich habe dir vorhin schon gesagt, daß wir uns um fünf Uhr mit ihnen treffen. Du wirst es sicher mit einem gewissen Schimmel zu tun haben, der allerdings nicht allein entscheidet, sondern zusammen mit einem oder zwei Beratern.«

Ich hatte aus Riad nicht nur bei Jo Lupino, sondern auch bei Jimmy Rosen und Philip Vandenbergh telefonisch ein Dossier über das Hotel in Auftrag gegeben, das ich kaufen wollte, und diese Dossiers auch, wie ausgemacht, zwei Wochen später erhalten. Ich war allerdings noch stark mit der Cassata beschäftigt gewesen, so daß ich sie nur überflogen hatte. Erst auf dem Flug von Jersey über London nach New York hatte ich die Unterlagen aufmerksam studiert. Zwei Schlußfolgerungen waren bei den drei Berichten nahezu identisch, obwohl meine Berater ja getrennt gearbeitet und nicht gewußt hatten, daß sich die anderen ebenfalls um das gleiche Thema bemühten. Erstens: das Geschäft war vielversprechend, auch bei einem Ankaufspreis von dreißig Millionen Dollar. Zweitens: der gewisse Schimmel war nur ein Strohmann, der im Auftrag einer New Yorker Familie handelte, die ich hier Caltani nennen möchte.

»Werden die Caltanis an der Besprechung heute nachmittag nicht teilnehmen?«

»Ganz bestimmt nicht.«

Jo hatte die Klimaanlage abgestellt und die Scheiben heruntergedreht; nach Salz und Algen riechende Luft drang ins Innere.

»Und wissen dieser Typ und die Familie, die hinter ihm steht, was ich mit dem Hotel anfangen will?«

»Natürlich wissen sie das. Jeder, der heute in Atlantic City einen dieser alten Kästen oder auch nur ein etwas größeres Gebäude kauft, will es in ein Kasino umwandeln.«

»Und warum machen sie dann das Geschäft nicht auf eigene Rechnung, da es doch angeblich bombensicher ist? Warum bauen sie es nicht selbst in ein Kasino um?«

Rosen antwortete mir von der Rückbank aus:

»Weil sie Geld brauchen. Sie sind – ich spreche von den Caltanis, nicht von ihrem Strohmann – gerade dabei, ein Kasino hochzuziehen und investieren aus eigener Tasche um die hundert Millionen Dollar; der Rest wird von einer Bank finanziert. Sie haben nicht die Mittel, um gleichzeitig zwei Kasinos zu gründen, zumindest nicht zwei so bedeutende. Selbst wenn die beiden Gebäude, das, das sie Ihnen verkaufen wollen, und das, das sie selbst in ein Kasino umwandeln, direkt nebeneinander liegen. Vielleicht hatten sie zu Beginn gehofft, die beiden Gebäude zu einem Kasino zu vereinen, aber der Brocken hat sich als zu groß erwiesen. Logische Folge: Sie müssen einen Teil davon abstoßen.«

Ich schaute in den Rückspiegel, zu Vandenbergh.

»Gleiche Antwort«, sagte dieser nur.

Seit dem Kennedy Airport hatte Vandenbergh praktisch kein einziges Mal seinen Mund aufgetan. Wahrscheinlich hatte es seinen Stolz verletzt, daß ich die anderen mit dem gleichen Dossier beauftragt hatte, ohne ihn davon in Kenntnis zu setzen.

»Jo?«

Lupino lachte nur:

»Ich hätte es nicht besser ausdrücken können.«

Er bremste ab. Seit einigen Minuten fuhren wir auf einer langen Avenue, die auf der linken Seite von Hotelpalästen gesäumt wurde, deren Fassaden alle aufs Meer gerichtet waren, und auf der rechten Seite von der eigentlichen Stadt oder dem, was als Stadt zu gelten hatte: leere Grundstücke, die mit bebauten abwechselten, wobei anscheinend niemand auf die Einhaltung eines Bebauungsplanes Wert gelegt hatte. Wahrscheinlich gab es gar keinen.

Die Renovierungsarbeiten waren in vollem Gange: Einige der Hotelpaläste wurden bereits umgebaut, während andere einen höchst jämmerlichen Eindruck machten und dritte zu Hot-Dog- und Hamburger-Buden heruntergekommen waren. Von Zeit zu Zeit unterbrach eine gewaltige Explosion unsere Unterhaltung; man hatte ein abbruchreifes Gebäude ganz einfach in die Luft gesprengt. Lupino fuhr auf einen eingezäunten Parkplatz, an dessen Einfahrt ein alter Neger, der anscheinend mit der Überwachung beauftragt war, auf seinem Banjo spielte.

»Wir sind da, Franz. Das Gebäude hinter dir, das ist dein *Weißer Elefant*.«

In Amerika nennt man Hotelpaläste, die zwischen der Jahrhundertwende und dem großen Krach im Jahre 1929 errichtet wurden, *white elephants*, weiße Elefanten. Es handelt sich in der Regel um riesige Gebäude, mehrere hundert Zimmer umfassend, mit Gängen und Salons, die so groß waren, daß man problemlos einen Grand Prix darin abhalten könnte. In den meisten Fällen waren diese Hotelpaläste zu riesigen Mausoleen degeneriert, die kaum noch Kunden fanden, da der Geschmack der Reisenden sich in der Zwischenzeit stark geändert hatte. Übrigens: diese Art von Hotelpalästen gibt es natürlich nicht nur in Amerika, sondern auch in Europa. In den letzten fünfzehn Jahren wurden viele schlicht und einfach abgerissen und an ihrer Stelle moderne Hotels hingestellt, die eher den Anforderungen unserer Zeit entsprechen. Doch das war nicht immer möglich: Man hatte in den Denkmalschutzämtern öfters entschieden, daß diese riesigen Paläste mit den Zuckerbäckerstilfassaden, vage viktorianisch, vage klassizistisch, zum amerikanischen Architekturerbe gehörten und deshalb geschützt werden mußten. Das heißt, daß diejenigen, die sich anschickten, einen dieser Kästen zu renovieren, den früheren Stil übernehmen und vor allem die oft abscheulich kitschigen Fassaden unangetastet lassen mußten.

»Das trifft auch auf dein Hotel zu.«

»Wie schön.«

Wir befanden uns inzwischen auf der berühmten Promenade aus Holzbrettern, die natürlich entscheidend viel größer war als die in Deauville. Der Atlantik war grau und schickte große, weißgischtende Wellen ans Land, und auch der Himmel tat nichts, um mich mit dem tristen Anblick zu versöhnen, sondern war ebenfalls grau und dazuhin wolkenverhangen. Außerdem blies eine frische Brise, die allerdings die abgehärteten Schwimmer, die bei jedem Wetter ins Wasser gingen, nicht abschrecken konnte. Die Stimmung war so heiter und ausgelassen wie im Hof eines französischen Gefängnisses, in dem im Morgengrauen die Guillotine aufgebaut wird (ich weiß, ich übertreibe, aber ich war aufgrund meines langen Fluges vom Jemen über Jersey nach New York müde, zumal ich kaum eine Pause eingelegt hatte).

Ich schaute mir also ›mein‹ Hotel an und empfand keineswegs Liebe auf den ersten Blick. Ein riesiger Kasten, ein echter *white elephant*.

»Wieviel Zimmer?«

»Um die vierhundertfünfzig.«

»Die Gesamtfläche?«

Fast zwei Hektar. Recht ordentlich. Das Gebäude füllte nicht das ganze Grundstück aus und war U-förmig, zum Meer hin offen. Das Hauptgebäude, das die Basis des ganzen Komplexes bildete, war streng rechteckig, zwölf Stockwerke hoch und bemerkenswert nüchtern, was die Ausschmükkung anbelangte, während die beiden Seitenflügel den Architekten wohl als Spielwiese gedient haben mußten. Aus der Ferne, bei dichtem Nebel und mit halb geschlossenen Augen erinnerten sie an die Seitenflügel des Louvre, vom Caroussel aus gesehen. Die beiden Flügel waren niedrig, kaum zwei Stockwerke hoch, und zeichneten sich durch Flachdächer aus. Anscheinend befanden sich in den Flügeln die Festsäle, denn die Fensterfronten waren gewaltig und der Figuren- sowie Ornamentschmuck sehr reichhaltig. Früher waren wohl die Wände bemalt gewesen, doch die Farbe war inzwischen bis auf wenige Reste abgeblättert. Im Herzen des durch die Flügel und die Basis gebildeten, zum Meer hin offenen Innenhofs befand sich ein Schwimmbad.

»Unter dem Dach, dort, hinter der Fensterfront, befindet sich ein zweites Schwimmbad«, erklärte Lupino.

»Ich habe leider meine Badehose vergessen.«

»Das macht nichts. Du hättest dir eh nur den Schädel eingeschlagen, denn sie sind beide trocken.«

Lupino war weiterhin auf die Nerven gehend fröhlich. Ich hielt es kaum mehr aus, schlenderte zum Meer und ging auf die hoteleigene Landungsbrücke, von der aus ich einen noch besseren Blick auf den Gebäudekomplex hatte. Dreißig Millionen Dollar sollte ich für diese baufällige Bruchbude ausgeben? Nur weil sie groß war?

»Welches der angrenzenden Hotels wollen Schimmel und die Caltanis behalten?«

»Das rechte.«

Ich musterte es kritisch. Es sah aus wie ein Zwillingsbruder meines Prachtstückes. Etwas kleiner, aber genauso baufällig. Diese Ruinen in Kasinos zu verwandeln, die mit denen in Las Vegas konkurrieren konnten, das mußte Unsummen verschlingen, Hunderte von Millionen Dollar. Und wo sollte ich die nur auftreiben? Ich war dabei, mich auf ein monumentales Unternehmen einzulassen – wenn ich meine Option ausnutzen und den Kauf bestätigen würde.

»Und wem gehört das Hotel links?«

Jimmy Rosen nannte den Namen einer wichtigen Filmproduktionsfirma aus Hollywood, die sich vor einigen Jahren bereits in Las Vegas engagiert hatte und die inzwischen mit dem Gewinn aus dem Glücksspiel die Verluste in der Filmbranche ausglich. Und da er gerade dabei war, betete Rosen die beeindruckende Liste der Firma herunter, die dabei war, sich in Atlantic City einzukaufen: Caesars, Hilton, MGM, Playboy, Sands und viele andere, die natürlich ihre Beteiligungen in Nevada beibehielten. Mit anderen Worten: Ganz Las Vegas ließ sich auch am Boardwalk nieder. Und wenn sich alle Großen anscheinend einstimmig für diese Investitionen entschieden hatten, dann konnte man nicht mehr von einem Zufall sprechen. Ich würde mich in recht ansehnlicher Gesellschaft befinden. Trotz des grauen Himmels, trotz des grauen Meeres und der kalten Brise, trotz des Anblicks, der sich in allem von dem unterschied, von dem ich geträumt hatte, spürte ich zum erstenmal bei dieser Affäre dieses Fieber, das mich immer überfällt, wenn ich dabei bin, ein großes Geschäft abzuschließen. Ich lächelte Lupino zu:

»Vielleicht hast du wirklich ein gutes Geschäft an Land gezogen, du komischer Spaghetti, du!«

Ich schaute die kilometerlange Promenade hinauf und hinunter, lächelte über die komischen Korbstühle aus einer vergangenen Zeit, die zum Teil noch am Strand standen, und sagte mir, daß es vielleicht, wenn nur ein wenig Sonne schien, gar nicht so häßlich wäre...

In diesem Augenblick hatte ich mich, auch wenn mir das erst später bewußt wurde, entschieden, den *Weißen Elefanten* zu kaufen. Und ihm diesen Namen auch ganz offiziell zu geben.

7

Das Hotel, das ich kaufen wollte, hatte eine ganz banale Geschichte, wie Jimmy Rosen mir erzählte. Gehen wir nicht allzu sehr ins Detail: In den Jahren 1926 bis 1964 hatte es einem gewissen MacAteer gehört, der, nachdem er keine Lust mehr hatte, weiterhin mit dem Riesenkasten Geld zu verlieren, es an einen gewissen Baumer verkaufte, einen New Yorker Wursthändler. Dieser Baumer kannte sich im Hotelgewerbe ungefähr so gut aus wie ich im japanischen Theater, doch dieser harmlose Verrückte legte gar keinen Wert darauf, große Gewinne einzustreichen; er war zufrieden, von Zeit zu Zeit in seinem Etablissement Feste à la Münchner Oktoberfest zu veranstalten und seine Freunde aus Manhattan dazu einzuladen. Natürlich floß bei solchen Anlässen das Bier in Strömen. Mit Hilfe der in New York erzielten Gewinne glich er die in Atlantic City anfallenden Verluste aus, und das wäre sicher noch viele Jahre so weitergegangen, wenn Baumer nicht plötzlich von dem Dämon südlicher Sonne gepackt worden wäre. Baumer hatte ein recht anschmiegsames Mädchen aus dem sonnigen Süden kennengelernt und war ihm bedingungslos in die Karibik gefolgt; die Bank, die den Ankauf des Hotels vorfinanziert hatte, war darüber nicht sehr glücklich, denn der verliebte Baumer vergaß schlicht und einfach, die fälligen Wechsel zu bezahlen. Natürlich mahnte die Bank, doch sie wußte nicht, wohin sie die Zahlungsaufforderungen schicken sollte, und als sie endlich die neue Adresse ausfindig gemacht hatte, waren ihre ganzen Bemühungen umsonst gewesen, denn Baumer starb nach einem erfüllten Leben. Die Gruppe Schimmel-Caltani hatte dann im Frühjahr 1975 den ganzen Komplex inklusive der noch auf den Gebäuden lastenden Wechsel übernommen. Mit anderen Worten: Ungefähr ein Jahr bevor der Staat New Jersey in Atlantic City das Glücksspiel erlaubte.

»Franz, natürlich haben die Caltanis die beiden Paläste gekauft, da sie wußten, daß früher oder später in Atlantic City ein frischer Wind wehen würde. Was Sie ihnen nicht vorwerfen können, denn wären Sie dazu in der Lage gewesen, dann hätten Sie genauso gehandelt. Auch wenn Sie bei dem Gedanken, dreißig Millionen Dollar für einen Hotelkomplex ausgeben zu müssen, für den Ihre Verkäufer höchstens sechshunderttausend Dollar bezahlt haben, und das erst vor vierzehn Monaten, leicht irritiert sein sollten. Doch das gehört zum Spiel.«

Um fünf Uhr dreißig saß ich an diesem 21. Juli Schimmel gegenüber. Natürlich hatte ich meine Entscheidung bereits gefällt, das heißt, ich wollte die Option in einen festen Kaufvertrag umwandeln, hatte allerdings vor, um eine neue Option zu bitten, die diesmal einen Monat dauern sollte, und war auch bereit, für diese zweite Option zweihundertfünfzig- oder sogar dreihunderttausend Dollar auf den Tisch zu legen. Als Motiv wollte ich die Tatsache anführen, daß meine Verkäufer meine Nachbarn und damit meine direkten Konkurrenten sein würden.

Doch schon nach den ersten Gesprächsminuten wurde mir klar, daß die Gegenseite mir höchstpersönlich die besten Argumente liefern würde, den endgültigen Vertrag noch für eine Weile auf die lange Bank zu schieben. Schimmel hatte zwei Bedingungen gestellt:

»Wir möchten, daß Sie uns einen schmalen Geländestreifen im Erbbaurecht für neunundneunzig Jahre überlassen...«

Wir beugten uns über die Pläne: Der gewünschte Geländestreifen verlief genau an der Grenze zwischen den beiden zukünftigen Kasinos, und Schimmel, das heißt natürlich die Familie Caltani – der Name fiel während des ganzen Gespräches kein einziges Mal – brauchte zumindest das Nutzungsrecht über diesen Geländestreifen, um die strengen, von der Stadtverwaltung von Atlantic City aufgestellten Sicherheitsbestimmungen erfüllen zu können; in diesem ganz bestimmten Fall wäre die Anfahrtszone für die Feuerwehr zu schmal gewesen.

»Darüber müssen wir verhandeln«, sagte ich.

Eigentlich wäre es Schimmel gewesen, der die Verhandlungen hätte führen sollen, doch in den kommenden Minuten machte er kaum mehr seinen Mund auf und überließ die ganze Arbeit einem Rechtsanwalt mit auffallend hellen Augen, dessen Namen ich wie üblich und ganz gegen die amerikanischen Gewohnheiten sofort vergessen hatte, als er mir vorgestellt worden war. Der Rechtsanwalt lächelte mir verbindlich zu:

»Natürlich werden wir darüber verhandeln. Aber, um Sie gleich zu beruhigen, der Geländestreifen, den wir von Ihnen mieten wollen, ist nur sechs Meter breit und zwanzig Meter lang.«

»Trotzdem sollten wir darüber verhandeln.«

Die zweite Bedingung, die meine Gesprächspartner an einen eventuellen Verkauf knüpften, betraf die Art der Bezahlung: Sie bestanden darauf, daß ein nicht unbeträchtlicher Teil der Kaufsumme diskret auf das Konto einer anonymen Gesellschaft in Curaçao überwiesen, während der Rest ganz offiziell hier in den Staaten abgewickelt werden sollte.

»Sie gehen keinerlei Risiko ein, Mister Cimballi. Da Sie kein amerikanischer Staatsbürger sind, kann Sie niemand daran hindern, Geld auf ein derartiges Konto zu überweisen.«

»Ich werde mir das alles überlegen.«

Der Rechtsanwalt ging noch weiter in die Details: Zehn Millionen Dollar sollten auf das Konto einer Gesellschaft überwiesen werden, die ihren Sitz in Irenton, New Jersey, hatte, und fünfzehn Millionen Dollar auf das Konto der Gesellschaft in Curaçao (denn selbstverständlich hatte ich die Gelegenheit benutzt und den Preis um fünf Millionen Dollar gedrückt), so daß mich mein *Weißer Elefant* fünfundzwanzig Millionen Dollar kosten würde. Übrigens, mit dem Erwerb des *Weißen Elefanten* sollte ich, was ich vorher gar nicht gewußt hatte, nicht nur das Hotel und die Nebengebäude erwerben, sondern auch eine Hot-Dog-Verkaufsbude in Greenwich Village, eine kleine möblierte Wohnung in der achten Straße West in Manhattan und, ich erfinde nichts, drei altersschwache Autobusse, deren jüngstes Modell stolz mehr als hunderttausend Meilen zurückgelegt hatte, sowie eine kleine Forstwirtschaft mit dazugehörendem Bauernhof in Österreich. Der Anwalt lächelte mich entschuldigend an:

»Das alles gehört zu den Hinterlassenschaften des verstorbenen Mister Baumer und ist immer noch Bestandteil des Eigentums der Gesellschaft, der auch das Hotel gehört.«

Nun, ich hatte gegen die zusätzlichen ›Liegenschaften‹ nichts einzuwenden. Ich würde Marc oder Rosen damit beauftragen, das alles weiterzuverkaufen, etwas Taschengeld für meine seltenen Barbesuche. Punkt fünf Uhr hatten wir mit den Verhandlungen in einem der Salons des Hotels *Dennis* begonnen; gegen halb zehn Uhr trennten wir uns. Ich hatte ohne Schwierigkeiten bei meinen Gesprächspartnern durchgesetzt, daß mir eine weitere Frist von einem Monat eingeräumt wurde und dafür dreihunderttausend Dollar als Optionsgebühr auf den Tisch legen müssen. Trotzdem hatte ich allen Grund, mit den Verhandlungsergebnissen zufrieden zu sein.

Der Rechtsanwalt mit den klaren Augen machte schnell ein paar Schritte, so daß er sich neben mir befand, als wir den Salon verließen.

»Jo Lupino hat mir erzählt, daß Sie heute morgen direkt aus dem Jemen kommend in New York eingetroffen sind?«

»Ich habe dort unten Cassata geliefert. Ich bin untröstlich, aber ich habe mir Ihren Namen nicht merken können?«

»Olliphan. James Montague Olliphan.«

Er lächelte mir wieder zu, wobei ich einräumen mußte, daß er über einen gewissen Charme verfügte.

»Darf ich hoffen, Sie, sobald der Vertrag endgültig unterzeichnet ist, eines Abends bei mir zum Essen begrüßen zu dürfen?«

»Warum nicht?«

Ich hatte Olliphan, der bei der ganzen Affäre *Weißer Elefant* eine entscheidende Rolle spielte, an diesem Tag zum ersten Mal getroffen. Das Diner, das ich zu Beginn dieses Buches geschildert habe, sollte erst zwei Monate später, am 18. September, stattfinden.

In dem darauffolgenden Monat – am 21. Juli hatte ich das Hotel zum ersten Mal gesehen, am 21. August sollte der Kaufvertrag endgültig unterschrieben werden – arbeitete ich wie ein Besessener. Das heißt, nicht nur ich, sondern auch meine

Berater. Inklusive Marc Lavater, den ich gebeten hatte, nach New York zu kommen und uns zu helfen. Alles, was vorab erledigt werden konnte, um das Hotel, einmal erworben, so schnell wie möglich in ein Hotel-Kasino umzubauen und die zukünftige Rentabilität einzuschätzen, erledigten wir.

Was die Finanzplanung angeht, da konnten wir zumindest Teile von Rosens, Lupinos und Vandenberghs Vorarbeit direkt übernehmen, auch wenn wir natürlich alle Zahlen noch einmal genau durchgingen, vor allem Marc, der in solchen Geschäften sehr hilfreich ist, da er als geborener Pessimist alles schwarz sieht. In seinen Augen ist jedes neue Unternehmen *a priori* zum Untergang verdammt und die Katastrophe unvermeidlich.

Wenn Marc eine Finanzplanung überprüft hatte, konnte man sichergehen, daß das wirkliche Ergebnis auf keinen Fall schlechter ausfallen konnte als in der Planung ausgewiesen. Für mich ein sehr wichtiger Gesichtspunkt, denn mit dem Ankauf des *Weißen Elefanten* war zwar ein erster Schritt getan, aber finanziell gesehen nur ein lächerlicher Betrag aufgewendet. Am 22. Juli, also einen Tag nach den Verhandlungen im *Dennis*, hatte ich vier Architektenteams, von denen zwei bereits an Kasinos in Las Vegas mitgearbeitet hatten, mit einer vorläufigen Planung beauftragt, die natürlich auch eine Kostenübersicht enthalten sollte, und gebeten, mir die Pläne spätestens am 15. August vorzulegen. Der Termin wurde, obwohl er äußerst knapp bemessen war, eingehalten.

Gleichzeitig hatte ich verschiedene Dossiers anfertigen lassen: natürlich über Schimmel, aber auch über die Caltani-Familie, über deren finanzielle Situation, über das Kasino, das sie in Atlantic City aufmachen wollten, über die möglichen Fallen, die sich hinter dem Wunsch, den Geländestreifen zu mieten, verbargen und natürlich auch über die eventuellen Risiken, die aufgrund der besonderen Zahlungsweise auf mich zukommen konnten.

Ich bat aber auch um Auskunft über Olliphan; der Mann beschäftigte mich, einmal aufgrund seines außerordentlich distinguierten Benehmens (das so gar nicht zu seiner Rolle als Berater einer der New Yorker ›Familien‹ paßte), und natürlich aufgrund seines offensichtlichen Interesses für mich, das so weit ging, daß er mich sogar zum Essen eingeladen hatte.

Wie immer hatte ich die Aufträge auf die verschiedenen Mitarbeiter verteilt, ohne dem einen zu sagen, was der andere für mich erledigte: Rosen wußte nie, zumindest nicht von mir, an was Vandenbergh arbeitete, der wiederum keine Ahnung hatte, mit was sich Lupino beschäftigte. Und selbst bei im Grunde nebensächlichen Dingen wie meinem Wunsch, mehr über Olliphan zu wissen, ging ich nach der Devise vor: doppelt genäht hält besser, und hatte zwei verschiedene Detektivagenturen auf den Rechtsanwalt angesetzt, ohne daß die eine von der anderen etwas gewußt hätte. Außer mir war nur ein Mann in alle Angelegenheiten eingeweiht: Marc Lavater. Nach unserer inzwischen sechsjährigen Zusammenarbeit hatte ich uneingeschränktes Vertrauen in ihn, und ich möchte hier gleich betonen, daß ich dies nie zu bereuen hatte.

21. Juli–21. August: nach und nach trafen die Unterlagen, die ich von den verschiedenen Teams erbeten hatte, bei mir ein. Die harte Arbeit begann sich auszuzahlen. Einige Tage vor meinem zweiten Treffen mit Schimmel und Olliphan konnte ich schon folgende Schlüsse ziehen:

– Die vier Projekte, die von den Architekturbüros ausgearbeitet worden waren, kosteten zwischen vierhundertfünfzig und sechshundert Millionen Dollar. Ich persönlich zog das Projekt des kalifornischen Büros vor, dessen Kosten sich auf ungefähr fünfhundert Millionen Dollar beliefen (mir lief es kalt den Rücken herunter, als ich diese Summe las, und Marc wäre beinahe in Ohnmacht gefallen).

Aber... aber auch die pessimistischsten Kalkulationen belegten, daß für ein Kasino unserer Größenordnung der JÄHRLICHE Gewinn sich auf einen Betrag zwischen achtzig und hundert Millionen Dollar belaufen würde. Von dem natürlich zuerst einmal die Bankschulden zurückgezahlt werden mußten, denn ohne die Hilfe einer Bank war ein solches Projekt nicht durchführbar.

– Schimmel war, das stand jetzt eindeutig fest, ein Strohmann, der völlig bedeutungslos war. Bei meinen Verkäufern handelte es sich ausschließlich um die Caltani-Familie, zwei

Brüder, Jos und Larry, die bereits die dritte Generation der ›Ehrenwerten Familie‹ verkörperten. Der Großvater hatte in den dreißiger Jahren mit dem Geschäft an der Seite von so herausragenden Mitgliedern der italienischen Kolonie wie Longy Zwillman, Dutch Schultz, Albert Anastasia und dem ganzen Luciano-Clan begonnen. Die Enkel Jos und Larry waren natürlich respektable Geschäftsleute, die nur selten Kontakt mit der Bundespolizei oder auch anderen Polizeiorganisationen gehabt hatten und jedesmal unbefleckter als die Jungfrau aus einer Untersuchung herausgegangen waren, falls eine solche überhaupt in Angriff genommen worden war. Sie leiteten ein kleines Imperium, das, steuerlich gesehen, gute Gewinne abwarf, so daß sie ihren recht aufwendigen Lebensstandard jederzeit erklären konnten. Die Hauptinteressen galten dem Gaststättengewerbe – sie hatten eine Restaurant- und Pizzeria-Kette aufgebaut –, und man munkelte, daß sie zusammen mit einer Familie aus Chicago auch Anteile an einem Kasino in Las Vegas hielten. Daneben arbeiteten sie in der Import-Export-Branche und beschäftigten sich vor allem mit hochwertigem Olivenöl. In Atlantic City wollten sie anscheinend aus eigener Tasche fünfundneunzig Millionen Dollar anlegen und hatten mit einer Bank einen Kreditvertrag über die kokette Summe von dreihundertzwanzig Millionen Dollar ausgehandelt, alles natürlich völlig legal.

– Die Bitte, den Geländestreifen zu vermieten, war völlig harmlos. Die Caltanis hatten wirklich Probleme mit den Sicherheitsauflagen der Stadt und konnten mit dem Geländestreifen ansonsten nichts anfangen und mich vor allem, falls ich Ihnen den Geländestreifen erst einmal vermietet hatte, damit nirgendwo ärgern.

– Die Art der Bezahlung war für mich als Ausländer völlig legal, und ich ging kein Risiko dabei ein.

– Es war in Städten, in denen Glücksspiel betrieben wurde, völlig normal, daß Kasinos direkt nebeneinander lagen. In Atlantic City konnte man davon ausgehen, daß die Mehrzahl aller Kasinos sich auf wenigen Kilometern zusammendrängte, waren die vielen Baumaßnahmen erst einmal abgeschlossen. Insofern stellte Las Vegas, wo die Kasinos eher isoliert lagen, eine Ausnahme dar.

– Und zum Schluß Olliphan: Beruflich über alle Zweifel erhaben; ein äußerst fähiger Kopf mit besten Zeugnissen der Harvard University. Er hätte auch Musiker werden können, denn er spielte besser Geige als viele Berufsmusiker. Man hielt ihn für äußerst kultiviert und raffiniert. Trotzdem war er der wichtigste Berater der Familie Caltani, die ohne ihn keinen Vertrag unterzeichnete. Nicht ohne Grund, denn vor zweiundzwanzig Jahren hatte Olliphan eine gewisse Angelina Caltani geheiratet, die einzige Schwester von Jos und Larry, die demzufolge seine Schwäger waren.

In Jimmy Rosens Büro lächelte mich Olliphan am 21. August um zehn Uhr gewinnend an:

»Heute zur Unterschrift bereit?«

»Sicher.«

Die Verträge waren natürlich fertig und von meinen verschiedenen Beratern in den letzten Tagen immer wieder überprüft worden. Gegen Mittag waren auch die letzten Probleme aus der Welt geschafft. Ich unterschrieb. Olliphan kam wieder auf seine Einladung zum Abendessen zu sprechen.

»Bitte, bestimmen Sie den Tag, Mister Cimballi.«

»Bitte räumen Sie mir eine oder zwei Wochen ein; ich werde Sie dann ganz bestimmt anrufen.«

Mit der merkwürdigen Mischung aus Melancholie und spöttischer Ironie, die ihm eigen ist und die ich bei einem anderen Menschen bisher noch nie feststellt hatte, antwortete er:

»Einverstanden, ich räume Ihnen eine dritte Option ein. Das Abendessen betreffend.«

Am gleichen Abend noch verließ ich New York. Von zwei kümmerlichen Wochenenden einmal abgesehen, an denen ich mich mit schlechtem Gewissen freigemacht hatte, hatte ich seit Beginn der Operation Fezzali weder meinen Sohn noch Sarah gesehen. Für Marc-Andrea (er trägt den Vornamen meines Vaters und den seines Paten Marc Lavater) empfand ich mehr als Liebe: ich vergötterte ihn. Ich hatte mir selbst Gewalt antun müssen, um ihn nicht die ganze Zeit über bei mir in New York zu behalten. Aber das hätte für ihn nichts anderes bedeutet, als ewig in Hotelzimmern zu leben, von einem Flugzeug ins andere zu springen usw. Ich hatte mich fest entschlossen, dieses verrückte Leben, das ich bisher geführt hatte, so bald wie möglich aufzugeben, das heißt von Grund auf zu ändern, und hatte zu Sarah gesagt:

»Sarah, ich meine es ernst. Ich werde dieses Kasino auf die Beine stellen und dann aufhören. Wir müssen dann später nur einmal monatlich mit einem Schrankkoffer nach Atlantic City fliegen und den Gewinn einkassieren. Ich werde dir fünf Dollar schenken, so daß du, während ich mich mit den Buchhaltern herumstreite, versuchen kannst, die Bank zu sprengen. Egal, ob du Erfolg haben wirst oder nicht, eines verspreche ich dir: Am gleichen Abend noch werden wir Atlantic City wieder verlassen.«

Jede andere als Sarah Kyle wäre skeptisch gewesen, ironisch oder sonstwie extravagant, wäre in Tränen ausgebrochen oder hätte Champagner geschlürft, um die Neuigkeit gebührend zu feiern. Nicht so Sarah Kyle. Meine bevorzugte Irländerin gab sich damit zufrieden, mich auf ihre sehr persönliche Art anzuschauen und mir einen leicht spöttischen, leicht ironischen Blick aus ihren grünen Augen zu schenken, den Kopf kaum merklich in den Nacken gelegt. Das war ihr ganzer Kommentar. Sie verstand es auf unvergleichliche und unerklärliche Art, die Dinge ins rechte Lot zu rücken und mich zu beruhigen. Ich wäre unfähig, die Gefühle, die Art der Gefühle zu beschreiben, die unsere Beziehung vom ersten Moment an, als wir uns vor sechs Jahren in Kenia kennengelernt hatten, über die Zeit in Hongkong bis heute bestimmten. Ich weiß nur, daß diese Gefühle meine Hochzeit und meine Scheidung überlebten. Und daß es sich um eine Art stumme Komplizenschaft handelte. Ich hatte ab und zu das Gefühl, aus Glas zu sein, so daß sie meine Gedanken mühelos lesen konnte, und sie war der einzige Mensch auf dieser Welt, dem ich meinte – ohne zu wissen aus welchem Grund –, Rechenschaft leisten zu müssen. Ich fragte sie:

»Du hast doch nichts gegen mein Kasino einzuwenden, oder?«

»Du weißt haargenau, was ich darüber denke, mein lieber Freund.«

»Schau es dir wenigstens einmal an.«

Das wollte sie gerne tun. Versprochen. Sobald die drei oder vier Hotels, die sie eigenverantwortlich leitete, ihr die Zeit dazu ließen. Und natürlich bei dieser Gelegenheit Marc-Andrea mit nach New York bringen.

Ich blieb zwölf Tage in Montego Bay, länger, als ich es eingeplant hatte, doch es fiel mir jedesmal schwerer, mich von meinem Sohn zu trennen. Am 3. September flog ich über London nach Jersey, wo sich Hassan Fezzali immer noch erholte. Der Wüstensohn hatte zugenommen und sah wieder aus wie ein verschlagener Teppichhändler; es ging ihm soweit gut, von nicht sehr schweren Herzrhythmusstörungen einmal abgesehen, die ihn in unregelmäßigen Abständen überfielen. Er spottete über mich, bequem in seinem Liegestuhl ausgestreckt: »Du jagst jetzt Elefanten!«

Er wußte also Bescheid, ohne das *Longueville Manor* auch nur einen Tag verlassen zu haben; und da ich mir sicher war, daß Marc ihm nichts erzählt hatte, konnte die Information nur von Aziz stammen. Ich schloß daraus, daß der Prinz sich die Mühe gemacht hatte, die Reise nach Saint-Hélier auf sich zu nehmen... und einige Köpfe in Riad und Kairo gezittert hatten, als die beiden der Frage, wer nun eigentlich für Fezzalis Entführung und Gefangenschaft wirklich verantwortlich war, nachgegangen waren.

»Und über was haben Ihre Hoheit und Sie alles gesprochen?«

»Von einem gewissen Cimballi. Unter anderem. Eine Art internationaler Finanzier mit zum Teil recht verrückten Ideen und insgesamt eher anrüchigem Renommee. Nur Allah weiß, warum Ihre Hoheit diesen Cimballi anscheinend in Ihr Herz geschlossen hat.«

Und da wir gerade dabei waren, unsere ›Konten‹ zu regeln, bat mich Fezzali, ihm eine genaue Aufstellung über alle Kosten der Operation Cassata zu geben.

»Franz, ich bitte Sie, keine auch noch so bescheidene Summe zu vergessen. Ich möchte nicht, daß Sie sich meinetwegen einen Barbesuch verkneifen müssen.«

»Ich werde Ihnen die Abrechnung zukommen lassen.«

»Ausgezeichnet. Ich wäre für immer beleidigt gewesen, hätten Sie sich geweigert, meine Bitte zu erfüllen.«

In Jersey war es hinreißendes Wetter; rosagesichtige Engländer führten ihre Sonnenbräune spazieren, eine Autofähre der Sealink fuhr in die Bucht von Saint-Aubin und versperrte den Blick auf das Schloß ›Elizabeth‹ ... Während des Zweiten Weltkrieges hatten zwanzigtausend deutsche Soldaten die Kanalinseln besetzt; trotzdem hatte es nur einen einzige Toten gegeben, einen Franzosen, der aus dem besetzten Frankreich geflohen war und gedacht hatte, bereits freies englisches Gebiet erreicht zu haben. Ich lag neben Hassan in einem Liegestuhl. Wir schwiegen. Ich hätte Hassan gerne verschiedene Fragen gestellt, wer, wie und warum man ihn entführt hatte, ob man die wahren Verantwortlichen hatte identifizieren können, ob meine These, daß zumindest einer der Verantwortlichen zur unmittelbaren Umgebung von Prinz Aziz gehörte, richtig war, ob Martin Yahl seine Finger im Spiel gehabt hatte und was mit den Schuldigen geschehen würde...

Viel zu viele Fragen. Und ich kannte meinen alten Beduinen so gut, daß ich wußte, daß er meine Fragen nicht beantworten würde, denn hätte er gewollt, daß ich die Antworten kannte, dann hätte er schon lange mit seinem Bericht begonnen.

Er streckte seine Hand aus und berührte leicht meinen Unterarm:

»Danke, Franz. Danke für alles. Ich denke nicht, daß ich schon bald sterben werde. Und wenn eines Tages...«

Ich stand auf; ich mußte dringend nach New York, wo eine Heidenarbeit auf mich wartete.

»Inch Allah, Hassan. Oder Mektub, wie Sie wollen.«

Seine riesige, knochige Hand zerquetschte fast mein zierliches Handgelenk, als wir uns voneinander verabschiedeten.

Am 6. September traf ich in New York ein. Es herrschte eine drückende, feuchte Hitze, wie ich sie nur in dieser Stadt kennengelernt habe und die auch für mich, der ich mich bei fünfunddreißig Grad im Schatten ausgesprochen wohl fühle, kaum erträglich war. Die folgenden Tage verstrichen wie im Fieberwahn. Denn nach dem Kauf des Hotels mußte ich nun alle anderen Probleme regeln.

Darunter das der Finanzierung.

Ein Problem, das einfach zu stellen, aber schwer zu lösen war. Ich hatte mich nach langem Zögern für das Projekt des kalifornischen Architektenteams entschlossen, das mir gleich zu Beginn am besten gefallen hatte. Gesamtinvestitionskosten: fünfhundert Millionen Dollar. Vandenbergh hatte es geschafft, daß eine Bank in Philadelphia sich am 14. September bereit erklärte, mir vierhundert Millionen Dollar zu leihen. Unter zwei Bedingungen: Ich mußte den unanfechtbaren Beweis liefern, daß ich über das notwendige Eigenkapital, sprich hundert Millionen Dollar, uneingeschränkt verfügte. Und daß weder ich noch etwaige Partner auch nur die entferntesten Beziehungen zu dem Personenkreis unterhielten, den meine Bankiers schamhaft als ›zweideutig‹ umschrieben.

Ich hatte bereits fünfundzwanzig Millionen Dollar investiert und war bereit, noch einmal die gleiche Summe aufs Spiel zu setzen. Aber keinen einzigen Cent mehr! Ich verfügte über insgesamt neunzig Millionen Dollar; fünfzig davon bei einem einzigen Geschäft zu riskieren schien mir, auch wenn dieses Geschäfts sehr vielversprechend sein sollte, als sehr gewagt. Noch nie in meinem Leben hatte ich soviel Geld auf ein einziges Pferd gesetzt, und es war ausgeschlossen, daß ich meinen Einsatz noch erhöhte.

Ich mußte also einen oder mehrere Partner auftreiben. Diese braven Menschen, deren Namen ich noch gar nicht kannte, mußten über einige bestimmte Eigenschaften verfügen: Sie mußten an die Zukunft und Rentabilität von Spielkasinos glauben, keine moralischen Bedenken gegen das Glücksspiel haben, zumindest keine unüberwindlichen, keine Angst haben vor... sagen wir einmal, den Nachfolgern des Paten und vor allem, das Wichtigste, selbst keine Paten sein oder Söhne eines Paten oder Neffen oder Vettern, auch keine sehr weit entfernten. Und mußten darüber hinaus fünfzig Millionen Dollar in bar oder praktisch in bar zur Verfügung haben.

Vielleicht mag man mich für einen Aufschneider halten, aber es gibt nicht sehr viele Leute, die diese Eigenschaften in sich vereinen...

Ich war in düsteren Überlegungen über Gott und die Menschen versunken, als mich am 15. Olliphan anrief; ich hatte mein Versprechen wahrgemacht und ihn direkt nach meiner Ankunft in New York angerufen, doch er machte, wie mir seine Sekretärin mitteilte, Ferien außerhalb von New York.

»Ich halte meine Einladung aufrecht.«

Wir vereinbarten, am 18. September zusammen zu essen; bei ihm...

Der Kreis war geschlossen.

Am Abend des 18. ging ich dann zu ihm; ich habe die Ereignisse im Prolog ausführlich beschrieben. Vielleicht glauben manche meiner Leser, Olliphan hätte bei mir Abscheu oder so etwas verursacht, doch das traf nicht zu; merkwürdigerweise fehlte nicht viel, und ich hätte für diesen Mann Sympathie und sogar so etwas wie Freundschaft empfinden können.

Als ich am 19. aufwachte, stand ich allerdings noch unter dem Bann der Ereignisse und fragte mich unwillkürlich, ob die Welt sich noch drehe. Sie drehte sich noch, und der 19. folgte, wie nicht anders zu erwarten, auf den 18. Ab neun Uhr morgens war mein Apartment im *Pierre* von einer Horde von Architekten, Innenarchitekten und Bauunternehmern bevölkert, die ich zu mir gebeten hatte, zusammen mit meinen drei New Yorker Rechtsanwälten, Jimmy Rosen, Jo Lupino und Philip Vandenbergh sowie Marc Lavater, der bei keiner wichtigen Besprechung fehlen durfte. Ich erzählte Marc die Szene auf dem Dach, doch der zuckte nur mit den Schultern:

»Du hast ja unbedingt ein Spielkasino gründen wollen! Jetzt beklag dich nicht, wenn du nur Verrückte kennenlernst!«

Wir hatten das alles schon x-mal durchgesprochen, bis zum Erbrechen. Für Marc Lavater war das alles höchst unkompliziert: Wenn man über neunzig Millionen Dollar verfügt, dann sucht man nicht mehr nach Abenteuern, sondern verhält sich ruhig und streicht nur die Zinsen seines Vermögens ein. Jedesmal, wenn ich ihn in eine neue Geschäftsidee einweihte, hob er die Arme zum Himmel und erklärte, ich sei verrückt geworden. Nicht nur bei der Kasino-Affäre, sondern auch bei anderen Unternehmungen. Er fügte hinzu:

»Wir haben über Olliphan die Auskünfte eingeholt, die du wolltest. Ein Mann, der sich nicht in den Durchschnitt einreihen läßt. Seine Terrasse ist stadtbekannt. Doch beruflich kann man ihn nicht angreifen; alles in bester Ordnung, anders als bei seinen Kunden.«

Auch darüber hatten wir schon ausführlich diskutiert. Nicht nur Marc und ich. Auch Vandenbergh und Rosen nahmen in den Wochen, die dem Ankauf des *Weißen Elefanten* vorangingen, an diesen Diskussionen teil und gaben ihre Meinungen ab, die gleichen übrigens: Die Leute, denen ich den alten Kasten abkaufte, waren keine normalen Verkäufer. Es handelte sich um eine der wichtigsten New Yorker Mafia-Familien, die sich hinter verschiedenen ganz offiziell arbeitenden Gesellschaften verbarg. Dabei existierte die Mafia ja angeblich gar nicht. Ich antwortete nur:

»Na und? Wenn ich ein Hotel in Atlantic City kaufen will, brauche ich notgedrungen jemanden, der eines verkauft, oder? Kennt ihr einen anderen Verkäufer? Nein! Und der Verkauf ist doch ganz legal, oder etwa nicht? Marc, wir werden wirklich das alles nicht noch einmal aufwärmen!«

Er hob wieder die Arme zum Himmel, doch diesmal als Zeichen seiner Aufgabe:

»Einverstanden.«

Ich kümmerte mich um meine Architekten und Innenarchitekten, mit denen ich den ganzen Tag verbringen wollte. Überall lagen Pläne herum. Stundenlang amüsierten wir uns wie Kinder und träumten von den unmöglichen Dingen. Um keine Zeit zu verlieren, bat ich den Etagenservice, uns das Essen in meinem Apartment zu servieren. Kauend diskutierten wir weiter.

Gegen Ende des Nachmittags fand dann das Ereignis statt, das in meinen Augen den eigentlichen Beginn der Operation *Weißer Elefant* darstellt. Man hatte anscheinend an die Tür des Apartments geklopft, doch ich hatte nichts gehört, denn ich war gerade dabei, den andächtig Zuhörenden eine Idee zu erklären, die mir im Laufe des Nachmittags gekommen war und die ich in meiner angeborenen Bescheidenheit schlichtweg für genial hielt. Marc war zur Tür gegangen und hatte mich geholt:

»Für dich, Franz.«

»Keine Zeit. Stell einen Scheck aus.«

Ich war bester Stimmung. Die Episode Olliphan war beinahe vergessen, und die Diskussionen mit meinen Architekten sehr fruchtbar. Marc schüttelte den Kopf:

»Du mußt wirklich selbst kommen.«

Seine Stimme verriet nichts Dramatisches; man hatte eher den Eindruck, als ob er sich amüsierte. Ich ließ meine Mitarbeiter allein und ging durch den großen Salon, in dem Jimmy Rosen gerade dabei war, die Kalkulationen zum hundertsten Mal zu überprüfen, zur Tür.

In der ein kleines Mädchen stand. Zwischen neun und zehn Jahren alt, mit blonden, langen Zöpfen, riesigen blauen Augen und einem Dirndl. Hinreißend. Vor der Brust hing eine dieser Plastiktaschen, die Kindern umgehängt werden, die ohne Begleitung fliegen. Ich hatte das Mädchen noch nie gesehen.

»Ja?«

Keine Reaktion. Sie gab sich damit zufrieden, mich scharf zu mustern.

»Bist du allein?«

Sie rührte sich nicht.

»Willst du mit mir sprechen?«

Sie deutete mit ihrem Zeigefinger auf die Plastiktasche, in der auf einem Karton in Großbuchstaben geschrieben stand:

FÜR MR. FRANZ CIMBALLI – HOTEL PIERRE – NEW YORK CITY.

Ich spürte, wie sich hinter mir etwas bewegte, und drehte mich kurz um. Mindestens zehn meiner Mitarbeiter drängten sich zusammen und genossen das Schauspiel. Marc lachte schallend:

»Der Don Juan! Setzt überall auf der Welt Kinder in die Welt, vergißt sie und, o Graus, plötzlich tauchen sie aus dem Nichts wieder auf!«

»Idiot!«

Ich zuckte nur mit den Schultern. Wenn es etwas auf der Welt gab, dessen ich mir sicher war, dann, daß dieses Gör nicht von mir gezeugt worden war! Auf gar keinen Fall. Ich schaute wieder das Mädchen an:

»Wie heißt du?«

Schweigen. Die großen blauen Augen schauten mich fest an.

Ich versuchte es auf deutsch, aufgrund des Dirndls. Mit Erfolg. Sie gab mir eine Antwort:

»Heidi.«

»Heidi wie?«

Sie runzelte die Augenbrauen, beugte ihren Kopf leicht nach vorne und fragte ihrerseits:

»Du bist Franz Cimballi?«

»Jawohl«, antwortete ich, »persönlich.«

PENG! Ich hatte keine Zeit gehabt, mich zu verteidigen. Der süße Engel hatte mit seinen süßen Füßen ausgeholt und mir mit seinen süßen Schuhen, die verdammt spitz waren, einen heftigen Tritt ans Schienbein versetzt. Ich schrie und hüpfte auf einem Bein in der Diele meines Apartments herum. Nur ein Riesensatz, der ein Känguruh hätte neidisch werden lassen können, rettete mein noch unversehrtes Schienbein vor der gleichen Behandlung. Marc, dieser abgestumpfte Trottel, lachte, bis ihm die Tränen kamen. Nachdem ich mich in Sicherheit gebracht hatte, fragte ich diese gar nicht sanfte Heidi:

»Warum, um Himmels willen, hast du mir diesen Tritt versetzt?«

»Weil das meine Spezialität ist«, antwortete sie zufrieden mit ihrer getanen Arbeit. »Und weil wir vier wegen dir Dieb ruiniert sind!«

DRITTER TEIL

Hier weiß die Bombe nicht, daß sie eine Bombe ist

8

»Ich habe Hunger«, sagte sie. »Gibt es eigentlich in dieser Bruchbude nichts zu essen?«

Ich hörte auf, auf der Stelle herumzuhüpfen, paßte genau auf, weder in die Reichweite ihres rechten noch in die ihres linken Fußes zu geraten, und zog meine Hose hoch, um die schmerzende Stelle zu untersuchen.

»Ein Loch hast du immerhin nicht«, kommentierte sie trokken.

»Du hast getan, was du konntest. Es ist nicht dein Fehler, wenn ich kein Loch habe.«

Marc Lavater lachte in meinem Rücken immer weiter. Heidi schaute ihn mit ihren großen, vergißmeinnichtblauen Augen erstaunt an.

»Wer ist denn das?«

Die ideale Möglichkeit, mich zu rächen (Marc versteht kein einziges Wort deutsch)!

»Derjenige, der mir empfohlen hat, euch zu ruinieren. Er ist an allem schuld. Er hat darauf bestanden, daß ich euch ruiniere. Ich wollte das gar nicht.«

Sie nickte ernst und schaute weiterhin Marc fest in die Augen, eine Verkörperung kindlicher Unschuld. Dann ging sie langsam und strahlend lächelnd wie ein Abgeordneter während des Wahlkampfes auf Marc zu.

»Siehst du«, triumphierte Marc, »man muß nur anständig und ehrlich ausschauen! Kinder täuschen sich nicht!«

PENG! In der darauffolgenden Sekunde hüpfte Marc auf einem Bein herum!

»Meine Spezialität!« sagte Heidi begeistert.

Das hatte ich inzwischen mitbekommen. Mir lag viel daran, endlich Klarheit zu bekommen, und ich fragte:

»Also, ich habe dich ruiniert?«

»Ja.«

»Und wen denn noch?«

»Meine Schwestern.«

»Wieviel Schwestern hast du denn?«
»Drei. Ich habe Hunger. Ich habe wahnsinnig Hunger.«
Ich ging zum Telefon.
»Einverstanden mit Hühnchen und Schinken?«
»Gibt es auch Apfelstrudel?«
Ich erkundigte mich beim Etagenservice und erfuhr zu meinem großen Erstaunen, daß es sehr wohl so etwas ähnliches wie Apfelstrudel gab. Ich sagte zu dem Mädchen:
»Es gibt Apfelstrudel.«
»Ich will keinen«, antwortete sie. »Ich wollte nur wissen, ob es welchen gibt.«
»Schinken und Hühnchen«, bestellte ich beim Etagenservice, »und natürlich Kuchen.« Ich legte auf. »Und wie heißen deine Schwestern?«
»Anna, Christel und Erika. Hühnchen geht in Ordnung, aber ich möchte noch Milch und Eis. Und einen amerikanischen Hot dog. Und amerikanische Cornflakes. Und amerikanische Ice-cream, große Portionen von allem.«
Ich gab die Bestellung weiter.
»Anna, Christel und Erika wie?«
»Du willst mich wohl zum Reden bringen?«
»Ja...«
»Das schaffst du nie!«
Sie lächelte mich leicht sarkastisch an, ging an mir vorbei (zur Vorsicht hatte ich einen Satz gemacht, der mich aus ihrer Reichweite brachte und sicher als Qualifikation für olympische Spiele ausgereicht hätte) und machte sich an die Besichtigung des Apartments, wobei sie meine Besucher mit freundlichem »Guten Morgen!« oder aber mit Fußtritten bedachte, so daß schon bald die Hälfte meiner Mannschaft herumtanzte.
»Franz, um Himmels willen, wo hast du bloß dieses Gör aufgelesen?«
»Keine Ahnung, woher sie kommt. Sie heißt Heidi und hat drei Schwestern. Und ich habe anscheinend alle vier ruiniert, nur – davon weiß ich überhaupt nichts.«
Abwehrend hob ich meine rechte Schwurhand:
»Ja, Marc, ich weiß, vielleicht ist das alles nur ein Scherz... vielleicht steckt aber mehr dahinter...«

Ich nahm wieder den Hörer ab und wählte die Nummer der Rezeption.

Ja, sie hatten in der Tat ein recht merkwürdig gekleidetes Mädchen gesehen, das dem Portier und dem Liftboy jeweils einen heftigen Fußtritt versetzt hatte. Und die Stewardeß, die das Mädchen...

»Welche Stewardeß?«

Die natürlich, die das Mädchen zum Hotel gebracht hatte. »Die Stewardeß hat nach Ihrer Apartmentnummer gefragt, ist mit dem Mädchen zu Ihnen hochgefahren und hat gerade das Hotel wieder verlassen...«

»Laufen Sie ihr schnell nach!«

Zu spät. Die Stewardeß hatte das Taxi, das sie hergebracht hatte, warten lassen und war bereits wieder abgefahren.

»Aber sie hat uns einen an Sie adressierten Brief überreicht, Mister Cimballi.«

Kurz darauf brachte mir ein Hoteldiener einen braunen Umschlag ohne Briefmarke, auf dem geschrieben stand:

»M. Cimballi, Hotel Pierre, New York.«

Quer über die rechte obere Ecke war noch hinzugefügt:

»Streng persönlich.«

Ich öffnete den Umschlag und holte zwei kleinere, weiße, ebenfalls verschlossene heraus, auf denen wiederum mein Name stand. Ich öffnete den ersten, der einen handgeschriebenen Brief in deutscher Sprache enthielt:

»Herr Cimballi, Sie haben uns ruiniert und aus unserem Heim vertrieben. Wir wissen nicht, wohin wir gehen sollen. Dabei hat man uns gesagt, Sie seien ein netter Mann. Bitte kümmern Sie sich um Heidi. Heidi ist sehr intelligent und sehr nett, außer wenn sie Fußtritte austeilt, aber das macht sie nicht aus Bösartigkeit, sondern aus Spaß. Sie ist wirklich sehr intelligent. Und passen Sie auf, daß sie keine Wolle auf der nackten Haut trägt, davon bekommt sie Ausschläge.« Signiert war dieser Brief mit Anna Moser.

Sollten meine Augen genauso weit aufgerissen sein wie die von Marc, dem ich den Brief Satz für Satz übersetzte, müssen wir beide einen recht dämlichen Eindruck gemacht haben.

»Was steckt in dem zweiten Briefumschlag?«

Drei verschiedene Papiere. Beim Überfliegen wurde mir

schnell klar, daß es sich jeweils um den gleichen Text handelte, einmal auf englisch, dann auf französisch und schließlich auf deutsch; hier die deutsche Version:

»Ich, Anna Moser, Vormund meiner Schwester Hildegard-Heidi Moser, erteile Herrn Franz Cimballi, wohnhaft im Hotel Pierre, New York, Vereinigte Staaten von Nordamerika, das Recht, meine oben genannte Schwester bei sich zu behalten.

Salzburg, Österreich, 9. September 1976.«

Die Unterschrift entsprach der auf dem Brief, der direkt an mich gerichtet war; bestätigt wurde diese Unterschrift (und damit der ganze Inhalt) durch zwei verschwommene Stempel, auf denen kaum etwas zu erkennen war, die wiederum durch zwei völlig unleserliche Unterschriften bestätigt wurden.

Ich setzte alle Hebel in Bewegung, um eine schnelle Lösung des Problems in Gestalt von Heidi zu finden; vergebens. Zwei Stunden lang wirbelte mein Generalstab durch die Gegend, und es muß für Außenstehende wohl eher erheiternd gewesen sein, daß drei der gewieftesten amerikanischen Wirtschaftsanwälte sowie ein ehemaliger Leiter der französischen Steuerbehörde, ein sehr talentierter internationaler Finanzier (meine Leser werden gemerkt haben, daß ich gerade von mir sprach) und einige berühmte Architekten und Innenarchitekten sich gemeinsam bemühten herauszufinden, was ich mit diesem kleinen blonden Ungeheuer wohl anfangen sollte, das so völlig unvermutet in mein Leben eingedrungen war.

Das österreichische Generalkonsulat in New York? An diesem Freitagabend befand sich praktisch niemand in den Amtsräumen, von einem Angestellten abgesehen, der den Bereitschaftsdienst versah und meinte, die Angelegenheit könne doch sicher bis Montag vormittag warten.

Die geheimnisvolle Stewardeß? Aufgrund ihrer Uniform wußten wir sehr schnell, daß es sich um eine Angestellte der Austrian Airlines handeln mußte; einige Telefongespräche, und wir kannten auch ihren Namen, denn die kleine Heidi Moser war ganz offiziell in die Vereinigten Staaten eingereist und hatte während des Fluges Elisabeth Dressler zur Betreuerin gehabt. Nur, diese Elisabeth hatte neun Tage Ferien, und man wußte im New Yorker Büro der Austrian Airlines nur, daß sie diese Ferien in den Staaten verbringen wollte. In Begleitung eines Mannes? Schon möglich, Austrian Airlines allerdings kümmere sich nicht um das Privatleben ihrer Angestellten...

Die Polizei?

Nach langen Verhandlungen willigte endlich eine Polizistin ein, uns im Pierre zu besuchen. Genau in dem Augenblick, in dem die stämmige Frau die Diele meines Apartments betrat, warf sich die kleine Heidi in meine Arme und klammerte sich an mir fest, als ob ich der einzige Mensch auf der Welt sei, der sie vor den bösen Feinden schützen könne.

»Und sie behaupten weiterhin, Mister Cimballi, dieses Kind nicht zu kennen?«

»Ich schwöre Ihnen, daß ich es vor zwei Stunden zum ersten Mal in meinem Leben gesehen habe.«

»Bedroht es Ihre Sicherheit?«

»Wie bitte...?«

»Bedrohen Sie seine Sicherheit?«

»Sehe ich aus wie ein Kinderverderber?«

»Kinderverderber sehen in der Regel aus wie ganz normale Menschen, Mister Cimballi. Ganz nebenbei: Sie haben selbst erzählt, daß Ihre Mutter Österreicherin war. Vielleicht gehört dieses Mädchen zu Ihrer Familie, ohne daß Sie davon etwas wissen? Doch wenn Sie das Mädchen nicht bei sich behalten wollen oder können, dann muß ich es eben dem Sozialdienst anvertrauen.«

»Eine Art Waisenhaus, nicht wahr?«

Die Polizistin zuckte unbeteiligt mit den Schultern; es gab keine andere Möglichkeit, falls ich Heidi nicht bei mir behielt. Ich kniete mich auf den Boden. Heidi klammerte sich stärker als je zuvor an mich, und ich las in ihren blauen Augen Angst und Entsetzen, wobei ich mich nicht lange fragte, ob Heidi dies nur vortäuschte oder nicht. Sie flüsterte mir ins Ohr:

»Die Frau da gehört doch zur Polizei, oder?«

Ich nickte bejahend mit dem Kopf. Marc Lavater, Rosen, Vandenbergh, die Polizistin und die Architekten wirkten in dieser Perspektive riesengroß; ich befand mich auf gleicher Höhe wie Heidi, so daß wir uns direkt in die Augen schauten. Sie flüsterte weiter:

»Ich will bei dir bleiben, Herr Cimballi.«

Auch ich flüsterte während dieses ›Gespräches‹ und bezichtigte mich dabei, ohne es natürlich laut auszusprechen, des fortgeschrittenen Schwachsinns.

»Das geht doch nicht!«

»Anna hat gesagt, daß ich bei dir bleiben kann und daß du sehr nett bist.«

»Aber sie kennt mich doch gar nicht!«

»Anna nicht, aber Goni.«

»Wer ist denn Goni?«

»Annas Mann.«

»Dann ist Anna also verheiratet?«

»Nein.«

»Aber du hast mir gerade gesagt, daß sie einen Mann hat! Was ist nun?«

»Das ist kein richtiger Mann.«

»Ihr Verlobter?«

Heidi lachte: »Sie schlafen auf alle Fälle im gleichen Bett. Splitternackt. Und Anna schreit immer ›JA, JA, JA!‹«

»Wie alt ist denn Anna?«

»Sehr alt. Mindestens zwanzig.«

»Und du liebst sie?«

»Das kommt darauf an, nicht jeden Tag.«

Das alles flüsternd und auf deutsch. Von Zeit zu Zeit schaute ich verlegen hoch; wir mußten einen merkwürdigen Anblick abgeben, denn meine amerikanischen Freunde schauten entweder höchst amüsiert oder irritiert auf uns herunter. Ihr Finanzier mit einem kleinen Mädchen auf dem Boden kniend!

»Wohnst du in Österreich?«

»Nein.«

»In Deutschland?«

»Nein.«

»In der Schweiz?«

»Nein.«

»In Liechtenstein?«

Sehr ausdrucksstarke Mimik von seiten der kleinen Tirolerin. Offensichtlich hatte sie von Liechtenstein noch nie etwas gehört. Und genauso offensichtlich führte sie mich an der Nase herum.

»Heidi, du weißt doch, daß sich die Nasen von kleinen Mädchen, die lügen, bewegen. Und deine hat sich gerade ganz fürchterlich bewegt!«

Sie tastete nach ihrer Nase.

»Das stimmt nicht! Meine Nase bewegt sich nicht!«

»Du kommst aus Österreich und Anna lebt in Österreich, das stimmt aber!«

»Ja.«

»Und wo in Österreich?«

»Weiß nicht.«

»Natürlich weißt du das. In Salzburg?«

»Nicht in Salzburg.«

»Wo dann?«

»Anna hat mir gesagt, daß ich dir das nicht sagen soll.«

»Und warum hat sie dir gesagt, daß du mir das nicht sagen sollst?«

Heidi lachte schallend:

»Damit du es nicht weißt, du Dummkopf!«

Die Polizistin wurde ungeduldig. So ungeduldig, daß sie, nachdem sie kurz mit Vandenbergh und Rosen, den sie dem Namen nach kannte, gesprochen hatte, endgültig verschwand.

»Das beste ist wohl«, sagte Jimmy, »Sie engagieren ein Kindermädchen, eine Nanny.«

»Einen Anstandswauwau...«

Er lachte nur: »Das wäre wirklich das beste.«

Er telefonierte. Nach dem dritten Anruf hatte er den Auftrag erledigt.

»Sie wird in eineinhalb Stunden kommen.«

Er ging, und mit ihm die ganze Gesellschaft, von Marc abgesehen.

»Hast du noch Hunger, Heidi?«

Sie schüttelte den Kopf; ihre Augen verrieten, daß sie langsam müde wurde. Ich überschlug kurz den Zeitunterschied: für Heidi war es zwei Uhr in der Früh!

»Willst du dich hinlegen?«

Als ob wir uns bereits eine Ewigkeit kennen würden, kam sie in meine Arme und legte ihren Kopf gegen meine Brust. Ich hob sie hoch und trug sie in das Zimmer, in dem Marc-Andrea normalerweise schläft, wenn ich das Glück habe, ihn mit nach New York nehmen zu können. Sie hielt die Augen geschlossen. Ich wagte kaum, sie zu berühren, und zog ihr nur die Schuhe und die Strümpfe aus. Ohne die Augen zu öffnen, sagte sie:

»Und meine Zöpfe? Sie müssen aufgeknotet werden.«

Marc Lavater, der in der Tür stand, schüttelte abwehrend die Hände, als ob er sagen wollte:

»Um Himmels willen, laß mich mit diesen Zöpfen in Ruhe!«

Ich brauchte lange, bis ich diese verdammten Zöpfe endlich aufgeknotet hatte. Sie ließ alles über sich ergehen und hielt weiterhin die Lider geschlossen. Anscheinend kannte sie diese Zeremonie auch im Halbschlaf, denn immer dann, wenn es notwendig war, hob oder wendete sie ihren Kopf, ohne daß ich etwas hätte sagen müssen.

»Du bist nett, Herr Cimballi. Anna hat nicht gelogen.«

Anna! Wenn ich dieser Anna einmal gegenüberstehen würde, dann käme ich sicher nicht in die Verlegenheit, lange nach Worten suchen zu müssen! Ich zog eine Decke über Heidi:

»Ist dir kalt?«

»Nein.«

Ich hatte den Eindruck, als ob sie bereits schliefe. Um ihre Lippen spielte ein zufriedenes Lächeln.

»Gute Nacht, Heidi.«

»Gute Nacht, Herr Cimballi.«

Es fiel mir merkwürdigerweise schwer, mich von dem Kind zu trennen. Als ich endlich aufstand und das Zimmer verließ, schaute mich Marc leicht verzweifelt an, was mir verständlicherweise auf die Nerven ging:

»Hast du etwas gegen das Mädchen einzuwenden?«

»Nein, Papa.«

Ich wußte selbst, daß ich mich sehr komisch benahm. Aber es war mir gar nicht unangenehm.

Am nächsten Morgen riefen mich Li und Liu an, aus San Francisco; ich lag noch im Bett. Wie üblich wußte ich nicht, ob ich mit Li oder mit Liu sprach. Sie waren zwar nur Vettern und ich kannte sie inzwischen seit Jahren, doch es gelang mir immer noch nicht, die beiden auseinanderzuhalten. Vor allem, wenn uns mehrere Tausend Kilometer voneinander trennten. Li oder Liu fragte ungläubig:

»Würdest du das bitte wiederholen?«

»Fünfzig Millionen Dollar.«

Liu oder Li schüttete sich aus vor Lachen:

»Gloßel laffinieltel Cimballi ist vellückt gewolden!«

Ich hatte seit einigen Tagen schon versucht, die beiden zu erreichen, doch sie waren verreist gewesen – nach China, was für Chinesen vielleicht gar nicht so außergewöhnlich ist. Ich hatte ihnen erklärt, daß ich sie gerne als Partner in mein Kasino aufnehmen würde, und sofort gespürt, daß sie ablehnen würden. Sie lehnten dann auch ab. Für mich eine enorme Enttäuschung, denn ich hatte eigentlich fest mit ihrer Zusage gerechnet. Sie verfügten erstens über die notwendigen Mittel und hätten ein Mehrfaches der Summe investieren können. Und dann hatte ich natürlich geglaubt, daß die zwei, drei originellen Ideen, mit deren Hilfe ich das Kasino deutlich von den anderen abheben wollte, sie interessierten. Doch sie blieben bei ihrer Ablehnung:

»Franz, es bleibt beim Nein. Wir müssen da nicht einmal lange überlegen. Mit Glücksspiel wollen wir nichts zu tun haben. Franz, es liegt uns viel daran, glücklich zu bleiben, denn ein glückliches Herz tötet mehr Mikroben als alle antiseptischen Mittel dieser Welt.«

Ich bohrte nicht weiter, denn ich kannte sie so gut, daß ich wußte, daß sie von diesem Nein nie abrücken würden. Wir sprachen noch kurz über andere Dinge, dann legte ich auf. Ich war ihnen nicht einmal böse. Doch ich hatte diesen Tiefschlag erst einmal zu verdauen. Scheiße!

»Mister Cimballi?«

Ich hätte beinahe einen Satz an die Decke gemacht, denn ich hatte sie nicht kommen hören. Konnte ich auch gar nicht, denn sie war auf bloßen Füßen gekommen und war auch sonst so nackt wie ein Regenwurm. Doch es handelte sich nicht um Heidi, außer, diese wundersame Heidi war über Nacht um das Doppelte in die Höhe geschossen! Dann erkannte ich die Walküre, die Jimmy Rosen als »Nanny« für Heidi aufgetrieben hatte. Kurz vor zehn war sie gestern abend im Pierre eingetroffen und hatte sich in Heidis Zimmer eingerichtet. Als ich sie zum erstenmal gesehen hatte, dachte ich voll Schreck, zwei Akrobatinnen zu begegnen, wobei die eine sich auf die Schultern der anderen gestellt hatte und sie diesen Umstand mit einem gemeinsamen Schwesternkleid verbargen; meine Walküre war mehr als zwei Meter groß, eine Hammerwerferin mit Olympiaqualifikation, die seit vier Monaten die DDR verlassen hatte und sich in Amerika aufhielt, was ihr anscheinend gut bekam, denn wenn sie während ihrer Zeit als Hochleistungssportlerin bereits achtzig Kilo gewogen hatte, so dürfte sie jetzt zwanzig bis dreißig Kilo schwerer geworden sein. Sie heulte, splitternackt:

»Heidi verschwunden.«

Nicht einmal zehn Minuten später suchte ich im Central Park nach meinem zopftragenden Mädchen; nur mit einem Bademantel bekleidet leitete ich einen Suchtrupp, bestehend aus zehn Angestellten des *Pierre*, dann der Walküre, die sich schnell etwas übergezogen hatte, ungefähr sechzig Joggern, die ich nicht näher identifizieren konnte, weil sie mir völlig unbekannt waren, dafür aber mit Feuereifer nach diesem Mädchen suchten, das ein ebenfalls Unbekannter in Richtung Rollschuhbahn am Wollmann Memorial hatte entschwinden sehen. Innerhalb kürzester Frist wuchs dieser Suchtrupp an, denn weitere Jogger gesellten sich zu uns, dann aber auch Radfahrer, Rollschuhfahrer und sogar Reiter... verrückt, was sich an einem Samstagvormittag so alles im Central Park herumtreibt, bereit, alles stehen- und liegenzulassen, um eine kleine Tirolerin mit blauen Augen und blonden Zöpfen zu suchen. Einige dachten sogar, die Versteckte Kamera habe sich in den Central Park verirrt oder es sei eines der vielen amerikanischen Spiele, vom Fernsehen finanziert, im Gang, und fragten mich:

»Was bekommen wir, wenn wir sie gefunden haben?«

Ich lachte, weinte, heulte, spornte an und war gleichzeitig

nicht nur wegen Heidi beunruhigt: Was, wenn sich hinter der Geschichte weit mehr verbarg als das bloße Verschwinden eines kleinen Mädchens, das ja an und für sich schon schlimm war? Wollte man mich als einen Sadisten, als einen Kinderverderber hinstellen? Natürlich war das alles nicht sehr stimmig, was da in meinem Kopf durcheinanderpurzelte, doch ich war noch nie sehr logisch gewesen, wenn ich wie ein Pferd auf einer Rennbahn galoppierte.

Ich rannte durch den ganzen Central Park, bis mir die Zunge bis zum Boden aus dem Mund hing, nicht nur vom Rennen, sondern auch vom vielen Reden und Erklären. An der Ecke zur zweiundsiebzigsten Straße schnappte ich mir ein Taxi, lud die Walküre ein und ließ mich zum *Pierre* zurückbringen. Kurz darauf kamen Jo Lupino und Jimmy Rosen, die ich alarmiert hatte.

»Franz, dieses Verschwinden ist sehr merkwürdig. Wir meinen, erst taucht diese Tirolerin plötzlich auf, dann verschwindet sie ebenso plötzlich... Da scheint etwas oberfaul zu sein.«

Meinten die beiden etwa, ich sei begeistert?

»Wo ist Marc?« fragte Rosen.

»Über dem Atlantik.«

»Fliegt er nach Österreich?«

»Wohin denn sonst!«

Meine Laune wurde zusehends schlechter, bis ich ganz unausstehlich war. Ich entschloß mich nach langem Zögern, die Polizei zu alarmieren, und hatte mit dem Beamten, der den Anruf entgegenahm, die größten Schwierigkeiten. Nur mit übermenschlichen Anstrengungen gelang es mir, ruhig zu bleiben: Nein, das Kind war weder meine Tochter noch meine Nichte noch meine Base noch die Tochter von Freunden noch die ich weiß nicht was... ich wußte nur, daß sie vielleicht Heidi hieß, und genauso vielleicht Heidi Moser, vielleicht aber auch Roswitha Tarteufel oder Gudule Rabonowitsch, und ich hatte nicht die geringste Idee, was dieses Mädchen in New York zu suchen hatte, auch nicht, ob irgendwelche Verwandte in der Stadt lebten. Ich wußte überhaupt nichts von dem Mädchen, einmal davon abgesehen, daß ich sie gestern abend ins Bett gebracht hatte, daß sie vergißmeinnichtblaue Augen hatte und blonde Zöpfe, nein, keine Zöpfe, denn die hatte ich ja aufgeknotet, blonde, lange Haare halt, und daß sie ein Dirndl trug, ein DIRNDL!!!!, ja, so eine komische Tirolertracht, nein, keinen Hut, Tracht, und außerdem wußte ich noch, daß dieses Mädchen verschwunden war. Erschöpft legte ich auf.

»Eine wirklich klare und eindeutige Erklärung«, kommentierte Rosen und bestellte für sich wie für Lupino Frühstück (obwohl die beiden wirklich nicht zur hungernden Bevölkerung New Yorks zählten, fanden sie es immer wieder schön, auf meine Kosten zu frühstücken).

Ich war wütend, aufgrund des Verschwindens von Heidi, aufgrund der abschlägigen Antwort von Li (oder Liu) und aufgrund der Feststellung, die Marc und ich am gestrigen Abend noch gemacht hatten, bevor er nach Europa abflog: es mußte eine Beziehung bestehen zwischen dieser Heidi Moser, falls sie überhaupt so hieß, die aus Österreich gekommen war (das dürfte wohl stimmen) und diesem österreichischen Forstgut mit Bauernhof, das zu Baumers Erbe gehörte und das ich zusammen mit dem Hotel in Atlantic City gekauft hatte, ohne es kaufen zu wollen. Alles paßte zusammen: erstens war Baumer selbst aus Österreich in Amerika eingewandert, und zweitens war der Brief der besagten Anna Moser auf den 9. September datiert, und am 8. September hatte Cannat, Marcs rechte Hand in Paris, alles, was dem verstorbenen Baumer gehört hatte, in unserem Auftrag verkauft.

»War ich diesmal klar und deutlich?«

Jimmy nickte begütigend mit dem Kopf:

»Nicht allzusehr, aber immerhin, ich habe dich verstanden.«

»Anders ausgedrückt, ihr seid davon überzeugt, daß zwischen dem Kind und dem *Weißen Elefant* ein Zusammenhang besteht?«

Das Telefon klingelte; die Polizistin vom Vortag war am Apparat:

»Ich würde gerne wissen, was Sie eigentlich wollen: Gestern haben Sie sich beklagt, weil Sie eine kleine Tirolerin zuviel hatten, und heute beklagen Sie sich, weil Ihnen eine kleine Tirolerin abgeht.«

Sie hatte dennoch bereits eine erste Untersuchung durchgeführt und glaubte nicht an eine Entführung, sondern eher an eine Flucht:

»Angestellte des *Pierre* haben die Kleine beobachtet. Zuerst in der Küche und dann im Fernsehraum; sie hat einen Kakao bestellt und Apfelkuchen und gebeten, man möge den Fernseher anschalten, da sie einen Film sehen wollte...«

»Und das alles auf deutsch? Sie spricht nur deutsch.«

Die Inspektorin lachte schallend: anscheinend hatte die Tirolerin über Nacht fließend englisch gelernt, denn sie hatte mit den Angestellten des *Pierre* in einem auffallend guten Englisch gesprochen. Sie hatte dann noch gefragt, wieviel Kilometer Disney World vom *Pierre* entfernt sei. Als man ihr sagte, dies läge in Florida, hatte sie sich nach dem nächsten Weg erkundigt...«

»Und die Angestellten haben sie nicht daran gehindert, das Hotel allein zu verlassen?«

»Niemand hat sie beobachtet, als sie das Hotel verließ. Vor dem *Plaza* haben wir ihre Spur wiedergefunden: der Kutscher eines Fiakers, der sich weigerte, sie nach Florida zu bringen, hat sich einen bösen Fußtritt eingehandelt und ist nicht bereit, Heidi so schnell zu vergessen. Sie ging dann ins *Plaza*... Jetzt regen Sie sich nicht auf, sie hat, nachdem sie eine Verkäuferin mißhandelt hat, das *Plaza* sofort wieder verlassen und ist auf die achtundfünfzigste Straße gegangen. Ich werde meine Vorgesetzten bitten, Großalarm auszulösen, bevor halb New York mit gebrochenem Schienbein ins Krankenhaus muß.«

Das zweite Telefon klingelte. Rosen, der abgehoben hatte, rief mich dringend und schaute mich dabei recht komisch an.

»Ja bitte?«

»Herr Cimballi, nur, damit Sie sich keine Sorgen machen: ich bin auf dem Empire State Building. Ganz oben. Super.«

9

Ich werde mich immer an diesen Tag erinnern. Denn es verstand sich von selbst, daß ich, die Walküre und Jo Lupino im Schlepptau, so schnell wie möglich zum Empire State Building fuhr.

Der Chef der Liftboys erinnerte sich genau an Heidis Besuch. Er zog sein rechtes Hosenbein hoch, um mir den Beweis von Heidis Anwesenheit in Form seines übel zugerichteten Schienbeins zu zeigen. Aber, so setzte er schnell hinzu, er habe trotz allem nichts gegen dieses arme Kind, das natürlich durchdrehen mußte angesichts der ungeheuerlichen Dinge, die ich von ihm verlange. »Jawohl, Mister, es ist eine Schande, Kinder, die an Schwindelgefühlen leiden, nur wegen eines verlorenen Feuerzeuges auf das höchste Dach von New York zu schicken! Ein Feuerzeug!« Vor Empörung konnte er kaum reden. Ob ich denn glaube, daß man bei mehr als zehntausend Besuchern pro Tag ein Feuerzeug wiederfinden könne?

Ich schrie:

»ICH RAUCHE NICHT! ICH HABE KEIN FEUERZEUG UND HABE NIE EINES GEHABT! WO IST SIE?«

Und wenn ich schon soviel Wert auf dieses verfluchte Feuerzeug lege, dann hätte ich mich schließlich persönlich herbemühen können. Außerdem würde ich meine Tochter wohl schlagen!

»WO IST SIE?????«

Wieder heruntergekommen.

»Doch das arme Kind hat eine Botschaft für Sie hinterlassen. Es weinte!«

Ich öffnete den kleinen Briefumschlag. In deutsch hatte sie auf einen Fetzen Papier geschrieben:

»Ich hab' dich hereingelegt, ätsch! Jetzt werde ich mir die Central Station anschauen.«

Was konnte ich denn anderes tun? Natürlich kam ich mir blöd vor, wie bei einer Schnitzeljagd hinter dem Gör durch New York zu rasen, doch, Hand aufs Herz, hätten Sie es fertiggebracht, ein nicht einmal zehnjähriges Mädchen allein durch New York stromern zu lassen? Selbst an einem Samstagvormittag gehört die Stadt nicht zu den sichersten der Welt. Die Walküre, Jo und ich nahmen das nächste Taxi zur Central Station; sobald ich die riesige Abfertigungshalle betreten hatte, hörte ich, wie mein Name von den Lautsprechern ausgerufen wurde. Ich sollte zum Reservierungsbüro der Metroliner kommen, die New York mit Washington verband. Ich traf allerdings nicht auf Heidi, sondern auf eine Hosteß, die mir erklärte, meine Nichte sei sehr traurig, daß sie mich in der Menge verloren und ich deswegen meinen Zug verpaßt habe; sie habe sich entschlossen, in unserem Hotel auf mich zu warten. Die Hosteß hatte auch eine schriftliche Botschaft für mich: »Der Salzburger Bahnhof ist viel schöner! Ich hoffe, du amüsierst dich auch!«

Ich ließ meinen Zorn an der Hosteß aus:

»Und Sie haben die Kleine einfach so gehen lassen!«

»Aber sie hat mir doch ihre russische Gouvernante gezeigt, die sie begleitete! Ich habe ihr geglaubt.«

Zurück ins *Pierre*. Natürlich hatte sich die teuflische Tirolerin nicht gemeldet. An der Rezeption warf man mir einen komischen Blick zu, und ich wurde relativ frostig behandelt. Die Walküre brach in Schluchzen aus. Jo Lupino allerdings behielt seinen klaren Kopf:

»Franz, dieses Gör hat mehr Durchsetzungsvermögen als eine Kompanie Infanteriesoldaten! Ich glaube, du solltest dir nicht allzuviel Sorgen machen.«

»Und die russische Gouvernante?«

Er räumte ein, daß vielleicht eine russische Gouvernante existierte und daß diese Tatsache beunruhigend sein könne. Als ich gerade dabei war, die Tür zu meinem Apartment zu öffnen, klingelte das Telefon. Ich stürzte mich auf den Hörer. Sarah. Anscheinend spürte sie an meiner Stimme, daß etwas nicht stimmte.

»Hast du Ärger, Franz?«

»Ja und nein.«

»Kann ich etwas für dich tun?«

»Du könntest deine verdammten Hotels im Stich lassen und nach New York kommen.«

Schweigen.
»Ich werde es mir überlegen.«
Besser als nichts. Wenn ich ihr sonst solche Vorschläge machte, nahm sie sie einfach nicht zur Kenntnis oder zuckte nur nachsichtig mit den Schultern.
»Sarah, je früher, desto besser.«
Ich legte auf. Es war halb zwölf Uhr. Ich war noch nicht einmal rasiert und hatte meinen Vormittag damit vergeudet, durch New York zu galoppieren und ein neun- oder zehnjähriges Mädchen zu verfolgen. Ohne dabei die schlechte Nachricht aus San Francisco vergessen zu können.
»Jo, ich habe endlich mit Li und Liu sprechen können. Sie haben abgelehnt, sich an dem Kasino zu beteiligen.«
»Mist. Wie weit bist zu eigentlich bei deinen Verhandlungen mit der Bank in Philadelphia?«
»Bis zum nächsten Donnerstag muß ich einen Partner präsentieren, der fünfzig Millionen Dollar übernimmt. Ich hatte wirklich mit diesen blöden Chinesen gerechnet; Li und Liu hatten mir versprochen, beim nächsten Geschäft mitzumachen.«
»Und wenn du bis zum Donnerstag keinen Partner findest, dann leiht dir die Bank nichts?«
»Du sagst es ergreifend einfach, aber leider richtig.«
»Dann wirst du dich eben nach einer anderen Bank umschauen müssen.«
»Und ein oder zwei Monate Zeit verlieren. Die anderen Kasinos in Atlantic City werden schon lange ihre Türen geöffnet haben, während ich noch hinter einem Bankier herrenne.«
»Warum fragst du eigentlich deine arabischen Freunde nicht?«
Natürlich hatte ich an Hassan und an Prinz Aziz gedacht; nur: Hassan erholt sich immer noch auf den Kanalinseln, und Aziz war aller Voraussicht nach mit dem Großreinemachen in seinem Palast beschäftigt; Frühjahrsputz . . . ganz davon zu schweigen, daß jeder wohl geglaubt hätte, ich präsentierte eine Rechnung, wie ein Klempner, wenn ich so kurz nach Hassans Befreiung um fünfzig Millionen Dollar gebeten hätte. Eine nicht unerhebliche Belastung für unsere zukünftigen Beziehungen.

»Im Grunde ist die Situation ganz einfach«, fing Jo zu philosophieren an, nachdem er sich ein zweites Frühstück auf meine Kosten bestellt hatte, »du hast noch höchstens fünf Tage Zeit, darunter ein Sonntag, um jemand aufzutreiben, der bereit ist, dir Vertrauen zu schenken und fünfzig Millionen Dollar zu investieren, ohne daß dieser Jemand in irgendeiner, auch entfernter Beziehung zu der Mafia...«

Das Telefon schnitt ihm das Wort ab. Ich kam gerade von der Dusche. Als ich den Hörer abnahm, schlug mir wildes Gebrüll entgegen, mindestens zwanzig Minuten lang. Dann Schweigen. Dann Heidis ruhige, ausgeglichene Stimme:

»Habe ich dir Angst eingejagt, Herr Cimballi? Dir ging der Arsch auf Grundeis, wie?«

Bis zur letzten Sekunde war ich felsenfest davon überzeugt gewesen, daß mich dieses kleine Ungeheuer wieder hereingelegt hatte. Doch nein, diesmal nicht: brav saß sie auf einem Stuhl eines Cafés auf dem Sunken Plaza im Rockefeller Center. Vor ihr stapelten sich viele Kuchen und Schüsseln mit Eis, so daß ich zuerst glaubte, sie habe einfach einmal die Karte rauf und runter bestellt.

»Sie hat sich alle Desserts bestellt, die wir anbieten«, klärte mich der Maître d'hôtel leicht indigniert auf. »Ihre Tochter hat sehr darauf bestanden, Mister Cimballi...«

Gegen diese mir zum erstenmal zugeschriebene Vaterschaft legte ich keinen Protest ein. Ich hörte dem Maître d'hôtel, um die Wahrheit zu sagen, nicht einmal richtig zu. Meine einzige Idee, mein einziges Ziel, meine einzige Absicht, die mich aufrechterhalten hatte, als ich mich von neuem auf die Suche nach meiner Tirolerin gemacht hatte, war es gewesen, dieser Heidi mit den blonden Zöpfen eine magistrale Tracht Prügel zu verabreichen.

Vor zehn Sekunden träumte ich noch davon. Jetzt nicht mehr. Als ich ihr Gesicht, ihre Zöpfe und ihre blauen Augen zwischen den aufgestapelten Kuchen entdeckt hatte, war mein Wunsch vergangen. Kann man sich eigentlich in ein zehnjähriges Mädchen verlieben? Nicht körperlich, natürlich, sondern einfach so... Ich empfand nur Erleichterung und Zärtlichkeit, als ich ihr gegenübersaß, und mußte mich furchtbar zusammennehmen, um nicht laut zu lachen.

»Du hast mich auf den Arm genommen!«

»Sicher.«

»Wer war denn diese russische Gouvernante auf der Grand Central Station?«

»Ich weiß nicht. Sie ging gerade vorbei. Ich habe schließlich eine Gouvernante gebraucht, sonst hätte mich die Hosteß nicht gehen lassen. Doch dann klebte die Alte wie die Pest an mir und wollte mich absolut zu meinen Eltern bringen. Entsetzlich.«

Während sie mir das alles erzählte, musterte sie mit dem erfahrenen Auge eines wahren Experten die Desserts, die sich vor ihr auftürmten.

»Sie wollten mir einfach nicht alles servieren, was auf ihrer Karte steht, diese Mistkerle. Ich habe ihnen gesagt, mein Papa sei Milliardär und wohne im *Pierre* und ich würde ihn bitten, das Café zu kaufen und alle zu entlassen, wenn sie mir nicht alles bringen. Sie haben es geglaubt. Die glauben alles, ohne zu überlegen...«

Sie probierte mal hier, mal dort.

»Nicht gerade erste Klasse, der Kuchen. Kennst du Tomaselli?«

Nein, ich kannte keinen Tomaselli. Ich schaute sie an und war völlig hingerissen von ihrer Selbstsicherheit, ja Frechheit, mit der sie sich in New York zurechtfand...

»Tomaselli, in Salzburg, am Marktplatz. Dort gibt es eine Schlagsahne...«

»Du hast mir gar nicht gesagt, daß du englisch sprichst, Heidi...«

»Das hast du mich auch gar nicht gefragt.«

Der Kellner brachte den Kaffee, den ich bestellt hatte.

»Und wo hast du englisch gelernt?«

»Weiß nicht.«

»Lügnerin.«

»Sicher«, antwortete sie gelassen. Sie probierte weiter rechts und links, steckte die Spitze ihres Zeigefingers in verschiedene Eiskugeln, leckte ihn ab, schnitt Grimassen...

»Abscheulich... und teuer. Hast du die Speisekarte gesehen? Die spinnen, die Amerikaner!«

»Jetzt wechsle nicht das Thema. Wie kommt es, daß du dich in New York so gut auskennst?«

Mit vollem Mund weiter die Desserts einem strengen Examen unterziehend, suchte sie in ihrer Tasche nach einem Plan von New York in deutscher Sprache, auf dem ein Rundweg eingezeichnet war, der vom *Pierre* ausging, in den Central Park führte (abgehakt), von dort über die große Avenue bis zur dreiunddreißigsten Straße zum Empire State Building (abgehakt), über die Park Avenue zur Grand Central Station (abgehakt), zum Walldorf (abgehakt) bis zum Rockefeller Center (abgehakt), der Weg, den sie heute morgen gegangen war.

»Wer hat diesen Weg eingezeichnet?«

»Goni.«

»Wer ist Goni? Wie heißt Goni richtig?«

»Goni ist Goni.«

Und umgekehrt, wie ich annahm. Ich änderte die Taktik.

»Kennst du jemand in New York?«

Großes Sahnelächeln:

»Dich, Herr Cimballi.«

»Und außer mir?«

»Niemand.«

Sie hob ihre rechte Hand, in der sich ein angeknabbertes Schokoladeneclair befand, und schwenkte es in der Luft zum Zeichen des großen Ehrenwortes.

Ich schaute wieder auf den Stadtplan; der eingezeichnete Weg hörte nicht am Rockefeller Center auf, sondern ging weiter zum Washington Square, zur Brooklyn Bridge, überquerte die Bucht, führte bis zur Freiheitsstatue und kam dann über die Batterie und des Welthandelszentrum mit einem kleinen Haken über die Wall Street nach Manhattan zurück.

»Und du wolltest dir das alles anschauen?«

»Ja, wenn es in diesem blöden Café nicht so teuer gewesen wäre; ich habe mir am Anfang nur einen Kakao bestellt und dann gemerkt, daß ich nicht genug Geld hatte, um ihn zu bezahlen. Ich hatte keine andere Wahl mehr, sondern mußte dich anrufen, und hab' dann, während ich auf dich wartete, noch etwas bestellt.«

Wie um ihre Aussagen zu beweisen, zeigte sie mir die wenigen Münzen, die sie noch hatte, dreißig, vielleicht auch vierzig Cent.

»Wir haben kein Geld mehr, weil du uns ruiniert hast. Hast du Geld?«

Ich versuchte, so spöttisch wie möglich zu antworten:

»Natürlich habe ich Geld; ich habe euch ja ruiniert.«

»Du bist Milliardär.«

»Sicher.«

»Du siehst aber nicht aus wie ein Milliardär.«

»Heidi, du willst mir immer noch nicht sagen, wer Goni ist und wo Anna und deine anderen Schwestern wohnen?«

»Nein.«

»Auch nicht, woher du kommst?«

»Nein.«

»Und auch nicht, wie ich euch ruiniert habe, dich und deine Schwestern?«

»Nein.«

»Und Elisabeth Dressler?«

Sie riß die Augen auf:

»Wer ist denn das?«

»Die österreichische Stewardeß, die mir dir durch die Paßkontrolle gegangen ist, als du in New York ankamst, und die dich dann ins *Pierre* gebracht hat.«

»Kenn' ich nicht.«

»Du lügst schon wieder.«

»Sicher.«

Zum Verzweifeln. Ich bezahlte: einhundertsiebzehn Dollar, nur für Kuchen und Eis!

»Heidi, ich möchte dir einen Vorschlag machen: Ich zeige dir alles, was du in New York sehen willst, und du beantwortest meine Fragen. Einverstanden?«

Sie überlegte anscheinend angestrengt; auf alle Fälle runzelte sie die Augenbrauen.

»Alles, was ich sehen will?«

»Alles, was ich dir zeigen kann.«

Sie schnaufte verächtlich.

»Suchst du Streit?«

»Ich suche keinen Streit.«

Sie überlegte weiter, legte ihren Kopf tief in den Nacken, so daß ihre blonden Haare bis auf den Boden herunterhingen. Diese kleine Tirolerin verzauberte mich, und ich schmolz dahin wie vorher ihre Ice-creams.

»Heidi, warum bist du heute morgen ausgerissen?«

»Anna.«

»Was, Anna?«

»Anna hat mir gesagt, ich soll auf deinen Nerven herumtrampeln. Und das habe ich doch getan, oder?«

Die Antwort saß. Ich griff nach ihrer Hand, und wir brachen auf, um New York zu entdecken.

Gleich vorneweg: Entweder hatte sie gerade ein Trainingslager für angehende Bergsteigerinnen hinter sich, oder ich war auf dem besten Wege, alt und unsportlich zu werden, denn wir schauten fast alles an, was sie anschauen wollte, im Laufschritt, und mir wollten mehr als einmal die Kräfte versagen. Sie schleppte mich in den Zoo in Bronx, wurde der Tiere relativ schnell überdrüssig, zog mich zur Freiheitsstatue, wo wir ein Schiff nahmen, um nach Manhattan zurückzukehren, eine leider nur allzu kurze Verschnaufpause, denn sofort ging es weiter zu Macy's, dann nach Greenwich Village, wo sie ihren siebten Hamburger aß und ihren elften Milchshake trank, anschließend dann zur Brooklyn Bridge...

Und die andere Brücke, Verrazano? Warum sollten wir nicht auch einen kurzen Blick auf diese Brücke werfen? Und wenn wir schon da sind, warum dann nicht gleich nach Coney Island und zum botanischen Garten in Brooklyn? Natürlich wollte sie auch ein Spiel im Yankee Stadion sehen und auf die Dachterrasse des World Trade Centers und...

Die Idee mit dem Hubschrauber stammte von mir. Entweder den Hubschrauber, in dem ich wenigstens sitzen konnte, oder aber ich würde den Tag auf Händen und Füßen kriechend beenden. Um halb sieben flogen wir über New York, über den Hudson und den East River. Ich hatte mich hinsetzen dürfen.

»Heidi, ist New York so schön wie Salzburg?«

»Nicht übel.«

Trotz dieser eher herablassenden Antwort sah ich an dem Glanz in ihren vergißmeinnichtblauen Augen, daß sie hingerissen war und alles begeistert in sich aufnahm. Das Panorama unter uns war wie jedesmal, wenn ich es sah, faszinierend, doch diesmal hatte ich nur Augen für sie; ich konnte immer noch nicht fassen, in welcher Geschwindigkeit sie mich um den Finger gewickelt hatte.

Ich opferte ihr den ganzen Nachmittag, obwohl ich wahrlich Wichtigeres zu tun gehabt hätte. So, um nur ein Beispiel zu nennen, einen Partner für mein Kasino suchen, und das innerhalb von fünf Tagen. Ich hatte nur eine Entschuldigung anzuführen: ich wußte zwar, daß ich dringend etwas zu unternehmen hatte, hatte aber gleichzeitig nicht die geringste Ahnung, was, so daß der Nachmittag mit der Tirolerin vielleicht doch nicht ganz verloren war.

Bei jeder Station unseres Rennens durch New York hatte ich im *Pierre* angerufen; Marc, der inzwischen in Österreich eingetroffen sein mußte, hatte immer noch nicht angerufen, obwohl wir das fest vereinbart hatten.

Die Nacht war bereits hereingebrochen, als uns ein Taxi vom Hubschrauberlandeplatz in der dreißigsten Straße ins *Pierre* zurückbrachte. Orchester spielten, als wir durch den Central Park fuhren. Heidi hatte in dem Moment, in dem die Rotoren des Hubschraubers zu drehen begonnen hatten, nach meiner Hand gegriffen und sie nicht mehr losgelassen, bis wir wieder festen Boden unter den Füßen hatten. Von Zeit zu Zeit hatte sie mich trotz des faszinierenden Schauspiels unter ihr mit überraschend ernsten Augen gemustert, ohne allerdings etwas zu sagen. Ich hatte versucht, ihr verschiedene Würmer aus der Nase zu ziehen, vergebens. Mit einer Leichtigkeit, die angesichts ihres Alters beinahe unwahrscheinlich war, war sie allen kritischen Fragen aus dem Weg gegangen.

»Sie ist wirklich sehr intelligent«, hatte die Frau geschrieben, die ihre Briefe mit Anna Moser unterzeichnete. In diesem Punkt mußte ich ihr recht geben.

Jimmy Rosen wartete im *Pierre* auf mich. Lupino hatte ihm Li und Lius abschlägige Antwort bereits mitgeteilt.

»Franz, bis Donnerstag werden Sie wohl keinen Partner auftreiben können.«

»Rufen Sie die Bank in Philadelphia Montag gleich in der Früh an. Fliegen Sie zusammen mit Vandenbergh hin, wenn es notwendig sein sollte. Ich benötige einige zusätzliche Tage.«

»Darauf wird sich die Bank ganz bestimmt nicht einlassen. Und Sie wissen ja, daß die Bank von vorneherein nicht gerade begeistert war, als sie hörte, daß es sich um eine Kasino-Affäre handelt.«

»Versuchen Sie es trotzdem.«

Im Grunde war ich bereits fest entschlossen, mein letztes Eisen ins Feuer zu werfen und mit Hassan Fezzali über meine Kasino-Pläne zu sprechen, auch wenn ich nach wie vor davon überzeugt war, daß es besser wäre, meine arabischen Freunde nicht damit zu belästigen. Ich sprach mit Jimmy darüber. Er sagte nur:

»Und was machen Sie mit ihr?«

Er hatte dabei mit dem Kinn Richtung Heidi gedeutet, die sich mit einem der Hotelpagen, der sehr gut deutsch sprach, auf ein lebhaftes Gespräch eingelassen hatte. Ein normales Mädchen wäre schon seit einiger Zeit völlig tot ins Bett gesunken, denn der Tag in New York war auch für einen durchtrainierten Erwachsenen anstrengend gewesen, nicht jedoch für Heidi, die ganz und gar kein ›normales‹ Mädchen war, sondern sich in Hochform befand.

»Hat Marc angerufen?« fragte ich Jimmy.

»Immer noch nicht.«

Ich konnte schließlich Heidi nicht einfach mitnehmen, vor allem, wenn ich nach Riad mußte, um mit Prinz Aziz zu verhandeln. Und sie allein im *Pierre* zu lassen, selbst in der Obhut der Walküre, das war nach den Ereignissen an diesem Morgen ausgeschlossen.

»Franz, ich werde mich gerne um sie kümmern, während Sie nicht in New York sind; ich hoffe, daß Marc oder Sie bald herausfinden, was Heidis Reise nach New York eigentlich auf sich hat. Sie wird in meiner Familie leben...«

Jimmy Rosen hatte fünf Kinder und wohnte in einem New Yorker Vorort, in New Rochelle, in einem sehr geräumigen

Haus. Ich selbst hatte vor einigen Monaten zusammen mit Sarah und Març-Andrea dort ein Wochenende verbracht und war mir sicher, daß Heidi sich wohl fühlen würde; zwei oder drei Töchter von Jimmy waren ungefähr im gleichen Alter wie sie. Ich versuchte, meinen kleinen Gast aus Tirol auf die bevorstehende Trennung vorzubereiten, was mir allerdings nicht sehr gut gelang. Sie brach plötzlich in Tränen aus:

»Ich will bei dir bleiben, Herr Cimballi.«

Da wurde mir erst bewußt, wie stark ich inzwischen schon an ihr hing, obwohl ich immer noch nichts über sie wußte und obwohl sie mir unter Umständen die größten Schwierigkeiten würde bereiten können. Nach langwierigen Verhandlungen nahm Jimmy sie endlich mit. Ich aß allein zu Abend und fühlte mich von Gott und der Welt verlassen. Die Vorstellung, Fezzali um fünfzig Millionen Dollar bitten zu müssen (und im Grunde nicht Fezzali, sondern Aziz, denn Hassan war ja achtzehn Monate lang gefangen gewesen, so daß er wohl kaum über diese Summe verfügen konnte), diese Vorstellung konnte mich nicht begeistern. Trotzdem hatte ich beschlossen, am nächsten Morgen, einem Sonntag, nach London zu fliegen. Ich legte mich ins Bett und war gerade dabei einzuschlafen, als das Telefon klingelte...

»Franz, hörst du mir endlich zu? Hier ist es sieben Uhr in der Früh und ich habe den ganzen Abend und die ganze Nacht damit verbracht, von einem Dorf zum anderen und von einem Chalet zum anderen zu fahren! Wenn jemand hier einen Grund zum Schimpfen hat, dann ich!«

Ja, er hatte diese Anna Moser aufgetrieben; sie saß ihm sogar gegenüber, während er mit mir telefonierte. Nein, sie war nicht stumm, sie wollte nur nicht mit mir reden, das war alles. Ich wäre beinahe an meiner eigenen Spucke erstickt! Was hatte das denn wieder zu bedeuten!

»Das hat zu bedeuten, Franz, daß du wie ich nach Tirol kommen mußt, wenn du eine Erklärung für Heidis Auftauchen haben willst. Sie will nur mit dir sprechen, persönlich, nicht am Telefon.«

»Marc, hast du getrunken, oder was ist los? Wo bist du eigentlich?«

»Im Gasthof Post in Kössen im österreichischen Teil von Tirol. Und ich sage es dir noch einmal: entweder kommst du hierher oder wir beide werden als Unwissende sterben. Die schöne Anna ist nicht bereit, sich auf etwas anderes einzulassen. Franz, du mußt dich entscheiden.«

»Nur etwas, Marc: Heidi wurde von dieser Anna nach New York geschickt, oder?«

»Ja.«

»Und aus welchem Grund?«

»Sie weigert sich hartnäckig, diese Frage zu beantworten. Außer wenn du...«

Außer wenn ich nach Tirol fahre und ihr zuhöre. Eines schien mir jetzt schon festzustehen: Heidi gehörte bereits eindeutig zu der Rasse der liebenswerten, aber auf die Nerven gehenden Menschen; ihre Schwester schien es vor allem auf dem zweiten Gebiet zu einer wahren Meisterschaft gebracht zu haben.

»Und diese Anna ist der Vormund, ich meine, der offiziell anerkannte Vormund von Heidi?«

»Ja.«

Immerhin etwas; man konnte mich wenigstens nicht mehr wegen Kindesentführung oder Verführung Minderjähriger anklagen.

»Marc, selbst unter den günstigsten Voraussetzungen kann ich frühestens am Dienstag in diesem blöden Nest eintreffen.«

Und auch das nur, wenn das Gespräch mit Hazzan auf Jersey erfolgreich verlaufen würde und ich nicht nach Saudi-Arabien fliegen mußte. Ich legte auf...

Und nahm sofort darauf den Hörer wieder ab, denn anscheinend wollte die ganze Welt in dieser Nacht mit mir sprechen. Li und Liu waren am Apparat.

»Franz, wir haben Gewissensbisse. Es stimmt schon, wir hatten versprochen, beim nächsten Geschäft mit dir halbehalbe zu machen. Aber Glücksspiel... Jetzt haben wir Angst, daß du unseretwegen Schwierigkeiten bekommst. Wir haben herumtelefoniert, mit unseren Bekannten gesprochen und vielleicht eine Lösung für dich gefunden. Den idealen Partner, von dem du träumst, bereit, jede Summe zu investieren, die notwendig ist, ohne jede Verbindung zur

Mafia, sympathisch, ehrlich, schöne Augen, frischer Atem...«

Jeden anderen, der in diesem Ton mit mir reden würde, würde ich für verrückt erklären, nicht aber meine chinesischen Freunde, die immer in diesem Stil mit mir verhandeln und dabei schon häufig bewiesen haben, daß sie zu den gerissensten Geschäftsleuten gehören und so seriös sind wie die Banken in der deutschsprachigen Schweiz... Übrigens, bei diesem Gespräch kamen sie schon bald auf das Wesentliche zu sprechen, ohne zuviel Komödie zu machen:

»Franz, wir wollen dich gleich warnen: das wird kein bequemer Partner sein. Wenn es dir überhaupt gelingt, ihn zu überzeugen. Du weißt hoffentlich, wie man bei uns mit Menschen umspringt, von denen man überzeugt ist, daß sie eine gemeinsame Sache verraten haben?«

Ich wußte es. Man kann noch froh sein, wenn einem nur ein großes, scharf geschliffenes Messer in den Rücken gestoßen wird und man keine Zeit gehabt hatte, Todesängste auszustehen... Ich fragte:

»Und ihr glaubt, daß ich diesen Typen in einer so kurzen Zeitspanne überzeugen kann?«

Ja, sie meinten, das könne ich, denn ich würde immerhin von ihnen empfohlen, so daß mir die Tür zum Paradies offenstünde, doch ich solle keine Zeit verlieren.

Ich verlor keine Zeit, sondern annullierte meine Reservierung für den Flug nach Jersey via London; am nächsten Morgen flog ich mit der ersten Maschine nach Macao. Es war Sonntag, der 21. September.

10

Ich wußte jetzt, was ein Päckchen wohl empfindet (ein Luxuspäckchen, selbstverständlich)... Ich hatte gerade die Zeit gehabt, um ein Ja zu hauchen, als man mich fragte, ob ich wohl ein gewisser Monsieur Franz Cimballi de Saint-Tropez sei, da kümmerte man sich auch schon schweigend um mich, ohne daß ich das Recht gehabt hätte, eine eigene Meinung abzugeben. Der Rolls war bis zum Fuß der Fluggastbrücke herangefahren. Vorsichtig bat man mich, ja, hob mich fast auf den Rücksitz. Der Wagen setzte sich in Bewegung, legte zweihundert Meter zurück, hielt bei einem Hubschrauber, einem Kawasaki, japanisches Fabrikat. Sobald ich an Bord war, wurde ich gefragt:

»Champagner, Monsieur de Saint-Tropez?«

Noch bevor ich antworten konnte, drückte man mir einen Champagnerkelch aus kostbarstem Kristall in die Hand.

»Etwas Kaviar, Herr Graf?«

Man kümmerte sich intensiv um mich, war ständig darum besorgt, daß es mir an nichts mangele, man massierte mich, tupfte die leiseste Spur eines Schweißtropfens von meiner Stirn...

Und ich war sehr zufrieden damit, daß man sich so um mich kümmerte und auch körperlichen Kontakt nicht scheute, denn MAN, das waren vier hinreißende Chinesinnen, deren Schönheit mich völlig überwältigte.

Wir flogen über den Kantonfluß.

Vor fünf Jahren war ich bereits einmal in Macao gewesen, allerdings nur einen Tag und ohne daß die Stadt einen bleibenden Eindruck auf mich gemacht hätte. Sarah, die mich begleitet hatte, hatte Macao auf Anhieb verabscheut, und wir waren stillschweigend übereingekommen, während der Zeit, die wir in Hongkong verbrachten, Macao nicht mehr zu besuchen.

Der Hubschrauber hielt direkt auf die Halbinsel zu, und ich befürchtete sogar einen Augenblick lang, der Pilot sei plötzlich verrückt geworden und wolle direkt auf einem Blitzableiter landen. Doch im letzten Augenblick entdeckte ich neben dem Kasion Jai Alai eine Landefläche. Unter den tausend Vorsichtsmaßnahmen, die meine aristokratische Person erwarten durfte, bat man mich aus dem Hubschrauber in einen zweiten Rolls, der direkt neben der Landefläche auf mich wartete. Wir fuhren los. Ich erkannte einige Gebäude, darunter das riesige, beeindruckende Hotel *Lisboa* sowie die Kathedrale, von der nur die verschnörkelte Barockfassade erhalten geblieben war. Wir fuhren immer weiter. Ich hatte nicht die leiseste Ahnung, wohin wir fuhren, und jedesmal, wenn ich meinen Mund öffnete, um eine entsprechende Frage zu stellen, brachte man mich mit glühenden Küssen zum Schweigen.

Auch die folgenden Ereignisse waren nicht immer leicht zu durchschauen, manchmal etwas beunruhigend, aber immer angenehm. Der Rolls hielt in dem prächtigen Park einer Privatresidenz, in dem sich einige Überreste der alten Stadtmauern befanden. Ich nahm zumindest an, daß es sich um solche Überreste handelte. Man trug mich beinahe in die Residenz und war offensichtlich bemüht, mir jede unnötige Anstrengung zu ersparen. Ich wurde in ein Zimmer geführt, neben dem ein luxuriös ausgestattetes Bad lag, zog mich aus und bat mich in die runde Badewanne, die einen Durchmesser von mindestens drei Metern aufwies, wusch und massierte mich überall und lächelte nur leicht, wenn ich trotz meiner Versuche, an die New Yorker Börsenkurse zu denken, der rein weiblichen Dienerschaft den Beweis lieferte, daß ich ein junger Mann war, der über einen gesunden Körper verfügte. Das dauerte gut zehn Minuten, während denen keine der Badegehilfinnen auch nur die leisesten Anstalten machte, irgend etwas zu unternehmen, um den Druck, unter dem ich stand, zu mildern. Anschließend holten sie mich aus der Badewanne, die natürlich aus reinem schwarzem und rotem Marmor gehauen war, parfümierten und salbten mich und vergaßen dabei keine einzige Stelle meines Körpers... Sie gingen, während ich nackt wie ein Neugeborener wartete.

Sie kam.

Sie war zwischen fünfundzwanzig und fünfunddreißig Jahre alt, und wenn die jungen Chinesinnen, die mich in Kaitak, dem Hongkonger Flughafen, abgeholt hatten, ganz bestimmt schon eine Reise wert gewesen waren, was sollte ich dann nur von dieser Frau sagen?

»Monsieur Cimballi de Saint-Tropez, hat das Bad Sie erfrischt?«

»Ich heiße Cimballi, ganz einfach Cimballi. Und ich bin auch kein Graf.«

Diese plötzliche Ernennung in den Adelsstand verdankte

ich höchstwahrscheinlich Li und Liu ... Doch im Augenblick dachte ich weniger an meine chinesischen Freunde als vielmehr an meinen Zustand völliger Nacktheit. Ich sagte mit der größtmöglichen Würde (wobei mich bestimmte Details meiner Anatomie besonders in Verlegenheit brachten):

»Ich bin hierhergekommen, um mich mit einem Mister Deng über eventuelle geschäftliche Beziehungen zu unterhalten.«

»Das bin ich«, bekam ich zur Antwort.

»Sie können nicht Mister Deng sein.«

Das war offen-sichtlich. Man mußte nur einen Blick auf die eng anliegende Tunika aus schwarzer Seide werfen, die die Linien ihres Körpers unterstrichen.

»Ich bin Deng«, bestätigte sie ein zweites Mal, »mich müssen Sie überzeugen, daß sich das Geschäft für uns lohnt.«

»Ich zöge es vor, angezogen zu sein. Beim Sprechen stecke ich normalerweise meine Hände in die Hosentaschen. Ich finde, ich bin im Nachteil.«

Sie schnalzte mit den Fingern; zwei Mädchen, die, aber das war inzwischen selbstverständlich, auserlesen schön waren, brachten meine frisch gewaschene und gebügelte Kleidung. Man zog mich an.

»Bitte hier entlang, Monsieur Cimballi.«

Mademoiselle Deng führte mich durch lange Gänge bis zu ihrem Arbeitszimmer. Auf dem Schreibtisch lagen Banknoten, stapelweise.

»Bis wann brauchen Sie diese fünfzig Millionen Dollar, Monsieur Cimballi?«

»Bis Donnerstag, 25. September um zehn Uhr dreißig, Ortszeit Philadelphia. Glauben Sie, daß Sie sich schnell entscheiden können?«

Sie lächelte mich an:

»Mister Li und Mister Liu haben Sie wärmstens empfohlen.«

»Ich bin ihnen zu tiefstem Dank verpflichtet.«

»Sie werden Ihre Antwort heute abend noch bekommen.«

Sie deutete auf die Banknotenstapel:

»Verlieren wir keine Zeit. Sie werden sicher verstehen, daß ich einige zusätzliche Erkundigungen einziehen muß, wenn ich mich innerhalb einer so kurzen Zeitspanne entscheiden soll. Hier liegen eine Million Hongkong-Dollar.* Es ist jetzt zwei Uhr nachmittags. Ich räume Ihnen eine Frist bis heute abend acht Uhr ein...«

Breites, gewinnendes Lächeln.

»...während der Sie dieses Geld verlieren sollen. In meinem Kasino.«

Tag für Tag besuchen ungefähr zehn- bis zwölftausend Bewohner Hongkongs das Kasino in Macao. Dazu kommen natürlich die Bewohner von Macao selbst sowie die der Inseln Taipa und Coloana. So war es kein Wunder, daß ich, als ich das Kasino betrat, nicht unter Einsamkeit litt. In Wirklichkeit tauchte ich sofort in dem dichten Gewimmel unter; Menschen verschiedenster Herkunft und beider Geschlechter lärmten, vom einfachen Kuli bis hin zum Geschäftsmann. Meine Begleiterinnen hatten mich zum Kasino gebracht und mich dann, nach einer letzten, auffordernden Geste, ich solle spielen, allein gelassen.

Ich sollte spielen und ich würde spielen.

Man hatte mir die Aufgabe gestellt, innerhalb einer relativ kurzen Zeit eine recht beträchtliche Summe zu verspielen. Nun, die schöne Deng Irgendwie würde dieser Test nicht teuer zu stehen kommen, denn die eine Hand würde das verlieren, was die andere wieder einkassierte... Doch das war im Grunde ja gar nicht das Problem; ich bemühte mich, bevor ich anfing zu spielen, herauszufinden, was meine möglichen zukünftigen Geschäftspartner wohl von mir erwarteten, eine nicht gerade einfache Aufgabe. Ich kann mir kaum etwas Schwierigeres vorstellen, als die Gedanken eines Chinesen zu erraten, der es darauf angelegt hat, seinen Partner in die Irre zu führen.

Nach kurzem, fruchtlosem Grübeln beschloß ich, das zu tun, was meiner Persönlichkeit entsprach. Und da ich, Franz Cimballi, einen gewissen Franz Cimballi, Finanzier, recht gut kannte, wußte ich, daß dieser entsetzliche Abscheu davor hatte, Geld zu verlieren. Ich würde also versuchen, mein Spielkapital zu erhöhen.

* Etwas mehr als dreihunderttausend Mark.

Ich ging in den ersten Stock. Auch hier herrschte dichtes Gedränge. Einige der Spieler beugten sich sogar gefährlich weit über die Balustrade und warfen ihren Einsatz auf die Tische, die sich vier Meter unter ihnen befanden, ohne daß das jemand überrascht hätte. Der Lärm war betäubend, eine lärmende Symphonie, an der die Croupiers, die den Spielern Anordnungen zuriefen, sich von Tisch zu Tisch untereinander unterhielten, während der eine ein Sandwich verschlang und der andere mit seinem Rechen nachdrücklich auf die Finger eines Spielers klopfte, der seiner Ansicht nach zu langsam war, einen beträchtlichen Anteil hatten. Den Croupiers ging eines vor allem ganz ab: jegliche Scham, was ihre Trinkgelder anbelangte; jeder, der gewann, wurde augenblicklich zur Kasse gebeten, notfalls mit sanfter Gewalt. Dieser fernöstliche Basar unterschied sich von den gediegenen Kasinos in Las Vegas oder den vornehmen in Europa mindestens so stark wie ein Rockkonzert von einer Mitternachtsmesse im Kölner Dom.

In der Hauptsache beschäftigte ich mich allerdings mit den angebotenen Glücksspielen selbst: ungefähr zehn verschiedene, ohne die einarmigen Banditen mitzuzählen, die in Macao als die ›ausgehungerten Tiger‹ bezeichnet wurden und für die ich mich nur am Rande interessierte, da die Einsatzmöglichkeiten zu bescheiden waren. Ich, Franz Cimballi, spielte nicht um Münzen, sondern um Millionen... und suchte im Augenblick in Macao fünfzig Millionen Dollar.

Auch das *Fan Tan* ließ ich links liegen (der Spielleiter schüttet eine Schale mit Perlmuttknöpfen auf dem Boden aus und sammelt sie dann ein, wobei er jedesmal vier Knöpfe auf einmal aufnahm; beim letzten Mal mußte er notgedrungen einen, zwei, drei oder vier Knöpfe nehmen, und genau auf diese Zahl gaben die Mitspieler ihre Wette ab). Für Europäer ein wohl doch eher harmloser Nervenkitzel, zumal die Einsätze bei einem Hongkong-Dollar lagen...

Auch das *Sik Po*, bei dem Würfel mit Hilfe eines Bechers in die Luft geworfen werden, und das *Keno*, eine Art Lotto, bei dem die Gewinnzahlen zweimal pro Stunde mit Hilfe von Tennisbällen ermittelt werden und das auch in Las Vegas gespielt wird, interessierten mich nicht.

Da war das *Pai Ko* schon besser, ein Domino-Spiel, bei dem die Steine mit bestimmten Ideogrammen geschmückt waren. Doch nachdem ich einige Minuten zugeschaut hatte, war ich trotz der wortreichen Erklärungen einer Hosteß davon überzeugt, daß ich auch nach zehnjähriger intensiver Auseinandersetzung mit den Spielregeln nichts von diesem Spiel begreifen würde. Außerdem warfen mir einige der chinesischen Mitspieler recht ablehnende Blicke zu.

Ich schaute auf meine Uhr: es blieben mir noch fünf Stunden und fünfzehn Minuten. Ich hatte die Wahl zwischen Bakkarat (das hier nicht bei geschlossenen Türen gespielt wurde), Craps (einem amerikanischen Würfelspiel), Blackjack, das auch *Pontoon* genannt wurde, Roulette und Chemin de fer. Da ich beim Roulette zur Passivität verurteilt gewesen wäre, entschloß ich mich zum Blackjack.

Von dem ich nicht gerade sehr viel wußte: Man spielte gegen die Bank, und die Summe der Karten, die man erhielt, mußte einundzwanzig erreichen. Innerhalb von fünfundzwanzig Minuten verlor ich die Bagatelle von vierzehntausend Dollar (der Höchsteinsatz war auf fünfhundert Hongkong-Dollar pro Spiel beschränkt). Ich ging an einen anderen Tisch, doch meine Lage änderte sich nicht; mein Minus näherte sich den siebenundzwanzigtausend. Doch mit der Zeit begann ich, einige Kleinigkeiten zu begreifen, die mir als blutigem Anfänger unbekannt gewesen waren: nämlich die anfänglichen Karten, die man von dem Bankier erhalten hatte, zu behalten und nicht zu versuchen, sich mit aller Gewalt der Zahl einundzwanzig annähern zu wollen. Ich wechselte wieder den Tisch und probierte meine neuen Kenntnisse aus. Mein Minus wurde erfreulicherweise kleiner und lag schon bald bei dreiundzwanzigtausend. Es lief immer besser. Innerhalb der nächsten fünfzehn Spiele konnte ich meine anfänglichen Verluste in immer stärkerem Maße wettmachen; mein Kontostand erreichte siebzehntausend (natürlich immer noch im Minus). Eine Kinnbewegung des Croupiers versetzte mich in Alarmbereitschaft: anscheinend gewann ich zuviel und wurde langsam gefährlich. Wir befanden uns im Kasino von Macao, wo, wie ich wußte, mit Siegertypen nicht lange Federlesens gemacht wurde; erhielt man die deutliche Aufforderung, das Kasino zu verlassen, so tat man gut daran, dieser Aufforderung Folge zu leisten.

Außer wenn aus den hohen Sphären der Direktion entgegengesetzte Anweisungen erteilt würden...

Was anscheinend in meinem Fall der Fall war, denn ich beobachtete, wie schon bald nach dem ersten finsteren Blick des Croupiers sich eine ganz in rosa gekleidete Chinesin unserem Tisch näherte und dem Croupier einige Worte ins Ohr flüsterte, der sich plötzlich beruhigte, mich freundlich anlächelte und mich aufforderte, weiterzuspielen. Innerhalb der nächsten vierzig Minuten gelang es mir, nicht nur meine Verluste wieder wettzumachen, sondern auch einen Gewinn von fünfzehntausend Dollar einzustreichen.

Eine anonyme Hand steckte mir ein kleines Stück Papier zu; als ich mich umgedreht hatte, war die Hand bereits in der Masse der vielen gelben Hände verschwunden. Ich las:

»SIE MÜSSEN VERLIEREN!«

Ich lachte und schrieb folgende Botschaft an den Unbekannten:

»ICH BIN KEIN VERLIERERTYP!«

Dann faltete ich das Papier zusammen und hielt es einfach hoch, ohne mir die Mühe zu machen, mich umzuschauen. Eine mir unbekannte Hand nahm das Papier an sich. Eine Stunde später hatten sich meine Gewinne bereits auf fünfundsiebzigtausend Dollar erhöht (wobei ich niemals erfahren sollte, ob ich wirklich soviel Glück hatte oder ob jemand meinem Glück diskret nachhalf).

Einen Großteil dieser fünfundsiebzigtausend Dollar verlor ich anschließend beim Bakkarat, um sie beim Craps relativ mühelos wieder zu gewinnen...

...und beim Chemin de fer wieder zu verlieren.

Ich spielte etwas mehr als fünf Stunden. Doch dieses Fieber, das anscheinend von Glücksspielen um bedeutende Summen ausgelöst wird, lernte ich nicht kennen. Vielleicht bin ich dazu einfach nicht in der Lage, psychologisch gesehen. Vielleicht lag es aber auch nur daran, daß das Geld, mit dem ich spielte, nicht mir gehörte...

In regelmäßigen Abständen schaute ich auf die Uhr und war erstaunt, wie schnell die Zeit verstrich. Fünfzig Minuten vor acht Uhr kam ich wieder auf meine erste Liebe zurück, das Blackjack, und gewann fast pausenlos, ob nun durch die Kasinoangestellten unterstützt oder durch den Zufall, das konnte ich immer noch nicht entscheiden. Drei Minuten vor acht Uhr verfügte ich nicht nur über mein Anfangskapital von einer Million Hongkong-Dollar, sondern hatte einhundertfünfundneunzigtausend Dollar hinzugewonnen. Aus den Augenwinkeln heraus sah ich meine schönen Chinesinnen sich einen Weg durch die Menge bahnen; anscheinend wurde ich abgeholt. Ich rief lautstark und auf französisch: FÜR DAS PERSONAL und überreichte dem verdutzten Croupier meinen gesamten Gewinn, bevor ich mich von meinen ›Wärterinnen‹ sanft, aber bestimmt abführen ließ.

»Ich hatte Sie gebeten, dieses Geld zu verlieren!«

»Ich kann nicht verlieren, das ist stärker als mein Wille.«

Sie schaute mich einen Moment schweigend an. Drei Mädchen waren damit beschäftigt, den Tisch fürs Abendessen herzurichten. Er stand so, daß wir uns gegenübersaßen und gleichzeitig durch die große Fensterfront das chinesische Meer beobachten konnten, auf dem viele Dschunken schwammen und dazwischen ein Frachter, der wahrscheinlich aus Kanton eintraf. Die Nacht brach an, und ich mußte mich sehr zusammennehmen, um nicht das zu tun, was man normalerweise tut, wenn es dunkel wird, nämlich schlafen. Ich war jetzt dreißig Stunden auf und hatte schrecklichen Muskelkater aufgrund meiner Wanderungen durch New York an der Seite der Taschenausgabe der Tirolerin.

»Haben Sie Hunger, Monsieur Cimballi?«

»Entsetzlichen Hunger. Wie darf ich Sie anreden? Frau Deng?«

»Miranda.«

Ich war sprachlos:

»Miranda?«

»Setzen Sie sich doch bitte.

Das Geräusch alarmierte mich: eine Art eiserner Vorhang senkte sich vor den Fenstern, die auf die Bucht gingen. Die Lichter auf dem Chinesischen Meer erloschen genauso wie die in dem Zimmer, in dem wir saßen. Ich entdeckte, daß die Fensterwand jetzt von einer Kinoleinwand ausgefüllt wurde.

»Essen Sie doch, Monsieur Cimballi, und schauen Sie genau zu.«

Das erste Bild bereits ließ keinen Zweifel an der Botschaft des Films aufkommen. Es handelte sich um einen Schmalfilm, Super 8, schwarz-weiß, ohne Tonspur. Das Gesicht eines Mannes wurde in Großaufnahme gezeigt, ein Chinese mit weit aufgerissenem Mund, der seine Angst oder seine Schmerzen in die Nacht hinausschrie, ohne daß der Schrei irgendwo ankam. Ich hatte mir gerade ein Stück Peking-Ente in den Mund schieben wollen, ließ aber meine Stäbchen wieder sinken.

»Schauen Sie genau hin, Monsieur Cimballi. Der Name des Mannes ist bedeutungslos. Es handelt sich um einen Mann, der häufig gespielt und in einem Kasino in Macao mehr verloren hat, als er bezahlen konnte.«

Die Kamera war starr auf das Gesicht des Mannes gerichtet, der mit dem Kopf schüttelte, weinte und seine Augen noch weiter aufriß:

»Er hatte verloren, Monsieur Cimballi. Der Sicherheitsdienst des betroffenen Kasinos hat ihn besucht und gebeten, seine Schuld zu begleichen. Er erklärte, er könne nicht bezahlen, und führte ausgezeichnete Gründe ins Feld.«

Der stumme Mann wurde entsetzlich durchgeschüttelt. Er verschwand aus dem Blickfeld der Kamera, wurde aber sofort wieder von einer behandschuhten Hand, die offensichtlich nicht seine war, in die richtige Position gedrückt.

»Natürlich handelt es sich nicht um einen Kuli. Man muß schon gewisse Garantien anbieten können, wenn man in einem Kasino auf Kredit spielen will. Der Direktor eines Kasinos, das heißt derjenige, der den Aktionären gegenüber verantwortlich ist, entscheidet in der Regel, wer auf Kredit spielen darf und wer nicht. Für den Betreffenden ist es besser, sich auf diesem Gebiet nicht allzu viele Fehler zu erlauben...«

Wir waren inzwischen allein, die Chinesin Miranda und ich. Sie kommentierte den Film mit gleichgültiger Stimme, nahm sich nicht einmal die Mühe hochzuschauen, wie jemand, der den Film schon häufig gesehen hatte, und aß dabei ungerührt weiter.

»Auf der anderen Seite würde ein Kasino, das großen Spielern keinen Kredit einräumt, wichtige Kunden verlieren, ein schwieriges Problem.«

Endlich bewegte sich die Kamera und glitt langsam, sehr langsam über den Hals und die Schultern auf den nackten Oberkörper des Mannes. Ich stellte fest, daß man ihn regelrecht gekreuzigt, das heißt, zumindest die Handgelenke und Oberarme mit Stacheldraht auf einem Holzkreuz festgebunden hatte.

»Und mit diesem Problem, das heißt mit Spielern, denen bedeutende Kredite eingeräumt werden, müssen alle Kasinos auf der Welt fertig werden.«

Die Kamera machte einen schnellen Zoom und zeigte die Brust des Gefolterten in Großaufnahme: ich erkannte ein Ideogramm und dessen englische Übersetzung:

›CHEAT (Verräter).‹

Die Buchstaben hätten auch mit einem roten Filzstift gezeichnet sein können, doch es war offensichtlich, daß man eine Messerspitze zu Hilfe genommen und dabei die Haut nicht nur angeritzt hatte. Doch das Schlimmste sollte erst noch kommen.

»Monsieur Cimballi, bei diesem Problem können wir uns nicht auf gesetzliche Regelungen oder die Hilfe der Justiz stützen. Was sollen wir tun? Die Frage ist zu wichtig...«

Das Schlimmste kam, als die Kamera die Bewegung wieder aufnahm und weiter an dem Körper des Gefolterten hinabglitt, bis sie auf dem Bauch verharrte: Wieder in Großaufnahme zeigte sie einen tiefen Schnitt und eine behandschuhte Hand...

Ich schloß die Augen und wandte den Kopf ab; meine Schläfen klopften. Ich war schweißüberströmt und konnte kaum den Brechreiz unterdrücken, der mit aller Macht von mir Besitz ergriffen hatte.

»Monsieur Cimballi, wollen Sie den Film zu Ende anschauen?«

»Nein, danke, ich bin überzeugt, daß ich die Botschaft begriffen habe.«

Ich schaffte es sogar, mich zum Essen zu zwingen. Die Kinoleinwand war wieder eingerollt worden und der Blick auf das Chinesische Meer von neuem frei. Höflich und ruhig hatten Miranda und ich über unser gemeinsames Projekt gesprochen. Zahlen genannt. Gerechnet. Li und Liu hatten mich am Telefon bereits über die Gründe aufgeklärt, warum die Chinesen in Macao, die im übrigen fest mit Peking liiert waren, überhaupt nach weiteren Anlagemöglichkeiten suchten und dabei auch vor den Vereinigten Staaten nicht zurückschreckten. Die Einkünfte aus den Kasinos, den Hotels und dem Transportgewerbe Hongkong-Macao, aber auch die aus den Textilfabriken und anderen in der offiziell portugiesischen Kolonie beheimateten Industriezweigen (wobei die Rolle der portugiesischen ›Kolonialverwaltung‹ sich darauf beschränkte, eine nicht allzu wirkungsvolle Polizeitruppe zu unterhalten und ansonsten die katholischen Missionare im bescheidenen Rahmen ihrer Möglichkeiten zu unterstützen) überstiegen höchstwahrscheinlich eine Milliarde Mark pro Jahr. Ein beträchtlicher Teil davon floß nach Peking, ein anderer in die lokale Verwaltung, aber trotzdem blieben noch recht hübsche Summen übrig, die nicht in Macao reinvestiert werden konnten, denn der Platz der Kolonie war einfach zu beschränkt, und auch nicht in Hongkong, das seine Investitionen aus eigenen Mitteln finanzierte. Li und Liu hatten mir prophezeit:

»Franz, du kommst gerade im richtigen Moment. Wie wir wissen, suchen unsere Freunde in Macao nach neuen Anlagemöglichkeiten. Wenn du sie davon überzeugen kannst, daß dein Geschäft gesund ist und daß sie dir zumindest teilweise vertrauen können, dann werden sie sich sehr schnell entscheiden.«

»Ich habe Ihnen meine Antwort für den heutigen Abend versprochen«, sagte Miranda.

Die Mädchen räumten den Tisch ab.

»Sie bekommen sie in einer Stunde, Monsieur Cimballi. Ich habe Partner, die ich konsultieren muß.«

Sie verschwand. Ich weiß nicht, ob ein Signal gegeben worden war; auf alle Fälle füllte sich der Raum wieder mit der Brigade schöner Chinesinnen, die sich von neuem ausschließlich mit mir und meinem Wohlergehen beschäftigten. Sie brachten mich wieder in das Zimmer zurück, das ich nun schon kannte, und in das danebenliegende luxuriöse Bad. Das Spiel begann von vorne. Sanft, aber bestimmt wurde ich ausgezogen und in die Badewanne gesteckt. Warum sollte ich mich verteidigen? Ganz abgesehen davon, daß sie mindestens zu sechst waren und die kräftigen Hände schwedischer Masseusen hatten; sie hatten es sich – in diesem Punkt handelte es sich um eine Variante zu meinem ersten Aufenthalt im Badezimmer – ebenfalls bequem gemacht und leisteten mir Gesellschaft, wobei sie vor Körperkontakten keineswegs zurückschreckten. Warum also mich verteidigen? In mir gärte und brodelte es, als sie mich zum Bett begleiteten. Und mich dann im Handumdrehen allein ließen.

Nicht für lange Zeit.

»Sie sehen, unsere Beratungen haben nicht einmal eine Stunde in Anspruch genommen«, sagte Miranda. »Wollen Sie die Antwort hören?«

Diesmal verfügte ich wenigstens über ein Bettlaken, hinter dem ich mich schamhaft verstecken konnte. Was ich auch tat: ich drapierte das Laken um meinen Körper wie Marlon Brando, als er Shakespeare spielte.

»So eilig ist es nun auch wieder nicht.«

In meinem Kopf entstand eine ganz bestimmte Idee. Und nicht nur dort.

»Wie werden Sie das Kasino nennen?«

»Weißer Elefant.«

»Weiße Elefanten sind in Asien heilige Tiere.«

»Ist das für Sie ein Problem? Wir können jederzeit einen anderen Namen wählen.«

»Nein, nein, das ist ein hübscher Name.«

Sie stand zwei Meter von mir entfernt, sehr gerade, die Hände eng an ihrem Körper liegend. Ich wußte, daß ich, seitdem ich in Macao angekommen war, zwei verschiedene Tests bestanden hatte: den mit der Million im Kasino und den mit der Filmvorführung. Anscheinend hatte ich jetzt den dritten, abschließenden zu bestehen:

»Cimballi, du wirst wohl deinen Körper deinen Geschäften opfern müssen.«

So vornehm und edel wie Julius Cäsar, der im Senat aufstand, um eine Rede zu halten, erhob ich mich vom Bett.

»Es gibt einen Punkt, der uns trotz Ihrer Erklärungen Sorge bereitet«, fuhr sie ruhig fort.

»Welcher?«

»Dieser Mann, der den *Weißen Elefanten* einmal als Geschäftsführer leiten soll. Sie haben ihn noch nicht gefunden, und...«

»Ich habe Ihnen bereits erklärt, auf welche Weise ich meine Wahl treffen werde.«

Genau das hatte ich befürchtet: ihre Tunika war mit Millionen winzigkleiner Knöpfe zugeknöpft. Ich machte mich an die harte Arbeit und begann, die lange Reihe aufzuknöpfen, wobei mich ein Gedanke nicht verließ: Sollte ich mich in Mirandas Absichten getäuscht haben, dann würde ich wohl von einem Schwertspieß aufgespießt oder den Meeresspinnen zum Fraß vorgeworfen werden.«

»Einverstanden«, antwortete sie, »doch das Problem liegt woanders. Wir verfügen nicht über die gleichen Rechte, obwohl wir das gleiche Kapital einbezahlen, denn Sie werden über den zukünftigen Direktor des Kasinos allein entscheiden.«

Diese blöden Knöpfe leisteten erbitterten Widerstand. Ich hatte bereits mehr als zwanzig geöffnet, doch dieser da...

»Unecht...«

»Wer, der neue Direktor?«

»Nein, der Knopf«, klärte sie mich auf. »Sie müssen dieses Kleid einfach hochrollen. Direkt über die Haut.«

Sie hatte recht. Rollend ging alles ganz von selbst. Unter ihrem Kleid trug sie nur Haut. Ich fragte:

»Und auf welche Weise meinen Sie, das Gleichgewicht herstellen zu können?«

»Wir bestehen darauf, den stellvertretenden Direktor zu ernennen.«

Sie hatte ihre Arme in die Luft gestreckt, so daß ich das Kleid ganz ›abrollen‹ konnte. Ihre Brustwarzen waren ebenfalls nach oben gerichtet.

»Und wer wird zum Vize-Direktor ernannt werden? Sie?«

Ich küßte eine der Warzen.

»Nein.«
»Schade.«
Ich küßte die andere Warze. Sie fragte:
»Mark Antonius, wollen Sie sich noch lange in dieses Laken hüllen? Wir haben den Vizedirektor bereits bestimmt; er heißt Caliban. Sie werden eine gelinde Überraschung erleben...«
Während sie noch sprach, hatte ich sie fest um die Taille gepackt und zum Bett getragen. Sie streckte sich aus, legte die Hände unter den Nacken, schlug die Beine übereinander und bewegte sich nicht mehr.
»Sie werden ganz bestimmt überrascht sein, Monsieur Cimballi.«
In der darauffolgenden Sekunde übernahm sie die Initiative und explodierte regelrecht. Keuchend hielten wir nach der ersten Runde inne:
»War das die Überraschung?«
»Nein, die ist Caliban...«
Ich schritt zum Gegenangriff und läutete die zweite Runde ein. Außer Atem gekommen, sagte sie:
»Übrigens, wir sind mit den fünfzig Millionen Dollar einverstanden.«
»Was für eine Überraschung. Nur, ich brauche sie schon am Dienstag.«
»Um zehn Uhr dreißig. Das ist bereits veranlaßt.«
Ich hörte nicht einmal die Glocke, die die dritte Runde einläutete.

11

Marc Lavater holte mich in München am Flughafen ab. Ich erzählte ihm, daß ich meinen Partner gefunden hatte und einen Vize-Direktor mit dem merkwürdigen Namen Caliban bekommen würde.
»Ein komischer Name. Gibt es nicht bei Shakespeare einen Caliban?«
»Im *Sturm*.«

»Ich wußte nicht, daß du dich in der Literatur so gut auskennst.«

»Ich habe eine Enzyklopädie gekauft.«

Wir fuhren auf der Autobahn München-Salzburg-Wien. Es war halb sechs Uhr abends in diesem Teil der Welt, und es war inzwischen Dienstag, der 23. September. Ich war ein wenig durcheinander: Hubschrauber von Macao nach Hongkong, Flugzeug von Hongkong nach Tokio, von dort aus nach Amsterdam (der einzige Flug, der zeitlich in Frage kam) und von Amsterdam nach München. Anschließend dann eineinhalb Stunden im Wagen. Marc erklärte:

»Anna ist nicht allein. Du wirst es mit den drei Schwestern zu tun haben.«

»Tschechow.« (Ich schlief zur Hälfte.)

»Wie bitte?«

»Die drei Schwestern.«

Er warf mir einen leicht sorgenvollen Blick zu, entschloß sich aber dann doch, in seiner Berichterstattung fortzufahren: Es gab wirklich vier Schwestern Moser, Anna war wirklich die Älteste und gleichzeitig Vormund der anderen drei, denn die Eltern Moser waren gestorben... Und Karl-Gustav Bäumer war der Bruder der Mutter der vier Schwestern gewesen. Oder, einfacher ausgedrückt, ihr Onkel.

»So daß es also wirklich einen Zusammenhang gibt zwischen Heidi und dem *Weißen Elefant.*«

»Das steht inzwischen fest.«

»Seit Jahren erhielten die vier Schwestern den Gewinn, den eine kleine Forstwirtschaft abwarf; zumindest glaubten die Schwestern, daß es sich um diesen Gewinn handelte. In Wahrheit erzielte diese Forstwirtschaft seit Jahren bereits keinen Gewinn mehr, und Karl-Gustav bezahlte privat die zehntausend Dollar, die die Schwestern jährlich erhielten.«

»Wann starb Baumer?«

»Im Januar 1975. Er hatte sicher vorgesorgt, denn die Jahresrente wurde sowohl 1975 wie 1976 überwiesen.«

»Und wo sitzt der Haken?«

»Walcher. Ernest Walcher.«

»Kenn ich nicht.«

»Er leitet die Kreditabteilung einer in der Bronx in New

York liegenden Bankfiliale. Anscheinend ein enger Freund des verstorbenen Baumers; übrigens stammen beide aus Tirol, auch wenn sie nicht gleichzeitig ausgewandert sind. Walcher ist darüber hinaus der Testamentsvollstrecker von Karl-Gustav Baumer.«

»Ich verstehe immer noch nicht, was ich in dieser blöden Geschichte zu suchen habe.«

»Geduld, Geduld. Vor drei Wochen, Anfang September, schrieb Walcher an Anna und ihre Schwestern, von deren Existenz er eben erst erfahren hatte. Er informierte sie über das Ableben ihres Onkels und teilte ihnen mit, daß er alles verkauft habe, was verkäuflich gewesen war, um die Schulden zu bezahlen, die der Onkel hinterlassen hatte; das übriggebliebene Geld, zwölftausend Dollar, überwies er an die Schwester. Anna Moser bewies, daß sie Nerven hatte; sie schrieb noch am gleichen Tag an Walcher und erkundigte sich nach der Jahresrente, die Walcher in seinem Brief nicht erwähnt hatte. Walcher antwortete, er sei über diese Rente nicht informiert, doch da die Rente aus den Erträgen der Forstwirtschaft bestritten würde, sei er sicher, daß man sie einstellen werde, denn diese Forstwirtschaft sei zusammen mit allem anderen Immobilienbesitz des Verstorbenen von dem Internationalen Finanzmakler Franz Cimballi gekauft worden. – Wir kommen an.«

Ein Ortsschild: Kössen. Der Ort war hinreißend, sehr tirolerisch, sehr klein. Marc fuhr zu einem isoliert liegenden Bauernhof.

»Und das ist Anna Moser.«

»Ich stelle Ihnen meine Schwester Christel vor«, sagte Anna. »Und das Mädchen dort unten ist Erika.«

Alle drei hatten Heidis Augen und Haare. Doch ich mußte Marc recht geben, der behauptet hatte, Heidi sei die schönste der Familie. Ich sagte:

»Heidi geht es sehr gut, falls Sie sich in der Zwischenzeit Sorgen gemacht haben.«

»Warum hätten wir uns Sorgen machen sollen? Sie bleiben doch zum Abendessen, oder?«

Anna strahlte olympische Gelassenheit aus. Sie hatte mich

um den halben Erdball gehetzt und mir zu dieser Reise nur wenige Stunden Zeit gelassen, doch jetzt hatte sie es anscheinend gar nicht eilig, auf den Grund meines Besuches zu sprechen zu kommen. Auch ihre Schwestern nicht, die mich neugierig und auch etwas amüsiert musterten, aber ansonsten keineswegs erschüttert waren über den Besuch des internationalen Finanzmaklers. Die Ereignisse spielten sich ab, als sei ich ein Nachbar und eben mal auf einen Sprung vorbeigekommen. Ich hatte den Namen Walcher erwähnt, worauf Anna mir nur zärtlich die Wange tätschelte und meinte, dies habe doch Zeit. Ich erzählte von den Streichen, die Heidi mir in New York gespielt hatte, von der Schnitzeljagd und dem gemeinsamen Hubschrauberflug. Die drei hatten weise mit dem Kopf genickt und gemeint, Heidi treibe gern Schabernack, das habe sie von dem Vater Moser geerbt, der ganz Tirol geneckt habe. Ich warf einen verzweifelten Blick zu Marc, doch dieser zuckte nur mit den Schultern, als ob er sagen wolle:

»Ich kann da auch nichts machen.«

Das Abendessen nahm gigantische Ausmaße an: Gulaschsuppe, Paprikaschnitzel, gekochtes Schweinefleisch mit Meerrettichsauce, Tonnen von Kartoffeln, aber nicht nur dies, sondern auch Tonnen von Speckknödeln, zum Nachtisch dann Kuchen, Apfelstrudel, Zwetschgendatschi und was weiß ich noch alles.

»Jetzt sagen Sie nur, daß Sie jeden Abend soviel essen.«

Anna lächelte mich an, ruhig und ausgeglichen. Sie machte keineswegs den Eindruck eines leichtsinnigen Mädchens, das seine noch nicht einmal zehn Jahre alte Schwester zu einem Unbekannten schickte, der auf der anderen Seite des Atlantiks in New York ohne feste Adresse in einem Hotel wohnte. Sie erklärte mir:

»Wir wußten, daß Sie heute ankommen. Und Goni hat mir gesagt, daß Sie viel essen.«

Goni. Endlich hatte ich einen Punkt, an dem ich ansetzen konnte:

»Wer ist denn Goni?«

»Gunther Kraus, mein Verlobter.«

Warum hatte ich eigentlich nie an Gunther gedacht? Natürlich kannte ich ihn. Ein Skilehrer aus Aspen, Colorado, mit dem ich mich befreundet hatte; er hatte mit Sarah, Marc-Andrea und mir Ausflüge in die chilenischen Anden und nach Kanada unternommen, abseits der gebahnten Pisten, in Gebieten, die man nur mit Hubschraubern erreichen konnte.

»Ich dachte, Gunther sei in Colorado.«

Normalerweise war er auch in Colorado. Aber nicht immer. Er kam ab und zu nach Tirol, in sein Heimatdorf, um mit seiner Verlobten zu schmusen. Und er war genau in dem Augenblick, in dem Anna den zweiten Brief Walchers erhalten hatte – Skilehrer machen natürlich immer im Sommer Urlaub! – und in dem von einem gewissen Cimballi, Franz, die Rede war, bei Anna zu Besuch gewesen. Alles klärte sich auf. Wenigstens fast alles.

»Goni hat mir geschworen, daß Heidi sich bei Ihnen in Sicherheit befände und daß Sie Kinder vergöttern.«

Sie lächelte mich weiter an:

»Wir haben fast kein Geld mehr, Mister Cimballi. Dieser Bauernhof, in dem wir uns im Augenblick noch aufhalten, gehörte unserem Onkel; Sie haben ihn verkauft. Am Ende des Monats, das heißt, nächste Woche, müssen wir hier ausziehen. Aus diesem Grund habe ich Ihnen Heidi geschickt.«

»Und Goni, das heißt Gunther, war damit einverstanden?«

Nein, Goni wußte von dieser Geschichte überhaupt nichts.

»Es war meine Idee gewesen, Ihnen Heidi zu schicken. Goni wäre sicher nicht damit einverstanden gewesen.«

Aus welchem Grund sie denn das um Himmels willen getan habe?

»Damit Sie sich um Heidi kümmern. Und um uns. Und vor allem herausbekommen, was Onkel Karl-Gustav zugestoßen ist.«

Ich fragte Anna, aus welchem Grund sie denn davon überzeugt wäre, daß ihrem Onkel etwas zugestoßen sein mußte. Sie konnte es nicht begründen, aber in ihren Augen war es nicht normal, daß ein Mann, der so reich war wie Onkel Karl-Gustav...

»... Mister Cimballi, er besaß mehrere Restaurants und ein riesiges Hotel in Amerika. Er war reich. Als er uns vor zwei Jahren besuchte, übrigens das einzige Mal, zeigte er uns Fotos. Er wollte, daß wir alle nach Amerika zögen und mit ihm zusammen in seinem Hotel lebten. Er flog nach Amerika zurück, und drei Monate später war er tot. Und was erfahre ich dann? Daß er insgesamt nur zwölftausend Dollar hinterlassen hat. Das ist doch nicht normal. So wie es auch nicht normal ist, daß ich von seinem Tod mit achtzehn Monaten Verspätung erfahre. Was kann ich tun? Nach Amerika fliegen? Wozu? Sie aber können etwas unternehmen, Sie sind sehr reich, tausendmal reicher als Onkel Karl-Gustav. Sie können wirklich etwas tun. Deswegen habe ich Heidi zu Ihnen geschickt. Sie ist sehr intelligent. Ich habe ihr gesagt, daß sie sich anstrengen soll, damit Sie sie mögen und sich für sie interessieren. Und das ist ihr auch gelungen, denn sonst wären Sie heute abend nicht hier in Kössen.«

Ich brachte kein Wort heraus. Vor allem die Gelassenheit, mit der sie ihre Geschichte erzählte, verschlug mir die Sprache. So, als ob dies alles völlig normal gewesen wäre. Ich hatte sogar den Eindruck, als ob Anna insgeheim sehr zufrieden mit sich war.

Sie fügte nach einer kurzen Pause hinzu:

»Ich weiß, Mister Cimballi, daß ich Sie um einen großen Gefallen bitte, aber vielleicht könnten Sie Heidi noch eine Weile bei sich behalten und nachforschen, was mit unserem Onkel wirklich geschehen ist? Das wäre wahnsinnig nett von Ihnen. Wir müssen diesen Bauernhof hier verlassen. Ich habe in Innsbruck Arbeit gefunden, und Christel ebenfalls. Im nächsten Frühjahr kommt Goni zurück; wir werden dann heiraten und mit dem Geld, das uns übriggeblieben ist und dem, was Goni gespart hat, ein Hotel in Sankt Johann kaufen. Können Sie Heidi bis dahin noch bei sich behalten? Bitte, Mister Cimballi ...«

Sie hatte Heidis Augen und die gleiche Art, ihren Kopf auf die Seite zu legen, wenn sie jemand um einen Gefallen bitten wollte ...

»Bitte, Mister Cimballi!«

Was für ein großer Trottel, dieser Cimballi!

Insgesamt verbrachte ich fünfzehn Stunden in Österreich. Am Mittwoch, 24. September, flog ich noch vor Mittag von München direkt nach New York. Marc begleitete mich; er wollte sich näher mit dem verstorbenen Karl-Gustav Baumer und dessen Nachlaßverwalter Walcher beschäftigen; ich selbst hatte in erster Linie natürlich an die morgige Verabredung mit den Bankiers in Philadelphia zu denken. Philip Vandenbergh hatte es sich übrigens nicht nehmen lassen und war extra aus diesem Grund zum Kennedy Airport gekommen: er bestätigte mir, daß die chinesischen Geschäftsleute aus Macao bereits in Philadelphia eingetroffen waren und alle notwendigen Papiere, darunter auch die bestätigte Überweisung über fünfzig Millionen Dollar, mitgebracht hatten.

Vom Flughafen New York aus rief ich Jimmy Rosen an; Heidi ging es bestens.

»Wenn man einmal davon absieht, daß sie dauernd nach Ihnen fragt, Franz. Haben Sie ihre Schwestern getroffen?«

Ich erzählte ihm kurz von meiner Unterredung mit Anna. Er war erstaunt, daß Anna mich aus einem so banalen Grund bis nach Österreich hatte kommen lassen, und verstand nicht, was die junge Tirolerin mit der Bemerkung, ihrem Onkel müsse etwas zugestoßen sein, gemeint habe. Er bot sich an, Nachforschungen einzuleiten, doch ich winkte ab und informierte ihn, daß Marc sich bereits darum kümmerte.

»Und grüßen Sie Heidi von mir, Jimmy!«

Gegen acht Uhr abends befand ich mich zusammen mit Vandenbergh im Hotel *Marriott* in Philadelphia; für mich, der ich gerade aus Europa kam, war es zwei Uhr in der Früh. Wir hatten die Abgesandten aus Macao kennengelernt, drei, darunter ein chinesisch-amerikanischer Rechtsanwalt, der Li und Liu, für die er bereits gearbeitet hatte, ausgezeichnet kannte. Ich warf einen kurzen Blick auf die Überweisungsbestätigung der Hongkong and Shanghai Bank und fand nichts daran auszusetzen. Natürlich mußte auch ich mein finanzielles Engagement belegen und zeigte dafür einen Grundbuchauszug der Stadt Atlantic City vor, aus dem hervorging, daß ich als alleiniger Besitzer des *Weißen Elefanten* zu betrachten war, den Verkaufsvertrag, in dem die Summe von fünfundzwanzig Millionen Dollar festgehalten war, die Überweisung, mit der ich die Summe bezahlt hatte, und eine zweite Überweisung, wieder über fünfundzwanzig Millionen Dollar

– beide Überweisungen stammten aus Nassau –, mit der ich meinen Anteil auf die vereinbarten fünfzig Millionen Dollar aufgestockt hatte. Die Verhandlungen über den Partnerschaftsvertrag zogen sich in die Länge; ich war todmüde und überließ schon bald Vandenbergh die Regelung der letzten Details. Als ich kurz vor dem Schlafengehen die letzten Tage überdachte, wurde mir fast schwindelig: Freitag war Heidi in New York aufgetaucht, Samstag war ich hinter ihr her durch New York gerannt, Sonntag nach Macao geflogen, hatte dort Blackjack und mit Miranda chinesische Schattenspiele gespielt, war dann Dienstag nach Tirol gereist und hatte jetzt, Mittwoch abend, in Philadelphia angekommen, einmal die Welt umkreist, einundvierzigtausend Kilometer ... und sicher das Recht, etwas erschöpft zu sein.

Ich erinnere mich noch genau, daß mein letzter Gedanke an diesem Abend, bevor ich einschlief, jener diabolischen Anna Moser gegolten hatte, derentwegen ich mich um Heidi kümmern wollte. Natürlich war ich nicht auf den Kopf gefallen und hatte sehr schnell alle möglichen Gründe gefunden, die es mir erlaubten, meinen Wunsch, Heidi bei mir zu behalten, zu verwirklichen: natürlich ging es mir nur um Heidis Wohl und dann um das von Marc-Andrea, der, wenn er mich in New York besuchte, immer nur von Erwachsenen umgeben war ... Und ich hatte ja die Absicht, meinen Sohn wieder häufiger nach New York kommen zu lassen und unter Umständen sogar ganz mit ihm zu leben, sobald sich die Hektik etwas gelegt hatte.

Folgerichtig rief ich am nächsten Morgen gleich in der Früh Sarah Kyle an. Und, o Wunder, sie machte mir praktisch keine Schwierigkeiten, sondern war bereit, ihre Arbeit als Hotelmanagerin für eine gewisse Zeit aufzugeben. Sie hatte mir versprochen, über das Problem nachzudenken, hatte nachgedacht und war bereit, sich für sechs Monate beurlauben zu lassen und mit mir in einem Haus zu wohnen, das ich mieten sollte.

»Unter der Bedingung, daß ich dieses Haus selbst aussuche«, hatte sie sofort hinzugesetzt.

Ich versprach ihr alles, was sie wollte. Zum erstenmal in meinem Leben würde ich so etwas wie ein normales Familienleben führen, mit einer Frau und Kindern und einem eigenen Haus, auch wenn das nur gemietet war. Die Arbeit während dieser Zeit war im Grunde mehr ein Zeitvertreib, denn ich hatte nur den Fortschritt der Umbauarbeiten des *Weißen Elefanten* zu überwachen. Natürlich hatte ich Sarah von Heidi erzählt; Sarah lachte schallend:

»Ich glaube, diese Anna hat dich ganz schön um den Finger gewickelt!«

Sie schlug vor, die Weihnachtszeit in Colorado zu verbringen, mit Gunther, das heißt Goni. Wir konnten ja Anna und die übrigen Moser-Schwestern ebenfalls nach Aspen einladen, auch auf die Gefahr hin, daß Tirol damit entvölkert würde. Warum eigentlich nicht? Ich fand den Vorschlag recht schön.

Eine halbe Stunde später saß ich den Bankiers gegenüber. Wir unterschrieben die Verträge; zum Verhandeln hatte es nichts mehr gegeben, denn alle strittigen Punkte waren in der Nacht noch von Vandenbergh und den Abgesandten aus Macao aus dem Weg geräumt worden. Die vierhundert Millionen Dollar, die uns die Bank leihen wollte, würden uns in Kürze zur Verfügung stehen, so daß die Umbauarbeiten unverzüglich beginnen konnten. Es stand jetzt fast sicher fest, daß im Frühjahr 1977, wahrscheinlich im April, das Kasino eröffnet werden würde.

Ich hatte noch eine weitere Aufgabe zu erledigen.

Als ich Mitte Juni mit Philip Vandenbergh zum ersten Mal über meinen Plan, Besitzer eines Spiel-Kasinos zu werden, gesprochen hatte, hatte er mir drei grundlegende Bedingungen genannt: Besitzer eines Grundstückes oder eines geeigneten Gebäudes zu werden (erledigt), Partner zu finden (ebenfalls erledigt) und einen Kasino-Manager zu ernennen, dem die Lizenz von der staatlichen Kommission ohne Schwierigkeiten erteilt werden würde, wobei, wie ich gerne wiederhole, diese Lizenz ja nicht auf eine Firma, sondern nur persönlich ausgestellt werden konnte. Ich mußte die dritte Bedingung jetzt erfüllen, denn sonst war alles sinnlos gewesen.

So flog ich am 25. sofort nach der Unterzeichnung der Verträge weiter nach Las Vegas. Der Mann, den ich brauchte, wohnte dort. Mirandas Unterhändler hatten mich übrigens mehrmals darauf hingewiesen, für den Fall natürlich nur, daß ich dies vergessen sollte, daß mich in Las Vegas auch der Vize-Direktor erwartete, der berühmte Caliban, der, wie Miranda mir zwischen zwei Runden versprochen hatte, für jede Überraschung gut war.

12

Ich hätte ihn beinahe nicht gesehen. Ich ging zwei Schritt von ihm entfernt an ihm vorbei, ohne daß er mir aufgefallen wäre, was ich aber gleich entschuldigen möchte, denn seine Golftasche verbarg ihn fast ganz. Plötzlich griff eine Hand nach meinem Arm:

»Monsieur Cimballi? Willkommen in Las Vegas. Ich hoffe, lieber Kollege, Sie hatten eine gute Reise.«

Überrascht? Das Wort war zu schwach. Denn erstens hatte er mich auf französisch angeredet, und nicht irgendeinem x-beliebigen französisch: trotz der Schlitzaugen, trotz der stark asiatisch geprägten Gesichtsform redete er mich in dem Dialekt der Marseiller Hafenarbeiter an. Unwillkürlich schaute ich mich nach dem Fischerhafen um.

Und zweitens: dieses Etwas, das mich da so unvermutet angeredet hatte, war höchstens einen Meter groß.

»Einen Meter und sieben Zentimeter, um genau zu sein, lieber Kollege.«

Ich schaute ihn von der schwindelerregenden Höhe meiner einhundertsiebzig Zentimeter aus an:

»Caliban?«

»Höchstpersönlich. Sie wirken noch jünger als auf den Fotos. Kommen Sie, ein Wagen wartet auf uns, klimatisiert, natürlich. Denn draußen herrscht eine unerträgliche Hitze. Wie in einem Pizza-Ofen.«

Endlich hatte ich mich wieder gefangen.

»In Macao geboren, nehme ich an?«

»Richtig geraten.«

»Ihr Akzent. Unvergleichlich. Reinstes Macao.«

Wir gingen zum Ausgang. Viele der Mitreisenden drehten sich nach uns um, doch mein ›Kollege‹ kümmerte sich nicht weiter darum. Anscheinend war er es gewohnt, Aufsehen zu erregen.

»Sie heißen wirklich Caliban?«

Er lächelte:

»Natürlich nicht. Nur ein Scherz zwischen meiner Kusine und mir. Sie hatte auf dem Gymnasium eine Rolle in Shakespeares *Sturm* übernommen und mir dann anschließend diesen Spitznamen gegeben.«

Ich sollte nicht lange im unklaren bleiben, um welche Kusine es sich handelte:

»Sie hat mit Ihnen in Macao gesprochen; eine Kusine zweiten Grades. Komplizierte Familiengeschichte, aber höchst amüsant. Doch lassen wir das. In Wirklichkeit heiße ich Hervé Casalta. Mein Vater war Korse und lebte in Marseille und meine Mutter eine Chinesin aus Macao. Meine Kusine hat mir den Spitznamen Caliban verliehen; ich nenne sie zum Ausgleich Miranda.«

Wenn er lächelte, zeigten sich seine strahlend-weißen, perfekten Zähne.

»Und ich räume sofort ein, daß ich den Marseiller Dialekt natürlich etwas übertrieben habe; aber ich wollte Sie überraschen.«

»Das ist Ihnen auch bestens geglückt!«

Eine der hübschesten blonden Frauen, die ich je gesehen habe, kam auf mich zu. Lächelnd. Und dieses Lächeln galt eindeutig uns. Eine sehr elegante, feine Mannequin-Silhouette. Der Zwerg wechselte vom Französischen ins Englische, das er genauso fehlerfrei sprach, als er mir die blonde Schönheit vorstellte:

»Mister Franz Cimballi, meine Frau Patty. Patty ist so liebenswürdig, mir als Chauffeur zu dienen, da ich in normalen Wagen immer Schwierigkeiten habe: mit meinen kurzen Beinen erreiche ich die Pedale nicht. Wenn wir länger in einer Stadt sind, dann bestelle ich mir immer eine Spezialanfertigung, aber hier in Las Vegas werden wir uns ja nicht lange aufhalten...«

Einem Behinderten gegenüber empfindet man normalerweise Befangenheit und Ängstlichkeit; man weiß nicht so recht, wie man mit ihm umgehen soll. Bei Caliban ging es mir ähnlich, allerdings nur wenige Sekunden lang. Dann verflog meine Befangenheit, denn er sprach mit einer solchen Natürlichkeit über seine Behinderung, daß ich sie vergaß. Und den Mann Caliban entdeckte. Ein Prachtexemplar, wie ich mit der Zeit feststellte. Im Augenblick war ich nur neugierig. Patty setzte sich hinters Lenkrad, während Caliban und ich es uns auf den Rücksitzen bequem machten. Caliban betrieb Konversation, ohne auf die wirklich wichtigen Punkte zu sprechen zu kommen; ich wußte nicht, ob er meinte, der Augenblick sei noch nicht gekommen, um über das zukünftige Kasino zu sprechen, oder ob er prinzipiell in Gegenwart Dritter nicht über Geschäfte sprach, auch wenn dieser Dritte seine Frau war. Ich erfuhr, daß das Paar die eine Hälfte des Jahres in Frankreich und die andere in Kalifornien lebte, daß es mehr als fünf Jahre verheiratet war, und daß Caliban die vierzig überschritten hatte (ich schätzte Patty auf höchstens fünfundzwanzig).

»Natürlich kenne ich Las Vegas«, erklärte er, »ich habe zweimal hier gearbeitet. Insgesamt vier Jahre.«

Welche Arbeit er da ausgeführt hatte? Er ließ meine Frage unbeantwortet. Wir fuhren auf den Strip, ließen das *Dunes* links liegen und hielten vor dem *Caesars Palace*. Zwanzig Minuten später saßen Caliban und ich in dem Salon der für mich reservierten Suite; die schöne, anmutige Patty hatte sich diskret zurückgezogen und sich damit begnügt, ihrem Mann kurz über die Hand zu streichen, bevor sie weggegangen war, eine schöne Geste, die die Zärtlichkeit verriet, mit der das Paar miteinander umging. Entweder war sie eine ausgezeichnete Schauspielerin, oder sie war wirklich bis über die Ohren in ihren Zwerg verliebt. Im zweiten Fall war das ein weiterer Beweis dafür, daß Macao mir nicht irgendeinen x-beliebigen Mann abkommandiert hatte, wenn es eines solchen Beweises überhaupt bedurfte.

»Wie soll ich Sie anreden?«

»Warum nicht Caliban? Ich habe mich daran gewöhnt. Für meine Familie und meine chinesischen Freunde ist dieser

Name auf alle Fälle sehr viel leichter auszusprechen als Hervé.«

Der Sessel, in dem er Platz genommen hatte, war natürlich viel zu groß für ihn, und er hatte seine Beine untergeschlagen, damit sie nicht im Leeren baumelten. Ein Diener brachte uns Säfte und verschwand wieder. Caliban schaute mich aus seinen überraschend großen schwarzen Schlitzaugen aufmerksam an:

»Ich habe bereits erfahren, daß die Unterredung mit den Bankiers in Philadelphia problemlos über die Bühne gegangen ist. Wissen Sie schon, wann das Kasino eröffnet wird?«

»Wahrscheinlich im April.«

Ich erklärte ihm, daß um diese Zeit in Atlantik City das Glücksspiel wohl wirklich funktionieren würde, denn die Entscheidung, Lizenzen für diese Stadt zu vergeben, war erst vor relativ kurzer Zeit gefallen und wenige Etablissements bereits jetzt einsatzbereit. Der *Weiße Elefant* würde zwar nicht eines der ersten, aber beileibe auch nicht eines der letzten Kasinos sein, die in Atlantic City eröffnet würden.

»Darf ich Sie Franz nennen? Sollen wir uns nicht duzen, wenn wir französisch sprechen? Einverstanden? Franz, hast du dich schon einmal mit Glücksspiel abgegeben?«

»Noch nie.«

»Ich schon. Ich bin jetzt zweiundvierzig Jahre alt und vor vierzig Jahren habe ich in Macao zum erstenmal ein Roulette zum Drehen gebracht.«

(Ich erfuhr später, daß sein korsischer Vater am Krieg in Indochina teilgenommen hatte und es ihm gelungen war, was nur wenige Europäer schafften, in eine der reichsten chinesischen Familien einzuheiraten, die in Saigon, Singapur, Hongkong und Macao über große Investitionen verfügte. Caliban selbst war in Toulon auf die Welt gekommen, aber das war eher ein Zufall; er hatte vor allem in Asien gelebt, zumal sein Vater früh verstorben war.) Er beugte sich vor:

»Franz, ich glaube, es ist am besten, wenn wir gleich zu Beginn einige Dinge klarstellen. Der Zufall hat es gewollt, daß wir nur wenige Kilometer voneinander entfernt im Departement Var geboren wurden. Das kann Vertrautheit zwischen uns hervorrufen und, wer weiß, vielleicht eines Tages sogar so etwas wie Freundschaft...«

»...aber du hast den Auftrag, über die Interessen deiner chinesischen Familie und Freunde zu wachen.«

»Genau. Und das werde ich auch tun, Freundschaft hin oder her! Egal, welche Konsequenzen das für dich haben sollte. Ist das klar?«

Ich hatte mir in Philadelphia eine Ausgabe von Shakespeares *Sturm* gekauft und das Stück inzwischen überflogen. Der Name Caliban hatte mich neugierig werden lassen. Wenn ich die Geschichte richtig verstanden hatte – doch da war ich mir keineswegs sicher – handelte es sich bei dem Shakespeareschen Caliban um einen geborenen Dämon, einen unausstehlichen Gnom, der von Natur aus ziemlich brutal war und nur von einer gewissen Miranda gezähmt werden konnte. Kurz und gut, auf alle Fälle war dieser Caliban des *Sturms* keine vertrauenserweckende Persönlichkeit. Ich fragte ihn:

»Und die anderen Dinge, die du klarstellen willst?«

Caliban lächelte und legte die Spitzen seiner kleinen, aber doch kräftigen Finger aufeinander:

»Im Grunde nur noch eines: ich bin, was die Überwachung von Spielen in Kasinos oder auch sonstwo angeht, der beste Spezialist auf der Welt. Franz, ich schneide nicht auf: der Croupier oder der Spieler, der unter meinen Augen betrügen will, ohne daß mir das auffällt, der muß erst noch geboren werden. Du kannst mir das glauben oder auch nicht, das ändert nichts an der Tatsache.«

»Komischerweise glaube ich dir.«

»Wie heißt der Mann, den du zum Manager des *Weißen Elefanten* ernennen willst und der hier in Las Vegas wohnt?«

»Chance. Henry Chance.«

Man hatte mich vor mehr als zwei Monaten, Anfang Juli, zum ersten Mal auf diesen Mann hingewiesen. Man, das war mein Freund Paul Hazzard aus San Antonio in Texas, mit dem ich eine Erdölprospektionsfirma gegründet hatte.

Seine erste spontane Reaktion, als ich ihm von meinem Kasino-Projekt erzählte:

»Franz, an deiner Stelle würde ich diesen Plan aufgeben. Glücksspiel, das ist tausendmal schlimmer als Erdöl, und du weißt ja, wieviel Gauner sich bereits auf meinem Gebiet herumtummeln. Du wirst es mit zwei verschiedenen Gruppen zu tun haben: einmal die Finanzhaie, die eine oder zwei Milliarden Dollar auf den Tisch legen und dabei nicht einmal mit der Wimper zucken, und dann die Familien mit den schön klingenden, musikalischen Namen und ganz und gar unharmonischen Verhaltensweisen. In beiden Fällen hängen die Trauben für dich zu hoch.«

Ich bohrte weiter, bis er endlich einen Namen nannte, den von Chance:

»Aber er wird nicht mitmachen. Ich weiß dies aus Erfahrung, denn ich habe schon einmal versucht, mit ihm etwas zusammen zu unternehmen. Er wird nicht mitmachen. Nicht nach dem, was man ihm angetan hat.«

Natürlich wollte ich wissen, was man Henry Chance angetan hatte.

Die Geschichte ging bis in die 60er Jahre zurück, ja, noch sehr viel weiter, wenn man bedenkt, daß Chances Vorfahren bereits im vergangenen Jahrhundert auf den Mississippi-Dampfern, die als schwimmende Kasinos dienten, arbeiteten. Bei den Chances gehört es zur Familientradition, nicht zu spielen, sondern das Spiel zu organisieren. Als Henry Chance 1945 aus der Armee entlassen wurde, ging er nach Las Vegas. Schon vor dem Krieg hatte er in Reno gearbeitet. Als der berühmte Gangster Bugsy Siegel das erste große Kasino-Hotel auf dem Strip eröffnete, das *Flamingo*, gehörte Henry zu den ersten Angestellten. Schnell kletterte er die Karriereleiter hoch, vor allem nach dem Tod Siegels, der mit seinem Kopf unbedingt eine Kugel hatte auffangen wollen, die in seiner Nähe vorbeigeflogen war. Andere Super-Kasinos wurden aus dem Boden gestampft, und Chance bekam in den verschiedenen Etablissements immer bedeutendere Stellen angeboten. 1954 wurde er zum ersten Mal zum Vize-Direktor eines Kasinos ernannt, und fünf Jahre später erhielt er seinen Marschallstab: er wurde Manager eines Kasinos in Las Vegas, ungefähr das gleiche wie das Weiße Haus für einen Politiker oder die oberen vorderen Sitze bei einem zweistöckigen Omnibus in London. Chances Vorfahren hatten wohl in ihren Gräbern das große Halleluja angestimmt. Zehn Jahre lang blieb Henry Chance Kasino-Manager, ohne daß in seinem Betrieb auch nur das geringste vorgefallen wäre. Doch die Entwicklung in Las Vegas lief seinen Interessen entgegen: das Etablissement, das er leitete, wurde eines Tages von mächtigen amerikanischen Finanzgruppen unter die Lupe genommen, für würdig empfunden und natürlich sofort attackiert. Das *Big Busineß* war endlich darauf gekommen, daß die Glücksspielindustrie zu ertragreich war, als daß man sie Gaunern überlassen durfte. Aus allen Rohren wurde auf die Kasinos in Las Vegas geschossen und die Finanzhaie von lokalen Politikern und den Spielkommissionen des Bundesstaates Nevada unterstützt. Zwei Rechtsanwaltsteams tauchten in dem Kasino auf, das von Chance geleitet wurde: das eine repräsentierte die Interessen Howard Hughes, das andere die eines mächtigen Erdölkonzerns. Sie stellten ein Ultimatum und räumten der Familie, die das Kasino besaß, eine Frist von vierundzwanzig Stunden ein. Angesichts der Dollar-Milliarden entschloß sich die Familie natürlich zum Verkauf. Chance wurde gefeuert. Nicht, weil man ihm etwas vorzuwerfen gehabt hätte, gar nicht; er war nur der Vertraute der vorigen Besitzer gewesen, das reichte aus. Er war arbeitslos.

(Alles, was ich über Henry Chance wußte, stammte aus zwei Quellen: Paul Hazzard und vor allem das Detektivbüro Callaway, das ich am 5. Juli eingeschaltet hatte; folgende Fragen sollten beantwortet werden: Wer ist Henry Chance, wieviel war er, beruflich gesehen, wirklich wert, und wie sehen seine Beziehungen zur Mafia heute aus? Ende Juli hatte ich von Callaway einen ersten, am 20. August, am Tag vor dem Abschluß des Kaufvertrages über das Hotel in Atlantic City einen zweiten, und am 15. September einen dritten Bericht erhalten. Die drei Berichte ergänzten sich und belegten eindeutig, daß Chance der Mann war, den ich brauchte.)

Chance ging auf die Bahamas, wo sich in der Zwischenzeit

die von Castro aus Kuba vertriebenen Gangster breitgemacht hatten, und arbeitete zwei Jahre wieder als Manager, bevor er »aufgrund nicht übereinstimmender Ansichten mit den Inhabern«, wie Callaway formuliert hatte, kündigte. Kurze Zeit später hielt er sich in San Juan auf Porto Rico auf und arbeitete dort an einem Kasino-Projekt; aber auch hier kündigte er relativ schnell, aus den gleichen Gründen wie oben angeführt. Anschließend reiste er viel herum, bis nach Europa, Lateinamerika und Asien, überall, wo es Kasinos gibt. Er war im Grunde nichts anderes als das Opfer seiner Berufung oder der Familientradition. Doch nirgendwo fand er seine Stelle, die seinen Fähigkeiten gerecht werden konnte. So beging er seinen einzigen Fehler in seiner Laufbahn: er ließ sich in Las Vegas wieder als Kasino-Manager anstellen, allerdings nicht in einem ›sauberen‹ Etablissement, sondern in einem, das sich noch in den Händen von Gangstern befand. Fünf Monate später kam es zu einem Skandal, und es war Chance, der die Bundespolizei auf die Unregelmäßigkeiten hingewiesen hatte, die in seinem Kasino vorgekommen waren: getürkte Spieltische und Geld, das aus dem Drogengeschäft stammte und mit Hilfe des Kasino-Betriebes reingewaschen werden sollte. Chance hatte nicht nur die Polizei alarmiert, sondern sich auch dem Gericht als Zeuge zur Verfügung gestellt. Eine erste Warnung: seine rechte Hand wurde so zerquetscht, daß man sie amputieren mußte. Doch Chance ließ sich nicht einschüchtern, sondern blieb bei seinen die Familien eindeutig belastenden Aussagen, mit dem Ergebnis, daß seine Familie einen Unfall erlitt: während eines Familienurlaubs in Kalifornien explodierte sein Wagen. Er selbst und eine seiner Töchter kamen mit dem Leben davon, doch seine Frau und seine zweite Tochter verbrannten bei lebendigem Leibe.

Callaways Kommentar: »Das Risiko, daß das zu beobachtende Subjekt freundschaftliche Beziehungen zum Milieu bewahrt hat, ist als äußerst gering einzuschätzen.«

In diesem Fall stimmte ich Callaway natürlich zu; in meinen Augen war das Risiko sogar gleich null.

Nach diesem Drama verließ Chance die Vereinigten Staaten und fuhr nach Europa, nach Monte Carlo. Er hatte die Tochter, die den Unfall überlebt hatte, mitgenommen. Nachdem sich seine Tochter in Monte Carlo verheiratet hatte, blieb Chance allein. Einige Jahre später zog er zurück nach Las Vegas:

»Der Typ verreist nicht. Er lebt allein mit einer Haushälterin. Chance spielt nie, obwohl er täglich bis sechzehn Stunden in den Sälen der verschiedenen Spiel-Kasinos verbringt, die er eins nach dem anderen besucht.«

Im Jahre 1976 war Chance einundsechzig Jahre alt geworden. Er verfügte, laut Callaways Berichten, über ein Finanzpolster, das ihm ein bequemes Leben ermöglichte, ohne daß man ihn als reich hätte bezeichnen können. Die kleine Hazienda, die er am Ende der Charleston Avenue auf der Straße nach Boulder City bewohnte, gehörte ihm. Ich hatte von ihm nur drei Fotos gesehen, die den Berichten beigeheftet waren.

Am nächsten Morgen, am 26. September also, einen Tag nach meinem Eintreffen in Las Vegas und meiner ersten Begegnung mit Caliban, stand ich kurz vor neun Uhr morgens Henry Chance gegenüber.

13

Standen wir Henry Chance gegenüber, wäre wohl richtiger, denn Caliban begleitete mich. Chance schaute uns lange an, ließ sich nichts anmerken und sagte dann:

»Ich wollte gerade ausgehen...«

Ich holte eine der von Callaway angefertigten Akten aus meiner Tasche und las laut vor:

»Das Subjekt lebt allein und hat in den dreiundsechzig vergangenen Tagen keinen Besuch erhalten. Das Haus mit sechs Zimmern wird von einer gewissen Ruth Martinez, neunundfünfzig Jahre alt, in Ordnung gehalten. Das Subjekt steht jeden Morgen um acht Uhr fünfzehn auf. Um neun Uhr verläßt es das Haus. Während des Beobachtungszeitraums (dreiundsechzig Tage) hat es den Tag immer gleich verbracht: Es fährt im eigenen Wagen ins *Sahara Hôtel,* wo es seinen Wagen abstellt, zehn Minuten frühstückt und anschließend die Spielsäle inspiziert (ca. dreißig Minuten). Anschließend verläßt es das *Sahara* und besucht die wichtigsten Kasino-Hotels auf dem Strip, wobei jeder Besuch ca. eine Stunde dauert. Die Reihenfolge ist immer die gleiche: *Thunderbird, Circus Circus, Riviera, Stardust, Royal Las Vegas, Silver Slipper, Frontier, Desert Inn.* Er ißt entweder im *Desert Inn* oder im *Frontier*, seltener im *Royal Las Vegas* zu Mittag (gegrilltes Fleisch und Salat). Das immer gleiche Taxi, das von Harry Martinez, dem Sohn der Ruth Martinez, gesteuert wird, bringt ihn anschließend vom *Desert Inn* ins *Castaways*. Das Subjekt nimmt seine Inspektion in folgender Reihenfolge wieder auf: *Sands, Holiday Inn, Caesars Palace, Flamingo, Dunes, Bonanza, Aladin.* In der Regel ißt es im *Caesars Palace* zu Abend. Seltener beendet es seinen Rundgang im *Hilton*. Während des ganzen Tages bleibt das Subjekt für sich. Wie auch immer, es läßt sich anschließend von Martinez' Taxi zum *Sahara Hotel* bringen, wo es gegen ein Uhr dreißig oder zwei Uhr seinen Wagen besteigt und nach Hause fährt.«

Ich schaute hoch:

»Soll ich weiterlesen?«

Schweigen. Henry Chance war größer als ich, schlank und trug einen gutgeschnittenen beigen Anzug. Er machte einen ruhigen, reservierten, ausgeglichenen Eindruck, wie ein Beobachter, der auf dem Mond seiner Arbeit nachgeht. Seine Haare waren nicht nur weiß, sondern schneeweiß. Seine hellen Augen zeigten nicht diese verträumte Leere, die man bei blauen oder grauen Pupillen so häufig antrifft, im Gegenteil, der Blick war schwer und forschend, Augen eines Jägers, der auf Beute lauert, vor allem in diesem Augenblick, in dem er mich von Kopf bis Fuß musterte:

»Ich werde also seit dreiundsechzig Tagen überwacht?«

»Schon etwas länger. Die Überwachung, für die ich verantwortlich zeichne, hat bereits Anfang Juli begonnen. Vor zwei Monaten allerdings haben die von mir beauftragten Detektive damit begonnen, sie lückenlos zu überwachen.«

Chance lächelte (nur mit den Lippen; seine Augen blieben kalt):

»In diesem Falle werde ich wohl langsam alt; ich habe die Überwachung erst vor einundsechzig Tagen bemerkt. Vier Männer und zwei Frauen, die sich ständig abwechseln. Sie wohnen alle im *Showboat Hotel* in der Fremont Street und arbeiten für das Detektivbüro Callaway in Los Angeles, das als eines der besten Amerikas gilt.«

Ich lachte schallend:

»Aber Sie konnten sie nicht täuschen.«

Neues, genauso unterkühltes, ja eiskaltes Lächeln wie vorhin:

»Es ist schwierig, mich zu täuschen, Monsieur Cimballi. Übrigens, ich mag den Namen, den Sie für Ihr zukünftiges Kasino-Hotel gewählt haben, ausgesprochen gern. Ich nehme an, daß Sie den *Weißen Elefanten* während der Werbekampagne auch als Werbesymbol verwenden werden?«

Das ging mir dann doch etwas zu schnell. Ich warf Caliban einen Blick zu, dessen schwarze, undurchdringliche Augen starr auf Chance gerichtet waren. Den gestrigen Abend hatten der Zwerg und ich zusammen verbracht; wir waren übrigens zu dritt gewesen, denn die hübsche Patty hatte uns Gesellschaft geleistet. Caliban war eine großartige Betriebsnudel und hatte dem Komiker auf der Bühne die Schau gestohlen. Als er einen Spieler der Harlem Globe Trotters beim Korbwurf imitierte, lachte der Saal schallend. Der Caliban, den ich jetzt entdeckte, gehörte zu einer ganz anderen Gattung: in gespannter Aufmerksamkeit, ja Alarmbereitschaft verfolgte er das Gespräch, und ich hatte plötzlich den Eindruck, als ob ein Team Chance/Caliban ausgezeichnet funktionieren müßte, vor allem, wenn Chance nur halb so intelligent, gerissen und mißtrauisch war, wie er den Eindruck machte. Ich fragte ihn:

»Gut, Callaways Mitarbeiter konnten Ihnen nicht entgehen, wie haben Sie es aber geschafft herauszufinden, daß sie für mich arbeiteten?«

»Monsieur Cimballi, ich habe zwei Drittel meines Lebens hier verbracht. Ich kenne neunzig Prozent aller Angestellten, in den Hotels, den Bars, den Restaurants und den Spielsälen. Ich kenne jeden Polizisten hier und natürlich jeden Privatdetektiv. Jahrelang habe ich als Kasino-Manager ein umfangreiches Überwachungssystem eingerichtet und geleitet. Mein Beruf war es, die Spieler, die große Einsätze riskierten, in mein Kasino zu locken...«

Und diese Spieler finden sich leichter in den Suiten des *Caesars, Hiltons* oder *M. G. M.* als in den Motels für glücklose Goldgräber an den Ausfallstraßen von Las Vegas. Er hatte ganz einfach seine früheren Verbindungen und Freundschaften angezapft. Als mich einer von Callaways Männern gestern im *Caesars* besuchte, um mir den letzten Bericht zu überreichen...

»Cimballi. Ihr Name war mir nicht unbekannt. Dabei sind Sie kein Spieler.«

»Nie gewesen.«

»Hätten Sie während der letzten fünfzehn oder zwanzig Jahre in einem der offiziellen Kasinos in Las Vegas, Nassau, San Juan oder Macao mehr als tausend Dollar verloren, dann hätte ich Ihren Namen in meiner Kartei gefunden. Doch dort gibt es keinen Cimballi. Gestern abend habe ich mit verschiedenen Leuten telefoniert, um herauszufinden, wer denn dieser Cimballi ist, der mich seit mehr als zwei Monaten überwachen läßt.«

»Antwort: *Weißer Elefant.*«

Er nickte mit dem Kopf und hob von einem niedrigen Tisch ein sehr schönes Zigarrenetui aus massivem Gold auf, das mit sieben Brillanten verziert war. Er öffnete es und verstaute fünf Havannas, ein Zeichen für großen persönlichen Luxus, denn es war verboten, Havannas in die USA zu importieren.

»Meine tägliche Ration«, bemerkte er lächelnd.

Er hatte bei dieser Arbeit nur seine linke Hand benutzt; seine rechte steckte in einem Lederhandschuh, der genau die gleiche Farbe hatte wie sein Anzug. Ein Wort hatte mich beschäftigt: seine *Kartei*. Alle großen Spieler hatte er seit fünfzehn oder zwanzig Jahren, wenn nicht noch länger, in seine persönliche Kartei aufgenommen, und ich war mir sicher, daß er diese Kartei auch nach seinem Ausscheiden aus dem Berufsleben sorgfältig weitergeführt hatte. Und ich war mir auch sicher, daß er nicht zufällig von seiner Kartei gesprochen hatte.

Anders ausgedrückt: er wußte, aus welchem Grund ich ihn aufgesucht hatte, er wußte, was ich von ihm erwartete, und er wußte, wie er auf meinen Vorschlag antworten würde.

Ich wußte es in diesem Augenblick übrigens ebenfalls.

Anderthalb Stunden später bemerkte Henry Chance, daß er über die entsprechenden Zahlen verfüge. Fast zehn Millionen Besucher würden im Jahre 1976 per Flugzeug oder Auto Las Vegas besuchen; jeder blieb, statistisch gesprochen, vier Tage und gab durchschnittlich siebenundsechzig Dollar für Essen, Trinken, Souvenirs und Unterkunft und zweihundert Dollar für das Spiel aus. Zweihundert *verlorene* Dollar. Man muß das nur einmal ausrechnen, zehn Millionen mal zweihundert Dollar...

Chance hatte uns auf die Aussichtsplattform des Landmark Tower geschleppt, mehr als hundert Meter über dem Boden.

»Zehn Millionen Besucher pro Jahr. Was wollen die hier anschauen? Eine Stadt, die nicht einmal eine richtige Stadt ist und mitten in der Wüste liegt. Hier gibt es keine Denkmäler und keine Altertümer. Dafür viele Kirchen. Proportional gesehen gibt es hier mehr Kirchen als in Rom. Und wissen Sie, warum? Glücksspiel wird von fast allen Religionen als unmoralisch betrachtet. Jedes Kasino ließ eine, fünf, zehn verschiedene Kirchen bauen, für jede wichtige Religion eine und oft auch für unwichtige... Das einfachste Mittel, um den Priestern den Mund zu stopfen. Und das Schönste ist: die Priester predigen zwar vor leeren Bänken, aber da sie ihren Anteil an dem Kuchen bekommen haben, halten sie wirklich ihren Mund!«

Chance hatte festgestellt, daß Caliban auch französisch sprach; so bediente er sich ebenfalls dieser Sprache, die er fast akzentfrei beherrschte:

»Ich habe niemals gespielt, Monsieur Cimballi. Niemals. Obwohl ich fünfundvierzig Jahre meines Lebens in Kasinos verbracht habe. Erstaunt Sie das?«

Wenn es ihm Spaß machte... Ich war nicht nach Las Vegas gekommen, um mir hier Predigten anzuhören, sondern um den zukünftigen Direktor des *Weißen Elefanten*, den Kasino-Manager, wie man hier sagte, zu engagieren. Und ein Kasino-Manager nahm in Las Vegas mindestens die Stelle ein, die der Papst in Rom einnimmt. Caliban hatte mir erst gestern abend das Porträt des idealen Kasino-Managers gezeichnet: ein Experte, der so mißtrauisch ist, daß es an Verfolgungswahn grenzt, der aus einem Augenwinkel heraus erkennt, welcher seiner tausend Angestellten sich anschickt, eine Dummheit zu begehen, der alle vergangenen, gegenwärtigen und zukünftigen Tricks kennt, mit einem übermenschlichen Gedächtnis begabt ist, ob es sich nun um Zahlen, Namen oder Gesichter handelt, und der schließlich dazu fähig ist, eine Organisation auf die Beine zu stellen, die die des KGB in den Schatten stellt. Voraussetzung ist natürlich absolute Ehrlichkeit gegenüber den Kapitalgebern. Und die Kenntnis von mehreren Sprachen, ein sympathisches, offenes Wesen usw. usw. usw.

Kurz, ein Übermensch.

Ohne einen gewieften Kasino-Manager konnte allerdings kein Kasino auf dieser Welt rentabel arbeiten. Seine Hauptaufgabe war es, alle Gelder, die eingenommen und ausgegeben wurden, zu kontrollieren, bis zum letzten Jeton, und selbstverständlich die Angestellten nicht nur zu leiten, sondern vor allem zu überwachen. Er hatte eine von allen Seiten anerkannte Machtfülle, die an das Mittelalter erinnerte: er konnte jederzeit und ohne Begründung Angestellte ohne Vorwarnung fristlos entlassen, und gegen diese Entscheidung gab es keine Einspruchsmöglichkeit. Darüber hinaus mußte er dafür sorgen, daß die Spieler, die auch einmal große Summen wagten, sein Kasino besuchten, mußte entscheiden, wem unter Umständen Kredit eingeräumt werden konnte und wem nicht und ganz allgemein die Kreditobergrenzen festlegen. Dieser universell begabte Mann mußte sich darüber hinaus um das Unterhaltungsprogramm in seinem Kasino kümmern, Stars engagieren und im voraus wissen, welcher Star den Umsatz seines Etablissements um wieviel Prozent steigerte.

Rein aus Neugier fragte ich Henry Chance, welche Stars er im Augenblick für die umsatzträchtigsten hielte. Henry zuckte nur mit den Schultern:

»Nr. 1 ist natürlich Frank Sinatra; es gibt niemand, der so viele bedeutende und unbedeutende Spieler anzieht. Am Ende der Skala rangiert Barbra Streisand, die von keinem einigermaßen vernünftigen Kasino-Manager engagiert wird; es geht hier nicht um die künstlerischen Qualitäten, sondern um die Höhe der Einsätze, und diese Höhe würde katastrophal in den Keller gehen...«

Und so weiter. Wir befanden uns immer noch auf der Aussichtsplattform des Landmark Tower. Chance machte mit seiner behandschuhten Hand eine kreisförmige Bewegung:

»Schauen Sie sich einmal um.«

Ich sah nichts anderes als Wüste, kilometerweit, wohin ich auch schaute.

»Sicher gibt es hier nichts anderes zu sehen als Wüste«, sagte Chance, »und genau darin liegt eines der Geheimnisse für den Erfolg von Las Vegas. Las Vegas liegt mitten in der Wüste, eigentlich nirgendwo, und diese Wüste wirkt wie eine Seuchensperre: der Spieler wird durch nichts von dem abgelenkt, was er in dieser Stadt zu tun hat – zu spielen. Eine solche Seuchensperre gibt es in Atlantik City nicht und wird es dort auch nie geben.«

»Und ist das so schlimm?«

Es würde das Funktionieren der Kasinos komplizieren. In Atlantik City mußte ein Spieler nur ein paar Schritte machen, um die Welt des Glücksspiels zu verlassen. Denn hinter den an dem Boardwalk liegenden Kasinos gäbe es die ganz normale Stadt Atlantik City mit einem ganz normalen Leben, das den Traum zerbrechen und den Spieler wieder in den Kontakt mit dem realen Leben bringen würde.

»Das ist das erste Problem von Atlantik City, Monsieur Cimballi (er vermied es hartnäckig, mich, wie sonst üblich, mit meinem Vornamen anzureden. Anscheinend legte er viel Wert darauf, Distanz zu bewahren). Das erste, aber nicht das einzige. Hier in Las Vegas ist ein Mann, der beim Spiel betrügt, hoffnungslos verdammt. Wo sollte er sich verstecken? Und die Polizei kennt die Probleme und reagiert hart und schnell. Wie wird das in New Jersey aussehen? New York liegt schließlich in nächster Nachbarschaft! Wenn es gelingt, die Gangster, den Mob fernzuhalten, dann kann die Sache zum Erfolg werden. Aber auch in diesem Fall muß noch eine Lösung für das Problem Nr. eins gefunden werden.«

Er hatte französisch gesprochen, von dem Punkt, der ihm

am meisten am Herzen lag, einmal abgesehen: *to keep the mob out*. Hier hatte er unwillkürlich den amerikanischen Ausdruck benutzt.

Er sollte immer wieder auf dieses Problem zu sprechen kommen.

Insgesamt verbrachte ich fünf Tage in Las Vegas. In gewisser Hinsicht meine Lehrzeit als zukünftiger Kasino-Besitzer, die ich unter der Leitung von zwei der besten Experten absolvierte, die derzeit existierten. Es ist schwierig, sich zwei Menschen vorzustellen, die verschiedener sind als Chance und Caliban, allein schon vom Äußeren her gesehen, aber das ist im Grunde gar nicht entscheidend: war der eine introvertiert, so ging der andere auf das Leben und die Mitmenschen zu usw. In einem Punkt allerdings waren sie sich sehr ähnlich: sie verfügten beide über außergewöhnliche Kenntnisse auf dem Gebiet des Glücksspiels. Las Vegas in ihrer Begleitung entdecken, das bedeutete nichts anderes als eine Theateraufführung aus den Kulissen heraus verfolgen zu können.

Am ersten Tag gingen die beiden ausgesprochen kühl miteinander um. Es war beinahe schon komisch: sie lieferten sich einen regelrechten Kampf, wer von den beiden als erster auch die kleinste Anomalie in einem der Spielsäle entdeckte. Doch sehr schnell lernten der Korse aus Macao und der Angelsachse aus Mississippi sich gegenseitig zu respektieren. Ich hatte sogar den Eindruck, als ob so etwas wie ein geheimes Einverständnis zwischen den beiden entstehen könnte, und hoffte nur, daß dies nicht hinter meinem Rücken geschehe.

Chance sagte über Caliban:

»Ich kenne niemand, der so geeignet wäre, einen Spielsaal zu beaufsichtigen, wie diesen Zwerg. Ein Beispiel: Beim Kartenausteilen kann es vorkommen, und kommt es auch vor, daß derjenige, der die Karten austeilt, eine Karte nicht von oben, sondern von unten nimmt. Macht er das geschickt, sieht man nichts. Aber man kann es hören: es entsteht ein kaum wahrnehmbares, schnalzendes Geräusch. Es gibt nur ganz wenige Menschen, die dieses Geräusch wahrnehmen können. Vor allem, wenn dies in einem Kasino geschieht, in dem ja immer ein recht beträchtlicher Geräuschpegel herrscht. Ihr Caliban ist dazu fähig. Er muß sich nicht einmal direkt neben dem Tisch aufhalten, an dem die Karten ausgeteilt werden. Fragen Sie mich nicht, wie er das macht, ich weiß nur, daß er es fertigbringt. Ein anderes Beispiel: Er ist der größte Countdown-Spezialist, den ich je beobachtet habe, und, glauben Sie mir, ich habe während meines Lebens viele beobachtet!«

Ich wußte nicht einmal, was ein Countdown-Spezialist auf dem Gebiet des Glücksspiels wohl sein konnte! Ganz einfach: Sie gehen zu einem Bakkarat-Tisch, zu Beginn des Spieles, wenn die neuen Spielkarten aufgerissen und in den Verteiler eingelegt werden. Dann merken Sie sich alle Karten, die während der Partie verteilt worden sind, so daß Sie zum Schluß genau wissen, welche Karten sich noch im Verteiler befinden. Ganz einfach...

Caliban wiederum sagte mir über Chance:

»Franz, ich kannte diesen Mann nur dem Namen nach. Deine Auskünfte sind in allen Details exakt, und ich werde Miranda sagen, daß du bei der Wahl des Direktors richtig lagst. So wie Nurejew zum Tanzen geboren wurde, so ist dieser Mann ein geborener Kasino-Manager.«

Anschließend zählte er mir alle Gründe auf, die ihn zu dieser Meinung gebracht hatten. Um so besser. Ich selbst hatte innerhalb dieser fünf Tage mehr vom Glücksspiel begriffen, als wenn ich zehn Jahre allein in Las Vegas verbracht hätte...

Ich wußte inzwischen:

– Jeder Tisch, an dem gespielt wird, muß unbedingt zwanzig Prozent Gewinn einbringen, das heißt, zwanzig Prozent von den Summen, die von den Spielern riskiert werden. Eine heilige, unantastbare Regel. Wird dieser Prozentsatz auch nur an einem Tag unterschritten, dann wird schon zum Alarm geblasen. Hält dieser unerträgliche Zustand eine Woche oder gar länger an, dann gibt es nur eine, dabei einfache Gegenmaßnahme, der Croupier, der Aufsichtsbeamte und alle, die mit diesem Spieltisch während der fraglichen Zeit etwas zu tun gehabt hatten, werden erbarmungslos vor die Tür gesetzt. Kann man dem Personal nachweisen, daß Betrug verübt wurde, wird natürlich Anzeige erstattet, aber auch im entgegengesetzten Fall werden die Betreffenden gefeuert.

– Es muß regelmäßig und den Regeln gemäß gespielt werden.

– Ein Croupier, dessen Gang plötzlich leicht schief oder gar hinkend wird, versteckt unter Umständen Jetons in seinen Socken (die Kleidung der Croupiers weist keine Taschen auf, von der Hemdtasche einmal abgesehen, in die Spieler Jetons als Trinkgeld gleiten lassen können; dieses Trinkgeld wird allerdings jeweils sofort der gemeinsamen Trinkgeldkasse zugeführt).

– Der zwanzigprozentige Gewinn pro Spieltisch wird *hold* genannt. Ein Fünftel dieses *holds* dient dazu, die Kosten des Unterhaltungsprogramms und die Kosten für die Getränke und die Stärkungen, die den Spielern kostenlos gereicht werden, zu bestreiten. Wenn diese Kosten fünf Prozent des *holds* übersteigen, werden unweigerlich bestimmte Angestellte gefeuert.

– Es muß regelmäßig und den Regeln gemäß gespielt werden.

– Eine spezielle Vorrichtung erlaubt es, ab zwei oder drei Uhr in der Früh auf Anweisung des Kasino-Managers oder eines seiner Assistenten reinen Sauerstoff in die Spielsäle zu blasen, damit die müden Spieler wieder wach werden und die Spieltische nicht etwa verlassen, um sich ins Bett zu legen.

– Einem Kasino muß unbedingt ein Hotel angeschlossen sein. Die ideale Kapazität eines solchen Kasino-Hotels liegt bei tausend Zimmern. Dieses Hotel muß zwar anziehend, darf aber auf gar keinen Fall zu BEQUEM sein, zumindest die Zimmer nicht. Denn sonst läuft man Gefahr, daß die faulen Spieler ihre Zimmer einfach nicht verlassen wollen. Und schließlich ist ihr Platz am Spieltisch und nirgendwo anders.

– Aus dem gleichen Grund muß alles darangesetzt werden, daß die Fernsehapparate in den Zimmern, falls man überhaupt welche aufstellen will, nur langweilige Programme empfangen. Oder ständig reparaturbedürftig sind. Der Kunde eines Hotel-Kasinos sollte sich wirklich die allerwenigste Zeit auf seinem Zimmer aufhalten.

– Der Spielsaal eines Kasinos darf auf keinen Fall eine direkte Verbindung mit der Außenwelt haben; ein Spieler darf nicht mitbekommen, ob es Tag oder Nacht ist und ob es regnet oder ob die Sonne scheint. Das geht ihn nichts an und lenkt ihn nur vom Spiel ab.

– Es muß regelmäßig und den Regeln gemäß gespielt werden.

– Helfershelfer männlichen oder weiblichen Geschlechts, die vom Kasino angestellt werden, um Spieltische, an denen keine rechte Stimmung herrscht, zu beleben und potentielle Spieler anzuziehen, werden *Shill* genannt. Diese *Shills* können den Kasinos gefährlich werden. Ein berühmtes Beispiel: Es handelt sich um eines der hübschesten Mädchen, das je in Las Vegas aufgetaucht war, obwohl die Konkurrenz dort besonders groß ist. Von ihrer Schönheit abgesehen, hatte sie keinen Beruf, wurde aber auf Anhieb von einem Kasino als *Shill* engagiert. Sie erhielt dreihundert Dollar pro Tag, die sie verspielen sollte. Wobei es dem Kasino gleichgültig war, ob der *Shill* gewann oder verlor. Bei dieser jungen Schönheit, nennen wir sie einfach Lisa, fielen die Gewinne allerdings zu hoch aus. Sie hatte unwahrscheinliches Glück. Obwohl sie immer nur kleine Einsätze wagte, gewann sie jeden Abend den Gegenwert eines Cadillacs. Was, wie gesagt, weiter nicht schlimm war, denn die Kasino-Leitung kassierte die Gewinne der *Shills* ja wieder ein. Doch die Geschichte komplizierte sich, als gewiefte Spieler die unwahrscheinliche Glücksphase von Lisa bemerkten und begannen, genau wie Lisa zu setzen, mit wesentlich höheren Einsätzen allerdings. Diese Spieler gewannen. Wechselte Lisa den Tisch, folgten ihr die Spieler usw. Die Verluste des Kasinos wuchsen beträchtlich, Alarmbereitschaft war angeordnet. Betrog Lisa? Die Auswertung der Video-Bänder – selbstverständlich wurde jeder Tisch vierundzwanzig Stunden lang überwacht – ergab nichts. Anscheinend hatte Lisa wirklich nur Glück. Die Kasino-Leitung war überzeugt, daß diese Glückssträhne nicht anhalten konnte, und täuschte sich gewaltig. Psychologen wurden hinzugezogen, die den ›Hans im Glück‹ auf eine Couch legten und befragten. Einstimmige, dabei sehr überraschende Erklärung: diese unwahrscheinliche Glücksphase muß in direktem Zusammenhang mit der Unberührtheit Lisas stehen. In Las Vegas stößt man in der Tat kaum auf Jungfrauen und noch seltener auf schöne Jungfrauen. Ich bitte meine Leser, mir zu glauben: diese Geschichte ist authentisch! In Las Vegas glaubt man an das Glück, wieso dann nicht an die Jungfräulichkeit? Man wollte einen Versuch unternehmen und das Fräulein ihrer Jungfernschaft berauben. Die charmantesten Männer unter den Kasino-Angestellten wurden mit dieser ehrenwerten Aufgabe betraut. Vergebens. Die Festung erwies sich als uneinnehmbar, und Lisa gewann weiterhin. Kunden wurden gewonnen, die Lisa goldene Berge für ein kleines Viertelstündchen versprachen. Umsonst. Selbst ein weltberühmter Sänger wurde zu Hilfe gerufen; doch auch dieses Turteltäubchen stieß auf Granit. Lisa blieb Jungfrau und gewann weiterhin. Blieb eine einzige, wissenschaftlich unbefriedigende Lösung, die sich aber als notwendig herausstellte: Lisa wurde fristlos gefeuert, denn die Gewinne der Spieler, die wie Lisa setzten, hatten die magische Schwelle von einer Million Dollar überschritten.

– Es muß regelmäßig und den Regeln gemäß gespielt werden.

– Die *slot machines* oder einarmige Banditen oder Glücksspielautomaten und in bescheidenerem Maße auch das Roulette sind in der Hauptsache für die Frauen oder Geliebten der wahren Spieler gedacht, die durch nichts vom Craps, Blackjack oder Bakkarat abgelenkt werden sollen.

– Ein Kasino muß sein Geld an drei Fronten verdienen: einmal an den Spieltischen und den anderen Glücksspielmöglichkeiten, ein zweites Mal bei dem unerbittlichen Kampf gegen die eigenen Angestellten und ein drittes Mal beim Einsammeln von Jetons, Bargeld, Schecks, Kreditkarten oder auch Schuldscheinen.

– Die in Las Vegas geführten Statistiken belegen, daß von einer Million Dollar, die auf Kredit verdient wurden, in der Regel nur achthunderttausend Dollar auch wirklich eingetrieben werden können. Die restlichen zweihunderttausend Dollar sind als Verlust abzuschreiben. Was die Kasino-Manager keineswegs daran hindert, ihre Geldeintreiber auszuschicken, sobald sich ein Kunde, der auf Kredit gespielt hat, als widerspenstiger Zahler erweist.

Hier hatte ich einige Fragen, denn ich sah mich schon ohne großes Vergnügen an der Spitze einer Schlägertruppe meine Schuldner besuchen, doch Chance hatte mich sofort beruhigt:

»Kein Blut, Monsieur Cimballi! Nicht einmal die Spur von Gewalt! Die Geldeintreiber eines Kasinos, das diesen Namen verdient...«

»Wie der *Weiße Elefant*...«

»...falls der *Weiße Elefant* eines Tages existieren wird... Die Geldeintreiber eines Kasinos, das diesen Namen verdient, werden ständig zu äußerster Höflichkeit ermahnt. Diese Angestellten gehören eher zur *public-relations-Abteilung* als zu einer Schlägertruppe. Auch ein Schuldner, der Probleme hat, seine Schulden zu begleichen, bleibt ein potentieller Kunde und hat Anrecht auf beste Behandlung.«

»Wenn es sich aber um einen Betrüger handelt?«

Es wollte mir nicht in den Kopf gehen, daß ich diese uneintreibbaren zwanzig Prozent so einfach abschreiben sollte. Eine Überschlagsrechnung, und ich wußte, daß ich im *Weißen Elefanten* ungefähr anderthalb Millionen Dollar pro Jahr verlieren würde, wenn wirklich zwanzig Prozent der auf Kredit gespielten Summen uneintreibbar blieben.

»Wenn unsere Nachforschungen ergeben, daß der Schuldner durchaus zahlen könnte, wenn er nur wollte, setzen wir alle gesetzlichen Mittel ein, die uns zur Verfügung stehen.«

»Aber Spielschulden werden doch vom Gesetz gar nicht anerkannt?«

»Wir prozessieren trotzdem. Natürlich verlieren wir den Prozeß, aber viele dieser, sagen wir einmal, nachlässigen Kunden sind recht angesehene Mitbürger, denn sonst hätten wir ihnen wohl kaum Kredit eingeräumt, und scheuen sich vor dem Wirbel, der von einem solchen Prozeß verursacht wird.«

Henry Chance war wirklich ein Meister der Schönfärberei. Ich sprach von Betrügern, er von nachlässigen Kunden... Kein einziges Wort kam über seine Lippen, das nicht am englischen Hof oder in Anwesenheit des französischen Staatspräsidenten hätte fallen können.

Wie schon gesagt, in diesen fünf Tagen lernte ich ungeheuer viel; nicht so viel, daß ich selbst hätte Kasino-Manager werden können, doch dazu hatte ich weder Zeit noch Lust. Und wahrscheinlich auch nicht die Fähigkeiten. Nein, wichtig war nur, daß auch die dritte Bedingung, die Vandenbergh aufgestellt hatte, inzwischen erfüllt war.

Denn, wie meine Leser sicher bereits gemerkt haben, Chance hatte mein Angebot, Kasino-Manager des *Weißen Elefanten* zu werden, angenommen. Und mir dabei so wenig Schwierigkeiten gemacht, daß ich meine Überraschung nicht verbergen konnte:

»Man hatte mich gewarnt und mir gesagt, Sie würden die Stelle nie annehmen.«

»Wer ist ›man‹?«

»Paul Hazzard aus San Antonio. Er hat Ihnen bereits einmal eine Partnerschaft vorgeschlagen, die Sie allerdings abgelehnt hatten.«

»Ich will auch keine Partnerschaft. Das hieße, daß ich mit meinem eigenen Geld spiele, und Sie wissen ja, daß ich nie spiele.«

»Ist das der einzige Grund?«

»Paul Hazzard ist es außerdem nicht gelungen, fünfhundert Millionen Dollar aufzutreiben.«

Doch ich hatte immer noch den Eindruck, daß seine Zusage andere Hintergründe hatte. Chance war sicher aufrichtig gewesen, als er mir erklärt hatte, er habe jede Partnerschaft abgelehnt und wolle niemals eigenes Geld im eigenen Kasino investieren. Und ich war mir beinahe sicher, daß ich den wahren Grund für diese Ablehnung herausgefunden hatte: er gehörte in meinen Augen zu den Menschen, von denen es viel zu wenige gibt, die ihre Grenzen kennen und sich danach richten. Und wenn er eigenes Geld investierte, würde er unter Umständen zu emotional handeln und aufgrund dieser Emotionalität Fehler begehen, die er sonst nicht gemacht hätte. Wenn er mit dem Geld anderer arbeitete, dann konnte er immer dieser kühle Kopf, diese Maschine bleiben, die beinahe absolut perfekt funktionierte und bei der Fehler so gut wie ausgeschlossen waren.

Ich mußte lachen:

»Gut, einverstanden, Sie werden mein Angestellter und nicht mein Partner. Mir ist das nur recht. Und ich habe die fünfhundert Millionen Dollar aufgetrieben, die notwendig sind, um den *Weißen Elefanten* ins Leben zu rufen. Doch ich bin mir sicher, daß Sie noch aus einem weiteren Grund zugesagt haben, mein Kasino-Manager zu werden.«

Er lachte. Er lachte richtig, zum ersten Mal, seitdem ich ihn kennengelernt hatte. Mit seinen Augen, die plötzlich nicht mehr kalt und durchbohrend wirkten, sondern fröhlich und warmherzig:

»Duke Thibodeaux«, sagte er nur. »Sie werden sich sicher an ihn erinnern.«

»Duke gehört wirklich nicht zu den Menschen, die man so einfach vergessen kann!«

Kaum dachte ich an ihn, da hatte ich in meiner Kehle wieder den unerträglichen Geschmack des schwarzgebrannten Whiskys, den Duke in seinem Haus in Louisiana brannte. Duke Thibodeaux war mehr als nur ein alter Freund von mir.* Während einer wirklich nicht sehr erfreulichen Epoche in meinem Leben hatte ich mich sogar an seinen breiten Schultern ausgeweint. Von seiner Funktion als Trostspender einmal abgesehen, förderte Duke Erdöl – eigene Quellen, die er selbst aufgespürt hatte! – und brannte heimlich, dabei ganz offiziell, ein widerliches Gesöff, das man sicher nicht als Whisky bezeichnen konnte.

»Und Sie kennen den alten Duke?«

»Wir sind Vettern, echte Vettern«, lachte Chance.

Um Himmels willen! Ich durfte nicht vergessen, Callaway zu seinen ›präzisen‹ Informationen zu beglückwünschen!

Am 1. Oktober traf ich in New York ein. Der Größe nach geordnet erwartete mich meine lächelnde Familie am Kennedy Airport: die Walküre, Marc Lavater, Sarah, Heidi und Marc-Andrea. Und dieses merkwürdige, etwa vier Meter lange

* Siehe *Cash*, Heyne Taschenbuch Bd. 01/6937

schwarze Etwas mit roter Zunge und einem unbezwingbaren Leckdrang, bei dem es sich anscheinend um einen Hund handelte und das auf den schönen Namen Satan hörte.

Meine vollständige Familie.

14

»Franz, wie lange wird sie noch bleiben?«

Ich hatte gerade zum zweiten Mal (das erste Mal hatte ich nur aus diesem Grund fünfundfünfzig Minuten von Las Vegas nach Jamaika telephoniert) Sarah die besondere Situation von Heidi auseinanderzusetzen versucht.

»Wir werden darüber Anfang Januar entscheiden.«

»Warum Anfang Januar?«

»Oder zu Neujahr. Anna und alle übrigen Mosers kommen nach Aspen, wo wir ja ebenfalls hinfahren. Übrigens, du hattest die Idee gehabt, die Mosers einzuladen. Und in Aspen, Colorado, werden wir auch mit Gunther zusammentreffen, den du ja kennst.«

»Natürlich kenne ich ihn. Er sieht sehr gut aus und lacht nicht so dumm wie die anderen, wenn ich auf meinem Hintern Ski fahre. Aber du hast meine Frage nicht beantwortet.«

Wir gingen im Central Park spazieren, in der langen, von Ulmen bestandenen Allee, der Mall. Ich schaute mir intensiv die Shakespeare-Statue an, die ein gewisser J. A. Q. Ward aus Stein gemeißelt hatte; der arme Kerl, was hatte er mit seinem Alphabet als Vornamen als Kind wohl leiden müssen! Dreißig Meter vor uns plauderten und lachten Heidi und Marc-Andrea, spontan und glücklich.

»Franz.«

»Ich weiß, ich habe deine Frage nicht beantwortet.«

»Ich habe inzwischen eine andere.«

Ich schaute wieder hinüber zu Shakespeare. Tapferer, alter Will. Ich wußte, was Sarah mir sagen würde. Nicht einmal fragen, sondern schlichtweg sagen. Und was sie mir dann auch sagte:

»Franz, du hast Kinder schon immer furchtbar verwöhnt.

Ich erinnere mich noch an Marrakesch, wo diese Deutsche die Polizei alarmierte, weil ein sadistischer Irrer ihre entsetzlichen Kinder in einem Hubschrauber entführte. Der sadistische Irre, das warst du, und du hast die armen Kinder mit arabischen Süßigkeiten so vollgestopft, daß man nach der Polizei, der Feuerwehr, der Luftwaffe und der Gendarmerie auch noch gezwungen war, einen Arzt zu alarmieren. Verwöhnt!«

Schweigen.

»Aber das hier schlägt dem Faß den Boden aus.«

Marc-Andrea und Heidi hatten sich inzwischen zu einer Gruppe anderer Kinder gesellt und eine Gipfelkonferenz über das, was sie gemeinsam unternehmen wollten, einberufen. Allein hätte mein Sohn es niemals gewagt, mit anderen Kindern zu spielen, doch angesichts des Begleitschutzes von Heidi blühte er richtig auf. Niemals hatte ich ihn so glücklich erlebt. Ich wäre beinahe eifersüchtig geworden.

»Franz, du hast die Wahl. Du kannst zehn, zwölf Jahre warten und sie dann heiraten.«

»Ein großartiger Gedanke!«

»Du kannst auch, oder wir können auch alle nach Österreich ziehen, nach Sankt Johann, gegenüber von dem Hotel, das Anna und ihr schöner, sonnenverbrannter Verlobter kaufen oder bauen wollen, ich weiß das nicht mehr so genau...«

»Kaufen. Das Hotel gibt es bereits.«

»Du kannst sie natürlich auch adoptieren.«

Schweigen. Auf einen Schlag fühlte ich mich entsetzlich müde. Ich hatte die Schnauze voll. Seit Mitte Juni, seit ich in New York aufgetaucht war und Philip Vandenbergh meine Absicht, ein Kasino zu kaufen, auseinandergesetzt hatte, hatte ich keine Pause mehr eingelegt. Doch jetzt sollte diese wilde Hetzjagd endlich für eine gewisse Zeit, vielleicht sogar für sehr lange Zeit, unterbrochen werden.

Henry Chance und Caliban waren in Las Vegas geblieben; sie wurden in Atlantic City noch nicht gebraucht. Natürlich waren sie einmal gekommen und hatten einen Blick auf das Hotel und auf die Umbaupläne geworfen, doch dann waren sie sofort nach Nevada zurückgekehrt, um das hochspezialisierte Personal, über das wir im Frühjahr verfügen mußten, anzuwerben. Ich selbst hatte nichts anderes zu tun als den Fortschritt der Umbauarbeiten zu überwachen. Einmal pro Woche wollte ich mich in Atlantic City sehen lassen, das war bei weitem ausreichend. Ich lächelte Sarah an und zog sie an mich:

»Ich wette, du hast das Haus schon ausfindig gemacht, in dem wir bis zum Frühjahr wohnen werden.«

Sie warf mir einen ihrer berühmten Blicke aus den grünen irischen Augen zu, nickte lachend mit dem Kopf und hakte sich unter. Wie ein altes Paar gingen wir hinter unseren Kindern an diesem lauen, poetischen Herbstvormittag durch den Central Park New Yorks und genossen dabei die uralten Bäume.

»Long Island«, sagte sie.

Eigentlich gegen meinen Willen stellte ich schnell eine Überschlagsrechnung an: im ungünstigsten Falle würde ich innerhalb von fünfundvierzig Minuten in Manhattan sein. Long Island war eine ausgezeichnete Idee.

»Hast du bereits etwas gefunden?«

Sie hatte sich das Haus sogar bereits angeschaut, während ich mich in Las Vegas in die Geheimnisse des Glücksspiels hatte einführen lassen: eine Art großes, englisches Cottage, mit Stroh gedeckt und fast vollständig mit Efeu zugewachsen, knapp fünfzehn Zimmer, mit einer Veranda, einem großen Garten und einem dichten Rasen, der zu einem kleinen, privaten See mit Bootsschuppen und Anlegesteg führte.

Wir ließen uns dann wirklich in Long Island mit unseren Kindern nieder, die sich untereinander so gut verstanden, als ob sie Bruder und Schwester wären, vielleicht sogar noch besser. Übrigens mußte Heidi in die Schule gehen, so meinte zumindest Sarah, und wenn Sarah von einer Sache überzeugt ist, ist es sicher leichter, den Nil zu überreden, zu seiner Quelle zurückzufließen, als Sarah, ihre Idee aufzugeben. Sie schrieb folglich die Tirolerin in der nächstgelegenen Schule ein und lehnte den von mir angebotenen Privatlehrer schon aus Prinzip energisch ab.

»Und wer wird sie morgens in diese blöde Schule bringen?«

»Du, mein Lieber«, antwortete sie. »Warum stellst du diese Frage überhaupt?«

Sie schaute mich so richtig zufrieden an:

»Wer hatte denn unbedingt wie ein ganz normaler Familienvater leben wollen? Du. Jetzt heißt's, die Konsequenzen zu tragen.«

Übrigens: sie hatte recht. Sie hatte von sich aus bereits große Anstrengungen unternommen, um mir dieses ›Familienleben‹ zu ermöglichen, als sie zum ersten Mal, seitdem ich sie kannte, ihren Beruf in den Hintergrund gestellt und sich für sechs Monate hatte beurlauben lassen. Mit Heidi hatte sie in erstaunlich kurzer Frist – Frauen unter sich! – ein Bündnis abgeschlossen, das in der Hauptsache natürlich gegen mich gerichtet war. Als Prügelknabe eignete ich mich anscheinend hervorragend, da waren sich die beiden schnell einig geworden.

Das Haus war nie leer, zumal Sarah mit der Durchschlagskraft der Angelsachsen unser soziales Leben organisiert hatte. An den Sonntagen und an anderen, an denen aus irgendwelchen Gründen schulfrei war, verwandelte sich unser ganzes Haus inklusive meines Arbeitszimmers in eine Nebenstelle des örtlichen Kindergartens. An diesen Tagen verkleidete ich mich als Eskimo und ruderte auf den See; in der Mitte des Sees angelangt, konnte ich einigermaßen sichergehen, daß mich niemand bitten würde, ein Spielzeug zu reparieren, einen Kuchen aufzuschneiden oder, welch schreckliche Idee!, ein Lied zu singen!

Gegen Ende Oktober verbrachte Marc Lavater ein Wochenende bei uns. Damit wir uns wenigstens kurze Zeit ungestört unterhalten konnten, ruderte ich mit meinem Freund auf den See hinaus.

»Ich wollte dich unbedingt wegen Karl-Gustav Baumer sprechen; um Himmels willen, woher stammen denn diese Millionen von Kindern? Habt ihr euch etwa entschlossen, eine Zucht aufzumachen?«

»Heidis Freunde und Freundinnen. Sie hat ihre ganze

Klasse eingeladen. Und die haben wiederum ihre Freunde und Freundinnen mitgebracht. Marc?«

»Ja?«

»Bitte frag mich nicht, ob ich Heidi bei uns behalten will und wenn ja, für wie lange.«

Er lachte und meinte, er wolle mich mit dieser Frage verschonen; aber ob er trotzdem von ihrem Onkel Karl-Gustav, inzwischen nur noch kurz K-G genannt, sprechen könne? Was ich selbstverständlich zugestand.

»K-G traf im Herbst 1941 in den Vereinigten Staaten ein. Er war dreiundzwanzig, beinahe vierundzwanzig Jahre alt. Einige Zeit nahm er so ziemlich jeden Job an, der ihm angeboten wurde, und er hatte sogar gewisse Schwierigkeiten mit der Einwanderungsbehörde, die nicht so ganz einsehen wollte, warum Amerika auf einen gewissen Baumer angewiesen sein wollte. Er gab an, er habe Österreich aufgrund eines gewissen Adolf Hitlers verlassen. Von 1938 bis 1941...«

»Ist diese Epoche wichtig?«

»Soviel ich weiß, nicht.«

»Dann überspring sie.«

»Ich fasse zusammen: zwei Monate, nachdem Baumer in den Staaten gelandet war, griffen die USA aktiv in den Krieg ein. K-G meldete sich als Freiwilliger und leistete seinen Dienst im pazifischen Raum ab.«

»Er wird mit vielen Medaillen ausgezeichnet und nimmt höchstpersönlich Hiro-Hito gefangen...«

»Nein. Aber nach seiner Rückkehr hat er natürlich volles Anrecht auf die amerikanische Staatsbürgerschaft. Mit seinem Entlassungsbrief kauft er sich eine Würstchenbude. Er kann kaum lesen und schreiben, aber von seinen Würstchen, da versteht er etwas, und er macht schnell gute Umsätze. Er kauft sich schon bald einen ersten Laden in der Bronx und kurz darauf einen zweiten in Manhattan. 1953 macht er das erste Restaurant auf, kein Luxusding, eher eine einfache Bierwirtschaft, in denen österreichische und bayerische Spezialitäten gereicht werden.«

»Er wird reich.«

»Nicht wirklich. Obwohl er natürlich auch nicht arm ist. Seine Kundschaft besteht aus kleinen Angestellten...«

»Ist das wichtig?«

»Das könnte wichtig werden.«

»Dann mach weiter.«

»... Taxichauffeuren, Putzfrauen usw. Keine Clochards, aber beinahe. K-G räumt seinen Kunden problemlos Kredit ein, wenn diese einmal nicht bezahlen können. Die meisten sind wie er Einwanderer aus Europa, und viele, die erst vor kurzem in New York eingetroffen sind, haben noch Schwierigkeiten mit der Sprache. Baumer regiert über diese kleine Welt. Ein braver Typ. Man ist nicht immer ganz korrekt mit ihm, aber das ist ihm gleichgültig. Er schafft es, Dollars beiseite zu legen, wahrscheinlich aber nur, weil er für sich persönlich so gut wie nichts ausgibt. Neben seinem Restaurant besitzt er nur das kleine Studio in Greenwich Village, in dem er bis zu seinem Lebensende wohnt.«

»Kehrt er eigentlich häufiger nach Österreich zurück?«

»Erst später. Er erfährt, ich weiß nicht, wie, daß sich seine Schwester mit einem gewissen Moser verheiratet hat. Wir befinden uns im Jahre 1956. Baumer fährt zum ersten Mal nach Österreich.«

»Heidi war damals noch nicht auf der Welt.«

»Aber Anna. Sie ist ein Jahr alt. Während dieser Reise kauft Baumer die Forstwirtschaft und den Bauernhof, deren Erträge er seiner Schwester und seinem Schwager vermacht. Und als die Forstwirtschaft nichts mehr einbringt, übernimmt K-G diskret die Zinsen. Ich habe bereits gesagt, daß er im Grunde ein braver Kerl war.«

Marc sprach und ich ruderte, in der Hoffnung, nicht zu erfrieren.

»Baumer kehrt nach Amerika zurück. Zwischen 1956 und 1972 laufen seine Geschäfte bescheiden weiter, doch bei Baumers einfachem Lebensstil bleibt weiterhin etwas übrig. So daß er endlich auf eine etwas verrückte Idee kommt: er möchte sich ein Hotel kaufen. Nicht, um zu investieren oder um reich zu werden, sondern um mit seinen Freunden in seinem Hotel lustige Wochenenden zu verbringen. Vielleicht hat er aber auch schon immer davon geträumt, ein eigenes Hotel zu besitzen. So konnte er seinen Freunden nicht nur den Tisch, sondern auch ein Bett anbieten. Ein Romantiker, der sich als Wurstverkäufer durchs Leben geschlagen hat, Nostalgie der Wiener Heurigengemütlichkeit, du weißt schon, auf was ich hinauswill. Unter seinen alten Freunden haben einige Atlantic City kennengelernt, als die Badestadt auf dem Höhepunkt ihres Ruhmes stand. Sicher haben sie K-G davon erzählt, denn er versteift sich auf die Idee, nur dort ein Hotel zu kaufen...«

Ich ruderte mit eiskalten Füßen weiter. Marcs Ausschweifungen interessierten mich überhaupt nicht. Ich hob den rechten Zeigefinger:

»Darf ich dich unterbrechen?«

»Unterbrich.«

»Dieser Typ, der Anna geschrieben hat...«

»Walcher.«

»Richtig, Walcher. Wann taucht der in deiner Geschichte auf?«

»Er war von Anfang an an dieser Geschichte beteiligt. Als Baumer sein erstes Delikateßgeschäft kaufte, nahm er bei der benachbarten Bank in der Bronx einen Kredit auf. Und Walcher stand damals hinter dem Schalter dieser Filiale. Die beiden Männer kannten sich seit mindestens 1945 und stammen aus der gleichen Gegend in Tirol, doch Walcher war etwas älter; er war bereits 1933 nach Amerika emigriert...«

»Das richtige Jahr...«

»Walcher arbeitete privat für Baumer, als Buchhalter. Und als K-G es sich in den Kopf gesetzt hat, ein Hotel zu kaufen, bittet er natürlich Walcher, der inzwischen Karriere gemacht hat, keine steile, aber immerhin, um einen Kredit über insgesamt vierhunderttausend Dollar. Das Hotel in Atlantic City ist für fünfhunderttausend zu haben. Dann erklärt Walcher seinen Freund Karl-Gustav für übergeschnappt, leiht ihm aber schließlich doch das Geld. K-G befindet sich im siebten Himmel. In alten Omnibussen transportiert er seine Freunde aus New York nach Atlantic City, um dort Feste zu feiern. Das Hotel ist ein Zuschußbetrieb, aber die Verluste werden durch die Gewinne, die er in seinen Restaurants macht, abgedeckt, sind also für ihn nicht weiter tragisch. (Er ist Junggeselle, hat keine Kinder und offensichtlich den Kontakt zu seiner Familie in Österreich verloren. Trotzdem reist er sofort nach Österreich, als er erfährt, daß seine vier Nichten plötzlich zu Vollwaisen geworden sind. Auch hierbei weiß ich nicht, auf welchem Weg er die Nachricht vom Tod seiner Schwester und seines Schwagers erhalten hat.)«

»Das ist die Reise, von der Anna uns erzählte.«

»Richtig. Die einzige, an die sie sich erinnern kann. Bei der ersten war sie noch zu klein gewesen. Nach seiner Rückkehr, behauptet Walcher...«

»Hast du diesen Walcher kennengelernt?«

»Ja. Er hat mir keinen schlechten Eindruck gemacht. Die sechzig hat er schon hinter sich gelassen, ist diskret und nicht sehr ehrgeizig. Der ideale Angestellte für die mittlere Laufbahn. Er schätzte Baumer, daran kann es keinen Zweifel geben.«

Ich hatte langsam, aber sicher die Schnauze voll, ewig zu rudern. Vor allem immer im Kreis herum!

»Nach seiner Rückkehr ist Baumer voller Gewissensbisse. Er will alles mögliche für seine Nichten unternehmen, doch die Bedingungen sind nicht gerade sehr günstig: die Verluste, die von seinem Hotel verursacht werden, häufen sich, seine Freunde, halbe Landstreicher, auf alle Fälle recht merkwürdige Typen, nicht alle, aber doch einige, nisten sich in seinem Hotel ein und verscheuchen die regulären Gäste, die am Ende des Aufenthaltes nach einer Rechnung verlangen und diese bezahlen. Aber das wäre alles noch nicht so schlimm gewesen, wenn K-G nicht der Liebe begegnet wäre.«

»Wie bitte?«

»Der Liebe begegnet wäre, hörst du schlecht? Wir befinden uns im Jahre 1974, Baumer ist folglich sechsundfünfzig Jahre alt, als der Dämon des Fleisches zuschlägt.«

»Bumm!«

»Das kannst du laut sagen! Die Schöne ist dreißig Jahre jünger. Eine frühere Kellnerin in einem seiner Restaurants. K-G ist völlig aus dem Häuschen: Ich kauf' dir einen Mantel, Liebling, und hier eine schöne Perlenkette, und, was meinst du, sollten wir nicht in den Süden reisen? Was sie dann auch tun. Walcher schickt ihnen sogar einen Privatdetektiv hinterher und fliegt sogar höchstpersönlich nach Nassau, um Baumer zur Vernunft zu bringen. Nichts zu machen. K-G amüsiert sich zu gut, als daß er nach New York zurückkehren und sich um seine Bank und die anstehenden Wechsel kümmern will. Schau her...«

Marc zeigte mir eine Polaroidaufnahme, die offensichtlich in einer Nachtbar aufgenommen worden war: ein Sechzigjähriger, der sich als Dreißigjähriger verkleidet hatte und sich an eine echte Dreißigjährige klammerte, die zwar etwas banal aussah, aber doch gut im Fleisch war.

»Wann und wo wurde das Foto aufgenommen?«

»In Acapulco in Mexiko, am 4. Januar 1975, in einer berühmten Kneipe, *La Perla*. Vier Tage später starb Karl-Gustav Baumer. Herzinfarkt.«

»Hat man ihn vielleicht getötet?«

Marc schüttelte mit Bestimmtheit sein weißes Haupt:

»Nein, Franz. Ich habe jemand nach Acapulco geschickt, um die Sache zu überprüfen. Es steht eindeutig fest, daß Baumer an einem Herzinfarkt gestorben ist. Als Beweise liegen die Berichte des örtlichen Arztes sowie eines amerikanischen Arztes vor, der zufällig im gleichen Hotel wie Baumer Urlaub machte. Darüber hinaus hatte Walcher auf einer Autopsie bestanden...«

»Warum denn das, um Himmels willen?«

»Das hat er erst später getan, als die Caltanis oder, genauer, Olliphan sich als mögliche Käufer des Hotels zu erkennen gegeben haben. Walcher ist nicht ganz auf den Kopf gefallen, und der plötzliche Tod sowie das einige Monate später eingegangene Angebot Olliphans hatten seinen Verdacht erregt. Doch auch bei der Autopsie wurde der Herzinfarkt bestätigt.«

»Hat die junge Frau etwas geerbt?«

»Nichts.«

»Weiß man, wo sie heute lebt?«

»Ich habe sie vor drei Tagen getroffen: sie arbeitet als Verkäuferin in einem Supermarkt.«

»Warum hat Walcher den Schwestern Moser den Tod ihres Onkels erst so spät mitgeteilt?«

»Ganz einfach: er hatte vorher nicht daran gedacht. Er ist nicht der eigentliche Testamentsvollstrecker Baumers. Im

Grunde ist Walcher nur der Typ, der seine Bank soweit überredet hatte, Baumer einen Kredit über vierhunderttausend Dollar einzuräumen und der seinem Freund privat fünfundzwanzigtausend Dollar geliehen hatte und Schwierigkeiten bekam, als K-G plötzlich ausflippte. Ich habe alle Konten überprüfen können: im großen und ganzen hat Walcher die ›Affäre‹ Baumer recht geschickt gelöst...«

Ich erinnerte mich wieder an Anna Mosers Worte: ›Das ist doch nicht normal.‹

»Marc, hast du wirklich nichts Verdächtiges entdecken können?«

»Überhaupt nichts.«

»Kennt Walcher Olliphan?«

»Er hat ihn 1975 kennengelernt, als Olliphan ihn besucht und ihm gesagt hatte, einer seiner Kunden interessiere sich für das Hotel in Atlantic City; Walcher hat übrigens auf Anhieb gewußt, daß es sich bei diesem Kunden um die Caltani-Familie handelte. Das Kaufangebot erschien ihm wie ein Wink des Himmels: seine Direktion bedrängte ihn ganz schön wegen der ausstehenden Wechsel, und er war froh, relativ schnell eine befriedigende Lösung gefunden zu haben.«

»Wann wurde dieser Verkauf offiziell getätigt?«

»Im Juli 1975.«

»Für wieviel?«

»Warte, das ist nicht so einfach; die Caltanis haben Baumers gesamte Hinterlassenschaft gekauft, Restaurants, Hotel, Apartment, Forstwirtschaft und Bauernhof in Österreich. Die Caltanis mußten alles übernehmen. Nicht unbedingt ein gutes Geschäft, auf den ersten Blick...«

»Du hast mir gesagt, daß die Restaurants recht ordentlich liefen.«

»Vor dem September 1974. Um sich seine Ausflüge nach Mexiko und auf die Bahamas leisten zu können, hatte der gute Baumer die Kassen seiner Restaurants geplündert und mehr entnommen, als ihnen guttat. Er hatte sich nicht darauf beschränkt, seine Zahlungen an die Bank einzustellen... Und als das Bargeld aus den Restaurants knapp wurde, hat er einfach bei einer anderen Bank Hypotheken auf die Restaurants aufgenommen. Die Caltanis mußten Baumers gesamte

Schulden inklusive Zinsen und Zinseszinsen übernehmen und auch für die zum Teil recht erheblichen Konventionalstrafen aufkommen.«

»Marc, jetzt gib doch endlich eine klare Auskunft: Wieviel haben die Caltanis wirklich auf den Tisch gelegt?«

»Um die achthunderttausend Dollar.«

Und ich hatte ihnen das Hotel für fünfundzwanzig Millionen Dollar abgekauft!

»Marc, ist dir eigentlich klar, daß Walcher ein Vielfaches von dieser Summe erzielt hätte, hätte er nur acht oder zehn Monate mit dem Verkauf gewartet?«

»Er konnte nicht länger warten, Franz. Er hatte seine eigene Bank im Rücken und die andere, die die Hypotheken für die Restaurants bewilligt hatte, und viele andere Typen, die alle ihr Geld sehen wollten. Außerdem, überleg doch einmal: Heute wissen wir, daß in Atlantic City das Glücksspiel erlaubt ist, aber damals konnte Walcher das nicht wissen.«

»Außer von den Caltanis.«

»Warum hätten die Caltanis denn diese Neuigkeit, wenn sie sie überhaupt selbst kannten, Walcher mitteilen sollen? Das hätte ihren Interessen doch nur geschadet.«

Die Sioux-Indianer stießen am Ufer ihre Kriegsschreie aus; ein auf dem Kriegspfad befindlicher Stamm hatte ein Bleichgesicht gefangen und an den Marterpfahl gebunden. Ich erkannte das Bleichgesicht: Yvon Samuel, ein französischer Journalist, der für *France-Soir* arbeitete und das Wochenende bei uns verbrachte. Zur Beruhigung meiner Leser sei hinzugefügt, daß er gelassen seine Zigarre weiterrauchte, obwohl er an den Marterpfahl gebunden worden war. Ich sagte zu Marc:

»Gehen wir ins Haus.«

»Du ruderst.«

Dem war nichts hinzuzufügen.

›Das ist doch nicht normal.‹ Wieder mußte ich an Anna Mosers Satz denken.

Ich wollte mir nichts vorzuwerfen haben und sagte zu Marc:

»Ich werde den Engländer bitten, die ganze Geschichte noch einmal zu überprüfen.«

»Und die ganze Untersuchung, die ich für dich erledigt habe, noch einmal machen lassen?«

»Jetzt sei nicht eingeschnappt.«

»Ich hätte allen Grund dazu.«

»Marc, Scheiße. Ich habe fünfzig Millionen Dollar in diesem *Elefanten* stecken!«

Schweigen. Er schaute düster zu Boden.

Nach einer entsetzlich langen Zeitspanne schaute er endlich wieder hoch:

»Einverstanden. Du hast sicher recht.«

Es gelang ihm sogar zu lachen, als er mit dem Zeigefinger in den Garten deutete:

»Dein Sohn scheint wirklich glücklich zu sein.«

Ich folgte seinem Blick und entdeckte Marc-Andrea an der Spitze des Siebten Reiterregiments (vor der Schlacht am Little Big Horn!). Trotz Sarahs und trotz meiner eigenen Bemühungen war Marc-Andrea eigentlich ein recht einsames Kind gewesen. Heidis Auftauchen in seinem, in unserem Leben hatte ihn völlig umgestülpt.

»Marc, mit diesen Caltanis will ich auf gar keinen Fall etwas zu tun haben.«

»Der Kauf ist völlig legal abgewickelt worden. Du bist nicht verpflichtet, sie zum Essen einzuladen.«

»Sie bauen ihr Kasino genau neben meinem.«

»Viele Leute bauen ein Kasino in unmittelbarer Nachbarschaft von deinem Kasino. Im übrigen möchte ich dich daran erinnern, daß du es warst, der unbedingt ein Kasino haben wollte.«

Endlich konnte ich diese verdammten Ruder Ruder sein lassen.

Von dem Landungssteg kommend, hielt ich das Pony auf, auf dem der Colonel und die Frau Colonel des Siebten Reiterregiments saßen:

»Meine Damen und Herren Soldaten, es ist Zeit zur Vesperpause.«

»Wir haben keinen Hunger.«

Die beiden hatten hochrote Backen.

»Schade, eine ganze Badewanne voll Schokoladenschaum wartet auf euch.«

Sie hatten doch Hunger.

Am selben Abend noch telefonierte ich mit dem Engländer, der sich in dem Schloß seiner Vorfahren aufhielt (das Schloß hatte wirklich seinen Vorfahren gehört!). Zum zweitenmal innerhalb von drei Monaten nahm ich seine Dienste in Anspruch, die er sich fürstlich bezahlen ließ, doch soweit ich wußte, gab es kein Detektivbüro, das besser arbeitete als er. Trotz des Phlegmas, das ihn auszeichnete.

»Ernest Walcher, notiert«, sagte er nur.

»Ich will alles über ihn wissen. Seine Reisen, seit zwei Jahren, ob er ehrlich ist, wenn ja, ob er immer schon ehrlich gewesen war oder ob er es erst in letzter Zeit geworden ist, und ob Aussichten bestehen, daß er ehrlich bleibt. Seine Beziehungen zu James Montague Olliphan und zur Caltani-Familie.«

»Alles?«

»Alles. Vor allem, ob er an einem geheimen Ort Geld versteckt hat.

»Sie wissen genau, daß wir dies aufgrund des Bankgeheimnisses kaum herausbekommen können.«

»Versuchen Sie es eben. Doch das ist noch nicht alles. Ich möchte auch wissen, wie, wann und warum Karl-Gustav Baumer eines Tages plötzlich auf die Idee gekommen war, den Blödmann zu spielen und, zum Beispiel, die Wechsel nicht mehr zu honorieren, die er unterschrieben hatte, um das Hotel in Atlantic City kaufen zu können. Ich möchte seine genaue finanzielle Situation kennen, von einem Jahr vor seinem Tod angefangen bis zu seinem Tod. Und die Summe, die nach seinem Tod noch übrig war. Verlassen Sie sich bitte nicht auf Walchers Angaben.«

»Noch etwas?«

»Noch etwas. Die junge Frau, mit der sich Baumer vier Tage vor seinem Tod in Acapulco aufgehalten hat: Ich will ihren vollständigen Lebenslauf. Überprüfen Sie, ob Sie irgendwo einen Sparstrumpf versteckt hat. Und ob sie von jemandem in Baumers Arme getrieben wurde.«

Der Engländer versteht in der Regel auch Anspielungen sehr schnell, eine seiner unbezahlbaren Vorteile. Ich fuhr fort:

»Und alles, was Sie über Olliphan und die Caltani-Familie herausfinden können.«

Schweigen.

»Das ist eine ganze Menge, Monsieur Cimballi. Und einige Ihrer Wünsche sind nicht ganz ungefährlich zu beantworten. Und werden einige Zeit in Anspruch nehmen.«

Ohne von der Wahnsinnsrechnung zu sprechen, die er mir präsentieren würde. Er lächelte glucksend, wie es anscheinend alle Engländer tun, die in Oxford (oder Cambridge) studiert haben.

»Sie interessieren sich nicht zufällig für die Aktivitäten des KGB in Nord- und Südamerika?«

Ich legte auf. Idiotische Späße kann ich nur ausstehen, wenn ich sie selbst mache.

Es waren nun, wir schrieben inzwischen Ende Oktober, viereinhalb Monate her, daß ich die Operation *Weißer Elefant* ausgelöst hatte. Bis hierher hatte alles reibungslos funktioniert. Ich hatte alle Ziele erreicht, die ich mir gesetzt hatte: Ich hatte ein Hotel gefunden, das sich sogar ausgezeichnet für meine Pläne eignete, einen Partner und einen Kasino-Manager, der zu Recht Anspruch auf diesen Titel stellte. Bei jedem Schritt, was heißt bei jedem Schritt, jeden Tag, jede Stunde hatte ich alle erdenklichen Vorsichtsmaßnahmen ergriffen, um der einzigen Gefahr entgegenzutreten, die ich wirklich fürchtete: Ich hatte die größte Angst, daß die Gangstersyndikate in der einen oder anderen Form Zugang zu meinem Kasino finden würden.

Ich war mir einigermaßen sicher, daß ich diesen Syndikaten einen endgültigen Riegel vorgeschoben und eine praktisch uneinnehmbare Festung aufgebaut hatte, nicht allein natürlich, sondern mit Hilfe meiner Experten Henry Chance und Caliban, die auf den Zinnen Wache hielten, ohne müde zu werden, und meiner Rechtsbeistände Lavater, Rosen, Lupino und Vandenbergh.

Ich selbst hatte mich im Schloßturm meiner Festung, dem

dicken, quadratischen, verbarrikadiert. Zum ersten Mal in meinem Leben mit meiner Familie.

Und hatte nicht die geringste Intuition, nicht die leiseste Ahnung, daß ich selbst die Bombe in den Schloßturm gebracht hatte, die den Turm zerfetzen würde.

Auch die Bombe wußte nicht, daß sie eine Bombe war.

Heidi wußte von nichts.

VIERTER TEIL

Der große Betrug

15

Atlantic City, drei Tage vor Weihnachten. Es herrschte eine sibirische Kälte. Der vom Ozean kommende Wind trieb mir den Schnee ins Gesicht; ich hatte das Gefühl, auf der Stelle zu erfrieren. Henry Chance ging es genauso, obwohl er in dicke Pelze gehüllt war, so daß er im Prinzip einen Winter in Lappland hätte überstehen müssen. Der unendlich lange, weiße Strand lag in unserem Rücken; wir schauten auf die aneinandergereihten Fassaden: Hotels, Kunstgalerien, Cafés, Restaurants, Theater... Links und rechts von uns verlief der Boardwalk, als ob er nie aufhören würde.

Der doppelsitzige Weidenkorb mit Motor befand sich noch hundert Meter von uns entfernt, kam aber in voller Geschwindigkeit auf uns zu, das heißt, etwas schneller, als ein Mensch normalerweise geht. Dieser Weidenkorb war hier in Atlantic City kein extravagantes Fortbewegungsmittel, sondern eher banal, denn es gab Hunderte von diesen Körben. Caliban und Madame hatten in dem besagten Korb Platz genommen, und Chance und ich warteten auf die beiden seit nunmehr bereits zehn Minuten.

»Was halten Sie davon?«

Ich hatte meine Frage an den Kasino-Manager gerichtet, der den *Weißen Elefanten* nicht zum ersten Mal besichtigte; Caliban und er waren regelmäßig nach Atlantic City gekommen und hatten Anfang Oktober, ungefähr eine Woche nachdem wir uns kennengelernt hatten, sogar mehrere Tage hier verbracht, obwohl die Umbauarbeiten damals kaum begonnen hatten. Chance hatte sich intensiv mit den Plänen beschäftigt, sie im großen und ganzen auch für gut befunden und sich mit einigen Detailveränderungen zufriedengegeben. Im Grunde sind die Prinzipien, nach denen ein Kasino-Hotel gebaut werden muß, verblüffend einfach: Überall muß man spielen können, in jedem Zimmer, jedem Korridor, jeder Bar, jedem Restaurant, auf den Tennis- und Squash-Plätzen, in den Schwimmbädern, und wenn man ausnahmsweise an einem dieser Orte nicht direkt spielen kann, so müssen die Hinweise auf die Spielmöglichkeiten unübersehbar sein, ohne aufdringlich zu wirken.

Chance hatte immer wieder von dem großen Unterschied zwischen einem Kasino in Las Vegas und einem in Atlantic City gesprochen. In Las Vegas blockieren die sommerliche Hitze, die Winterstürme und die Wüste, die die Stadt einschließt, jeden Kunden in den Kasinos, wo sie praktisch zum Spielen verurteilt sind und der Versuchung nicht entkommen können. Sie sind regelrecht Gefangene dieses ›Cordon sanitaire‹, dieser Seuchensperre, die sie nicht ungestraft überwinden können.

In Atlantic City gibt es keine solchen Sperrzonen. Für Chance ein beinahe unüberwindliches Problem. Mit auf die Nerven gehender Hartnäckigkeit wies er immer wieder auf einen anderen Schwachpunkt hin:

»Außerdem liegen die Kasinos zu dicht beieinander. Die Spieler werden laufend von einem Kasino ins andere wechseln, was in Las Vegas nur sehr selten vorkommt.«

Wir mußten den *Weißen Elefanten* so umbauen, daß er für zwei völlig verschiedene Arten von Spielern geeignet war: Einmal die Gäste, die in dem dazugehörenden Hotel abgestiegen waren und von denen man annehmen konnte, daß sie einen Großteil ihrer Zeit in dem Hotelkomplex verbringen würden, und dann die vielen Passanten, bei denen wir davon ausgehen mußten, daß sie innerhalb einer Stunde drei, vier verschiedene Kasinos aufsuchten.

Zu Baumers Zeiten hatte der *Weiße Elefant* etwas mehr als vierhundert Gästezimmer aufzuweisen gehabt; nach den Umbauarbeiten standen siebenhundertachtzig Zimmer und vierundzwanzig äußerst luxuriöse Suiten zur Verfügung.

»Das wird ausreichen, Monsieur Cimballi« (er hatte sich immer noch nicht entschließen können, mich mit meinem Vornamen anzureden). Einmal angenommen, daß alle Zimmer belegt waren, konnten wir von fünfzehnhundert Gästen ausgehen, von denen die Hälfte, also siebenhundertfünfzig, sich, statistisch gesehen, an den Spieltischen niederließen, während die anderen die einarmigen Banditen fütterten.

Lupino hatte sich diesem Problem mit seinem Team schon

mehrfach gewidmet und war fest davon überzeugt, daß an Wochenenden, also an den Tagen mit der höchsten Besucherfrequenz, einundzwanzig Prozent der Spieler gleichzeitig Hotelgäste waren und neunundsiebzig zu den Passanten gehörten. Auch Chance hielt diese Zahlen für richtig; wir hatten folglich unsere Spielsäle so angelegt, daß gleichzeitig dreitausendfünfhundert Personen bei uns ihrer Leidenschaft nachgehen konnten (davon ausgehend, daß im Durchschnitt siebenhundert Hotelgäste ein Fünftel der Spieler stellten). Diese Spieler hielten sich, wieder statistisch gesehen, fünf Stunden in unserem Kasino auf, so daß wir an einem Tag mit mehr als sechzehntausend Spielern rechnen konnten, denn natürlich würde unser *Weißer Elefant* ohne Unterbrechung offen haben.

In Las Vegas gaben die Spieler durchschnittlich zweihundert Dollar pro Besuch in einem Kasino aus, und es war nicht einzusehen, warum sie plötzlich auf die schlechte Ideee kommen und sich anders verhalten sollten. Machte drei Millionen zweihunderttausend Dollar Einnahmen. Pro Tag.

Und da Chance alles daransetzen würde, um den Gewinnanteil statistisch nicht unter den Durchschnitt sinken zu lassen, konnten wir mit sechshundertvierzigtausend Dollar (zwanzig Prozent, Sie erinnern sich sicher) pro Tag Bruttoverdienst rechnen, von dem die berühmten zwanzig Prozent abzuziehen waren, die wir für die Showgrößen usw. auszugeben hatten, damit das Hotel attraktiv blieb. Blieben also, grob gerechnet, fünfhunderttausend Dollar übrig. Pro Tag.

(Seit Jahren stellte ich solche Überschlagsrechnungen mit wahrer Leidenschaft an, obwohl sie sich in der Regel als falsch herausstellten; entweder war ich zu optimistisch oder aber zu pessimistisch gewesen. Die wenigen Male, bei denen ich mich nicht getäuscht hatte, war ich beinahe ein wenig enttäuscht und irritiert gewesen. Diese Überschlagsrechnungen amüsierten mich und dienten mir zur Zerstreuung, wie andere Menschen Kreuzworträtsel lösten.)

Fünfhunderttausend Dollar pro Tag. Und da der *Weiße Elefant* wie alle Institutionen dieser Art in Las Vegas oder Atlantic City nicht nur vierundzwanzig Stunden pro Tag, sondern auch dreihundertfünfundsechzig Tage im Jahr offen haben würde (im Gegensatz zu den Kasinos auf den Bahamas oder in Puerto Rico, die sehr wohl Öffnungszeiten kannten), mußte man diese Summe mit dreihundertfünfundsechzig malnehmen, was die erstaunliche Summe von einhundertzweiundachtzig Millionen fünfhunderttausend Dollar ergab. Jährlich.

Inzwischen befand sich der Weidenkorb mit Caliban und Patty nur noch dreißig Meter von uns entfernt. Ich klapperte mit den Zähnen, doch die Zahlen jagten weiter durch meinen Kopf. Ich mußte noch die allgemeinen Unkosten abrechnen, die mit vierzig Millionen Dollar veranschlagt waren. Jährlich. Meine Experten meinten, sich nicht zu täuschen.

Und bevor wir die ersten wirklichen Gewinne würden verbuchen können, mußte natürlich der Kredit an die Bank in Philadelphia zurückbezahlt werden. Vierhundert Millionen Dollar plus Zinsen.

Caliban und Patty waren noch zwanzig Meter von uns entfernt. Diese beiden komischen Vögel hatten nichts anderes im Sinn als eng aneinandergepreßt lauthals *Tea for Two* zu singen, trotz des Schnees und der Kälte!

Ich war mit meiner Überschlagsrechnung am Ende angelangt. Marc Lavater hatte recht, Jimmy Rosen hatte recht, Philip Vandenbergh hatte recht, Jo Lupino hatte recht. Vor allem aber hatte ich recht gehabt, mich in dieses Unternehmen zu stürzen: Im schlechtesten Fall, Verzögerungen bei Umbau des *Weißen Elefanten* mit eingerechnet und beim späteren Betrieb Tage berücksichtigt, an denen praktisch kein Spieler unser Kasino betrat, selbst im schlimmsten Falle sahen die Zahlen einfach hinreißend aus:

ERSTENS: Wir würden innerhalb von vierundvierzig, spätestens fünfundvierzig Monaten den Bankkredit inklusive Zinsen zurückbezahlt haben – der Vertrag lief auf fünfzig Monate. Da die Eröffnung für den kommenden April vorgesehen war, konnten wir davon ausgehen, im November oder Dezember 1981 schuldenfrei zu sein.

ZWEITENS: Ab November oder Dezember 1981 würde ich jährlich als Miteigentümer des *Weißen Elefanten* mit immerhin 50% Anteilen zwanzig bis fünfundzwanzig Millionen Dollar nach Abzug der Steuern verdienen.

Ohne auch nur einen Finger rühren zu müssen. Ich mußte nicht einmal mehr meine Füße auf den Boardwalk in Atlantic City setzen und mir die Ohren abfrieren.

Am Ende meiner völlig wahnsinnigen und wahnsinnig verlaufenden Kaffee-Spekulation hatte ich letztes Jahr über ein Vermögen von neunzig Millionen Dollar, immerhin einhundertachtzig Millionen Mark verfügen können, ein schöner Batzen.

Doch das, was da auf mich zukam, gehörte zu ganz anderen Kategorien.

Der wahre Reichtum wartete auf mich.

... So wie Caliban und Patty. Die endlich ihren Weidenkorb verlassen und aufgehört hatten zu singen. Wir gingen in den *Weißen Elefanten*.

Mein Kasino würde sich aufgrund der vielen Ideen, die wir ausgebrütet und zum Teil bereits in die Realität umgesetzt hatten, deutlich von den anderen unterscheiden.

Natürlich war beim *Weißen Elefanten* der eigentliche Spielsaal das Wichtigste, und es verstand sich von selbst, daß der ganze Hotelbetrieb nach dem Spielsaal ausgerichtet war: Meine Architekten hatten die Wege innerhalb des Komplexes so geordnet, daß die Gäste automatisch durch den Spielsaal gehen mußten, wenn sie von einem Komplex zum anderen kommen wollten. So endeten, um nur ein Beispiel zu nennen, die vielen Aufzüge, die die Etagen erschlossen, nicht etwa in der Nähe der Rezeption, sondern direkt neben den Spieltischen. Der Hauptsaal war mehr als zehntausend Quadratmater groß; an ihn schlossen sich verschiedene kleinere Säle an, in dem Spieler, die ›unter sich‹ bleiben wollten, Betriebsausflüge oder ähnliches, ungestört spielen konnten.

Die Glücksspielautomaten waren in eigenen Sälen gruppiert, aber es muß wohl nicht extra betont werden, daß in den Gängen, Aufzügen, Bars, Restaurants, kurz, überall, wo Platz war, diese Groschengräber aufgestellt waren, wobei es sich nicht mehr um ›Groschen‹ handelte. Der Hauptgewinn des Jackpots betrug immerhin eine Million Dollar!

Fernsehschirme, die in den acht Bars, neun Restaurants, in den Caféterias, am Rande der beiden Schwimmbecken und natürlich auch in der Sauna aufgestellt waren – wir hatten die Sauna durch sogenannte *jacuzzis*, römische Bäder, bei denen man zu mehreren in das Wasser stieg, das so aufgeheizt war, daß man es gerade noch aushalten konnte, interessanter gemacht –, erlaubten es den Kunden, das Geschehen im Spielsaal laufend zu verfolgen und, falls Interesse daran bestand, die Kameras so auszurichten, daß sie einzelne Tische aus der Nähe zeigten. Aber nicht nur das: Mit Hilfe eines komplizierten elektronischen Systems konnte man über diese Video-Installationen sich auch direkt an den Spielen beteiligen.

So konnte man selbst von seinem privaten Badezimmer aus am Roulett und an verschiedenen Lotterien, darunter auch dem *keno* (eine Art Lotto), das ich in Macao kennengelernt hatte, teilnehmen.

Im Hauptsaal sollten dreihundertfünfzig Spieltische aufgestellt werden, darunter vierzig Roulette- und einhundertfünfzig Blackjack-Tische. Die Zahl der Glücksspielautomaten? Mehr als sechstausend! Mehr als siebenhundert hübsche Mädchen in kurzen Röcken hatten keine andere Aufgabe, als sich um die Gäste zu kümmern, die die einarmigen Banditen fütterten, immer bereit, parfümierte Handtücher zu verteilen, damit die Spieler sich, ohne auf ihr Zimmer oder auf die Toilette gehen zu müssen, die Hände reinigen konnten (der dauernde Kontakt mit den Maschinen ließ die Hände schnell schwarz werden), und die notwendigen Quarters ($^1/_4$-Dollar-Münzen) einzuwechseln: zwischen ihren Brüsten, die natürlich nicht zu klein sein durften, sollten sie biegsame Röhrchen mit den begehrten Quarters tragen; man mußte nur leicht auf eine Brust drücken und wurde schon bedient...

Neben den neun Restaurants, den acht Bars, den Cafeterias, Schwimmbädern, der Sauna, dem Gymnastiksaal, den Squash- und Tennis-Anlagen, den Massage-Räumen und dem hauseigenen Fernsehsender, der selbstverständlich nur gute Nachrichten verbreitete, wurden drei Säle installiert, in denen Sänger oder Schauspieler auftreten sollten, eine Ladenpassage, eine Bank, ein Raum, in dem man Telex-Nachrichten aus allen Weltzentren empfangen oder auch verschicken konnte und so weiter...

Bei allen den Sicherheitsbereich betreffenden Fragen war Henry Chance unerbittlich gewesen und hatte sich einen Teufel um die Kosten geschert, die die Verwirklichung seiner Vorstellungen verursachten. Das bei uns installierte Sicherheitssystem übertraf die in Las Vegas üblichen bei weitem, denn Chance wurde von dem fehlenden ›Sperrgürtel‹ bis in seine Träume hinein verfolgt. Er setzte alles daran, um einen notwendigen Ausgleich zu schaffen, zumal er bezweifelte, daß die Polizei von Atlantic City oder des Staates New Jersey so wohlerzogen war wie die in Nevada, die den Diebstahl von Jetons, ob nun von Kunden oder Angestellten begangen, ungleich viel schwerwiegender einstufte als einen Massenmord, der mit Hilfe einer Kreissäge durchgeführt worden war. Henry Chance glaubte nicht, daß am Ufer des Atlantiks eine solch gesunde Mentalität anzutreffen war. Und machte sich Sorgen. Berechtigte Sorgen wahrscheinlich, denn die Gangster in New York waren wohl besser organisiert, schlagkräftiger, hemmungsloser und politisch protegierter als die in Nevada. In seinen Augen wäre es ideal gewesen, in Atlantic City eine Art Berliner Mauer hochzuziehen – in seinen Augen war das kein Witz! – und so die Kasinos von der übrigen Stadt und natürlich auch vom übrigen Amerika abzutrennen.

Die Architekten hatten seine Ratschläge befolgt. Ein Kunde, der den *Weißen Elefanten* betreten, sich an der Rezeption gemeldet hatte und anschließend mit dem Aufzug in den ersten Stock gefahren worden war, mußte den Eindruck bekommen, sich direkt über dem Spielsaal aufzuhalten, was keineswegs zutraf. Über dem Spielsaal befand sich ein von außen nicht erkennbarer Überwachungsraum, der genau die gleiche Grundfläche aufwies wie der Spielsaal selbst und dessen Zugänge von Wächtern in Zivil überwacht wurden. Selbstverständlich hatten nur Mitarbeiter Zutritt in diesen fensterlosen Raum, der voll klimatisiert war und dessen ›Inneres‹ die Verantwortlichen der NASA wahrscheinlich vor Neid hätte erbleichen lassen, so vollgestopft war er mit hochmodernen elektronischen Überwachungsgeräten. In einem Spielsaal gibt es viele Spiegel, Mauern und eingezogene Dekken, nicht ohne Grund, denn irgendwo müssen die Kameras und Überwacher ja untergebracht werden, ohne daß es den

Besuchern auffällt oder diese gar stört. Jeder Spieltisch im *Weißen Elefant* wurde von drei Video-Kameras permanent überwacht und alle Spielvorgänge aufgezeichnet, so daß man schon bei dem geringsten Verdacht, es ginge etwas nicht mit echten Dingen zu – Chance war jederzeit bereit, auch seinen besten Freund zu verdächtigen –, nicht nur das Spielgeschehen live verfolgen, sondern auch über einen zweiten Bildschirm die früheren Spiele so oft wie notwendig in Zeitlupe ablaufen lassen konnte.

Chance hatte darauf bestanden, daß nicht nur im Spielsaal, sondern an allen dem Publikum zugänglichen Orten des Hotels Kameras installiert wurden. Er hatte sogar vorgeschlagen, den privatesten Bereich – die Sanitärzellen! – mit Kameras überwachen zu lassen, und es hatte viel Mühe gekostet, ihn davon wieder abzubringen. Natürlich wurden auch die Außenfronten laufend überwacht, der große Park bis zum Meer, die Tiefgaragen, alle Zufahrtsstraßen und auch die Dächer. Die Kameras waren zusätzlich mit Mikrophonen ausgestattet, die bei Bedarf eingeschaltet werden konnten, so daß auch verdächtige Gespräche belauscht werden konnten. Die Überwacher selbst wurden wiederum von einem Chef-Überwacher überwacht, über die wiederum eine Spezial-Brigade die Aufsicht führte, die von den Assistenten von Chance und Calliban kontrolliert wurden, auf die mein Direktor und mein Vize-Direktor wiederum ein waches Auge hatten. Kurz und gut, jederzeit konnte jeder Raum, jede Stelle innerhalb und außerhalb unseres Kasinos von der Überwachungszentrale aus optisch und akustisch kontrolliert werden, wobei alles auch aufgezeichnet werden konnte, wenn Bedarf bestand (nur die auf die Spieltische gerichteten Kameras zeichneten automatisch alles auf und speicherten das Ausgezeichnete für einige Tage).

Zu den wichtigsten Requisiten eines Kasinos gehören die Jetons. Natürlich würde der *Weiße Elefant* mit seinen eigenen Jetons ausgestattet werden, die sein Emblem zeigen und von einem der besten Spezialisten auf der Welt hergestellt sein würden. Ich hatte nicht vor, meine Jetons in einer der Massenware produzierenden Fabriken Nevadas zu kaufen, sondern hatte den Auftrag bereits an Bourgogne et Grasset in Beaune vergeben. Die Jetons würden in kleinen Mengen und von den besten Detektiven überwacht nach und nach in Atlantic City eintreffen. Wir hatten beschlossen, den Höchsteinsatz im allgemein zugänglichen Teil des *Weißen Elefanten* auf zweitausend Dollar pro Spiel zu begrenzen; unsere Jetons entsprachen jeweils einem, zehn, hundert, fünfhundert oder tausend Dollar.

Die Gäste konnten die Jetons entweder an der zentralen Kasse eintauschen, die zu einer regelrechten Festung ausgebaut war, denn es würden sich wohl laufend zwei bis drei Millionen Dollar in bar und zwölf Millionen Dollar in Form von Jetons in ihr befinden, oder aber direkt an den Spieltischen. In diesem Fall würde der Teamchef, der über das Geschehen an einem der Spieltische wachte, das Bargeld sofort in einen dafür vorgesehenen Schlitz stecken, von wo aus es auf pneumatische Weise direkt in die Hauptkasse transportiert wurde, ohne daß ein Angestellter hätte eingreifen können oder müssen.

Die mit den Jetons durchgeführten Operationen wurden laufend von einem eigenen Computer überwacht, und damit auch die Umsätze, die an den einzelnen Spieltischen getätigt wurden. Viermal täglich wurden die Jetons gezählt, zu verschiedenen Zeiten und natürlich elektronisch, so daß jede Anomalie auf diesem Gebiet der Geschäftsführung sofort bekannt wurde. Natürlich hatte ein Kunde das Recht, für hunderttausend Dollar Jetons zu kaufen, in einen Sack zu stecken und zu Hause in seinem Garten zu vergraben, was wenig wahrscheinlich, aber immerhin möglich war. Die Kasino-Leitung mußte natürlich sofort informiert werden, sollte eine solche Anomalie vorkommen. Genau wie über unbekannte Jetons und über Fälschungen, die theoretisch möglich waren, obwohl jeder Jeton des *Weißen Elefanten* mit einem elektronisch überprüfbaren, geheimen Code ausgestattet war und diese Überprüfungen laufend an den Spieltischen stattfanden, ohne daß die Gäste davon etwas gemerkt hätten (ein in allen Kasinos der Welt geübtes Verfahren).

Diese allgemeine Überwachung mit den modernsten technischen Hilfsmitteln wurde als nicht ausreichend angesehen;

so bestanden sowohl Chance wie auch Caliban darauf, daß jeder Tisch ohne Unterbrechung von besonders ausgebildeten Kontrolleuren überwacht wurde. Caliban war auf diesem Gebiet nicht zu schlagen. Hielt er sich nur wenige Sekunden bei einem Spieltisch auf, dann konnte er mit Sicherheit sagen, wieviel Spieler sich aktiv an dem Geschehen beteiligten, wieviel Jetons in welcher Gesamthöhe eingesetzt wurden und daraus sofort schließen, ob an diesem Spieltisch in diesem Augenblick das Kasino Verluste oder Gewinne machte und dies auch jeweils auf den Dollar genau beziffern.

Caliban war aber, wie bekannt, ein Zwerg, so daß er die Spieltische nicht einsehen konnte. In Las Vegas hatte er Stelzen aus Metall benutzt, und es war sicher recht komisch gewesen, wenn er auf diesen Stelzen durch die Spielsäle wanderte. Doch für unser Projekt hatte er eine viel bessere Idee: Er hatte sich aus Macao vier elektrisch betriebene Stühle kommen lassen, deren Sitzflächen ähnlich wie die Sitze von Tennisschiedsrichtern sich weit über den Köpfen der Gäste befanden. Im Unterschied zu den Sitzen von Tennisschiedsrichtern konnte Caliban seine Stühle in jeder Richtung bewegen, von seiner luftigen Höhe aus telefonieren und mit seiner Familie oder seinen Freunden über Funk verkehren. Er konnte sogar von seinem Sitz aus die Überwachungszentrale alarmieren und auf bestimmte Tische hinweisen, ohne daß er ein Wort hätte sagen müssen, nur mit Hilfe der vielen Hebel an seinem Sitz. Natürlich würde er von seinem ›Hochstand‹ aus ständig mit Henry Chance verbunden sein.

Die Gummiräder seiner Monstren bewegten sich lautlos und ließen sich in alle Richtungen, vorwärts wie rückwärts, dirigieren. Und auch der elektrische Motor war so leise, daß man ihn kaum hörte. Ich konnte mir jetzt schon die Überraschung der Spieler vorstellen, die spürten, daß jemand in ihrem Rücken sie beobachtete, sich umdrehten und plötzlich einen Zwerg entdeckten, der sie aus sicherer Höhe mit seinen schwarzen, geschlitzten Augen musterte.

»An so etwas hättest du nie gedacht, oder?«

»Natürlich nicht. Und du willst dich so in dem großen Saal von einem Spieltisch zum anderen bewegen?«

»Sicher. Übrigens: Die Werbung wird davon profitieren.«

Womit er recht hatte. Er hatte seine Idee sogar noch weiter ausgebaut und sah jetzt einen zweiten, etwas niedriger angebrachten Sitz vor, auf dem Patty Platz nehmen sollte.

»Und weißt du, was Patty machen wird, während ich zwischen den Tischen herumkurve? Stricken. Patty strickt leidenschaftlich gern, Franz.«

Henry Chance schmollte leicht, denn solche Exzentritäten sah er in dem Kasino, das er leiten sollte, nicht allzu gern. Er war gerissen, verdächtigte Gott und die Welt der schlimmsten Dinge und legte merkwürdigerweise gleichzeitig einen gewissen Puritanismus an den Tag, der kaum zu seinen anderen Eigenschaften paßte.

Er war Mönch und gleichzeitig Soldat.

Er hatte darauf bestanden, die Belegschaft des Kasinos, mehrere tausend Angestellte, selbst auszusuchen. Die meisten von ihnen kannte er bereits seit Jahren oder gar Jahrzehnten. Trotzdem sah er in jedem Mitmenschen einen möglichen Betrüger und war davon überzeugt, daß auch die, die er noch nie bei einem Betrug erwischt hatte, nur aus einem einzigen Grund anständig geblieben waren: Seine Kollegen und er hatten ihnen keine Möglichkeit gegeben, ihre Arbeitgeber zu betrügen. Er hatte sogar, nachdem Calibans rollende Stühle aus Macao eingetroffen waren, die Stühle überprüft, um sicherzugehen, daß sie kein System verbargen, mit dem man, zum Beispiel, den Lauf einer Roulettekugel hätte beeinflussen können. Ich war sehr überrascht gewesen:

»Henry, Caliban ist der Repräsentant meiner chinesischen Partner; glauben Sie, daß er dazu fähig ist, seine Arbeitgeber zu betrügen?«

»Ich bin nicht nur Ihnen, sondern auch den Chinesen gegenüber verantwortlich. Vor Überraschungen ist man nie gefeit.«

»Henry, vertrauen Sie wenigstens mir?«

Er schaute mich kalt und durchdringend an:

»Natürlich nicht!«

Dabei hatte ich ihn engagiert!

Doch im Grunde verstand ich ihn, denn die gesamte riesige Organisation *Weißer Elefant* ruhte auf seinen Schultern. Ich hatte keineswegs vergessen, daß die von der Kommission des Staates New Jersey erteilte Konzession einzig auf seinen Namen ausgestellt war. Und das Gesetz, das dieser Konzession zugrunde lag, war unerbittlich streng: Es genügte, daß ein armer Teufel getürkte Würfel mit in das Kasino brachte und einen unaufmerksamen Augenblick des Croupiers ausnutzte, um die Kasino-Würfel gegen seine auszutauschen – natürlich waren auch die Würfel mit einem elektronischen Code gesichert, doch es gab immer Dummköpfe, so daß man mit einer Panne rechnen mußte; war in diesem Augenblick ein anonymes Mitglied der Kommission im Kasino anwesend – wir mußten davon ausgehen, daß wir wie alle anderen Kasinos auch unaufhörlich überwacht wurden – und bemerkte, daß mit getürkten Würfeln gespielt wurde, auch wenn dies nur ein einziges Mal geschehen sollte, dann würde in der gleichen Stunde die Lizenz erlöschen und das Kasino zwangsweise geschlossen.

»Monsieur Cimballi, in Las Vegas ist das bereits einmal passiert. Der Typ, der die getürkten Würfel in das Kasino einschleuste, war beileibe kein Dummkopf; er bekam zwar sechs Monate aufgebrummt, hatte aber nach seiner Entlassung von anonymer Seite auch einhunderttausend Dollar erhalten, für den generösen Spender ein Klacks, denn das betroffene Kasino war mehrere Wochen lang geschlossen gewesen, was natürlich den Konkurrenz-Unternehmen zugute gekommen war. Ich werde alles daransetzen, daß solches oder ähnliches unter meiner Leitung nicht passiert.«

Am 21. Dezember waren die Rohbauarbeiten des Umbaus praktisch abgeschlossen und die Arbeiter beschäftigten sich mit der Renovierung der Fassade, die ja ›stilgetreu‹ erhalten werden mußte. Der Innenausbau hatte stellenweise bereits begonnen. Im Augenblick war der große Spielsaal nichts anderes als eine weite, mehr als einen Hektar in Anspruch nehmende Fläche, dessen dicker Betonboden von vielen Kabeln und Versorgungsschächten wie Schweizer Käse durchlöchert war. Mit etwas gutem Willen konnte man sich vorstellen, wo später die Spieltische stehen würden, denn die Schächte, in denen Geld und Jetons von den Spieltischen zur Hauptkasse transportiert würden, waren deutlich zu erkennen. Auch die Hauptkasse nahm langsam Formen an. Um diesen hochempfindlichen Sicherheitsbereich von vornherein besonders zu schützen, beschäftigte sich eine Spezialbrigade mit den verschiedenen Installationen, die jeden Versuch, die Kasse zu überfallen, von vorneherein zum Scheitern verurteilen sollten; die Arbeiten waren übrigens durch große Plastikbahnen vor den Blicken Neugieriger geschützt, und Wächter, die eigens dafür angestellt worden waren, paßten auf, daß niemand Unbefugtes hinter die Bahnen blickte.

Dieser unvorstellbare Luxus, der bei den Sicherheitsmaßnahmen auf Chances Bitten hin getrieben wurde, fand meine volle Zustimmung. Doch ich brannte darauf, endlich das in Augenschein nehmen zu können, was mein Kasino von den anderen grundsätzlich unterscheiden und ihm endgültig den Anstrich verleihen sollte, es handele sich um ein zweites Fort Knox.

»Gehen wir in den Keller?«

Ich möchte eines gleich klarstellen: Ich hatte natürlich nicht nur eine einzige Idee ausgebrütet, sondern viele, und viele waren von Chance und anderen als völlig blödsinnig verurteilt und mit letzter Energie abgewiesen worden. Einige allerdings waren gnädiger behandelt worden, auch von Henry. So war er damit einverstanden gewesen, in der Eingangshalle sowie mitten im Spielsaal je eine Vitrine aus Panzerglas aufzustellen, in denen eine Million Dollar einmal in Form von Goldstücken, das andere mal in Form von Noten gezeigt wurden, mit dem entsprechenden Hinweis:

»DIESE MILLION KÖNNEN SIE HIER GEWINNEN!«

Dagegen hatte er meinen Vorschlag, lebende Elefanten, die von nur spärlich gekleideten Damen geführt werden sollten, durch den Hauptsaal marschieren zu lassen, entrüstet abgelehnt:

»Vielleicht im Park?«

»Auch nicht. Ausgeschlossen. Alle Tierschutzvereine des Kontinents werden auf uns schießen. Und ich habe keine Lust, einen Zoo zu leiten.«

Ich hatte mich mit Ersatzlösungen zufriedengeben müssen: Jeder, der mehr als tausend Dollar verlor, sollte einen zwei Zentimeter großen Elefanten aus Elfenbein bekommen;

überstieg der Verlust die Schwelle von zehntausend Dollar, sollte der Elefant aus Silber, und ab hunderttausend Dollar sogar aus purem Gold sein. Und wenn jemand gar einhunderttausend Dollar gewann, dann wollten wir ihn mit einem Elefanten aus Eisen auszeichnen und uns so für die Werbung bedanken; diese Elefanten sollten im Rahmen von feierlichen Zeremonien verliehen werden, wobei wir natürlich auf den Werbeeffekt spekulierten und damit rechneten, daß der Snobismus die Spieler schon bald dazu treiben würde, höhere Einsätze zu wagen, als sie es eigentlich vorgehabt hatten. Das Zimmer, in dem diese Zeremonien stattfinden sollten, hatte bereits einen Namen: Elefantenfriedhof.

Einen einzigen zusätzlichen Elefanten hatte ich durchsetzen können, doch dieser war so großartig, daß er mich irgendwie über den Verlust der anderen hinwegtröstete: neunzehn Meter hoch, aus einer vergoldeten, wetterbeständigen Metallegierung, schmückte er den rückwärtigen, also dem Boardwalk entgegengesetzten Eingang; man mußte notgedrungen durch die Beine hindurchgehen oder, wenn man mit dem Auto in die Tiefgarage wollte, hindurchfahren.

Auch wenn Chance meine Ideen akzeptierte, hatte er nie irgendwelchen Enthusiasmus gezeigt, und ich war den Verdacht nie losgeworden, daß er meine Ideen im Grunde nur kindisch fand. Bei meiner Hauptidee allerdings hatte er mich überrascht angeschaut und mit dem Kopf genickt. Zustimmend:

»Interessant.«

Dann hatte er, allerdings ohne die Stimme zu heben, noch hinzugefügt:

»Sehr interessant. Die Idee gefällt mir.«

Für ihn die höchste Form des Deliriums! Ich selbst hatte meine Idee für schlichtweg genial gefunden. Doch er ... Ich war mir sicher, daß er, falls er jemanden wirklich haßte, nie weiter gehen würde als andeutungsweise mit einer Augenbraue zu zucken.

»Gehen wir in den Keller?«

Zwei Stunden waren wir jetzt schon durch das Gebäude gestiefelt. Es wurde Zeit, daß ich auf meine Kosten kam.

Eine Schuhschachtel. Achtzig Meter lang und fünfzig Meter breit mit Wänden aus Stahlbeton, der an der dünnsten Stelle noch einen Meter fünfzig dick war. Diese Schuhschachtel lag zwölf Meter unter den Fundamenten und den vierzehn Etagen des *Weißen Elefanten,* und zwar ziemlich genau unter dem großen Spielsaal. Ein schräg nach unten führender Gang, der von drei aufeinanderfolgenden Panzertüren gesichert wurde, ermöglichte den Zugang. Jede dieser runden Türen war aus einem besonders widerstandsfähigen Stahl gearbeitet und sechzig Zentimeter dick. Mein Freund Hirsch, den ich als Spezialisten zu diesen Arbeiten hinzugezogen hatte, behauptete, diese Schuhschachtel würde eine Explosion überleben, die eine Sprengkraft von zehn Megatonnen aufwies, also tausend Bomben der Hiroshima-Stärke entsprach. Ich hatte keinen Grund, an seiner Behauptung zu zweifeln.

Kurz, diese Schuhschachtel war nichts anderes als ein Atomschutzbunker.

Der nach den im Augenblick gültigen Bauvorschriften konstruiert worden war. Wir hatten sogar beschlossen, ihn, sobald er fertiggestellt war, von Experten des Pentagon begutachten zu lassen und um eine Bestätigung zu bitten, daß der Bau technisch allen Anforderungen entsprach. Das alles natürlich mit dem entsprechenden Werbeaufwand. Die Expertise wollten wir dann so aufhängen, daß sie jedem Besucher des *Weißen Elefanten* auffallen mußte.

Doch nicht allen Besuchern des *Weißen Elefanten* war der Zutritt zu diesem unterirdischen Bunker gestattet. Zwischen der ersten und der zweiten Panzertür, vom Eingang her gerechnet, hatten wir eine Desinfektionsschleuse eingerichtet, die wir den Gästen gegenüber natürlich anders nennen wollten, etwa Empfangsraum für VIPs. Hübsche Hostessen sollten sich um unsere Gäste kümmern und gleichzeitig deren Gesundheitszustand überprüfen. Jedes Mittel war dazu recht, so auch ihre ›Strahlenschutzkleidung‹, die die Besonderheit aufwies, durchsichtig zu sein, so daß sie die Reaktionsfähigkeit der Männer auf die Probe stellen konnten.

Zwischen der zweiten und der dritten Tür sollte ein Restaurant mit angeschlossener Bar und verschiedenen Zimmern eingerichtet werden. Hinter der dritten Tür begann dann der eigentliche Bunker, der private Spielsaal, das Allerheiligste des *Weißen Elefanten,* wo es nur noch eine Regel gab: keine Beschränkungen, weder die Höhe der Einsätze beim Spiel noch andere Dinge betreffend.

Ein kleiner Teil dieses atombombensicheren Bunkers war für meine persönlichen Bedürfnisse reserviert: Im rechten hinteren Winkel sollte für mich eine Sechs-Zimmer-Wohnung eingerichtet werden, von der aus ich jederzeit mit der Außenwelt telefonisch oder per Telex Kontakt aufnehmen konnte und natürlich einen ständigen Überblick nicht nur über den privaten Spielsaal, sondern mit Hilfe unseres Überwachungssystemes über das ganze Kasino haben würde.

Wir wollten Vorsorge treffen, daß zweihundertfünfzig Personen sechs Monate in dem Keller unabhängig von der Außenwelt überleben konnten: Ventilationssysteme mit Ventilen, die auch den Schockwellen bei Explosionen widerstanden, Wasserversorgung inklusive Wasseraufbereitung, Lebensmittel, unabhängige Stromversorgung und die notwendigen, ebenfalls den Schockwellen standhaltenden Entsorgungsleitungen, die zum Teil in der Tiefgarage endeten (wo wir eine geheime Tür anbringen ließen, so daß um ihr Ansehen bedachte VIPs direkt von der Tiefgarage in den privaten Spielsalon kommen konnten, ohne sich an der Rezeption des Hotels melden zu müssen). In normalen Zeiten wurde dieser unterirdische Bunker von dem Hotel mitversorgt, doch bei Alarm konnte auf Eigenversorgung umgestellt werden, so daß der atombombensichere Unterschlupf seine Funktion jederzeit erfüllen konnte.

Ich stellte zu meiner großen Freude fest, daß auch die Arbeiten an dem Bunker fast abgeschlossen waren; es fehlten noch die gepanzerten runden Türen sowie die ebenfalls gepanzerten Verschlüsse der Entsorgungsleitungen, Betonröhren mit einem Durchmesser von einem Meter zwanzig, die außerhalb des erwarteten Trümmerfeldes endeten, das heißt, erstaunlich lang waren; die eine endete nahe am Strand und andere im hintersten Winkel des Gartens, mehr als hundert Meter vom Hotel entfernt, durch Betonplatten vor etwa soweit verstreuten Trümmern geschützt.

Ich betrat den zukünftigen privaten Spielsalon; Patty und

Caliban hatten mich begleitet. Chance war auf der Höhe der dritten Panzertür stehengeblieben, die im Augenblick nichts anderes war als ein großes rundes Loch mit ungefähr zwei Meter fünfzig Durchmesser. Als wir durch das Loch gegangen waren, hatten wir die Dicke der Betonmauer, die den eigentlichen Bunker schützte, bewundern können. Die riesige Schuhschachtel war nicht nur aufgrund der ungewöhnlichen Dimensionen beeindruckend (80 m × 50 m), sondern auch aufgrund der Atmosphäre, die die nackten Betonwände ausstrahlten. Man hatte den Eindruck, sich in einer modernen Krypta aufzuhalten, einem Monument moderner Technik, das den Menschen überlebt hatte. Natürlich funktionierte die Klimaanlage noch nicht, und trotz der bitteren Kälte, die mir bei unserem Rundgang so zugesetzt hatte, war es hier unten beinahe unangenehm warm und schwül. Die Wände meiner zukünftigen Wohnung waren noch nicht hochgezogen worden, und nur anhand der zusätzlichen Kabel, die an dieser Stelle aus dem Boden quollen, konnte man bereits erkennen, wo einmal mein Arbeitszimmer sein würde.

»Wird dein Schreibtisch hier stehen?«

Calibans Stimme hatte in der leeren Halle gedröhnt. Als ich lachend mit dem Kopf nickte, tat er so, als ließe er sich an einem imaginären Schreibtisch riesigen Ausmaßes nieder, beobachtete durch einen Spiegel das Geschehen im privaten Spielsalon, von dem natürlich noch nichts zu sehen war, und manipulierte dabei mit fiktiven Knöpfen und Hebeln.

»Wie eine Spinne in der Mitte ihres Netzes, Franz.«

»Vielen Dank für das Kompliment.«

Ich habe bereits auf seine wunderbaren schwarzen Samtaugen hingewiesen, auf die langen Wimpern und die gespannte, beinahe asiatische Gesichtshaut. Ab und zu konnte er sich völlig seiner blühenden Fantasie hingeben, die sehr komisch war, aber auch besorgniserregend, denn jeder spürte, daß Caliban auch bei seinen komischsten Eskapaden sich immer unter Kontrolle hatte und daß man gut beraten war, ihn nicht einfach als Clown zu betrachten. Seine Heiterkeit, wenn man überhaupt von Heiterkeit sprechen konnte, hatte nichts mit der meiner Freunde Li und Liu zu tun. Wenn sich allerdings seine Pupillen mit einem Schleier verhüllten, dann wurde die Gefahr, die von Caliban ausgehen konnte, offensichtlich. Doch in diesem Augenblick lachte er mich an, und ich war mir sicher, daß seine freundschaftlichen Gefühle nicht geheuchelt waren:

»Das einzige atombombensichere Kasino auf der Welt! Das einzige, in dem man weiterhin würfeln kann, auch wenn sich die Clowns der beiden Lager, die sich als Politiker ausgeben, gegenseitig thermonukleare Raketen an den Kopf werfen. New York, Paris und Moskau werden dem Erdboden gleichgemacht sein und nirgendwo auf der Welt wird auch nur der Hauch eines Lebens spürbar sein ... doch im Keller des *Weißen Elefanten* wird der Croupier weiterhin verkünden, daß nichts mehr geht ...«

Schweigen. Die schöne und praktisch stumme Patty ging zu ihrem Zwerg, beugte sich über ihn und küßte ihn auf den Mund. Caliban preßte ihre Hand, lächelte aber weiter in meine Richtung:

»Das war wirklich eine ausgezeichnete Idee, lieber Kollege«, fuhr er fort und schlug dabei wieder den Marseiller Dialekt an, »eine hinreißende Idee, die, von einer klugen Werbekampagne unterstützt, dazu führen wird, daß sich die Reichen darum reißen werden, in diesem Keller ihr Geld verlieren zu dürfen. Ich bin überzeugt, daß Macao höchst zufrieden ist.«

Er schauspielerte und mimte eine SS 20 oder eine andere Interkontinentalrakete, die durch die Luft pfiff und einschlug. Er schrie und heulte und lachte, und das Echo dröhnte in dem leeren Raum und machte alles gespenstisch:

»DIE SPIELE SIND ABGESCHLOSSEN, NICHTS GEHT MEHR!«

16

Am nächsten Tag fuhren wir nach Colorado. Wir, das waren Sarah, Marc-Andrea, Heidi und ich und natürlich die Walküre, an die wir uns inzwischen gewöhnt hatten und die uns weiterhin als Kindermädchen diente. Die Arme war während ihrer Jugend in der DDR mit Hormonen und Anabolika vollgestopft worden und war vielleicht dazu fähig, uns vier gleichzeitig auf ihrem Rücken zu tragen; gleichzeitig aber bekam sie Heulkrämpfe, sobald auch nur eine Kleinigkeit nicht so lief, wie sie es sich vorgestellt hatte, oder aber, schlimmer noch, wenn sie meinte, man würde sie nicht mögen.

In Aspen trafen wir mit Gunther Kraus alias Goni zusammen, dem Verlobten von Anna Moser. Ich bedankte mich so sarkastisch wie möglich für das Geschenk, das er mir gemacht hatte. Der schöne Goni genierte sich sogar etwas:

»Franz, ich kann wirklich nichts dafür. Ich habe Anna nur gesagt, daß Sie ein hinreißender Mensch sind und vor allem mit Kindern sehr gut können. Wissen Sie, Anna hat zum Teil schon recht merkwürdige Ideen.«

Es stimmte, daß er vorhatte, seine Anna ganz ordentlich zu heiraten und dieses Hotel in Sankt Johann zu kaufen. Gunther verkörperte genau den Typ Skilehrer, der von den Frauen angehimmelt wird: schön, braungebrannt, humorvoll und entgegenkommend. Alles wies darauf hin, daß Anna, falls es wirklich zu einer Hochzeit kommen sollte – und warum eigentlich nicht – die Hosen anhaben würde. Ich kannte ihn seit vier Jahren, und wir waren häufig zusammen Ski gefahren, denn Skifahren war vielleicht der einzige Sport, den ich ausüben konnte, ohne auf der Stelle allgemeine Heiterkeit zu erregen. Ich fahre eigentlich recht gut, was aber nicht weiter verwunderlich ist, denn ich habe einen Teil meiner Jugend auf den Hängen von Garmisch und Kitzbühel verbracht.

Wie vorgesehen, trafen die drei in Österreich verbliebenen Moser-Schwestern am 24. morgens in Aspen ein. Wir verbrachten die Feiertage zusammen, und ich kann nicht behaupten, daß mich meine Einladung auch nur ein einziges Mal gereut hätte. Doch einmal ganz davon abgesehen, daß die abgeschiedene Bergwelt Colorados wohl nicht der geeignete Fleck auf dieser Welt war, um Operationen auf dem internationalen Finanzmarkt zu leiten und die Umbauarbeiten eines Kasinos in Atlantic City zu überwachen, mußten wir noch aus einem ganz anderen Grund wieder nach Long Island zurück: Heidis Schulferien waren zu Ende gegangen, und es kam nicht in Frage, etwa den Schulbeginn einfach nicht zu respektieren. Sarah *dixit*.

Wir hatten gerade unsere Nachbarn begrüßt, als das Telefon klingelte und wir vom Alltag wieder eingeholt wurden.

Als erster rief der Engländer an, in der Hauptsache, um mir ein gutes neues Jahr zu wünschen und dann, um mir zu sagen, daß er mir nichts zu sagen hatte:

»Nichts zumindest, was wirklich neu wäre im Vergleich zu der von Marc Lavater bereits durchgeführten Untersuchung. Aber wir hatten erst einmal einige Zeit gebraucht, um uns einzuarbeiten, was inzwischen geschehen ist. Wenn es überhaupt Ergebnisse geben sollte, die von denen Marc Lavaters abweichen, dann werden wir wahrscheinlich in absehbarer Zeit auf sie stoßen. Eines meiner Teams hält sich in Mexico und ein anderes auf den Bahamas auf. Räumen Sie mir bitte noch einige Tage Frist ein.«

Dann Hassan Fezzali. Gutes neues Jahr und so weiter. Ihm ging es soweit gut. Herz und Kreislauf waren fast wieder in Ordnung. Er hielt sich gerade in Rom auf, nachdem er, wie er sich diskret ausdrückte, eine zufriedenstellende Reise nach Kairo und Riad hinter sich gebracht hatte, bei dem es dem Prinzen und ihm gelungen war, einige der offenen Probleme zu lösen. Mehr sagte er nicht, aber ich hatte ihn auch so verstanden: Irgendwo in Saudi-Arabien, Ägypten oder auch anderswo hatte jemand Allahs Gerechtigkeit erleiden müssen, denn er hatte seine königliche Hoheit, Prinz Aziz, achtzehn Monate lang seines wichtigsten Finanzberaters beraubt. Hassan fragte mich, ob die Überweisung bei mir eingetroffen wäre, mit der er mir meine Unkosten bei der Cassata-Operation ersetzt hatte.

»Ich habe die Überweisung erhalten und den Konto-Auszug einrahmen lassen.«

»Im Namen Ihrer königlichen Hoheit, aber auch in meinem Namen, noch einmal herzlichen Dank, Franz.«

»Wir werden hoffentlich nicht noch in hundert Jahren von meinen Heldentaten reden!«

Ja, er würde früher oder später in die Staaten fliegen, er

mußte schließlich unbedingt mein neues Spielzeug bewundern, das Kasino. Denn es verstand sich von selbst, daß er über alle Details meiner neuen Unternehmung auf dem laufenden war. Aber nicht so begeistert, wie ich es eigentlich erwartet hatte, und vielleicht sogar ein wenig beleidigt:

»Sie haben mit mir nicht darüber gesprochen, als wir uns auf Jersey gesehen haben.«

»Sie kannten doch meine Pläne. Sie haben sich sogar erlaubt, relativ schlechte Scherze über die Jagd auf Elefanten zu reißen.«

»Aber Sie haben mir nicht vorgeschlagen, Ihr Partner zu werden!«

Nein, denn da hatte ich von Li und Liu ja bereits erfahren, daß ich unter Umständen chinesische Partner an Land ziehen konnte.

»Hätten Sie eigentlich zugestimmt?«

Er lachte. Offensichtlich war er wieder ganz der alte, freundlich, ja freundschaftlich, aber äußerst verschlossen:

»Das weiß nur Allah.«

Ich wollte schon auflegen, denn die beiden anderen Telefonapparate klingelten um die Wette, da fügte er schnell noch hinzu:

»Franz, passen Sie auf!«

»Auf was?«

»Nichts Bestimmtes.«

»Hat sich mein alter Freund Martin Yahl wieder auf den Kriegspfad begeben?«

»Nicht daß ich wüßte.«

Einige Sekunden Stille. Da wußte ich, daß Hassan nichts hinzufügen würde. Wenn er beschlossen hatte zu schweigen, war jeder Versuch, ihm die Würmer aus der Nase zu ziehen, zwecklos. Leicht wütend legte ich auf.

Der nächste Anrufer gehörte zum österreichischen Generalkonsulat in New York. Ich weiß nicht, ob es an Hassans Warnung lag oder an meinem nun schon seit Wochen andauernden Gefühl, daß irgend etwas tatsächlich nicht in Ordnung war, was diese merkwürdige Geschichte Baumer-Heidi-Hotel-Kasino-Anna-Moser anbelangte, auf alle Fälle war ich aufs höchste alarmiert, als ich die angenehme und ungemein höfliche, wenn auch mit leichtem deutschen Akzent sprechende Stimme des Konsulatsbeamten hörte:

»Monsieur Cimballi, wohnt nicht bei Ihnen im Augenblick eine junge Angehörige der österreichischen Nation namens Heidi Moser?«

Ich zögerte rein instinktiv. Doch dann gewann die Vernunft die Oberhand.

»Ja, sie wohnt bei mir.«

Ob ich wohl einen Angehörigen des Generalkonsulats am darauffolgenden Tag empfangen würde? Der nicht nur mit mir, sondern auch mit Heidi sprechen wolle?

In dem Augenblick, in dem ich mit dem österreichischen Beamten sprach, konnte ich Heidi und Marc-Andrea beobachten, die mit der riesigen elektrischen Autobahn spielten, die dieser Trottel von Lupino den beiden geschenkt hatte, um mir meine Ruhe endgültig zu rauben, und die fast das ganze Wohnzimmer ausfüllte. Man konnte fast meinen, man hielte sich in Castellet oder in Watkins Glen auf. Heidis Gesicht war hochrot vor Aufregung, während sie gleichzeitig mehrere Hebel bediente, mit denen sie die Autos steuern konnte. Sie lebte nun seit etwas mehr als drei Monaten mit uns, und es war keine einzige Sekunde in dieser Zeit vergangen, in der sie nicht Anlaß zur reinsten Freude gewesen wäre. Ich antwortete: »Bitte möglichst nicht morgen und auch nicht übermorgen, denn ich habe eine dringende Geschäftsreise vor, die ich kaum verschieben könnte. Die Sache ist doch sicher nicht so eilig, oder?«

Die Stimme blieb ruhig und höflich:

»Einverstanden, Monsieur Cimballi. Ich nehme in der Tat an, daß wir zwei Tage mit dem Gespräch warten können. Bis Donnerstag. Ist Ihnen zehn Uhr recht?«

»Eher gegen Ende des Nachmittags, wenn Sie auch mit Heidi sprechen wollen. Sie geht ja in die Schule. Gegen sechs Uhr.«

Der Unbekannte, der auf der dritten Leitung angerufen und es lange hatte klingeln lassen, war es endlich müde geworden und hatte aufgelegt. Ich rief sofort Rosen an:

»Jimmy, ich muß unbedingt herausbekommen, was diese Österreicher von mir wollen.«

Ungefähr vierzig Minuten später rief er mich zurück, während ich gerade mit Henry Chance sprach, der mir von einer Meinungsverschiedenheit mit unserem Generalbauunternehmer erzählte und meinte, es sei unumgänglich, daß ich so schnell wie möglich nach Atlantic City komme. Ich warf ihn schlichtweg aus der Leitung, um mit Jimmy Rosen in aller Ruhe verhandeln zu können.

»Franz, das österreichische Generalkonsulat wurde von einer Fürsorgerin alarmiert.«

»Was bedeutet das?«

»Das bedeutet, daß irgendwo in Österreich eine österreichische Fürsorgerin der Ansicht ist, es sei besser, daß ein achtjähriges österreichisches Mädchen in seiner Heimat in die Schule geht.«

»Ist das alles?«

Ich war erleichtert, denn dieses Problem schien mir schnell aus dem Weg geschafft. Doch Rosen warnte mich:

»Franz, nehmen Sie die Angelegenheit nicht zu einfach!«

»Heidi geht schließlich hier in die Schule. Gott sei Dank hatte Sarah hartnäckig darauf bestanden. Man muß dieser blöden Fürsorgerin doch nur erklären, wie Heidi hier lebt. Und ihr im Notfall das Ticket Wien–New York–Wien spendieren, damit sie sich mit eigenen Augen überzeugen kann!«

Plötzlich wurde ich wütend. Ich würde mir schließlich nicht von einer Fürsorgerin vorschreiben lassen, was ich zu tun und zu lassen hatte! Rosen mußte nur das Notwendige unternehmen. Schließlich wurde er dafür bezahlt!

»Jimmy, eines steht fest: Solange Anna einverstanden ist und solange Heidi das natürlich will, wird sie bei uns bleiben. Das ist endgültig!«

Ich legte auf und ließ ihm nicht einmal die Möglichkeit, zu einer seiner lang ausholenden juristischen Erklärungen anzusetzen. Ich zitterte noch vor Zorn, als das Telefon nun zum dreißigsten oder vierzigsten Mal läutete:

»Monsieur Cimballi? James Olliphan. Wann kann ich Sie sehen?«

Merkwürdig: seit dem 18. September, seit dem Tag also, an dem ich bei Olliphan zu Abend gegessen hatte, war ganz bestimmt keine Woche verstrichen, während ich nicht mindestens einmal an diesen Mann gedacht hatte; ohne dies beweisen zu können, war ich mir sicher gewesen, daß sich unsere Wege eines Tages noch einmal kreuzen würden.

»Es geht um ein persönliches Geschäft, über das ich gerne mit Ihnen sprechen möchte«, erklärte er. »Zufälligerweise habe ich heute auf Long Island zu tun, ganz in Ihrer Nähe. Kann ich auf einen Sprung vorbeikommen? Es wird nicht lange dauern.«

Er kam gegen vier Uhr. Sarah, die Walküre und die Kinder waren ausgegangen und hatten den letzten schulfreien Tag Heidis ausgenützt; das kubanische Ehepaar, das sich um das Haus kümmerte, waren die einzigen Menschen, die mir Gesellschaft leisteten.

»Ein sehr schönes Haus«, bemerkte er. »Ich habe schon öfters daran gedacht, für mich hier in der Gegend etwas Passendes zu kaufen.«

Wir saßen in meinem Arbeitszimmer, an dessen Wänden ich einige Ansichten des *Weißen Elefanten* aufgehängt hatte, so, wie er am Tag der Eröffnung aussehen sollte. Olliphan warf einen kurzen Blick darauf:

»Sie haben dieses Geschäft großartig gemanagt. Ich bin sicher, daß der Erfolg Sie für alle Mühen entschädigen wird. Und daß Sie mit Ihren Nachbarn keine Probleme haben werden.«

Seine Augen wanderten zu mir zurück; spöttisch wie immer schaute er mich an, so, als ob seit Beginn unserer Bekanntschaft, seit dem Tag, an dem ich ihn zum ersten Mal gesehen hatte, um über den eventuellen Ankauf des Hotels zu verhandeln, sich zwischen uns eine komische Geschichte abspielte, die er allein kenne. Ich spürte, daß mir dieser Mann irgendwie sympathisch war, auch wenn ich ihm mehr mißtraute als allen anderen. Ich empfand sogar eine Art Mitleid mit ihm, wenn ich an diese entsetzliche Buddha-Karikatur dachte, an seine Frau mit dem starren, dumpfen Blick einer Kröte.

»Ich spreche natürlich von den Caltanis.«

»Danke, das hatte ich verstanden.«

»Sie werden Sie in Ruhe lassen, Monsieur Cimballi. Absolut. Sie wünschen nur eines: gutnachbarliche Beziehungen. Sie haben gar nichts dagegen einzuwenden, wenn es Ihnen gelingt, Ihr Kasino zum Hauptanziehungspunkt von Atlantic City zu machen, denn da ihr eigenes Kasino ja direkt daneben liegt, hoffen sie, von diesem Erfolg nur profitieren zu können und zumindest in den Stunden, in denen der *Weiße Elefant* überfüllt ist, Gäste von Ihnen aufzunehmen.«

Ich war überzeugt, daß die Caltanis tatsächlich solche Überlegungen angestellt hatten. Ich war aber auch überzeugt, daß Olliphan mich nicht besucht hatte, um mir dies mitzuteilen. Ich wartete, bis er endlich auf den springenden Punkt zu reden kam.

»Natürlich bin ich nicht als Botschafter der Caltanis gekommen«, fügte Olliphan hinzu, als ob er meine Gedanken lesen könne. »Sondern...«

Ein Wagen fuhr die Auffahrt zum Haus entlang: Sarah und die Kinder kamen zurück.

»... sondern aus rein persönlichen Gründen. Die Caltanis sind keineswegs meine einzigen Kunden, auch wenn das manchmal so den Anschein hat...«

Wildes Geschrei. Marc-Andrea und Heidi stürmten in mein Arbeitszimmer und warfen sich mir an den Hals. Ich küßte sie, komplimentierte sie wieder hinaus und schloß die Tür hinter ihnen.

»Ihre Kinder sind sehr charmant!«

»Danke.«

Langsam wurde ich ungeduldig. Er spürte es und lächelte mich an:

»Ich habe Ihnen bereits mitgeteilt, daß ich Ihnen ein persönliches Geschäft vorschlagen möchte, das man mit einem Wort umschreiben kann: Bophuthatswana.«

Es klang, als hätte er geniest. Wenn er mich hatte überraschen wollen, dann war ihm das ausgezeichnet gelungen. Er wiederholte:

»BOPHUTHATSWANA. Ein Wort aus der Bantu-Sprache.«

Er hob zu einer längeren Erklärung an: In Südafrika gab es verschiedene Territorien, die für Schwarze reserviert waren. Diese Territorien waren relativ autonom und sollten eines Tages die völlige Unabhängigkeit erhalten – nur auf dem Papier natürlich, denn diese Territorien lagen so im weiß bleibenden Südafrika verstreut, daß schon allein aufgrund der geographischen Lage an eine echte Unabhängigkeit nie zu denken war.

»Im Oktober letzten Jahres wurde das erste Territorium unabhängig, Transkei. Bophuthatswana wird dieses Jahr unabhängig werden, Monsieur Cimballi.«

Mit einer Seriosität, die beinahe erschreckend wirkte, machte er sich daran, meine Lücken in zeitgenössischer Geschichte aufzufüllen. Seine Augen allerdings funkelten dabei spöttisch, als ob er sich fragte:

›Wann wird er mich hinauswerfen?‹

»Ich möchte jetzt endlich auf dieses Geschäfts zu sprechen kommen, bei dem ich Sie gerne als unseren Partner sähe. Unseren, das heißt eigentlich richtiger: als Partner meines südafrikanischen Freundes Henrik Korber. Kennen Sie ihn zufälligerweise? Ich meine, dem Namen nach?«

Ich hatte weiterhin das Gefühl, er mache sich über mich lustig, und schüttelte energisch ablehnend meinen Kopf:

»Er ist mir völlig unbekannt. Genauso unbekannt wie Ihr komisches Territorium.«

»Monsieur Cimballi, wenn man meinem Freund Korber Glauben schenken darf, dann gibt es nur wenige Länder auf dieser Welt, in denen es so langweilig ist wie in Südafrika. Als Mosambik noch den Portugiesen gehörte, fuhren die weißen Südafrikaner immer dorthin, um sich zu zerstreuen. Jetzt, nach der Entkolonialisierung, müssen sie sich mit dem zufriedengeben, was man dort unten die B. L. S. nennt: Botswana, Lesotho, Swasiland...«

Er lächelte und amüsierte sich.

»Diese Territorien liegen an den Grenzen der Südafrikanischen Union, während die Bantustans im Innern liegen, in der Nähe der großen Städte, in denen sich die Kaufkraft der Weißen konzentriert. Rik Korber hatte eine Idee, Monsieur Cimballi: Warum sollte man nicht die besonderen juristischen Voraussetzungen dieser Territorien ausnützen und dort, sagen wir einmal, neue Las Vegas gründen?«

Endlich war er auf den springenden Punkt zu sprechen gekommen. Ich lachte schallend:

»Sie sind gekommen, um mir vorzuschlagen, bei den Bantus Kasinos zu bauen?«

Unerschütterlicher denn je antwortete er, genau darum ginge es. Einmal davon abgesehen, daß nicht von einem, sondern von mehreren Kasinos die Rede war. Mit den dazugehörenden Hotels, Restaurants, neuen Städten des Spiels und der Zerstreuung, die sich keine Sorgen um ihre Kundschaft zu machen brauchten, denn die reichen weißen Südafrikaner, die sich in ihrem kalvinistischen Land, in dem der Blick auf den schönen Hintern einer Negerin einen bereits ins Gefängnis bringen konnte, zu Tode langweilten, würden in Scharen kommen...

»Die Regierung von Transkei hat Rik Korbers Antrag, auf ihrem Territorium ein Kasino errichten zu dürfen, abgelehnt; Er ist sich aber sicher, daß Lucas Mangrove auf seinen Vorschlag eingehen wird.«

»Wer ist denn das?«

»Der zukünftige Präsident von Bophuthatswana, dessen Unabhängigkeit im Dezember diesen Jahres ausgerufen wird. Das Territorium liegt nur eine bzw. zwei Stunden mit dem Wagen von Pretoria und Johannesburg entfernt.«

Schweigen. Ich musterte Olliphan. Ich wußte nicht, ob er vollkommen übergeschnappt war, ob hinter dieser mehr als merkwürdigen Geschichte etwas steckte, was den *Weißen Elefanten* betraf, denn er hatte ihn mir immerhin verkauft, ob er mich aus einem mir noch unbekannten Grund manipulieren wollte... Oder ob er wirklich davon überzeugt war, daß man bei den Bantus Städte wie Las Vegas bauen konnte.

»Und Ihr Freund Korber meint, bei diesen Investitionen nicht auf mich verzichten zu können?«

»Ich habe ihm von Ihnen erzählt; er wäre sehr glücklich, wenn er Sie einmal kennenlernen könnte. Monsieur Cimballi, trotz Ihres jungen Alters sind Sie nicht ein Herr Jedermann – Sie sind inzwischen siebenundzwanzig Jahre alt, nicht wahr? Sie hatten die Idee zu diesem neuen Disneyland in Florida ausgeheckt, *Safari*, Sie hatten die Idee zum TENNIS-IM-HIMMEL* und bauten auf den Flachdächern in den

* Siehe Paul-Loup Sulitzer, *Cash*, Heyne-TB-Nr. 01/6937

Stadtzentren Tennisplätze. Beide Unternehmen laufen heute glänzend, und ihr jüngstes Kind, das Kasino in Atlantic City, scheint ja ebenfalls sehr erfolgversprechend zu sein. Sie sind wirklich kein Herr Jedermann, sondern könnten genau der ideale Partner sein, der von Rik gesucht wird: Sie fangen an, sich mit den Problemen des Glücksspiels vertraut zu machen und kennen sich auch auf dem Gebiet von Freizeitparks aus. Finanziell gesprochen sind Sie nicht unvermögend, obwohl Sie natürlich nicht über die Finanzkraft eines Erdölimperiums oder eines Howard Hughes verfügen. Und...«

Olliphans Lächeln wurde richtig spitzbübisch.

»...und Sie haben trotz ihres italienisch klingenden Namens keine Verbindungen mit, sagen wir einmal, bestimmten Familien. Von der Tatsache einmal abgesehen, daß Sie einer dieser Familien ein altes Hotel abgekauft haben. Doch ich glaube kaum, daß ausgerechnet ich das Recht habe, Ihnen dies vorzuwerfen!«

Entweder war Olliphan sehr gerissen oder schlicht unverschämt! Er stand auf:

»Ich hoffe, Monsieur Cimballi, daß ich Ihnen nicht Ihre Zeit gestohlen habe. Natürlich erwarte ich nicht, daß Sie sich sofort entscheiden. Sie werden sicher erst Erkundigungen einholen wollen. Lassen Sie sich Zeit. Sie wissen ja, wie Sie mich erreichen können...«

Er ging. Ich beobachtete, wie er sich elegant hinter das Steuer seines nachtblauen Ferrari 308 gleiten ließ und sich seine Lederhandschuhe überstreifte. Und mich dabei weiterhin anschaute, als wolle er mir sagen:

»Cimballi, jetzt verstehst du überhaupt nichts mehr, wie?«

Dies alles spielte sich ab, als ob das Schicksal nur auf meine Rückkehr aus Colorado gewartet hätte, um mich von neuem in einen Strudel zu reißen. Kaum dreißig Stunden nach seinem ersten Anruf meldete sich der Engländer zum zweiten Mal:

»Ich glaube«, sagte er mit seinem Oxforder Akzent und seinem außerordentlichen Phlegma, »daß wir jetzt einen ersten zusammenfassenden Bericht über die Untersuchung liefern können, mit der sie mich beauftragt haben.«

Der Engländer gehörte zu den Menschen, die ihren Gesprächspartnern, falls sie diesen den bevorstehenden Weltuntergang zu verkünden hatten, nichts anderes sagen würden als: ›Ich befürchte, daß Sie in der kommenden Stunde einige Schwierigkeiten haben werden.‹

Ich brannte vor Ungeduld:

»Verfügen Sie über neue Informationen?«

»Über sehr neue Informationen.«

17

Ich hatte ihm vorgeschlagen, sich mit mir im *Pierre* zu treffen, doch er hatte, wenn auch äußerst höflich, abgelehnt.

»Wo dann?«

»Bitte seien Sie so liebenswürdig, Monsieur Cimballi, und machen Sie genau das, um was ich Sie bitte...«

Ich hatte genau getan, um was er mich gebeten hatte, und mich gefragt, aus welchem Grund er diesen Hokuspokus inszenierte. Diese ehemaligen Berufsspione, und ich war mir sicher, daß mein Engländer zu dieser Kategorie gehörte, waren doch alle ein wenig verrückt, und er machte da wohl keine Ausnahme.

Seine Instruktionen befolgend, war ich ganz Long Island abgefahren, bevor ich die Brücke von Throgs Neck nahm und den East River überquerte. Von dort aus ging es dann weiter durch die Bronx bis zum Harlem River; ich nahm die 79. Straße, bog nach Manhattan ab, zum Central Park, fuhr dann den Broadway entlang bis zum Lincoln Center, wo ich meinen Wagen abstellen sollte...

»Irgendwo, Monsieur Cimballi, und dann gehen Sie zu Fuß weiter?«

»Zu Fuß?«

»Ja, zu Fuß; es ist gleichgültig, welche Richtung Sie einschlagen, Monsieur Cimballi...«

So ging ich denn im Augenblick zu Fuß vom Damrosch-Park zu dem Platz gegenüber der Metropolitan Opera; es war kalt und regnete, und ich verfluchte den Engländer und dessen Mitarbeiter, die alle an einer Berufsneurose litten... Endlich tauchte der Engländer auf, à la Bogart in einen Trenchcoat gehüllt, auf dem Kopf einen kleinen Hut mit einer großen Feder und anscheinend äußerst zufrieden mit sich:

»Es tut mir leid, daß Sie so viele Umstände auf sich nehmen mußten, doch wir wollten sichergehen, daß Sie nicht verfolgt werden?«

»Ich werde verfolgt?«

»Eines steht fest: heute nicht.«

»Aber vor kurzem?«

»Sehr wahrscheinlich. Zumindest einmal. Vielleicht nicht regelrecht verfolgt, aber doch locker überwacht.«

Um uns vor dem Regen zu schützen, flüchteten wir in die Bibliothek, die sich zwischen der Met und einem Theater breitmachte.

»Wer folgte mir und wann?«

»Bei Ihrer Rückkehr von Aspen, vorgestern, Montag. Zwei Männer haben Sie auf dem Flughafen abgepaßt, als Sie mit Miß Kyle, Ihrem Sohn, der jungen Österreicherin, die im Augenblick bei Ihnen wohnt, und diesem riesenhaften Kindermädchen nach New York zurückkehrten.«

Er hob seine rechte Hand, um die Frage abzuwehren, die ich ihm gerade stellen wollte.

»Ich war selbst zum Flughafen gekommen, um eine einfache Hypothese zu überprüfen, die ich angestellt hatte. Ich habe Ihnen nicht früher von dieser Überwachung erzählt, da ich keine Ahnung hatte, für wen die beiden Männer arbeiteten. Es hätte ja auch sein können, daß Sie selbst die Männer zu Ihrem persönlichen Schutz engagiert hatten.«

»Das habe ich nicht.«

»Ich weiß.«

Er holte zwei Fotografien aus der Tasche seines Regenmantels, auf denen zwei Männer zu erkennen waren, die gerade in einen Wagen stiegen.

»Wir haben einen der beiden identifizieren können, und das reicht auch schon; Frank Lippi, offiziell Buchhaltungsgehilfe. Er arbeitet für die Brüder Caltani. Drei bis vier Jahre seines Lebens hat er im Gefängnis verbracht.

Plötzlich packte mich eine entsetzliche Angst.

»Tut mir leid«, kommentierte der Engländer.

Er hätte mir noch vieles andere zu erzählen und zu zeigen, und er wäre gar nicht abgeneigt, mit mir eine *nice cup of tea* zu trinken. Also schlug er vor, ins *Algonquin* zu fahren, wo er abgestiegen war, da es dort einen ganz brauchbaren Tee gebe.

Kaum hatte er den Vorschlag gemacht, da fuhr auch schon ein Wagen mit einem Mitarbeiter am Steuer vor. Der Engländer machte sich nicht die Mühe, uns miteinander bekannt zu machen. Übrigens hatte ich kaum Gelegenheit gehabt, Mitarbeiter des Engländers kennenzulernen, weil sie so diskret arbeiteten, daß man sie beinahe für imaginär hätte halten können.

In seinem Zimmer breitete er auf dem kleinen Arbeitstisch nacheinander mehr als dreißig Fotos aus und forderte mich auf, mir die Aufnahmen genau anzuschauen.

Die Männer waren bis auf zwei Ausnahmen alle über vierzig Jahre alt und sahen nicht so aus, als ob sie vielleicht Präsident der New Yorker Börse seien. Mir waren sie alle fremd.

»Sie haben nicht nur ihr Alter gemeinsam. Alle diese Männer waren über Jahre hinaus mehr oder weniger enge Freunde des verstorbenen Karl-Gustav Baumer gewesen. Sie hatten mich gebeten, vor allem über die Zeit vor seinem Tod Recherchen anzustellen, und ich habe mich als erstes in seinem Freundes- und Bekanntenkreis umgesehen.«

»Ohne Walcher einzuweihen.«

»Richtig. Walcher weiß von nichts, wenn Sie darauf hinauswollen. Dafür haben wir gesorgt. Obwohl man nie sicher sein kann...«

Ich schaute mir immer noch die Fotos an:

»Warum ausgerechnet diese dreißig Typen, wo Baumer in seinen Restaurants und in seinem Hotel sicher sehr viel mehr Menschen kennengelernt hat, Hunderte, wenn nicht Tausende?«

»Diese hier weisen eine Besonderheit auf: Sie haben sich mit Baumer in den zwei Wochen, die dem 21. September vorausgingen, in seinen Restaurants oder in seinem Hotel getroffen...«

»Was hat es mit dem Datum auf sich?«

»Am 21. September hat Baumer sich mit Maggie Keller getroffen und sich unsterblich in seine frühere Kellnerin verliebt. So verliebt, daß er von einem Tag auf den anderen sein Leben von Grund auf änderte, in die Tropen reiste und dort bis zu seinem Tod im Januar 1975 blieb. Wir mußten schließlich mit unserer Untersuchung irgendwo anfangen, und ich glaube, daß dieses Datum nicht das schlechteste ist. Unter der Voraussetzung, daß das Treffen mit Maggie Keller nicht rein zufällig erfolgt war.«

Der Engländer packte den Stapel Aufnahmen und ordnete sie neu:

»Kommen wir auf diese Herren hier zurück. Sie waren von Baumer mehr oder weniger kostenlos in seinem Hotel in Atlantic City aufgenommen worden. Fünf von ihnen haben sogar vom 1. September bis zum 21. dort gewohnt. Um diese Jahreszeit verbrachte Baumer – es war ein schöner Herbst – die meiste Zeit am Meer, zumal seine New Yorker Restaurants auch ohne seine Anwesenheit liefen. Von den fünf Männern sind zwei inzwischen verstorben und zwei hatten die New Yorker Region verlassen. Wir hatten die größten Schwierigkeiten, sie aufzutreiben, denn sie hatten sich anscheinend bemüht, ihre Spuren zu verwischen, doch es war ihnen nicht ganz gelungen. Der eine lebt heute in Florida als Wächter eines Besitzes, der einem gewissen Bert Sussman gehört.«

»Der Name sagt mir nichts.«

Der Engländer lächelte siegessicher:

»Mister Sussman ist Teilhaber einer ganz bestimmten Import-Export-Firma, die sich in der Hauptsache um Olivenöl kümmert; die Familie Caltani hält die restlichen Anteile. Der zweite Freund Baumers hat es noch besser getroffen: Er arbeitet heute als Nachtwächter einer luxuriösen Marina in San Juan auf Puerto Rico.«

»Und diese Marina gehört den Caltanis.«

»Nein. Zumindest nicht nach unseren Kenntnissen. Doch der heute verstorbene Vater Caltani hatte früher in Havana gewichtige Investitionen getätigt und nach Castros Machtübernahme alles, was er hatte retten können, nach Puerto Rico transferiert, wo sich viele seiner ehemaligen Freunde niedergelassen haben. Nein, bei dem Besitzer dieser Marina handelt es sich um den Paten des älteren Caltani, Jos.«

»Die beiden, die in der Zwischenzeit gestorben sind?«

»Der eine an einer Überdosis, der andere an einem Unfall im Zustand der Volltrunkenheit. Monsieur Cimballi, ich möchte Sie nicht mit allen Details langweilen, sondern hier nur festhalten, wie es dazu kam, daß wir uns für das interessierten, was sich in Baumers Hotel in Atlantic City vor dem 21. September zugetragen hatte. Wir konnten einige Zeugen identifizieren, die sich in der fraglichen Zeit an dem fraglichen Ort aufgehalten haben, und stellten fest, daß zwei inzwischen New York verlassen haben und sich heute an Orten aufhalten, die in enger Beziehung zu den Caltanis stehen, und daß weitere zwei unter Umständen ums Leben gekommen sind, die einen Mord nicht ausschließen, während der fünfte ein unheilbarer Alkoholiker ist, der sich nicht einmal mehr an seinen Namen erinnert. Diese Tatsachen sind zwar nicht ohne Interesse, aber sicher nicht wesentlich. Wesentlich ist, daß man sich die Mühe gemacht hat, auf die eine oder andere Art die Zeugen loszuwerden, die um die fragliche Zeit im Hotel anwesend waren, und daß diese Zeugen wohl irgend etwas gehört oder gesehen hatten, was sie nicht hatten hören oder sehen sollen. Drücke ich mich klar aus?«

»Ja.«

»Wir haben uns dann gefragt, um was es sich dabei wohl handelte. Da wir einfach nicht dahinterkamen, haben wir uns in unserer Verzweiflung mit Fotos von Olliphan auf den Weg gemacht und sie in Atlantic City überall herumgezeigt. Olliphan selbst wurde zwar nicht erkannt, aber sein Wagen: Im September 1974 besaß er einen weißen Ferrari, einen Wagen, den man vermeiden sollte, wenn man nicht auffallen will. Wir gingen noch einen Schritt weiter und haben aus den Fotos von Olliphan und Walcher eine Collage gemacht und tatsächlich jemanden aufgetrieben, der die beiden zusammen gesehen hat, wahrscheinlich am 5. oder 6. September...«

»Walcher hat mir gegenüber behauptet, Olliphan im Juni 1975 zum ersten Mal getroffen zu haben, also nach dem Tod

Baumers, als Olliphan im Namen der Caltanis mit Walcher über den Ankauf von Baumers Hotel verhandelte.«

»Höchstwahrscheinlich hat er gelogen. In zweifacher Hinsicht: Erstens kannte er Olliphan länger, als er zugab, und zweitens hatte Olliphan sein Kaufangebot höchstwahrscheinlich zum ersten Mal im September 1974 und nicht im Juni 1975 abgegeben.«

»Können Sie das beweisen?«

»Kaum«, antwortete der Engländer lachend. »Doch wenn ich darauf eine Wette eingehen sollte... Nein, ich verfüge über keine Beweise, Monsieur Cimballi. Man hat mir nur von einem Gespräch zwischen Baumer und Walcher erzählt, das um den 6. September herum stattgefunden haben soll: ›Karl, eine Million, das ist ein fabelhaftes Angebot!‹ soll Walcher gesagt haben und dabei sehr erregt oder auch wütend gewesen sein. Und Baumer, so wurde mir weiter erzählt, soll lachend geantwortet haben:

›Ach so..., aber man kann sein Geld doch nicht mit ins Grab nehmen...‹«

Der Engländer sammelte die Fotos von den fünf Männern ein, über die wir gesprochen hatten, steckte sie in einen Umschlag und griff nach einem anderen:

»Monsieur Cimballi, wie gesagt, ich habe keine Beweise in der Hand. Vermutungen, Ahnungen... Olliphan und Walcher müssen nur abstreiten, sich vor Juni 1975 kennengelernt zu haben, und wir sitzen in der Tinte. Das mußte klargestellt werden. Jetzt...«

Er zeigte mir die Fotos, die sich in dem anderen Umschlag befunden hatten. Ich erkannte, wenn auch nicht mit letzter Sicherheit, die junge Frau.

»Jetzt aber weiter in meinem Bericht. Wir sind natürlich nicht an diesem Punkt unserer Untersuchung stehengeblieben. Zwei Daten schienen uns wichtig: Am 5. September erhielt Baumer für sein Hotel ein Angebot über eine Million Dollar, das Baumer ausschlug, obwohl Walcher, der sich mit Olliphan abgesprochen hatte, ihn heftig bedrängte, das Angebot anzunehmen. Am 21. September wurde Baumer von einer seiner früheren Kellnerinnen besucht und drehte beinahe noch am gleichen Tag durch, wenn Sie mir diesen Ausdruck gestatten. Es ist ganz offensichtlich, daß bei Baumer Sicherungen durchbrennen. Und da sein für ihn abnormes Verhalten mit Maggie Keller zusammenhängt, haben wir uns intensiv mit der jungen Frau befaßt. – Hier die nüchternen Daten: geboren 1948 in New York, 1974 folglich sechsundzwanzig Jahre alt. Von 1968 bis 1970 arbeitete sie als Kellnerin in Baumers Restaurant in der 44. Straße West, ganz in der Nähe des Times Square.

Nichts weist darauf hin, daß in dieser Zeit zwischen den beiden andere Beziehungen herrschten als die zwischen Arbeitgeber und Arbeitnehmer üblichen. Doch Baumer ist ein anständiger, menschlicher Typ und immer bereit, anderen zu helfen...

...so daß 1970, als Maggie Keller heiratet und mit ihrem Mann nach Kalifornien zieht, Baumer der jungen Frau Geld leiht, nicht viel, aber immerhin. Vier Jahre verstreichen...

Am 21. September taucht Maggie gegen Ende des Nachmittags in Baumers Restaurant auf und will den Chef sprechen. Sie scheint müde und niedergeschlagen zu sein, manche behaupten sogar, daß sie sehr eingeschüchtert, verschreckt war. Der gute Samariter läßt in Atlantic City alles stehen und liegen, fährt nach New York und bittet die junge Frau zu einem privaten Gespräch in sein Büro. Wir wissen nicht, was Maggie ihm alles auftischte. Wir wissen nur, daß sich ab diesem Tag Baumers Verhalten änderte und, um es einmal vorsichtig auszudrücken, merkwürdig wurde. Zuerst einmal verschwindet er für zwei Tage, so daß seine Mitarbeiter schon unruhig werden. Am 23. taucht er im Laufe des Nachmittags wieder auf, geschäftig, geheimnisvoll, aber, und da stimmen alle Aussagen überein, bester Laune. Er hebt zehntausend Dollar vom Konto seines Restaurants in der 44. Straße ab und verschwindet wieder, kündigt diesmal allerdings an, daß er einige Tage abwesend sein wird. Diese Zeitangabe erweist sich als trügerisch, denn keiner seiner Angestellten bekommt Baumer noch einmal zu Gesicht. Das einzige Lebenszeichen: Ansichtskarten...«

Der Engländer hatte es sogar geschafft, einige dieser Ansichtskarten aufzutreiben. Er zeigte sie mir. Sie waren ›an alle alten Kumpel‹ oder ›an die Belegschaft des Restaurants‹ oder direkt an einen der Geschäftsführer oder an diesen oder jenen langjährigen Freund gerichtet und die Mitteilungen äußerst banal und nichtssagend, Stil: ›Mir geht es gut, ich mache Ferien‹, oder ›Hier ist es schön, die Reise lohnt sich!‹ Keine Hinweise auf seine Begleiterin oder auf das, was er wirklich unternahm. Die Ansichtskarten trafen zwischen dem 30. September und dem 15. Dezember in relativ regelmäßigen Abständen bei den verschiedenen Empfängern ein. Die Aufgabeorte: New Orleans, die Bahamas, die Jungferninseln, Jamaika, Mexico... Ab dem 15. Dezember herrschte Funkstille, die bis zur Nachricht von seinem Tod am 8. Januar in Acapulco, Mexico, anhielt.

»Wir haben versucht herauszubekommen, wo er sich wirklich aufgehalten hatte. Die erste Lücke war schnell ausgefüllt: Zwischen dem 21. September abends und dem 23. September nachmittags hielt er sich mit Maggie in seinem kleinen Studio in Greenwich Village auf, das er seit dem Tod seiner Frau im Jahre 1951 bewohnte. Ganz offensichtlich hatte sich der gute Samariter in seinen Schützling verliebt und diesen in sein Bett gepackt. Das paßt eigentlich nicht so ganz zu ihm, aber so etwas kann schon einmal vorkommen.

Am 23. hob er dann, was ich vorher vergessen hatte zu erwähnen, von dem Konto eines zweiten Restaurants Geld ab und reiste mit Maggie nach Kalifornien, wie wir ebenfalls relativ leicht herausgefunden haben. Maggie war aus Kalifornien gekommen; wir hatten vermutet, daß sie dort Schwierigkeiten gehabt und bei ihrem alten Chef Hilfe gesucht hatte und hatten mit unserer Vermutung ins Schwarze getroffen: Maggie leitete ein Motel, 60 km nördlich von San Diego in einem Ort namens Ramona. Wir können beweisen, daß Baumer dort gewesen war, denn er hatte mit einem Scheck die Gesamtschulden von Maggie und ihrem Ehemann, immerhin siebenundzwanzigtausend Dollar, ausgeglichen. Der Göttergatte hatte seine junge Frau zwei Jahre zuvor verlassen und sich auch nicht um das gemeinsame Kind gekümmert.

Doch von Ramona kehrte Baumer nicht nach New York zurück, sondern verschwand. Für zehn Tage...«

Ich unterbrach den Engländer:

»Was sagt Maggie Keller dazu?«

»Wir haben sie nicht gefragt. Wir konnten das nicht, aber wir wollten es auch nicht. Ich werde Ihnen später sagen, aus welchem Grund. Wir haben auch die beiden Luxus-Rentner in Florida und Puerto Rico nicht befragt... Baumer verschwand also für zehn Tage. Nur seine Postkarten aus New Orleans, die er an seine New Yorker Freunde schrieb, beweisen, daß er zu diesem Zeitpunkt überhaupt noch am Leben war. Natürlich habe ich ein Team nach New Orleans geschickt, das alles mögliche versucht hat, doch nirgendwo konnten wir eine Spur von Baumer entdecken, weder mit noch ohne Maggie. Am 10. Oktober tauchte er wieder auf, im *Emerald Beach Hotel* in Nassau. Zusammen mit Maggie. Er blieb allerdings nur kurze Zeit in diesem Hotel; er mietete sich ein Boot mit vierköpfiger Besatzung, die *Blue Cypress*. So ganz nebenbei gesagt: Um sich diesen Luxus leisten zu können, leerte er sämtliche New Yorker Konten, nahm Hypotheken auf seine Restaurants auf und raffte alles Geld zusammen, das er nur finden konnte. Daher auch der katastrophale Zustand seiner Geschäfte bei seinem Tod. Das Paar schiffte sich auf der *Blue Cypress* ein, die zwei Monate durch die Karibik kreuzte und von Zeit zu Zeit nur kurz anlegte; bei diesen Zwischenaufenthalten schickte Baumer dann immer neue Postkarten an seine Freunde...«

»Walcher behauptete, er sei nach Nassau geflogen, um sich dort mit Baumer zu treffen und zu versuchen, ihn zur Vernunft zu bringen. Er behauptete auch, ein Privatdetektivbüro eingeschaltet zu haben...«

»Beide Aussagen sind richtig. Walcher traf Baumer am 11. Oktober, vormittags, kurz bevor Baumer in See stach. Doch sein Ausflug sollte keine Früchte tragen, wie ich Ihnen ja bereits erzählt habe. Am 14. Dezember legte die *Blue Cypress* in dem mexikanischen Hafen von Veracruz an. Baumer und seine Dulzinea gingen von Bord. Am 15. finden wir sie in Chapultepec im Hotel *Camino Real*. Baumer mietete einen Wagen und verkündete, er wolle zusammen mit seiner Geliebten Mexico entdecken. Hier verliert sich seine Spur zum zweiten Mal. Eines meiner Teams graste halb Mexico ab und ließ kein Hotel, keine Pension, nichts aus. Doch Baumer und das Mädchen hatten sich anscheinend in Luft aufgelöst, ganz wie in Louisiana. Vielleicht haben sie bei Privatleuten übernachtet oder gezeltet, ich weiß es nicht. Ich weiß nur, daß sie am Abend des 3. Januar 1975 im Hotel *El Mirador* in Acapulco wieder auftauchten, in dem Hotel, in dem Baumer vier Tage später an einem Herzinfarkt sterben sollte, und dieser Herzinfarkt scheint gesichert zu sein.«

Ich schaute den Engländer an; er hatte viele Details herausgefunden, die Marc Lavater entgangen waren, doch im Grunde nichts entdeckt, was dem Bericht von Marc widersprochen hätte. Auf meinen Vorhalt hin sagte er:

»Sie haben natürlich recht, Monsieur Cimballi. Ich habe Ihnen sozusagen die offizielle Lebensgeschichte des Karl-Gustav Baumer erzählt, so, wie sie in der Öffentlichkeit wohl dargestellt werden soll. Ich habe, was die letzten drei Monate im Leben Baumers angeht, eine andere Version, die sich in einigen Punkten unterscheidet. Und diese Version ist lange nicht so harmlos, vor allem nicht für Sie, Monsieur Cimballi.«

Verschiedene Gründe hatten ihn veranlaßt, diese zweite Version aufzustellen: Seine Mitarbeiter waren Baumer überall hin gefolgt. Die Augenzeugen stimmten in einem Punkt immer überein: Während der ganzen dreieinhalb Monate mußte Baumer ständig betrunken gewesen sein. Stockbetrunken. Punkt eins.

Punkt zwei: Die *Blue Cypress* war zwei Wochen bevor sie von Baumer gemietet worden war, von einem gewissen Harrisson Neame aus Springfield, Illinois, gekauft und mit Hilfe einer Überweisung, die von einem Nassauer Nummernkonto stammte, bezahlt worden. Und dieser Harrisson Neame war in Springfield, Illinois, völlig unbekannt.

Punkt drei: Die vier Mann Besatzung der *Blue Cypress* verschwanden an dem Abend, an dem Baumer und seine Geliebte von Bord gegangen waren, auf geheimnisvolle Weise und waren nicht mehr aufzufinden. Darüber hinaus wurde die *Blue Cypress* von einer mexikanischen Agentur mit Verlust nur wenige Tage später weiterverkauft, ohne daß der Besitzer persönlich in die Agentur gekommen wäre.

Punkt vier: Die Bank, auf die Maggie Keller die siebenundzwanzigtausend Dollar Baumers einbezahlte, gehörte nach fester Überzeugung der amerikanischen Bundespolizei einer kalifornischen Familie, die enge Beziehungen zu den Caltanis unterhielt.

Punkt fünf: Maggie Keller hatte einen dreijährigen Sohn. Dieser Sohn war drei Tage, bevor Maggie Keller nach New York zu Baumer gefahren war, bei einem Kindermädchen untergebracht und von ihr selbst am 24. September wieder abgeholt worden. An diesem Tag war Maggie nicht nur von Baumer, sondern von zwei zusätzlichen Männern begleitet worden, nach Aussagen des Kindermädchens ›Polizisten ... oder Verbrecher‹. Als Maggie Keller am 10. Oktober zusammen mit Baumer in Nassau auftauchte, war ihr Sohn nicht bei ihr; überhaupt hatte niemand nach dem 24. September Maggie Kellers Sohn noch einmal gesehen.

Unter Berücksichtigung all dieser Punkte war der Engländer nicht bereit, die sogenannte offizielle Biographie der letzten Monate im Leben von Baumer einfach zu schlucken. Er entwickelte ›seine‹ Version:

»Monsieur Cimballi, ich habe keine Beweise, bin mir aber trotzdem sicher, daß die Ereignisse sich so abgespielt haben, wie ich es Ihnen jetzt schildern werde. Man hatte Maggie Keller benutzt und sie ganz bestimmt mit ihrem Sohn dazu erpreßt, Karl-Gustav Baumer nach Kalifornien zu locken und ihm eine mögliche Idylle vorzuspielen. Ich glaube aber auch, daß die junge Frau, die in Nassau unter dem Namen der Maggie Keller auftauchte, die Baumer während der Kreuzfahrt in der Karibik begleitete und schließlich bei seinem Tod in Acapulco bei ihm war, mit Maggie Keller überhaupt nichts zu tun hatte. Die wahre Maggie Keller, der man wahrscheinlich den Sohn schon lange zurückgegeben hat, hat sich ganz bestimmt irgendwo völlig verängstigt verkrochen, wobei es mich nicht wundern würde, wenn dieses irgendwo außerhalb der Staaten läge. Wir suchen nach ihr.«

»Marc Lavater hat sie gesehen und mit ihr gesprochen.«

»Marc Lavater hat mit einer jungen, blonden Frau gesprochen, die ein wenig dicklich war und eine Brille trug und somit den Fotos entsprach, die wir von der wahren Maggie Keller besitzen. Doch am Tag nach Marc Lavaters Besuch hat die junge Frau, die er für Maggie Keller hielt, gekündigt und ist seitdem spurlos verschwunden. Ich glaube auch, daß der

Baumer, der monatelang herumzog, ein Mann war, den man unter Drogen und Alkohol gesetzt hatte, so daß er auf nichts mehr reagieren konnte. Diese Entführung kann nur einen Grund gehabt haben: Man wollte Baumer mit allen Mitteln daran hindern, seine Geschäfte zu führen und seine Schulden bei Walchers Bank zu bezahlen. Denn nur so war es möglich, das Hotel, das Baumer nicht verkaufen wollte, zu kaufen, und zwar zu einem Pappenstiel. Ich glaube nicht, daß man versucht hatte, ihn umzubringen. Sein Tod war sicher auf natürliche Weise eingetreten, sein Herz hat versagt. Vielleicht hat man nur nichts unternommen, um sein Herz zu stärken.«

»Und Walchers Rolle?«

»Darüber kann ich im Augenblick noch keine bindende Aussage machen. Lavater gegenüber hatte er erklärt, er habe Baumer in Nassau als einen offensichtlich betrunkenen Mann erlebt, der sich weigerte, ernsthaft mit ihm zu sprechen. Es ist sehr gut möglich, daß diese Beschreibung richtig ist. Daß Baumer in Nassau laufend betrunken war, wissen wir auch aus anderen Quellen, zumal es sicher nicht schwer gewesen sein mag, Baumer unter Alkohol zu setzen, denn auch vor seiner ›Ferienreise‹ hatte er einen leichten Hang zur Flasche.«

Pedantisch verstaute der Engländern die Fotos wieder in dem Umschlag.

»Eine letzte Erklärung, Monsieur Cimballi. Sie wissen jetzt, warum wir darauf verzichtet haben, Maggie Keller zu befragen. Ich habe aber auch verzichtet, mich mit den beiden Pensionären in Florida und Puerto Rico, mit Walcher oder gar mit Olliphan in Verbindung zu setzen, denn ich bin fest davon überzeugt, daß die Caltanis, sobald sie erfahren, daß Sie die Untersuchung über Baumers Tod wieder aufgenommen haben, nicht davor zurückschrecken werden, Ihr Leben oder das Ihrer Familie zu gefährden.«

»Vielleicht sind wir bereits in Gefahr.«

»Das glaube ich nicht. Die von Lavater durchgeführte Untersuchung wurde von den Caltanis ganz bestimmt aufmerksam verfolgt; vielleicht machte sich die Familie bereits Sorgen. Doch da die Untersuchung folgenlos blieb und die Caltanis sich offensichtlich nicht gerührt haben, sind sie, hoffe ich zumindest, davon überzeugt, daß ihnen von dieser Seite keine Gefahr droht, und geben sich damit zufrieden, sie locker zu überwachen. Denken Sie an die beiden Männer, die vorgestern am Flughafen auf Sie und Ihre Familie gewartet haben. Doch wenn Sie nichts unternehmen, werden auch die Caltanis nichts unternehmen. Ihr Schweigen ist Ihr bester Schutz. Jetzt verstehen Sie wohl auch, warum ich so viele Vorsichtsmaßnahmen ergriffen habe, als wir uns heute verabredeten.«

Kaum wieder in Long Island, rief ich sofort Marc Lavater an; sein langes Schweigen verriet mir, daß auch er die Situation als gefährlich einstufte. Schließlich sagte er:

»Das alles war mir entgangen...«

Er sprach von seiner eigenen Untersuchung; natürlich konnte er nur geknickt sein, als er jetzt erfuhr, daß er genau in die Falle gegangen war, die man für den Fall einer etwaigen Untersuchung gestellt hatte.

»Marc, das gehört schließlich nicht in deinen eigentlichen Arbeitsbereich!«

»Was willst du unternehmen?«

Nichts. Absolut nichts. Wenn es noch eine andere Möglichkeit gab als die, den toten Mann zu spielen, dann hatte ich sie nicht erkannt...

»Vielleicht kennt Walcher die Wahrheit«, bemerkte Marc, der immer noch ganz unter dem Eindruck der schwerwiegenden Neuigkeiten stand.

»Ausgeschlossen, zu Walcher zu gehen!«

Normalerweise reagiert Marc sehr schnell; er mußte wirklich einen Schlag bekommen haben, denn er fragte:

»Warum eigentlich?«

»MARC! Entweder ist Walcher in alles eingeweiht; dann wird er die Caltanis sofort von unserem Besuch informieren, oder aber er hat mit der ganzen Geschichte nichts zu tun; dann wird er natürlich sofort zur Polizei gehen und Anzeige gegen Unbekannt erstatten, da er dann davon ausgehen wird, daß man seinen alten Freund Baumer ermordet hat!«

»Natürlich hast du recht. Hör schon auf, ich hab' verstanden!«

Ich explodierte:

»Ich werde nicht aufhören! Denn jede offizielle Untersuchung, Baumers Tod betreffend, würde natürlich auch auf den Verkauf des *Weißen Elefanten* ausgedehnt. Du kannst Gift darauf nehmen, daß der Untersuchungsrichter sofort alle Konten sperren läßt und der weitere Umbau unmöglich gemacht wird. Dann sind nicht nur meine fünfzig Millionen Dollar blockiert, und zwar für lange Zeit, sondern ich habe zu allem Unglück noch die Chinesen auf dem Hals!«

Den toten Mann spielen!

Natürlich konnte ich als anständiger Bürger auch selbst zur Polizei gehen und dort etwa folgendes aussagen:

»Lieber Herr Polizeibeamter, da gibt es böse Banditen, die mir ein Hotel verkauft haben, das sie selbst gestohlen haben.«

Doch auch in diesem Fall würde die amerikanische Justiz sofort alles blockieren, nicht nur meine Gelder, sondern natürlich auch die der Chinesen, und versuchen, Ordnung in das Durcheinander zu bringen. Und hatte es einen Untersuchungsrichter je gestört, wenn sich seine kostbaren Untersuchungen, die einzig der Gerechtigkeit dienten, über Jahre hinzogen, so daß alle Beteiligten zum Schluß ruiniert waren?

Sie würden mich nach Beweisen fragen, bitten, den geheimnisvollen Engländer beizuschaffen, und überhaupt, was ich denn gegen die ehrbaren Brüder Caltani habe, die seien in diese Affäre doch gar nicht verwickelt (ich war überzeugt, daß Olliphan die wahren Besitzer des Hotels abgesichert hatte).

In der Zwischenzeit würden die Mordgesellen der Caltanis alle Zeit haben, mich wie einen Hasen abzuknallen.

Den toten Mann spielen, das war der einzige Ausweg. Und dabei hoffen, wie der Engländer gemeint hatte, daß in der Zwischenzeit nichts passierte, was den Caltanis auf die Nerven gehen könnte.

Den toten Mann spielen, aber nur nach außen hin. Ich konnte natürlich ein solches Spielchen nicht jahrelang durchziehen. Es gab nur zwei Möglichkeiten, wie ich aktiv etwas ändern konnte: einmal den Engländer beauftragen, die Untersuchung mit allergrößter Diskretion fortzuführen und sich dabei intensiv mit Walcher und Olliphan zu beschäftigen, und zum zweiten diese Spur verfolgen, die der rätselhafte Olliphan selbst gelegt hatte: Südafrika.

18

Ich hatte Rosen gebeten, dem Gespräch mit den Beamten des österreichischen Generalkonsulats beizuwohnen, das letztlich gar nicht so schlecht verlief, wie ich befürchtet hatte. Die im übrigen sehr sympathischen Österreicher hatten mit Heidi zuerst allein gesprochen (was mir auf die Nerven gegangen war), und hatten dann das Gespräch mit Heidi in meiner Gegenwart fortgesetzt, Sarah Fragen gestellt und mit Jimmy gesprochen, bevor sie endlich gegangen waren. Die weitere Entwicklung? Sie hatten nur höflich gelächelt, als ich sie fragte, wie es wohl weitergehen würde, denn die Entscheidung lag natürlich nicht in ihren Händen. (Ich habe vergessen, darauf hinzuweisen, daß die ordentlichen Österreicher zuerst einen Rundgang durch das Haus gemacht hatten, um sich zu vergewissern, daß Heidi in einem eigenen Bett schliefe!) Kaum waren sie gegangen, bestürmte ich Rosen:

»Jimmy, Heidi...«

»Ich weiß, solange sie bei dir bleiben will, wird sie bei dir bleiben... Doch leider sind die Dinge nicht immer so einfach, wie man sich das vorstellt.«

Der berühmte Satz der Juristen, die einem erklären, daß man nicht das tun darf, wozu man Lust hat, auch wenn die Absichten durch und durch anständig und moralisch sind. Eines konnte ich bereits nicht mehr tun: Heidi auf Reisen außerhalb der Vereinigten Staaten mitnehmen; die Beamten hatten darauf bestanden, daß sie in Amerika blieb, bis ihre Situation geklärt war.

Da es nicht in Frage kam, Marc-Andrea und Heidi zu trennen und da Sarah die beiden Kinder der Walküre nicht allein anvertrauen wollte, stieg ich wieder einmal allein ins Flugzeug nach Paris; es war wohl um den 10. Februar herum. Von Paris aus wollte ich dann gleich weiter nach Saint-Tropez, wo Henrik Korber mich erwartete.

Ich glaube, nicht einmal eine Sekunde lang hatte ich ernsthaft in Erwägung gezogen, bei den Bantus ein Kasino zu bauen. Ich hätte im besten Fall darüber gelacht. Bei den Bantus! Im Land der Apartheid! Ich hatte wirklich schon manch ausgefallenes Projekt durchgezogen, aber das hier ging dann doch zu weit...

Marc Lavater zuckte nur mit den Schultern:

»Ich glaube, du täuschst dich. Das Projekt ist keineswegs so verrückt, wie du meinst. Dieser Korber ist wirklich ein einflußreicher Mann, und sein komisches Territorium wird Ende des Jahres wirklich unabhängig. Die Experten, die ich befragt habe, gehen davon aus, daß dort Kasinos gebaut werden. Und Restaurants. Und Hotels. Einige Verträge sind bereits unterschriftsreif. Ich kann dir sogar verraten, daß dein Korber auf eigenem Grund und Boden gegen Konkurrenz ankämpfen muß. Holiday Inn hat sich mit der gesamten Finanzmacht einer international erfolgreichen Hotelkette eingeschaltet.«

»Jetzt nimm mich nicht auf den Arm! Nicht einmal du schaffst es, den Namen dieses Nestes korrekt auszusprechen!«

»Franz, das ändert nichts an der Tatsache, daß das Projekt an sich durchführbar ist. Du kannst dich da unten engagieren oder nicht, ganz wie du willst, obwohl ich meine, daß du dir mit deinem *Weißen Elefanten* schon genug aufgeladen hast. Aber eines steht fest, auch wenn dich das zum Lachen bringt: eines Tages wird es sehr wohl ein Las Vegas bei den Bantus geben. Früher oder später.«

Olliphans Ferrari hatte kaum das Grundstück auf Long Island verlassen, da hatte ich auch schon Marc Lavater am Apparat gehabt, der keineswegs glücklich gewesen war, kurz vor Mitternacht aus dem Bett gerissen zu werden; wieder einmal hatte ich vergessen, mit der Zeitverschiebung zu rechnen. Ich hatte ihm von dem Besuch des *Consigliere* der Caltani erzählt, und Marc war genauso verblüfft gewesen wie ich.

Nach langem Überlegen war er zu folgendem Schluß gekommen: »Da wir nicht wissen, worauf das Manöver hinausläuft, könnten wir einfach einmal versuchen herauszufinden, was an der ganzen Geschichte stimmt und was nicht.«

»Ausgezeichnete Idee. Kümmere dich darum.«

»Soll ich etwa nach Südafrika fliegen?«

»Richtig. Küß die Bantus von mir.«

Ich fragte Marc:

»Warst du eigentlich einmal in Südafrika?«

»In Südafrika? Spinnst du eigentlich? Du fliegst doch so gerne in der Weltgeschichte herum, nicht ich!«

Er hatte sich damit begnügt, mit einem gemeinsamen Freund, dem Türken, Kontakt aufzunehmen, der von seiner Residenz in Hampstead/London aus, die er praktisch nie verläßt, die ganze Welt kennt und Marc auf Anhieb verschiedene Namen genannt hatte, die ihn zuverlässig beraten konnten; die Vertrauensleute wohnten in Pretoria, Johannesburg und am Kap.

»Jetzt beruhig dich schon. Was hast du über Korber herausgebracht?«

»Von Geburt Südafrikaner. Keine Vorstrafen. Wurde ein erstes Mal in der Textilindustrie reich, hat dann allerdings Bankrott gemacht und sich anschließend wieder hochgearbeitet, diesmal im Transportgewerbe, zuerst im Lastwagenbereich, dann per Frachtflugzeug. Heute besitzt er eine eigene Gesellschaft und hat sich verschiedene Hotels zugelegt, darunter eine kleine Kette im Westen der Staaten und in Mexico. Es laufen Gerüchte um, daß das alles seinen aktuellen Reichtum nicht erklären kann, der die hundert Millionen Rand übersteigt.«

»Wieviel ist ein Rand wert?«

»Mehr als ein Dollar. Er ist reicher als du, tut mir leid.«

»Willst du mich ärgern?«

»Den gleichen Gerüchten zufolge handelt er auch mit Gold. Vor allem mit Indien.«

»Da kenn' ich mich aus.«

Marc hatte mich bei meiner Ankunft in Paris in Roissy abgeholt; wir fuhren nach Orly, von wo aus wir nach Nizza flogen und dort einen Leihwagen mieteten. Marc saß am Steuer. Wir fuhren gerade durch Sainte-Maxime, als Marc erklärte:

»Doch es ist gesichert, daß es sich um einen äußerst respektablen internationalen Geschäftsmann handelt, der weder mit Drogen noch mit Waffen noch mit Mädchen oder Sklaven handelt.«

»Und seine Beziehungen zu Olliphan?«

»Olliphan hat dir anscheinend die Wahrheit gesagt: als Korber seine Hotelkette im Westen Amerikas kaufte, hatte er Olliphan als juristischen Berater engagiert. Die beiden Männer kennen sich seit mindestens sieben oder acht Jahren. Olliphan war zweimal nach Südafrika geflogen, um sich dort mit Korber zu treffen. Auch auf diesem Gebiet existiert ein recht ansprechendes Gerücht, das allerdings noch leiser in Umlauf gesetzt wurde als die vorhergehenden: Olliphan soll angeblich nicht nur Korbers Berater sein, sondern auch bestimmte Geschäfte mit ihm gemeinsam durchführen.«

»Welche Geschäfte?«

Ich dachte schon an einen Zusammenstoß zwischen Korber und den Caltanis, der von Olliphan vielleicht unbewußt ausgelöst worden war, doch Marc schüttelte abwehrend den Kopf:

»Ich glaube nicht, daß die Caltanis damit etwas zu tun haben; nicht einmal indirekt. Ich bin mir sicher, daß Olliphan hier auf eigene Rechnung arbeitet.«

»Ohne daß die Caltanis etwas wissen?«

»Richtig. Ich war mir sicher, daß dich das interessieren wird.«

Ich mußte unwillkürlich wieder an diese entsetzliche Gattin Olliphans denken. Mein Puls beschleunigte sich. Ich mußte mir nur einmal vorstellen, Olliphan zu sein; als James Montague Olliphan, mit einer unerträglichen, entsetzlichen Caltani unauflöslich verheiratet, hätte ich sicher nur einen Wunsch, der mit der Zeit zu einer Zwangsvorstellung würde: so weit wie nur irgend möglich von meiner Frau und meinen geliebten Schwägern entfernt zu sein! Und Südafrika ist ja ein gutes Stück von New York entfernt.

»Marc, bist du dir eigentlich darüber im klaren, was das bedeutet, wenn du recht hast?«

»Darüber bin ich mir sehr wohl im klaren. Eine bessere Erklärung für Olliphans Verhalten dir gegenüber gibt es nicht: als Repräsentant der Caltanis verkauft er dir den *Weißen Elefanten,* lädt dich kurz darauf privat zum Essen ein und warnt dich vor dem Kauf, den du gerade getätigt hast. Nur vier, fünf Monate später schlägt er dir ein ›sehr persönliches Geschäft‹ vor. Das haut hin, vorausgesetzt, er ist gerade dabei, die Caltanis zu betrügen oder sich zumindest von ihnen zu befreien.«

Mein Puls jagte weiter wie wahnsinnig. Ich war mir sicher, daß wir auf einen der wesentlichen Punkte gestoßen waren.

»Marc, das ist noch nicht alles, noch längst nicht alles!«

Ich schrie beinahe vor Aufregung:

»Wenn Olliphan wirklich, wie wir annehmen, im Moment an höchst geheimen Operationen arbeitet, um sich von seinen entsetzlichen Schwägern und seiner noch entsetzlicheren Frau zu befreien, dann haben wir ihn in der Tasche, wenn wir das beweisen können.«

»Nur: wir haben keine Beweise. Wir wissen nicht einmal, ob unsere Spekulationen begründet sind.«

»Einverstanden. Doch wenn wir einmal über die entsprechenden Beweise verfügen, dann können wir ihn höchst elegant erpressen: ›Ollie, ich sage alles deiner Frau, wenn du mir nicht alles über den *Weißen Elefanten* sagst.‹«

»Und über Baumer.«

»Und über Baumer, Heidi, Anna, den Mörder Abraham Lincolns... Marc, ich muß unbedingt herausfinden, ob an der ganzen Geschichte etwas Wahres daran ist.«

Er sollte das letzte Wort behalten:

»Und wer wird nach Südafrika fliegen, um herauszufinden, ob der durchtriebene Olliphan dort investiert hat?«

Ich grinste ihn an:

»Du selbst hast behauptet, daß ich gerne reise!«

Henrik Korber hatte die Bedingung gestellt, unser erstes Treffen müsse unbedingt diskret verlaufen, und gemeint, er gehöre zu den Geschäftsleuten, die Publicity erst nach Abschluß von Verträgen ertragen, ein im Grunde ganz normales Verhalten.

Er war auf dem Rückflug nach Südafrika, von Frankfurt oder Amsterdam kommend, ich erinnere mich nicht mehr so genau, während ich von New York kommend natürlich über Paris geflogen war. Er hatte mir vorgeschlagen, mich in Cannes zu treffen, während ich Saint-Tropez vorgezogen und auch durchgesetzt hatte. Schließlich bin ich dort geboren, und ich sagte mir oft, es sei besser, meine Tage friedlich in Saint-Tropez zu verbringen und keine Kasinos zu bauen oder Kaffeeberge aufzuhäufen. Aber so klug war ich nur in wenigen besinnlichen Augenblicken...

Auf meine Empfehlung hin war er im *Mas de Chastelas* abgestiegen, einem kleinen, eleganten, etwas abseits liegenden Hotel, daß zu dieser Jahreszeit eigentlich geschlossen und nur auf meine Bitten hin aufgemacht worden war (die Besitzer Dominique und Gérard sind gute Freunde von mir). Korber war zwischen fünfundvierzig und fünfzig Jahre alt und benahm sich wie ein internationaler Playboy. Natürlich überragte er mich um gut zwei Köpfe. Er sei glücklich, unendlich glücklich, mich kennenzulernen, meinte er, und ich antwortete, mir ginge es genauso, ich hätte auf diesen Augenblick fieberhaft gewartet. Er konnte nicht umhin, die schon traditionelle Feststellung zu treffen, die jeder traf, der zum ersten Mal mit mir zu tun hatte:

»Sie sehen wirklich sehr jung aus!«

Ich beruhigte ihn auf der Stelle und meinte, dies sei wohl nicht ansteckend. Anschließend der Austausch breiten Lächelns, ewige Freundschaft bahnte sich an, und dabei waren wir nichts anderes als zwei Wölfe, die sich in einem Wald trafen, zu einer Interessengemeinschaft zusammenschlossen und sich dauernd überlegten, wie sie dem anderen eins auswischen konnten.

Er war mir äußerst unsympathisch; Korber war ein Hai, dem ich nicht einmal meine Zahnbürste anvertrauen würde. Doch ich tat so als ob und verkündigte freudestrahlend, ich hätte bei meinen Beratern eine Studie über dieses Geschäft in Auftrag gegeben, das mir von Olliphan vorgeschlagen worden war, und ich sei, unter Umständen, nach reiflicher Prüfung, bereit, als Partner in ein solches Unternehmen einzusteigen.

Alles erstunken und erlogen. Bei dieser Komödie verfolgte ich ein einziges Ziel: ich wollte meine Theorie über Olliphan überprüfen und wenn möglich einen Beweis bekommen, daß er sein privates Süppchen kochte, daß ihm die heiligen Interessen seiner Familie relativ gleichgültig waren und daß er alles daran setzte, in absehbarer Zeit unabhängig zu werden.

Leichter gesagt als getan. Denn erstens hatte sich Olliphan mit seinem Besuch bei mir keineswegs kompromittiert, denn er konnte jederzeit behaupten, Korber sei einer seiner Kunden – worüber die Caltanis ganz bestimmt informiert waren –, und seine Rolle habe sich darauf beschränkt, zwei mögliche Partner miteinander bekanntzumachen. Und zweitens hatte Olliphan, wenn er überhaupt in Südafrika investiert hatte, was ja keineswegs feststand, dies sicher so geschickt getan, daß man ihm kaum auf die Spur kommen konnte. Ich hatte die Caltanis zwar bisher nur auf Fotos gesehen (so ganz nebenbei: beeindruckende sizilianische Köpfe!), doch ich konnte mir kaum vorstellen, daß sie solche Eskapaden von seiten ihres *Consigliere* stillschweigend hinnehmen würden, auch wenn dieser Berater zufällig ihr Schwager war. Mord lag in der Luft, sollte meine Theorie stimmen und bekannt werden.

Und drittens beherrschte sich dieser Korber trotz der zur Schau getragenen Allüren eines warmherzigen und freundschaftlich gesinnten Playboys; er redete wie ein Buch und erinnerte mich an einen bestimmten Immobilienmakler in San Francisco, einen gewissen Lamm, dem ich vor einiger Zeit ganz schön mitgespielt hatte, denn er hatte an der Verschwörung teilgenommen, mit der der Schweizer Bankier Yahl mich um mein Erbe gebracht hatte*; Korber redete, aber er sagte nur das, was er wirklich sagen wollte. Er hatte ganz offensichtlich Erkundigungen über mich eingezogen, so wie ich Erkundigungen über ihn eingezogen hatte. Ich wäre überrascht gewesen, hätte er sich anders verhalten. Er grinste mich an:

* Paul-Loup Sulitzer, *Money*, Heyne-TB. Bd. 01/6936

»Darf ich offen heraus reden?«

In grinste zurück:

»Bitte, machen Sie sich doch keine solche Mühe; reden Sie wie sonst auch!«

Er schlug mir freundschaftlich auf den Rücken: was für ein lustiger Kerl ich doch war! (Ich hatte das Gefühl, als hätte sich in meiner Lunge etwas verschoben. Dieser Typ mußte in seiner Freizeit Baseball spielen!)

»Sie sind mir wirklich äußerst sympathisch, Franz. Bitte nennen Sie mich doch Rik. Eines allerdings beunruhigt mich: ich weiß aus zuverlässiger Quelle, daß Sie sich in Atlantic City stark engagiert haben...«

»Wenn ich mich Ihnen gegenüber ebenfalls engagiere, dann können Sie sichergehen, daß ich diese Engagements nicht nur einhalten kann, sondern auch einhalten werde!«

Er lächelte wissend:

»Und wenn Sie Ihre arabischen Freunde zu Hilfe rufen müßten... Ja, ich bin auf dem laufenden. Ich ziehe immer Erkundigungen über die Menschen ein, mit denen ich unter Umständen zusammenarbeiten werde.«

Eine beinahe klassische Gesprächseröffnung; ich war zu einer Finte bereit:

»Selbstverständlich. Bevor wir unsere Diskussion vertiefen, möchte ich zwei Punkte klären. Der erste betrifft meine chinesischen Freunde aus Macao, meine Partner in Atlantic City. Wie immer unser Gespräch verlaufen sollte, wünsche ich, daß sie nichts davon erfahren. Ich rechne mit ihrer Diskretion.«

Ein einziger Bluff! Mir war es völlig gleichgültig, ob die schöne Miranda in Macao etwas über meine ›Produkte‹ mit Korber erfuhr oder nicht, aus zwei Gründen: erstens hatte ich nicht einmal im Schlaf die Absicht, auch nur das unbedeutendste Projekt mit diesem Korber durchzuführen, und zweitens würde ich selbst Macao sofort nach Abschluß dieses Gespräches von dem Angebot in Kenntnis setzen, das mir der Südafrikaner gemacht hatte, und gleichzeitig betonen, daß ich auf dieses Angebot nicht eingegangen war. Man kann seinen Partnern gegenüber nicht korrekt genug sein, vor allem, wenn es sich bei diesen Partnern um Chinesen handelt.

Ich wollte mit meiner Finte Korber glauben machen, er besäße ein Druckmittel, das er mir gegenüber anwenden konnte, falls es ihm taktisch richtig erschien; vielleicht würde er so seine Vorsicht etwas vergessen und mehr aus sich herausgehen.

»Rik, welche Rolle spielt eigentlich Olliphan in dieser Geschichte?«

»Ich bezahle ihn, damit er meine Interessen in den Staaten vertritt. Und ich hatte ihn gebeten, sich einmal umzuschauen, ob er nicht unter Umständen einen Partner finden könne, der mit mir in das Kasino-Geschäft einsteigen will.«

»Und sonst?«

Er gab sich überrascht, aber ich war mir sicher, daß diese Überraschung nur gespielt war.

»Warum diese Fragen? Hat er eine Bemerkung fallenlassen, die Sie beunruhigt?«

»Ein ganz bestimmter Punkt macht mir Kopfzerbrechen: Olliphan hat sehr enge Kontakte zu einer Gruppe von Männern, die ich nur auf Fotografien sehen möchte. Und auch dann...«

»Da kann ich Sie wirklich beruhigen: Ich selbst will mit den Menschen, von denen Sie gesprochen haben, auf keinen Fall etwas zu tun haben. Wissen Sie, in Südafrika haben wir unsere hausgemachten Gangster, und wir ziehen es vor, andere Dinge zu importieren...«

Im Grunde hatte er meine Frage nicht beantwortet; zumindest nicht vollständig. Und es war mir klar, daß er im Augenblick meine Frage auch nicht vollständig beantworten würde. Vielleicht später. Wenn ich ihm einige Beweise für mein wirkliches Interesse an den Kasinos in den Bantu-Territorien vorgelegt haben würde.

Ich sagte ihm, ich würde mich gerne einmal im Land umschauen (ich war noch nie in Südafrika gewesen und war wirklich neugierig) und schlug ihm vor, ihn gleich zu begleiten.

Zwei Tage später waren wir am Kap, nachdem wir einen kleinen Zwischenaufenthalt in Kairo eingelegt hatten, bei dem ich äußerst zuvorkommend behandelt worden war. Korber wohnte auf einem beeindruckenden Landsitz mit einem riesigen Park, den er mit Rosen und dreihundertjährigen Eichen hatte bepflanzen lassen, in Llanduno, im Süden der Tafelberge, unterhalb der Zwölf Apostel, wie der Teil des Gebirges hier genannt wurde. Von den vier Fenstern meines Zimmers, das heißt, man hatte mir natürlich ein richtiges Apartment zur Verfügung gestellt, genoß ich einen hinreißenden Rundblick. Doch ich hatte kaum Zeit, mich mit der Landschaft zu beschäftigen, denn Korber begrub mich regelrecht unter immer neuen Dokumentationen, die er hatte anfertigen lassen, und hetzte mich von einer Verabredung zur anderen.

Ich lernte Bankiers kennen, Architekten, Journalisten – selbst einen Ethnologen, dem ich, ohne widersprechen zu dürfen, zuhören mußte, wie er allen Ernstes behauptete, es gäbe drei Menschenrassen, die Weißen wie du und ich, dann eine Zwischenstufe mit gebräunter Haut, die von den Arabern bis zu den Südeuropäern reichte (auch die Franzosen und die Bayern gehörten in seinen Augen zu dieser Kategorie, doch merkwürdigerweise fehlten hier die Schweizer) und dann die echten Schwarzen, die ›Kleurlinge‹. Er fuhr leicht zusammen, als ich ihm sagte, ich hieße Cimballi und meine Mutter sei Jüdin gewesen; mein Vater war italienischen Ursprungs, aus Norditalien allerdings, was ihn wieder einigermaßen besänftigte.

Korber machte sich alle Mühe, mich zu überzeugen, und es wäre ihm auch beinahe gelungen; anscheinend handelte es sich um eine Goldgrube, von der ein Finanzier nur träumen konnte.

»Franz, ich habe alles für Sie vorbereitet. Morgen oder übermorgen fliegen wir nach Johannesburg und fahren von dort aus mit dem Wagen weiter nach Bophuthatswana, das nicht einmal zwei Stunden entfernt liegt. Sie verstehen doch, es geht nicht nur darum, ein Kasino zu bauen, sondern ein Imperium aus Kasinos und Hotels. Diese Negerterritorien sind wahre Goldgruben! Auch wenn es dort natürlich kein Gold gibt. Wir werden nicht nur ein kleines Las Vegas hochziehen, sondern mehrere. Das Transkei hat meine Vorschläge abgelehnt, wird sie aber früher oder später annehmen. Und es gibt ja nicht nur das Transkei, und Bophuthatswana, sondern auch das Vendaland, Ciskei, Lebowa, Swasiland und andere, die zwar noch nicht unabhängig sind, aber sehr bald schon unabhängig werden. Nun, unabhängig, Sie verstehen schon, was darunter zu verstehen ist... Die ›Kleurlinge‹ haben keine Wahl: wir haben ihnen eine Art Unabhängigkeit eingeräumt, doch das war die einfachste Lösung, um uns diese Typen vom Hals zu schaffen und nicht eines Tages gezwungen zu werden, ihnen das Wahlrecht einzuräumen. Von was die Schwarzen leben werden? Nun, Sie glauben doch wohl nicht im Ernst, daß wir denen das beste Land gegeben haben... Nein, nein, sie haben keine Wahl: entweder müssen sie ihre Reservate verlassen, denn es handelt sich im Grunde um nichts anderes als um Reservate, und bei uns als Fremdarbeiter ohne Rechte arbeiten, oder aber sie nehmen meine Bedingungen an...«

Eines konnte ich Korber nicht abstreiten: er war offen. So offen, daß man diese Offenheit auch als eiskalten Zynismus hätte bezeichnen können. Ein hervorragendes Beispiel für die Mentalität, die Südafrika regierte.

»Franz, kennen Sie die holländische reformierte Kirche? Glauben Sie mir, in dieser Religion wird nicht sehr viel gelacht. Die Kirche hat das Land fest in ihrem Griff, und wir können davon ausgehen, daß dies noch eine ganze Weile so sein wird. Um so besser, Franz. Denn wir, das heißt Sie und ich, werden eine hübsche Stange Geld mit diesem Puritanismus verdienen. Hotels, Kasinos, schöne schwarze Mädchen, diese schönen schwarzen Huren, die fünfundneunzig Prozent der Afrikaander aufgeilen. Seit bald dreihundert Jahren haben wir in diesem Land nicht mehr das Recht, uns mit einer schönen Negerin abzugeben. Und haben Sie sich unsere Frauen einmal aus der Nähe angeschaut? In unserem Land ist es verboten, die Kuppe einer Schwarzen zu berühren; man nennt das ein *schandelijcke crime van hoerendom,* ein schandbares Verbrechen mit einer Hure. Aber das ändert nichts daran, daß fast alle Männer davon träumen. Und in diesen schwarzen, auf dem Papier unabhängigen Territorien werden die Träume der Weißen möglich, genau wie sie es uns ermöglichen, Kasinos zu eröffnen, die für uns Südafrikaner genauso verboten sind wie schwarze Frauen. Franz, ich wette mit Ihnen, daß wir in zwei, drei Jahren ungefähr vierhundert Millionen Dollar Jahresumsatz erzielen werden. Diesen Umsatz werden wir bis 1985 verdreifachen. Ganz Afrika wird in unsere Kasinos strömen, das weiße wie das schwarze ...«*

Korber war mir auf Anhieb unsympathisch gewesen, und auch während der Zeit, die wir gemeinsam in Südafrika verbrachten, entstanden zwischen uns keine idyllischen Beziehungen. Das Schlimmste war, daß ich angesichts der ›großartigen‹ Projekte, die er entwickelte, ungeheuer begeistert sein mußte.

Zwei Tage brauchte ich, bevor ich ihn endlich einmal für eine kurze Zeit loswurde und mich mit dem Mann in Verbindung setzen konnte, dessen Namen und Adresse ich über Lavater von dem Türken erhalten hatte.

Ein Bankier, pikanterweise ein Mischling, Malaie oder Neger, der in England studiert hatte und dessen Familie, wie er mir mit einem gewissen Stolz erzählte, bereits im 18. Jahrhundert, bevor die Rassentrennung wirklich durchgeführt worden war, eine Villa in der Hout Straat, die heute in einem rein weißen Gebiet liegt, besaß. Er hatte mich zu gegrilltem Hummer in das *Homestead* eingeladen, einem im Nationalpark des Kap liegenden Restaurant, das seit kurzem von allen Rassen besucht werden durfte. Der Türke in London hatte gemeint, daß nur dieser Bankier mich über etwaige Informationen Olliphans in Südafrika würde informieren können, wenn überhaupt. Sein Name spielt im Grunde keine Rolle, so daß ich ihn einfach Balthasar nennen werde. Als Lavater ihn am Telefon aufgefordert hatte, sich um unser Problem zu kümmern, hatte er einfach aufgelegt.

Er knackte eine Hummerschere und lächelte mich dabei an:

»Solche Geschäfte bespreche ich nicht am Telefon.«

»Die Hauptsache ist, daß Sie sie überhaupt besprechen ...«

Wir unterhielten uns zuerst über unseren gemeinsamen

* Im Jahre 1981 wurde in den Kasinos in Südafrika ein Umsatz von dreihundertfünfzig Millionen Dollar erzielt.

Freund, den Türken, ein internationaler Geldverleiher, der dazu fähig war, innerhalb einer Stunde eine Million englische Pfund aufzutreiben, unter der Voraussetzung natürlich, daß er sicher gehen konnte, das Geld innerhalb der ausgemachten Frist zurückzubekommen. Wehe dem Schuldner, der sich etwa nicht an die Abmachungen halten sollte... Die Risiken, die er einging, waren nicht unbedingt mit den herrschenden Gesetzen in Einklang zu bringen.

»Der Türke schätzt Sie sehr«, begann Balthasar.

»Das beruht auf Gegenseitigkeit. Können Sie mir die erbetenen Auskünfte über Olliphan beschaffen?«

Er wollte es versuchen. Versprechen konnte er nichts. Eines stand allerdings schon fest: er würde mindestens zwei, wenn nicht drei Wochen brauchen, denn die Aufgabe war nicht einfach zu lösen, und nur aufgrund der wärmsten Londoner Empfehlungen sei er überhaupt bereit, sich dermaßen zu kompromittieren und... Das Übliche. Wir vereinbarten, daß er nicht mir, sondern Jimmy Rosen einen verschlüsselten Bericht schicken wollte, falls es überhaupt Material für einen Bericht gab.

»Das Beste wäre, wenn Sie uns die Höhe der Investitionen mitteilen, falls Olliphan überhaupt investiert hat.«

»Ich werde tun, was ich kann.«

Die klassische Zurückhaltung aller Bankiers. Ich wußte nur zu gut, was ich von ihm halten sollte.

Als ich, wieder allein, meinen Gedanken nachhing, lief es mir kalt den Rücken hinunter: Falls Olliphan wirklich Geld in diesem Teil der Erde angelegt hatte, dann wahrscheinlich nicht nur sein eigenes, sondern auch Geld aus der Familienkasse, ohne daß die Familie unbedingt informiert sein mußte. In diesem Fall lag ein Massaker in der Luft, und es lag im Interesse des kleinen, freundlichen Cimballi, an dem Tag, an dem die Bombe explodierte, sich nicht in der Nähe aufzuhalten...

Nachdem ich mit Balthasar mein Abkommen geschlossen hatte – aber war das wirklich ein Abkommen, das von meinem Partner eingehalten werden würde? –, hatte ich in Südafrika eigentlich nichts mehr zu tun, wollte aber trotzdem nicht das Risiko auf mich nehmen und Korber abrupt verlassen, denn mir war die Natur der Beziehungen zwischen Olliphan und Korber weiterhin unklar. So trank ich den Kelch bis zur Neige und folgte dem Afrikaander nach Johannesburg und in sein Neger-Territorium, das mir völlig gleichgültig war. Einziger Trost: die unbeschreibliche Schönheit der Landschaft, und als Korber merkte, daß mich seine Heimat wirklich beeindruckte, machte er sich ein Vergnügen daraus, mir in seinem zum Hauptquartier ausgerüsteten Hubschrauber große Teile von Transvaal und einen Teil der Provinz Oranje bis zur Kalahari-Wüste hin zu zeigen. Gleichwohl zwang uns unser Terminplan (endlich!), voneinander Abschied zu nehmen, tränenreichen natürlich; ich versprach ihm, schon in Kürze wieder von mir hören zu lassen (was ich in Wirklichkeit nicht einmal im Traum vorhatte) und flog nach Rom. Von dort aus nahm ich das nächste Flugzeug nach Bombay, wo ich am 21. Februar eintraf. Am 22. war ich dann in Macao, um der schönen Miranda von meiner südafrikanischen Odyssee ausführlich Bericht zu erstatten (bei aller Offenheit verschwieg ich selbstverständlich den wahren Grund meiner Reise; warum sollte ich ihr etwas über Olliphan und meine Sorgen erzählen? Noch besaß ich keinerlei Beweise, die einen Verdacht gerechtfertigt hätten. Es war sicher besser, die Chinesin nicht mit bloßen Verdächtigungen zu beunruhigen; wenn Balthasar mir seinen Bericht übermittelt hatte, konnte ich immer noch beichten).

Miranda nahm meine Aussage, daß ich unter keinen Umständen mit Korber einen Vertrag unterzeichnen würde, wohlwollend zur Kenntnis und küßte mich zum Zeichen ihrer Zufriedenheit, zumal Calibans Berichte, die laufend in Macao eintrafen, ebenfalls höchst zufriedenstellend waren.

»Ich bin zufrieden, Cimballi.«

Gott sei Dank, denn ich nahm die chinesische Gefahr sehr ernst.

Macao–Hongkong–San Francisco–New York. Am Freitag, dem 25., traf ich in Long Island wieder ein, gerade rechtzeitig, um das Versprechen einzuhalten, das ich am Tag meiner

Abreise Marc-Andrea und Heidi gegeben hatte: ihnen am Sonntag, dem 27., den *Weißen Elefanten* zu zeigen. Solche Versprechen vergißt man einfach nicht.

19

Heidi sagte fröhlich:

»Wenn das ein Elefant ist, dann bin ich ein Krokodil!«

Rechts Marc-Andrea, links die Tirolerin und in der Mitte Cimballi, dessen Zähne wie Kastagnetten klapperten (sechsundvierzig Grad Temperaturunterschied zwischen Südafrika und Atlantic City!). Sarah hatte nicht mitkommen wollen; sie hatte gemeint, sie kenne Hotels zur Genüge und müsse im übrigen dringend einmal nach Montego Bay fliegen und dort nach dem Rechten schauen. Obwohl sie ganz offiziell Ferien hatte, konnte sie nicht anders: sie mußte sich von Zeit zu Zeit davon überzeugen, daß ›ihre‹ Hotels noch nicht eingestürzt waren. Auch Marc Lavater hatte uns verlassen, allerdings erst vor wenigen Minuten, um mit Henry Chance einige Dinge zu besprechen. Seine Anwesenheit in Atlantic City sollte sich als sehr wichtig herausstellen.

Ich schaute das riesige Gerüst an und mußte Heidi recht geben: der zukünftige Elefant war noch kaum auszumachen. Man sah eigentlich nur in alle Richtungen gebogene Stangen. Es war wohl gegen zehn Uhr dreißig vormittags. Wir waren von Long Island im Wagen gekommen, und ich stellte zufrieden fest, daß es wirklich nur ein Katzensprung war. Samstag abend hatte ich Lavater alle wesentlichen Dinge meiner Reise nach Südafrika geschildert, vor allem mein Gespräch mit Balthasar. Wir hatten gemeinsam festgestellt, daß das Ergebnis äußerst mager war; wir wußten nicht so recht, wie ich meine Position verbessern konnte: auf der einen Seite war ich mir fast sicher, daß ich ein gestohlenes Hotel gekauft hatte, bei dem eine Entführung und vielleicht sogar Mord (oder Morde) einen schon mehr als unangenehmen Beigeschmack hinterließen; auf der anderen Seite aber konnte und durfte ich weder etwas sagen noch etwas unternehmen. Mein einziger Trost war, daß auch die Caltanis nichts unternommen hatten. Alles wies darauf hin, daß sie an der augenblicklichen Situation nichts ändern wollten. Ich selbst konnte nur hoffen, daß der Engländer, der in allergrößter Diskretion weiterarbeitete, etwas herausfand, was mir helfen konnte, oder daß Balthasar wirklich einen Bericht lieferte.

Doch an diesem Sonntagvormittag, am 27. März 1977, war ich nicht besonders nervös gewesen und hatte eigentlich an nichts Böses gedacht. Heidis und Marc-Andreas Lebensfreude hatten auf mich abgefärbt, und während der Herfahrt hatten wir, ohne uns um Marcs verzweifelte Blicke zu kümmern, im Wagen laut und erbärmlich falsch gesungen.

Die Baustelle war menschenleer. Wenn man überhaupt noch von einer Baustelle sprechen konnte, denn von außen zumindest bekam man den Eindruck, als sei der Umbau des *Weißen Elefanten* bereits abgeschlossen, von dem rückwärts gelegenen Park einmal abgesehen, der erst noch angelegt werden mußte. Innen allerdings gab es noch viel zu tun, sowohl im Hotel wie auch im Kasino. Die Eröffnung hatten wir auf den 9. April gelegt, den Sonntag vor Ostern. Wir hatten eine Zeitlang sogar überlegt, ob wir nicht schon eine Woche vorher aufmachen sollten, doch die Werbeagentur, die unsere Kampagne betreute, hatte stürmischen Protest eingelegt, denn ihr Zeitplan wäre völlig durcheinander geraten.

Einer der sechs bewaffneten Wächter, die eine eigene Uniform trugen und den *Weißen Elefanten* Tag und Nacht wie ihr Augapfel behüteten, identifizierte mich und ließ mich durch den provisorischen Eingang herein. Er meinte, seine Kollegen hätten gerade einen Kaffee aufgegossen, und wenn ich Lust hätte...

Eine Sekunde später hüpfte er auf einem Bein und hielt sich sein schmerzendes Schienbein fest; Heidi hatte der Versuchung nicht widerstehen können und der Uniform einen Tritt versetzen müssen. Ich erklärte: »Ihre Spezialität...«

»Cosmos sollte sie engagieren... als Ersatz für Pele!«

»Kakao haben Sie wohl keinen?« fragte Heidi. Ich war mir sicher, daß sie gar keinen Kakao wollte, sondern nur versuchte, ihren Fußtritt zu rechtfertigen. Sie verschwand im Gebäude und zog Marc-Andrea hinter sich her. Die Resonanz in dem noch leeren Gebäude war enorm, und im Handumdrehen hatte Heidi ein Versteckspiel organisiert, bei dem sich die beiden versteckten und ich – wie auch anders! – die Rolle des Suchenden zu übernehmen hatte. Siebenhundertachtzig Zimmer, vierundzwanzig Suiten, die Arbeitsräume, Salons, Restaurants, Bars... an Möglichkeiten, sich zu verstecken, mangelte es wahrlich nicht. Die Kinder schrien in ihrer Begeisterung dermaßen, daß ein Wächter angelaufen kam; er hatte einen Moment geglaubt, eines der Kinder habe einen Unfall erlitten. Ich beruhigte ihn, und er trat wieder den Rückzug an. Die Aufgabe der Wächter bestand in der Hauptsache darin, Fremde daran zu hindern, in dem Gebäude herumzulaufen; im *Weißen Elefanten* selbst schauten sie nur ab und zu nach dem Rechten.

Endlich schaffte ich es, meine zwei Ungeheuer aufzuspüren und einzufangen; sie hatten sich in einer der Suiten, die fast fertig war, versteckt. Zumindest der Teppichboden war schon verlegt, im Gegensatz zu dem übrigen Hotel. Das Licht brannte bereits, doch Wände und Boden waren noch im Rohzustand, und als ich mir die Hände hatte waschen wollen, hatte ich festgestellt, daß das Wasser noch nicht angeschlossen war. Auf den Gängen lagen Material und Handwerkszeug im wilden Durcheinander herum.

»Steigen wir doch aufs Dach!« schlug Heidi vor.

Eine Vorstellung, die ich eher als ungemütlich empfand, denn dort oben mußte es mit dem vom Meer kommenden Wind ungeheuer kalt sein, so daß selbst ein Eisbär gefroren hätte.

»Will aufs Dach«, stimmte Marc-Andrea seiner Freundin zu. Er nahm alle Vorschläge der Tirolerin begeistert auf, vor allem, wenn sie völlig idiotisch waren (was die beiden keineswegs daran hinderte, sich von Zeit zu Zeit kräftig zu prügeln).

Die Aufzüge funktionierten bereits. Gott sei Dank! Wir fuhren hoch und gingen auf die Aussichtsterrasse, die gleichzeitig als Hubschrauberlandeplatz dienen sollte. Die Absperrungen waren nur provisorisch angebracht, so daß ich meine Knirpse keine Sekunde losließ, denn bei deren Übermut mußte man mit allem rechnen. Es war in der Tat sibirisch kalt, doch der Blick lohnte sich. Das Wetter hatte aufgeklart, so daß man weit über den Ozean sehen konnte.

»Wo liegt Salzburg?«

»Genau vor dir. Du mußt nur geradeaus schwimmen. Und wenn du Dudelsäcke hörst, dann bist du in der Bretagne angekommen. Einfach immer weiter geradeaus.«

Atlantic City liegt an der Spitze einer Halbinsel, die rechts und links von Inseln und Inselchen flankiert wird, die alle der Länge nach gestreckt sind und unzählige kleine Buchten aufweisen. An diesem Sonntag war es dank des Windes so klar, daß ich das Gefühl hatte, unendlich weit sehen zu können. Im Süden konnte ich ganz eindeutig die Bucht von Delaware erkennen und im Norden die lange Reihe von Stränden bis zum Sandy Hook oder, anders ausgedrückt, bis nach New York City. Und diese graurote Färbung im Westen mußte Philadelphia sein. Einen Moment lang gab ich mich dem rauschartigen Gefühl hin, das mich überwältigte: Caltani hin oder her, ich stand auf dem Dach meines Kasinos, MEINES KASINOS, und konnte mir mühelos vorstellen, wie die Spieler zu Zehntausenden aus allen Himmelsrichtungen herbeigeströmt kamen, aus Washington, Baltimore, Philadelphia, New York und vielen anderen Städten, und ihre Dollar in MEINE Glücksspielautomaten steckten oder auf MEINEN Spieltischen liegenließen. Am berauschendsten dabei war das Gefühl, allmächtig zu sein, alles, was ich wollte, durchzuführen: Ich, der Cimballi aus Saint-Tropez, stand hier in Atlantic City auf dem Dach MEINES *WEISSEN ELEFANTEN*...

Heidi holte mich wieder in die Realität zurück:

»Komm jetzt, träum nicht, wir gehen.«

»Wir gehen«, echote Marc-Andrea.

Wir hatten den zentralen Spielsaal und das Allerheiligste, meinen atombombensicheren privaten Spielsaal inkl. meiner Privatwohnung, noch nicht inspiziert. Da ich inzwischen völlig durchgefroren war, war mir ein Abstieg in den Bauch des Hauses nur recht. Der Aufzug brachte uns bis zum Erdgeschoß.

Es war inzwischen wohl elf Uhr, vielleicht auch elf Uhr fünfzehn geworden.

»Hundert Millionen Dollar«, bot Heidi.

»Ich erhöhe um zehn«, steigerte Marc-Andrea.

Im ersten Augenblick war ich überrascht gewesen, im Gang, der zu dem unterirdischen Spielsaal führte, einige alte Glücksspielautomaten und in dem eigentlichen Spielsaal einen alten Spieltisch zu entdecken. Doch dann erinnerte ich mich, daß vor kurzem Caliban Henry Chance die Erlaubnis regelrecht entlockt hatte, zum Abschluß der Rohbauarbeiten einen kleinen Empfang für die beteiligten Arbeiter zu geben, einige ausrangierte Spieltische aufzustellen und auch ein paar alte Automaten nicht nur zu organisieren, sondern auch anzuschließen. Ich hatte aus einem einleuchtenden Grund an dieser Feier nicht teilgenommen: ich war in Südafrika gewesen.

»Gib mir die Würfel«, befahl Heidi. »Du hast eine Drei gewürfelt und keine Vier. Versuch nicht, mich zu betrügen!«

Meine beiden Teufel hatten natürlich sofort die Würfel entdeckt, die auf dem Tisch liegengeblieben waren und – der Gipfel! – mich gezwungen, ihnen die Spielregeln zu erklären, was mir gar nicht so leicht fiel, denn auf diesem Gebiet hatte ich ja kaum persönliche Erfahrungen gesammelt. Doch ein Wunder geschah: Heidi begriff auf Anhieb, so daß man fast hätte vermuten können, daß in Tirol den Kindern im Flaschenalter bereits das Würfelspiel beigebracht wird. Sie hatte die Regeln des Craps durch einige aus dem Poker übernommene angereichert und dann noch einige spontan dazuerfunden (immer dann, wenn sie zu verlieren drohte! Im Poker war sie aber auch ohne eigene Spielregeln sehr stark, vor allem, wenn sie mit Marc-Andrea gegen die Walküre spielte, die bereits mehr als fünfzehn Millionen Dollar verloren hatte, zahlbar in gesalzenen Erdnüssen).

»Sieben!« rief Heidi zum neunten Mal hintereinander. »Die Bank bezahlt. Die Bank, das bist du, Herr Cimballi. Du schuldest mir vierhundert Millionen Dollar und Marc-Andrea dreihundert. Glaub bloß nicht, daß du dich um das Zahlen drücken kannst!«

Jedesmal, wenn ich meine Augen auch nur für einen Bruchteil einer Sekunde vom Spieltisch abwendete, hatten die Würfel die befremdende Angewohnheit, die Zahl ihrer

Augen zu ändern. Anders ausgedrückt: meine beiden kindlichen Gauner nahmen mich nach Strich und Faden aus, und wenn ich einmal gespannt aufpaßte, so daß sie mich nicht betrügen konnten, würfelte ich zur Strafe nur Zweier und Dreier.

Als wir durch den langen Gang in den Keller gekommen waren, hatte ich festgestellt, daß die Türen aus sechzig Zentimeter dickem Stahl zwar schon in den Keller gebracht, aber noch nicht eingehängt waren; sie lagen auf dem Boden und wir mußten über sie klettern. Die Klima-Anlage funktionierte noch nicht, doch da wir nur zu dritt waren, konnten wir problemlos atmen. Im übrigen hatte ich nicht die Absicht, den ganzen Tag hier unten zu verbringen, obwohl Marc-Andrea und Heidi sich in das Spiel vertieft hatten. Ich hatte Hunger, denn ich hatte heute morgen nur einen Tee getrunken, während die Kinder in Long Island ein riesiges Frühstück verschlungen und in Atlantic City als erstes nach Hamburger mit Milchshakes verlangt hatten. Sie konnten ohne weiteres noch einige Zeit durchhalten.

»Elf!« schrien sie im Chor.

Sie hatten wirklich unwahrscheinlich viel Glück. Warum arbeitete ich eigentlich! Ich mußte nur die beiden mit nach Las Vegas nehmen und ein Kasino nach dem anderen sprengen.

»Herr Cimballi, jetzt heißt's bezahlen. Du schuldest uns...«

Ungefähr neunzehn Milliarden Dollar, so genau wollte es mein Teufel aus Tirol auch nicht nehmen. Und ich starb vor Hunger. Ich schielte auf meine Armbanduhr: zwölf Uhr zehn.

Der Geruch alarmierte mich.

Scharf und beißend drang er in meine Nase und reizte bald darauf meine Kehle. Heidi und mein Sohn, die die Würfel so hoch in die Luft warfen, daß sie häufig neben den Tisch fielen, schienen nichts bemerkt zu haben. Ihre Augen tränten etwas, aber sie wischten sich schnell mit dem Ärmel darüber und wollten sich auf keinen Fall von ihrem Spiel ablenken lassen. Seitdem ich zum letztenmal zusammen mit Henry Chance, Caliban und Patty hier unten gewesen war, waren die Arbeiten kräftig vorangekommen: die Maler waren fertig, und die Holzverkleidungen (helle Eiche) bereits angebracht. Auch die Wände, die meine Wohnung abtrennten, waren schon hochgezogen; es fehlten nur noch die Türen.

Ich ging ein Stück in den Raum hinein und war eigentlich nicht beunruhigt, sondern dachte mehr an meinen leeren Magen. Meine Nase sagte mir, daß der Gestank aus der linken Röhre in den Keller drang, durch die wir selbst in den unterirdischen Spielsaal gegangen waren. Hinter mir von neuem wildes Gebrüll:

»ELF! Spielst du weiter, ja oder nein? Du willst dich wohl heimlich davonschleichen, wie?«

Ich kletterte über die erste auf dem Boden liegende Panzertür und ging ein paar Meter in die Röhre. Der Geruch wurde beißender, und ich konnte jetzt auch deutlich bläuliche Rauchschwaden erkennen, die mich an eine dünne, auf dem Meer treibende Erdölschicht erinnerten. Die Tränen liefen mir über die Backen, und meine Augen brannten unerträglich. Ich hatte die Schnauze voll.

»Anda und Heide, kommt her!«

Als Antwort eine triumphierende ELF! Ich hatte nicht gewußt, daß zwei Kinder soviel Lärm einzig mit ihren Kehlen verursachen können! Ich ging schnell zurück:

»Kommt, wir gehen!«

Marc-Andrea packte schnell die Würfel, machte ein paar Schritte rückwärts, tanzte fröhlich auf der Stelle herum und sagte in dem Ton, in dem Kinder normalerweise ihre Herausforderung anbringen:

»Ätsch, du kriegst mich nicht! Ätsch, du kriegst mich nicht!«

Heide allerdings war merkwürdig ruhig geblieben und hatte nur die Nase gerümpft; sie schaute zu dem Tunnel und dann zu mir:

»Stimmt was nicht?«

»Wir müssen hier raus. Bleib bloß ruhig.«

»Ich bin ruhig«, antwortete sie, um dann unvermittelt zu schreien:

»ANDA!!!! SCHLUSS JETZT!!!«

Mein Sohn gehorchte aufs Wort – sicher zum erstenmal in

seinem noch jungen Leben! Ich nahm ein Kind rechts und ein Kind links und ging wieder zum Tunnel. Innerhalb der wenigen Sekunden hatte sich die Lage entscheidend verschlechtert: die beinahe durchsichtigen Rauchwolken waren dick und schwer geworden und wälzten sich dem unterirdischen Spielsalon entgegen. Wir kamen noch relativ problemlos durch die erste Öffnung, in die später eine Panzertür eingebaut werden sollte, und stießen bis zur zweiten vor, hinter der sich der Gang erweiterte und eine leichte Linkskurve machte.

»Beeilt euch!«

Ich zwang sie zu rennen. Marc-Andrea wurde plötzlich von einem heftigen Hustenanfall geschüttelt. Ich schrie:

»Nehmt die Mäntel...«

Sie hatten ihre Mäntel neben dem Spieltisch auf dem Boden liegenlassen, aber glücklicherweise ihre Schals nicht abgelegt.

»Bindet euch den Schal um das Gesicht!«

Wir rannten weiter. Nach der Biegung wurde der Qualm noch dichter; ich konnte kaum mehr etwas erkennen, und meine Augen brannten wie Feuer. Einige Meter weiter, noch bevor wir die dritte Panzertür erreichten, wurde mir klar, welchen Wahnsinn ich beging. Wir konnten kaum noch atmen. Heide und ich husteten gequält, doch Marc-Andrea erging es schlimmer als uns: er hatte sich auf den Boden fallen lassen und wurde von Krämpfen geschüttelt. Ich konnte mich kaum mehr beherrschen und hob ihn hoch, während gleichzeitig meinem Gefühl nach nur zehn, fünfzehn Meter von uns entfernt etwas explodierte, so daß der Qualm plötzlich eine rote Färbung bekam. Es handelte sich keineswegs um eine undichte Stelle in einem der Rohrleitungssysteme, wie ich zu Beginn gedacht hatte, sondern eindeutig um einen Brand, und ich erinnerte mich an die ganzen Materialien, die überall noch herumlagen, Firniß, Farben, Teppichböden, Tapeten, Holz usw....

»Heidi, wir drehen um, mach schnell!«

Ich rannte los und trug Marc-Andrea. Nach vier, fünf Metern bemerkte ich, daß das Mädchen mir nicht gefolgt war. Sie hatte sich hingekniet, hustete und weinte.

»Heidi!!!«

Ich ging zu ihr zurück, packte sie am Handgelenk und zog sie zu mir. Endlich kamen wir durch die letzte Panzertür. Im privaten Spielsaal war die Luft noch erheblich besser. Heidi, die ich die letzten Meter beinahe getragen habe, machte sich von mir los.

»Es geht schon wieder, Herr Cimballi.«

Die Luft war hier unten beinahe normal, obwohl die Rauchschwaden immer stärker aus der Röhre quollen. Ich ging zum Spieltisch:

»Heidi, du bleibst mit Anda hier und rührst dich nicht von der Stelle. Ist das klar?«

Sie lächelte mich verblüffend ruhig an:

»Klar, Herr Cimballi.«

Ihre Selbstbeherrschung färbte auf mich ab, und ich zwang mich, ruhig nachzudenken: Wir befanden uns in einer Schuhschachtel aus Beton, in die man durch Röhren gelangte. Und die man folglich auch durch Röhren wieder verlassen konnte. Und wenn die eine durch das Feuer versperrt ist, dann... Ich ging zu dem rechts von mir liegenden Tunnel. Ich kam nicht sehr weit, denn alte Säcke und Eimer, Werkzeugkästen und alte Glücksspielautomaten, deren Anwesenheit ich mir überhaupt nicht erklären konnte, versperrten den Weg. Es würde Stunden dauern, um einen Weg zu der Tiefgarage, in der dieser Tunnel mündete, freizuräumen.

Nur keine Aufregung! Unsere Architekten hatten schließlich an verschiedene Notausgänge gedacht. Der eine begann in meiner zukünftigen Privatwohnung. Ich rannte durch den Saal:

»Kommt!«

Inzwischen war der Rauch auch in der doch immerhin recht großen Schuhschachtel dichter geworden. Sobald wir in meiner zukünftigen Wohnung waren, spürte ich den Rauch kaum mehr; die bereits hochgezogenen Wände übten eine wohltuende Wirkung aus. Ich wußte, wie die Räume hier angeordnet waren, denn ich hatte die Pläne selbst entworfen: mein zukünftiges Arbeitszimmer lag am Ende eines Ganges, von dem man in die anderen Zimmer gelangte. Hier in der Rückwand befand sich einer der Notausstiege, der bereits mit einer gepanzerten Klappe gesichert war. Zu meiner großen Erleichterung ließ sich die Klappe mühelos öffnen: eine Röhre mit einem Durchmesser von einem Meter zwanzig führte leicht aufwärts; als ich auf den Lichtschalter drückte, flammten die nackten Glühbirnen auf, und ich bekam einen Schreck: ich konnte ungefähr hundert Meter weit sehen, und die Röhre wurde so klein, daß niemand mehr durch sie kriechen konnte. Dann mußte ich unwillkürlich lachen, denn ich war natürlich nur dem Effekt der Perspektive erlegen, der bewirkt hatte, daß sich die Röhre am Ende verengte. Mir wurde bewußt, wie absurd unsere Situation war: wir befanden uns in einem atombombensicheren Bunker, der so konstruiert war, daß er auch die schlimmsten Kataklysmen überstehen würde, und liefen Gefahr zu ersticken, weil ich die hermetisch schließenden Türen noch nicht schließen konnte! Lächerlich, wenn es nicht so verdammt gefährlich gewesen wäre. Doch im Augenblick war ich wieder ruhig geworden und lächelte den Kindern zu, die völlig gelassen waren und nur aufgrund ihrer roten Augen erkennen ließen, was sie bereits in dem anderen Tunnel durchgemacht hatten.

»Kriechen wir da hinein?«

Sie hatten keine Angst, sondern fanden das höchst vergnüglich. Ich war offensichtlich in ihren Augen ein Weltmeister im Erfinden der blödsinnigsten Spiele. Nachdem ich sie hochgehoben hatte und selbst hineingeklettert war, ging es los. Die beiden kamen ohne jedes Problem voran, denn die Höhe der Röhre reichte für sie aus, während ich stark gebückt gehen mußte. Erst nach fünfzig Metern erinnerte ich mich daran, daß ich vergessen hatte, den Notausstieg wieder zu schließen, wollte aber nicht umkehren.

Hundert Meter weiter stießen wir auf eine runde, gepanzerte Klappe, die sich mühelos öffnen ließ, zumal sie noch nicht einmal richtig eingehängt war. Kaum hatte ich sie mit meiner Hand berührt, da rutschte sie auch schon mit großem Getöse nach hinten weg; die Scheibe mußte wohl so um die einhundertfünfzig Kilogramm wiegen. Auf der anderen Seite der Klappe wurde der Gang auf einem kurzen Abschnitt breiter und mündete in einen kleinen Desinfektionsraum, von dem aus eine schmale, kaum sechzig Zentimeter breite Treppe steil nach oben führte. Ich wußte, wo diese Treppe enden würde: in der nordwestlichen Ecke der Parkanlage des *Weißen Elefanten*, in einem breiten Graben. Im Prinzip sollte auch dieser Treppenabschnitt durch eine neue gepanzerte Klappe geschützt sein, die allerdings noch nicht eingebaut war, sondern an der Wand lehnte. Rechts neben dem Anfang der Treppe war ein Bildschirm angebracht, auf dem man den Ausgang erkennen konnte. Ich schimpfte mich einen großen Esel, daß ich diese Bildschirme, die auch in dem langen, völlig verräucherten Gang angebracht waren, nicht benutzt hatte, um zu überprüfen, wie dick der Qualm wirklich gewesen war. Vielleicht hätten wir nur noch ein paar Meter weiter durch den Rauch gehen müssen, um an die frische Luft zu gelangen. Doch jetzt war es zu spät. Und warum sollte ich mich darüber aufregen? Wir befanden uns ja direkt unter dem Ausstieg. Ich kletterte als erster die Treppe hoch, die Kinder dicht hinter mir, bis ich zu dem Ausgang kam, der ebenfalls mit einer gepanzerten Klappe oder Platte verschlossen war. Ich griff nach den Hebeln, mit deren Hilfe ich die Platte lösen konnte, und war jetzt froh, vor zwei Monaten mit Caliban den gleichen Weg schon einmal spielerisch genommen und den Mechanismus dabei überprüft zu haben: er hatte einwandfrei funktioniert. Ich legte die Hebel um und drehte an dem Rad. Die Platte glitt beiseite...

Nicht so recht. Nur drei, vier Zentimeter, dann wurde sie von irgend etwas, das ich durch den kleinen Schlitz nicht erkennen konnte, *blockiert*. Adrenalin schoß in meine Adern: sollte, so kurz vor der Rettung, alles vergebens gewesen sein? Ich drehte mit aller Kraft, versuchte, die Platte hochzustemmen, sie zu lockern, und bat sogar die Kinder, mir zu helfen. Mit vereinten Kräften strengten wir uns an... Ohne die Platte auch nur um einen Zentimeter zu verrücken. Nichts zu machen.

Wäre ich allein gewesen, hätte ich ganz bestimmt Angst bekommen. Mit Heidi und Marc-Andrea an meiner Seite geriet ich schlicht und einfach in Panik! Ich schlug gegen die vierzig Zentimeter dicke Stahlplatte – völlig lächerlich. Ich drehte mich um und schaute hinunter in die kleine Desinfektionskammer und auf die Sicherheitsplatte, die leider an der

Wand lehnte und nicht geschlossen werden konnte. Schnell kletterte ich bis in die Desinfektionskammer und schaute in die Röhre: zu meinem Schrecken erkannte ich, wie am anderen Ende die Glühbirnen bereits von dem giftigen Rauch umspielt wurden; es war nur noch eine Frage von Minuten, bis die Schwaden uns erreichen würden. Wir drei waren wie Ratten in einer riesigen Betonfalle gefangen! Der Bunker, der uns vor dem schlimmsten hatte schützen sollen, würde zu unserem Grab werden! Ich versuchte fieberhaft, die Klappe, die ich aus ihrer Öffnung gestoßen hatte, wieder einzusetzen. Unmöglich. Viel zu schwer. Man hätte mindestens drei Mann gebraucht. Meine Panik wurde immer schlimmer. Ich zwang mich, meine Nerven zu bewahren. Der Bildschirm! Ich drückte auf den Knopf; die Kamera war in Ordnung, und ich erkannte den Graben vor dem Ausgang...

...und in Großaufnahme das Gesicht eines der Wächter des *Weißen Elefanten*, der direkt in das Objektiv schaute. Der Mann lächelte, und es war klar, daß er uns in der kleinen Desinfektionskammer vermutete. Er hob eine Hand und deutete mit dem Daumen auf den Boden vor ihm. Ich manövrierte die Kamera, die auch alle gewünschten Schwenks gehorsam mitmachte... und entdeckte den Holzkeil, der die Ausstiegsklappe blockierte. Der Mann kniete sich hin, so daß ich ihn wieder ganz auf dem Bildschirm erkennen konnte. Er lächelte weiter, ironisch, sarkastisch, und begann in aller Ruhe den Keil zu lockern, der die Ausstiegsklappe blokkierte. Endlich fiel der Keil auf den Boden. Neues Zeichen mit der Hand: wir konnten jetzt einen zweiten Versuch wagen, die enge Röhre zu verlassen. Ich kletterte, so schnell ich nur konnte, die Leiter hinauf und drehte wie wild an dem Rad. Problemlos glitt die schwere Platte, die den Ausstieg versperrte, zur Seite. Licht! Luft! Ich glaube, noch nie in meinem Leben hatte ich ein winziges Stück Himmel so andachtsvoll angeschaut. Doch dann riß ich mich zusammen, schwang mich auf den Rand des Ausstiegs, zog zuerst Marc-Andrea und dann Heidi heraus, die auf den Boden sprangen und lachten, als hätten sie die komischste Geschichte ihres Lebens erlebt. Ich selbst warf noch einen letzten Blick nach unten und erkannte die blauen Rauchschwaden, die in die

Desinfektionskammer eindrangen, bevor ich selbst auf den Boden sprang... und mich Marc Lavater gegenüberbefand. Ich hatte mich noch nicht gefangen, da fragte er mich auch schon, halb zornig, halb beunruhigt:

»Um Gottes Willen, Franz, was ist denn los?«

Ich war so wütend, daß ich beinahe auf ihn eingeschlagen hätte, dermaßen idiotisch erschien mir seine Frage, und schrie:

»Wo ist der Wächter? Der den Keil angebracht und nachher wieder entfernt hat!«

Marc schaute mich an, ohne etwas zu begreifen. Plötzlich machte er etwas auf den ersten Blick völlig Unsinniges: er rannte den langen Graben entlang und entfernte, so schnell er nur konnte, die Keile, die die Notausgänge zwei und drei blockierten. Ich glaubte, verrückt zu werden, und lief hinter ihm her:

»Marc, du zerstörst die einzigen Beweise dafür, daß man versucht hat, uns umzubringen!«

Er nickte, wieder ruhig geworden, mit dem Kopf:

»Genau das hatte ich vor.«

Er schaute über meine Schulter und streckte seine Hand aus, um mir etwas zu zeigen. Ich drehte mich um. Hundert Meter von mir entfernt brannte der *Weiße Elefant* lichterloh; gigantisch.

20

»Franz, um Himmels willen, hab Vertrauen in mich! Halt den Mund! Du hast nichts gesehen! Du weißt nicht, was geschehen ist. Es gab keinen Wächter, keinen Keil, der den Notausgang blockiert hat, nichts...«

Marc flüsterte aufgeregt in mein Ohr. Polizisten und Feuerwehrleute kamen zu uns, von dem Wächter angeführt, der uns Kaffee angeboten und der mit Heidis Spezialität schmerzhafte Bekanntschaft geschlossen hatte, gefolgt von zwei Kameramännern der CBS. Marc hielt mich immer noch am Arm fest und flüsterte weiter, so energisch er nur konnte:

»Franz, hast du mich verstanden?«

Sein Flüstern wurde unerträglich aufdringlich:

»Ich flehe dich an, weder Keil noch Wächter! Der Ausgang war nicht blockiert! Das Feuer ist zufällig ausgebrochen und nicht absichtlich gelegt worden! *Ein Unglücksfall, Franz!*«

Die Polizisten und Feuerwehrleute waren inzwischen bei uns angelangt, und zu den Kameraleuten hatte sich ein Reporter mit einem Mikrofon gesellt. Ich wurde als der Besitzer identifiziert und natürlich nicht mehr in Ruhe gelassen. Die Fragen prasselten auf mich ein, der Reporter hielt mir das Mikrofon vor die Nase und die Kameraleute filmten uns, das heißt, mich und die Kinder. Ich wurde gezwungen, meine aufgeschürften Hände vorzuzeigen, und die Kamera weidete sich an meinen verdreckten und zerrissenen Kleidern. Nein, ich hatte nicht die geringste Ahnung, wie es zu dem Feuer gekommen war, wie sollte ich auch...

So oft ich konnte, schaute ich zu Marc Lavater, dessen Botschaft jeweils eindeutig und verständlich war: Das Feuer war durch einen UNFALL ausgelöst worden; es war keine Brandstiftung. Dabei war ich natürlich hundertprozentig davon überzeugt, daß es sich um eine Brandstiftung handelte, daß diese Brandstiftung mir und den Kindern gegolten und bis in das geringste Detail genau geplant worden war. Die Verbrecher, die den Tod der Kinder riskiert hatten, hatten alles genau geplant, denn der Wächter, den ich auf dem Bildschirm gesehen hatte, hatte ganz eindeutig gewußt, daß ich diesen oder zumindest einen der Notausstiege benützen würde, um den giftigen Rauchschwaden zu entkommen. Nein, die Brandstiftung war eindeutig, und nur das grenzenlose Vertrauen in Marc Lavater, der sich in den vergangenen Jahren als mein zuverlässigster und treuester Berater erwiesen hatte, ließ mich überhaupt zögern, die Wahrheit, die mich bis ins Innerste verletzt hatte, nicht laut hinauszubrüllen. Alles auf eine Karte setzend und Marc voll vertrauend, bestätigte ich vor laufender Kamera:

»Nein, ich habe wirklich keinen Grund, an Brandstiftung zu denken; ich weiß auch nicht, aus welchem Grund das Feuer ausgebrochen ist...«

Marc schloß die Augen und schien ungeheuer erleichtert zu sein.

Ich beantwortete weiter die Fragen der Journalisten; Kameras liefen, Blitzlichter flammten auf. Ja, ich hatte mich in dem atombombensicheren Schutzraum befunden, als das Feuer ausbrach, nein, wir waren keine Sekunde in wirklicher Gefahr gewesen, denn dieser Atombunker war ja mit verschiedenen Notausgängen versehen. Ja, natürlich waren wir leicht aufgeregt gewesen, vor allem in dem Augenblick, in dem ich dummerweise die Hebel, die den Notausstieg öffneten, falsch bedient hatte, doch auch das hatte sich schnell gelegt, und wir waren ja rechtzeitig entkommen (Marc-Andrea und Heidi hatten den Wächter und den Keil auf dem Bildschirm nicht gesehen; ich war allein in den Desinfektionsraum hinuntergestiegen und der einzige, der von diesem Mann etwas wußte, da er anscheinend auch Marc entgangen war).

Während ich die vielen Fragen beantwortete, kam ich langsam wieder zu mir und benutzte die einmalige Gelegenheit, um für den *Weißen Elefanten* energisch die Werbetrommel zu rühren. Ich stellte die geniale Idee in den Vordergrund, einen atombombensicheren Spielsaal gebaut zu haben, meines Wissens der einzige auf der Welt. Ich zeigte mich überzeugt, daß der *Weiße Elefant* in absehbarer Zeit eröffnet würde, trotz des Brandes, daß wir die notwendigen Reparaturmaßnahmen dazu benutzen würden, das Kasino noch schöner auszustatten und daß die Millionen von Menschen, die schon ungeduldig auf den Tag der Eröffnung warteten, ganz bestimmt nicht enttäuscht werden würden, auch wenn sie jetzt einen oder höchstens zwei Monate würden länger ausharren müssen. Ja, »dieser charmante, kleine Junge, der so mutig gewesen war und keine Angst gehabt hatte, war mein Sohn und dieses charmante Mädchen eine Freundin meines Sohnes...«

Zwanzig Minuten später hatten sich Marc und ich in unseren Wagen geflüchtet, während Marc-Andrea und Heidi sich in einer Cafeteria den Magen vollschlugen; mir war der Appetit in der Zwischenzeit restlos vergangen.

»Franz, an deinem Blick habe ich gemerkt, daß du mich verstanden hast.«

»Ich glaube, daß ich dich verstanden habe, bin mir aber nicht ganz sicher: die Versicherung?«

»Die Versicherung, ganz richtig. Natürlich ist der *Weiße Elefant* gegen Feuer versichert, auch wenn er noch nicht eröffnet und der Umbau noch nicht abgeschlossen wurde. Doch wenn es sich herausstellt, daß es sich um Brandstiftung handelt, wird die Versicherung keinen Dollar bezahlen, ich kenne den Vertrag. Selbst wenn du und die Kinder da drin verbrannt wären, das hätte nichts daran geändert. Vielleicht hätte man an deine Unschuld geglaubt, vielleicht auch nur an deine Ungeschicklichkeit als Brandstifter, doch bezahlt worden wäre kein einziger Dollar.«

»Marc, als du die Keile entfernt und damit die Beweise unterschlagen hast, die diese Keile darstellten, als du mich praktisch dazu gezwungen hast, nichts vom dem zu sagen, was ich weiß, vor allem nichts von dem Wächter, den ich auf dem Bildschirm gesehen habe, hast du mich zu einem Versicherungsbetrüger gemacht!«

»Du hast keine Wahl. Ich übrigens auch nicht. So wie die Keile befestigt waren, war die Sache zu eindeutig... Übrigens, ich muß dich noch von etwas informieren...«

Um elf Uhr vierzig – Marc war sich der Uhrzeit sicher, die übrigens später von Henry Chance bestätigt wurde, hatte Lavater einen Telefonanruf erhalten:

»Der Mann, der anrief, hatte sich als Chef der Wächter des *Weißen Elefanten* vorgestellt und mir eine Nachricht übermittelt, die angeblich von dir stammte – ich sollte so schnell wie möglich in die Cafeteria hier kommen und dich treffen. Ich bin natürlich sofort hingefahren. Kaum war ich angekommen, wurde ich ans Telefon gerufen: der gleiche Mann wie vorher sagte mir, ich zitiere wörtlich:

›Im *Weißen Elefanten* ist ein Feuer ausgebrochen. Mister Cimballi und die Kinder sind im Augenblick im Notausstieg Nr. 1 aus dem Atombunker im nordwestlichen Teil des Gartens blockiert; wir hoffen, sie befreien zu können. Kommen Sie bitte so schnell wie möglich.‹

Bevor ich ein einziges Wort sagen konnte, hatte der Mann

aufgelegt. Ich fuhr wie ein Wahnsinniger zum *Weißen Elefanten* und war überglücklich, als ich zuerst Marc-Andrea und Heide und dann dich sah.«

»Hast du den Wächter nicht gesehen? Der den Keil entfernt hat und der sehr wahrscheinlich die Keile vorher angebracht hatte?«

»Mir ist nichts aufgefallen.«

»Marc, das ist unmöglich. Zwischen dem Augenblick, in dem er aus dem Blickfeld der Kamera verschwunden ist, und dem Augenblick, in dem ich dir gegenüber stand, sind vielleicht fünfzehn, zwanzig Sekunden verstrichen.«

»Innerhalb von zwanzig Sekunden kann man ganz schön weit kommen. Oder sich sehr gemütlich hinter einem der dicken Bäume verstecken.«

Ich explodierte wieder vor Zorn, aber nur innerlich. Marc fuhr fort:

»Franz, man hat dich nicht wirklich umbringen wollen. Alles war bis in das kleinste Detail geplant. Sie haben mit dem Feuer gewartet, bis du dich mit den Kindern in dem unterirdischen Spielsaal befandest. Ich weiß nicht, auf welche Weise sie das Feuer gelegt haben...«

»Vielleicht wird sich schon bald herausstellen, daß es sich um Brandstiftung handelt..., dann habe ich umsonst gelogen.«

»Abwarten. Ich glaube, daß man dir eine Lektion erteilen wollte... Du solltest etwas begreifen...«

»Vielleicht wollte man mir klarmachen, daß es ungesund ist, die Nase in die Angelegenheiten des verstorbenen Baumer zu stecken.«

»Gut denkbar. Überleg doch einmal, man hat sich sogar die Mühe gemacht, mich an den Ort des Geschehens zu lotsen.«

»Um mich daran zu hindern, der Polizei zu erzählen, daß...«

»Um dich daran zu hindern, etwas völlig Aberwitziges zu tun. Franz, als du mir von dem Wächter und dem Keil erzählt hast, habe ich eigentlich nur im Reflex gehandelt, ohne lange zu überlegen. Doch ich bedauere nichts. Ich würde es sofort noch einmal machen. Dieser Brand wird Unsummen verschlingen, zehn Millionen Dollar... Nein, sehr viel mehr, was sage ich da... Hundert Millionen oder auch zweihundert. Wie hättest du dieses Geld auftreiben wollen, ohne die Versicherung? Die Bankiers aus Philadelphia würden dir auf den Hals rücken, erbarmungslos. Vielleicht wären sie bereit gewesen, dir einen oder zwei zusätzliche Monate einzuräumen, aber ganz bestimmt nicht mehr. Und was hättest du mit Macao gemacht? Deine chinesischen Partner hätten auf einer genauen Abrechnung bestanden, gleichgültig, ob die Versicherung bezahlt oder nicht. Das heißt, du kannst jetzt schon sicher gehen, daß Miranda dir kein Geschenk machen wird. Du hast nur eine einzige Möglichkeit: den *Weißen Elefanten* wieder aufzubauen. Selbst wenn du dazu einen Versicherungsbetrug begehen mußt. Und ich weiß, was ich damit sage. In meinem ganzen Leben habe ich noch kein einziges Vergehen begangen, geschweige denn...«

»Ich auch nicht! Scheiße!«

»Nun gut, dann wird dieser Betrug eben unser erstes Verbrechen sein. Und wenn dich dein Gewissen genauso plagt wie mich meines, dann hindert dich nichts und niemand daran, eines Tages zu deiner Versicherung zu gehen, ihr die Wahrheit zu sagen und das Geld zurückzubezahlen. Doch um das zu tun, brauchst du deinen *Weißen Elefanten*, und zwar nicht als Ruine, sondern funktionsfähig! Das ist die einzige Möglichkeit für dich, anständig zu bleiben, Franz!«

Es stand außer Frage, Marc allein für die Vorkommnisse verantwortlich zu machen, ich meine, den Versicherungsbetrug. Natürlich hatte er mich praktisch dazu gezwungen, und ich hatte unter dem Schock ihm auch, ohne lange zu überlegen, recht gegeben, doch auch jetzt, wo ich noch alles hätte rückgängig machen und behaupten können, ich hätte unter einem Schock gestanden – was für jeden verständlich gewesen wäre –, doch auch jetzt blieb ich bei meiner ersten Aussage. Ich sagte keinem Menschen, was sich wirklich zugetragen hatte. Weder in den kommenden Stunden noch in den kommenden Tagen. Ich log weiter. Ohne mich auch nur im geringsten anstrengen zu müssen. Wobei mir die Umstände behilflich waren. Zuerst einmal der vermutete Gesamtschaden: man sprach schon bald von hundert Millionen

Dollar, und die Summe erhöhte sich innerhalb von wenigen Tagen bereits auf einhundertfünfzig Millionen. Woher hätte ich die nehmen sollen? Dann die Tatsache, daß die beiden Kinder mit mir im *Weißen Elefanten* gewesen waren. Niemand sah in uns etwas anderes als unschuldige Opfer. Wer hätte da schon an ein Verbrechen gedacht?

Es gab noch einen Grund, der es mir erleichterte, die ganze Welt anzulügen: Ich mußte ja nur die Geschichte so erzählen, wie sie sich zugetragen hatte, und nur die Episode mit dem Wächter, der mir auf dem Bildschirm sarkastisch zugelächelt hatte, und mit den Keilen weglassen; Heidi und mein Sohn hatten nichts gesehen, so daß ihre Aussagen mit meinen genau übereinstimmten, was umso glaubhafter war, da wir die Aussagen sofort nach unserem Abenteuer vor den Kameras der verschiedenen Fernsehstationen gemacht hatten und die Reporter wußten, daß wir keine Zeit gehabt hatten, uns abzustimmen. So war es nicht verwunderlich, daß uns große Sympathiewellen entgegenschlugen und auch die Zeitungen sich ausführlich mit unserem Schicksal beschäftigten. Und die Geschichte selbst mit dem Würfelspiel, den Tunnels, den uns verfolgenden Schwaden und dem in letzter Sekunde geöffneten Notausstieg war ja auch nicht banal. Die großen, unschuldigen Augen der beiden Kinder und Heidis Humor und Fröhlichkeit überzeugten auch den griesgrämigsten Journalisten, mit dem Ergebnis, daß die Werbeagentur, die mit der Promotion des *Weißen Elefanten* beauftragt war, mich einige Tage später anrief und mir mitteilte, der Brand, vor allem aber unser Abenteuer, hätten einen Werbeeffekt, der künstlich nicht hätte geschaffen werden können, zumal wir die Kosten nie hätten übernehmen können.

Am 28., am darauffolgenden Montag also, kam Sarah aus Montego Bay zurück, zwei Tage früher als geplant, wütend und immer noch voller Angst, obwohl wir alles heil überstanden hatten.

»Cimballi, wärst du in dem Feuer umgekommen, das hätte mich eiskalt gelassen. Aber nicht die Kinder!«

»Eiskalt, ein passendes Wort, Sarah!«

Doch ich konnte sie nicht beruhigen:

»Aber daß du Anda und die kleine Heidi bei diesem blödsinnigen Ausflug in dein beschissenes Kasino in Lebensgefahr gebracht hast, das kann ich einfach nicht begreifen!«

Und so weiter, und so weiter. Sarah wütete gut zwanzig Minuten, ein Zeichen, welche Angst sie ausgestanden hatte, doch zum Schluß hielt ich es nicht mehr aus, sondern schrie zurück, ohne ihr allerdings die Wahrheit zu sagen. Als wir uns wieder soweit beruhigt hatten, daß wir wie erwachsene Menschen miteinander umgingen, schlug ich Sarah vor, mit den Kindern zu Li und Liu nach San Francisco zu fliegen – wir hatten diesen Aufenthalt schon seit längerem ins Auge gefaßt, denn Marc-Andrea, der an Jamaikas Sonne gewohnt war, vertrug das New Yorker Klima nur schlecht, und unser Arzt hatte zu einem Klimawechsel geraten. Bei dieser Entscheidung spielte natürlich auch Marcs und meine Befürchtung eine Rolle, unsere unbekannten Gegner würden es nicht bei dem Brand belassen. Am 1. März flog Sarah mit den Kindern und der Walküre nach San Francisco, und ich versprach, sie sobald wie möglich zu besuchen.

In der Folge sollten sich die Ereignisse überschlagen.

Am Mittwoch, dem 2. März, besuchten mich die Beamten des österreichischen Generalkonsulats ein zweites Mal. Sie hatten natürlich im Fernsehen und in den Zeitungen den Brand in Atlantic City in allen Einzelheiten studieren können und waren sehr besorgt, daß ihre Landsmännin in die Sache verwickelt war. Und wollten mich in ihrer behäbigen Art gerade zu dem Zeitpunkt auf ihre Sorgen aufmerksam machen, als ich nach langen Diskussionen mit den Architekten und Bauunternehmern, die sich um den Wiederaufbau des *Weißen Elefanten* kümmern sollten, mit Caliban in eine heftige Diskussion geraten war, den ich noch nie so kalt und gespannt erlebt hatte wie in diesem Augenblick. Für ihn war der Sachverhalt eindeutig: aufgrund des Brandes, der das Kasino verwüstet hatte, würde sich die Eröffnung um mindestens zwei Monate hinausziehen.

»Franz, Miranda ist ganz und gar nicht zufrieden, denn hier verlieren wir viel, sehr viel Geld.«

»Glaubst du etwa, mir macht das Spaß?«

»In unserem Vertrag ist ausdrücklich festgehalten, daß du für die Verwaltung und Leitung des Kasinos verantwortlich bist. Du und deine Mitarbeiter, das heißt, Henry Chance und auch die Wächter, die den Brand nicht verhütet haben.«

»Man kann mich schließlich nicht für ein Feuer verantwortlich machen, das aufgrund eines unglücklichen Zufalls ausbricht!«

Seine schwarzen Augen zogen sich zusammen, bis sie nur noch schmale Striche waren:

»Wenn es sich um einen unglücklichen Zufall handelt, Franz. Was ich aufgrund meiner freundschaftlichen Gefühle dir gegenüber aufrichtig hoffe. Denn wenn im entgegengesetzten Fall Miranda deinetwegen Geld verlieren sollte...«

Wir schauten uns nicht gerade liebevoll in die Augen, als die Herren Österreicher auftauchten und mit weiß der Himmel welchen Verfügungen drohten.

»Wo hält sich Heidi Moser auf, Mister Cimballi?«

»Das geht nur mich etwas an.«

Ich warf die Österreicher schlicht und einfach, aber unmißverständlich hinaus und schlug die Tür hinter ihnen zu.

Am nächsten Tag, Donnerstag, dem 3. März, verhandelte ich stundenlang mit der Versicherungsgesellschaft, der Getchel & Harkie New Jersey Insurance Company, und war dementsprechend nervös und gereizt. Ich konnte gar nicht anders als den Mann zu spielen, der sich nichts vorzuwerfen hatte:

»Wann bezahlen Sie?«

»Sobald der Untersuchungsbericht vorliegt.«

Die Versicherungsagenten, die mit der Untersuchung beauftragt waren und mit denen ich mich zwei Tage zuvor bereits ausführlich unterhalten hatte, gingen mit mir noch einmal unser Abenteuer Punkt für Punkt durch. Und stellten neue Fragen: ob ich Drohungen erhalten hätte? Feinde, die vielleicht Feuer gelegt hatten, um mir zu schaden? Oder Konkurrenten, denen mein Kasino ein Dorn im Auge war? Und so weiter. Die Herren hatten sich nicht auf die faule Haut gelegt, sondern unterdessen meine wichtigsten früheren Geschäfte durchleuchtet und ganz genau den Ankauf des *Weißen Elefanten* überprüft (allerdings nicht herausgefunden, daß ich fünfzehn Millionen Dollar auf ein Nummernkonto in Curaçao überwiesen hatte). Erst nach fünf, sechs Stunden teilten sie mir die Information mit, die mich brennend interessierte: Sie hatten gleich zu Beginn ihrer Untersuchung herausgefunden, daß das Feuer unter Umständen

– »bitte notieren Sie, Monsieur Cimballi, daß wir unter Umständen gesagt haben!« –

aufgrund eines unglücklichen Zufalls entstanden sein könne. Was nichts anderes bedeutete, als daß sich die Versicherung bereiterklären mußte, die einhundertfünfzig Millionen Dollar Schaden zu ersetzen, nicht mir direkt, sondern der Bank in Philadelphia, die die vierhundert Millionen Dollar Kredit gewährt hatte. Sie waren sogar bereit, mir die mögliche Ursache dieses zufällig ausgebrochenen Feuers zu verraten: einer der alten, im Gang zum Atomschutzraum provisorisch installierten Glücksspielautomaten, der falsch angeschlossen worden war und somit einen Kurzschluß ausgelöst hatte. Möglicherweise. Ein Funke, der den noch nicht verlegten, aber bereits gelieferten Teppichboden in Brand gesetzt hatte, und schon war es geschehen. über die Aufzugs- und Leitungsschächte hatte sich das Feuer in Windeseile im Hotel ausgebreitet...

»In diesem Fall, Mister Cimballi, ist es durchaus möglich und sogar wahrscheinlich, daß das Feuer bereits einige Stunden geschwelt hat, bevor es ausgebrochen ist, also einige Stunden vor Ihrer Ankunft begonnen hat.«

»Wann bezahlen Sie?«

Die Herren legten sich nicht fest. Ich wußte allerdings, daß amerikanische Versicherungsgesellschaften erfreulicherweise die Bezahlung nicht so lange hinauszögern wie ihre europäischen Kollegen, sondern mit bewundernswerter Schnelligkeit ihre Schulden begleichen, sobald sie einmal davon überzeugt sind, daß sie nicht anders können als zu bezahlen. Sie legten mir meine Aussagen vor, die ich unterschreiben sollte, was ich natürlich tat, und verfuhren mit Marc genauso. (Marc hatte ausgesagt, daß er mich und die Kinder zum Mittagessen hatte abholen wollen, also eher zufällig an der Brandstelle gewesen war, eine Lüge, die problemlos abgenommen wurde, da sich verständlicherweise niemand an den genauen Zeitpunkt erinnerte, zu dem er am *Weißen Elefanten* eingetroffen war. In den ersten Minuten waren Polizisten, Feuerwehrleute, Neugierige, Wächter und Journalisten aufgeregt durcheinander gelaufen und niemand hatte auf die anderen Obacht gegeben.)

Endlich räumten sie das Feld und ließen mich mit Lavater, Rosen, Vandenbergh und Lupino allein; ich war erschöpft, aber auch optimistisch.

»Wir haben es fast geschafft«, sagte Marc.

Dann erst sollte das Schlimmste eintreffen. An diesem gleichen Donnerstag, dem 3. März, läutete das Telefon in den Abendstunden noch einmal:

»Monsieur Cimballi? James Olliphan. Ich glaube, der Moment ist gekommen. Wir erwarten Sie morgen, Freitag, zehn Uhr an der Ecke der fünften und fünfundfünfzigsten Avenue. Nein, nicht vor dem *Saint-Regis*, auf der anderen Straßenseite, vor dem Eingang des *Gotham*. Bitte seien Sie pünktlich.«

Er hatte mich nicht einmal um das Treffen gebeten, sondern es schlichtweg angeordnet. Übrigens, bei seinen ersten Worten, ›ich glaube, der Moment ist gekommen‹, hatte ich alles begriffen. Auch seinen Tonfall: er war nicht allein gewesen, als er mich angerufen hatte. Und ich war mir sicher, wer ihm Gesellschaft geleistet hatte.

21

Ein riesiger schwarzer Schlitten, vorne ein Mann neben dem Chauffeur, hinten ein zweiter, der die Tür aufmachte und mich aufforderte, zwischen Olliphan und ihm Platz zu nehmen. Der Wagen fuhr wieder los. Ich sagte:

»Ich stelle mir die morgigen Schlagzeilen der *New York Times*, des *Var-Matin République* und des *Nice-Matin* vor: DER GRÖSSTE FINANZIER VON SAINT-TROPEZ IN DER FÜNFTEN AVENUE GEKIDNAPPT.«

»Mit seiner Einwilligung«, fügte Olliphan lächelnd hinzu.

Seine grünen Augen wandten sich von mir ab, zuerst zu dem Mann, der rechts von mir saß, und dann zu dem, der neben dem Chauffeur saß und sich nicht einmal umgedreht hatte, als ich eingestiegen war. Olliphans unausgesprochene Warnung war eindeutig:

»Nehmen Sie sich vor den beiden in acht!«

Vielleicht wollte er aber auch noch mehr sagen, mich zum Beispiel darauf hinweisen, daß es an dem heutigen Tag nur angebracht war, die Themen zu behandeln, die von meinen Entführern angeschnitten wurden, und so heikle Themen wie Mister Korber und meine Reise nach Südafrika zu vermeiden (zumal ich überzeugt sein konnte, daß Olliphan von Korber über die Reise informiert worden war). Aber vielleicht bildete ich mir das auch nur ein. Olliphan hatte sich inzwischen wieder mir zugewandt und sprach, immer noch lächelnd, weiter:

»Denn Sie willigen doch in diesen kleinen Ausflug ein, nicht wahr, Monsieur Cimballi?«

»Ich träume seit langem davon und hätte alles unternommen, nur um teilnehmen zu dürfen!«

Ich war todmüde. In der vergangenen Nacht hatte ich nicht einmal eine Stunde geschlafen. Rosen und Lavater waren gestern abend noch bei mir gewesen, als Olliphan angerufen hatte. Vandenbergh und Lupino waren gerade gegangen; ich hatte nur noch Vandenbergh erreichen können und ihn gebeten, kehrtzumachen und sich wieder zu uns zu gesellen. Die ganze Nacht hindurch hatten wir versucht, die wenig begeisternden Umstände meiner aktuellen Situation durchzugehen und an alles zu denken, was man mir vorschlagen konnte. Im Grunde hatte ich auf diesen oder einen ähnlichen Anruf gewartet. Und ich wußte, was Olliphan (und durch Olliphans Mund natürlich die Caltanis) mir sagen würden: ich war auf ein Ultimatum gefaßt, das ich wohl nicht würde verwerfen können.

Aus einem einfachen Grund: als ich die Versicherungsgesellschaft angelogen hatte, und nicht nur ich, sondern auch Marc Lavater, und als ich meine Aussage auch noch unterschrieben hatte, hatte ich höchstpersönlich Olliphan den Strick geliefert, mit dem er mich aufhängen konnte, wenn er wollte. Und warum sollte er nicht wollen? Rosen, Vandenbergh und Marc, die alle drei völlig niedergeschlagen waren, hatten die Situation zumindest so gesehen. Ich hatte ihnen nur geantwortet, daß ich noch nicht am Strick baumele. Und selbst in diesem Augenblick vertraute ich trotz meiner Müdigkeit und meiner Erschöpfung immer noch meinem Glück.

Etwas anderes hätte ich sowieso nicht tun können.

Der Wagen hatte die Richtung nach Norden eingeschlagen, war Manhatten hochgefahren, hatte die Bronx durchquert und war dann auf die Autobahn nach New England abgebogen; wir fuhren an den Ausfahrten von New Rochelle, Larchmont und Mamaroneck vorbei, wo ich einmal mit den Rosens auf einen Segeltörn gegangen war. Olliphan versuchte, während der Fahrt kein ungemütliches Schweigen aufkommen zu lassen, und sprach ohne Punkt und Komma von allem möglichen: angefangen von seiner Jugend, seinem Wunsch, Geigenvirtuose zu werden, der traurigen Erkenntnis, daß sein Talent wohl nicht ausreichen würde und er dazu verurteilt gewesen wäre, Orchestermusiker zu werden – bevor er auf mich zu sprechen kam und das erzählte, was er in den Zeitungen und Zeitschriften über diese beeindruckende Persönlichkeit gelesen hatte, dieses I AM HAPPY nach meinem ersten finanziellen Triumph über meinen erbitterten Feind Martin Yahl bis hin zu den Werbespots auf den amerikanischen Bildschirmen während der noch gar nicht lange zurückliegenden Kaffee-Spekulation:

»Monsieur Cimballi, man kann von Ihnen wirklich nicht behaupten, daß Sie ein konventioneller Geschäftsmann sind. Und ab und zu frage ich mich sogar, ob Sie die Geschäfte wirklich immer ernst nehmen?«

»So ernst wie Sie.«

Er lachte schallend.

»Eine glänzende Antwort!«

Die Zeit wurde mir lang, und ich geriet immer stärker in einen Zustand äußerster Anspannung, vor allem, als wir auf der Höhe der Kleinstadt Harrison die Autobahn verlassen hatten. Wir fuhren auf einer kleinen Nebenstraße, an der luxuriöse Anwesen mehr zu erahnen als zu erkennen waren. Kurz darauf bog der Fahrer in eine Privatstraße ein, die zu einem dieser luxuriösen Anwesen führte. Das aus Steinen und nicht aus Holz errichtete Haus – hier eine Seltenheit – lag am Ende einer langen Allee hinter vielen Laubbäumen verborgen. Zwei andere Wagen waren anscheinend schon vor uns angekommen; drei Männer erwarteten uns vor dem Haus und beobachteten uns, ohne irgendwelche Gefühle zu zeigen.

»Bitte hier entlang.«

Der Mann, der neben dem Chauffeur gesessen hatte, blieb sitzen, während wir drei von der Rückbank ausstiegen, doch nur Olliphan und ich gingen ins Haus. Der Chef der Leibwächter hatte uns anscheinend höchstpersönlich die Tür geöffnet, ein Rattengesicht mit blauem Bart und bösen schwarzen Augen. Ich lächelte ihn breit an:

»Berufskiller oder Steptänzer?«

Die Augen der Ratte musterten mich, ohne mich richtig wahrzunehmen, während Olliphan mir freundschaftlich und gleichzeitig etwas vorwurfsvoll zulächelte:

»Aber, aber, Monsieur Cimballi!«

Wir gingen in das Haus und kamen in eine riesige Halle mit einem großen offenen Kamin aus Basalt. Die meisten Möbel waren mit Schonbezügen überzogen. Zwei Männer erwarteten uns. Ich war ihnen nie begegnet, aber ich hatte sie bereits auf Fotografien gesehen und erkannte sie sofort: Joseph, genannt Jos, und Larry Caltani, stumpfe sizilianische Gesichter mit hellwachen Augen und maßgeschneiderten Anzügen, die ein Vermögen gekostet haben mußten. Sie begrüßten mich mit einem einfachen Kopfnicken. Wirklich freundschaftlich! Ich wurde gebeten, vor einer kleinen Leinwand Platz zu nehmen, beinahe wie in Macao, nur daß mir Mirandas Körper sehr viel sympathischer gewesen war.

Die schweren Vorhänge wurden zugezogen, der Projektor angeschaltet. Nur die Caltanis sprachen während der folgenden Minuten. Olliphan nahm an der Diskussion nicht teil, sondern begnügte sich damit, schweigend zuzuschauen, während seine grünen irischen Augen in der Dunkelheit blitzten. Auch meine Ratte hatte kein Recht, an dem Gespräch teilzunehmen, aber das verstand sich fast von selbst.

»Schauen Sie sich den Film an, Cimballi.«

Schon bei den ersten Bildern begriff ich, daß der Kameramann sich an dem Fenster eines der dem *Weißen Elefanten* benachbarten Gebäudes aufgehalten haben mußte, relativ weit oben (aber nicht im Kasino der Caltanis); man hatte ein Teleobjektiv benutzt, wobei die Vogelperspektive leicht verzerrt wirkte, was an dem realistischen Gesamteindruck nichts änderte. In Großaufnahme wurden die Ausstiegsluken der drei Notausstiege gezeigt, wobei die Kamera sich jeweils die Mühe machte, die Holzkeile, die die Ausstiege unbrauchbar machten, genau wiederzugeben.

»Ende der ersten Sequenz, Cimballi. Warten Sie die zweite ab.«

Marc Lavater hatte die Gastrolle übernommen: ich erkannte, wie er sich durch die aufgeregt durcheinander laufende Menge einen Weg bahnte und auf den Graben im Garten des *Weißen Elefanten* zulief. Er entfernte einen ersten Keil, hob ihn hoch und warf ihn fort, soweit er konnte; dann rannte er ein kurzes Stück und vollführte das Manöver mit einem zweiten Keil.

»Jetzt kommt die dritte Sequenz, Cimballi, die interessanteste.«

Die Kamera zeigte den Ausstieg des Notausganges Nr. 1, den die Kinder und ich benutzt hatten, verkeilt und kurz darauf ohne Keil, sich öffnend, während Lavater dabeistand, mit dem Rücken zur Kamera, aber doch eindeutig identifizierbar. Dann erkannte man mich, wie ich auf dem Rand sitzend den Kindern ins Freie half und dann selbst in den Graben sprang und heftig mit Marc diskutierte. Ein Spezialist hätte unser Gespräch an den Lippen ablesen können, so scharf waren die Aufnahmen.

Plötzlich brach der Film übergangslos ab; wahrscheinlich hatte ich gerade angefangen, Marc von dem Gesicht des Wächters auf dem Bildschirm zu erzählen.

Der Wächter war keine Sekunde erkennbar gewesen. So, wie der Film geschnitten war, war eindeutig, daß Marc Lavater eingegriffen, die drei Holzkeile entfernt und den Kindern wie auch mir auf diese Weise das Leben gerettet hatte.

Rattengesicht hatte die Vorhänge wieder aufgezogen, so daß es in der Halle wieder hell geworden war.

»Was halten Sie von diesem Film, Cimballi?«

Jos Caltanis Stimme war extrem sanft, leicht verschleiert und keineswegs unangenehm. Ich suchte Olliphans Augen, doch der Rechtsanwalt zeigte keine Regung.

»Ein ausgezeichneter Film. Vor allem der Schnitt ist hervorragend. Jeder große Regisseur ist zuallererst ein großer Cutter. Der Satz stammt nicht von mir, sondern von Hitchcock.«

Doch ich konnte nicht ewig den Clown spielen. So zuckte ich die Schultern:

»So wie der Film geschnitten wurde, belegt er auf beinahe unangreifbare Art, daß ein Unbekannter versucht hatte, mich und die Kinder, die sich in meiner Begleitung befanden, zu töten. Ohne Lavaters Eingreifen in letzter Sekunde, der sich offensichtlich keinen Deut um den Brand kümmerte, sondern direkt auf die Notausstiege zugerannt war, wären wir drei erstickt.«

»Der Film beweist noch mehr.«

»Aus Lavaters Haltung, der sich ja nicht um den Brand kümmert, könnte man schließen, daß der gleiche Lavater mit diesem Brand gerechnet hatte, daß wir, das heißt Lavater und ich, Komplizen sind und daß wir den Brand selbst gelegt haben. Doch das ist noch nicht alles.«

Es gelang mir zu lächeln, was sicher nicht zu den einfachsten Dingen gehörte, die ich in meinem Leben getan hatte.

»Der Film beweist ebenfalls, daß ich, und natürlich auch Lavater, die Polizei und die Journalisten angelogen haben.«

»Und die Versicherungsgesellschaft.«

Ich nickte gottergeben. Kurzes Schweigen.

»Letzte Frage, Cimballi« (Jos Caltani sprach meinen Namen italienisch aus, Tschimbaaali, was mir bisher noch nie in den Sinn gekommen war; ich hatte immer die französische Aussprache benutzt, Cimballllli): »Was geschieht, wenn dieser Film in die Hände Ihrer Versicherungsgesellschaft gerät?«

»Ich hätte gerne einen Kaffee; ohne Milch, die macht nur dick.«

Caltani machte dem Rattengesicht ein Zeichen, das daraufhin Richtung Küche verschwand; ich nahm wenigstens an, daß die Küche in dieser Richtung lag.

»Cimballi, wenn dieser Film in die Hände Ihrer Versicherungsgesellschaft gerät, dann sinken Ihre Chancen, die einhundertfünfzig Millionen Dollar zu erhalten, auf null. Habe ich recht?«

»Das stimmt.«

»Es könnte sogar sein, daß Lavater und Sie ins Gefängnis wandern.«

Obwohl ich versucht hatte, mich so gut wie möglich auf dieses Gespräch vorzubereiten, gehörte es zu den schwierigsten Momenten in meinem Leben. Die Pille war schwer verdaulich. Trotzdem zwang ich mich zu einem neuen Lächeln:

»Eine Hypothese, die vieles für sich hat.«

Das immer noch gleich ›sympathische‹ und ›warmherzige‹ Rattengesicht kam zurück und brachte mir einen Kaffee, der schlicht ungenießbar war! Wirklich kein Glückstag für mich! Ich setzte die Tasse ab:

»Und wieviel wird mich der Spaß kosten?

»Einundfünfzig Prozent der Anteile am *Weißen Elefanten*.«

Nicht mehr und nicht weniger.

Merkwürdigerweise fühlte ich mich beinahe erleichtert. Ich hatte eigentlich mit noch höheren Forderungen gerechnet, und das Schlimmste war, daß die Herren über Mittel verfügt hätten, um sie durchzusestzen. Ich fasse hier einmal kurz zusammen:

– Am Sonntag, dem 27. Februar 1977, als ich mit Heidi und Marc-Andrea im *Weißen Elefanten* ankam, meinte ich, die Caltanis hätten darauf verzichtet, Marc Lavaters Versuch, über Baumer mehr herauszubekommen als offiziell bekannt war, angesichts des mageren Ergebnisses mit Brutalität zu beantworten, zumal ich ja anscheinend keinerlei Konsequenzen gezogen hatte. Das war die Meinung des Engländers gewesen, und ich hatte diese Meinung übernommen. Die einzige Gefahr ging folglich von der neuen Untersuchung des Engländers aus, doch da war ich mir eigentlich sicher, daß mit der größten Diskretion gearbeitet wurde.

– Trotzdem hatten die Caltanis reagiert, und zwar auf brutale Art und Weise. Dabei wollten sie mich nicht umbringen, das war klar, denn dieser Wächter (der nicht zu den von Henry Chance eingestellten gehörte) hatte die Kinder und mich auf Befehl der Caltanis in letzter Sekunde befreit. Schlußfolgerung: Man hatte mir Angst einjagen, die Eröffnung eines konkurrierenden Kasinos hinausschieben und uns dabei gleichzeitig mitteilen wollen, es sei für unsere Gesundheit sicher heilsamer, sich nur um unsere Angelegenheiten zu kümmern und nicht um die anderer, vor allem nicht um die Baumers.

– So ungefähr hatte Marcs und meine Analyse am Sonntag abend ausgesehen. Wir hatten uns den Kopf zerbrochen, um herauszufinden, aus welchem Grund die Caltanis zu einer so dramatischen Inszenierung gegriffen hatten. Wir hatten das nicht gesehen, was uns eigentlich hätte in die Augen springen sollen, und uns an diesem Sonntagabend auch nicht die Mühe gemacht, lange darüber nachzudenken, warum man Marc an den Ort des Geschehens geholt hatte, und zwar zu einer ganz bestimmten Stelle, an einem ganz bestimmten Augenblick.

Vielleicht hatten uns die Kameramänner der CBS abgelenkt, die kurz darauf bereits auftauchten; sie hatten sich rein zufällig in Atlantic City aufgehalten und verfilmten natürlich das ganze Material, das sie bei sich hatten, denn man hat schließlich nicht jeden Tag die Gelegenheit, ein brennendes Kasino aufzunehmen.

Erst am Montag lief es mir plötzlich kalt über den Rücken, als ich mir vorstellte, der Kameramann habe in seinem Eifer auch Marc aufgenommen, als dieser die Keile von den Ausstiegen zwei und drei entfernte. Ich war sofort in das Studio der CBS gefahren und hatte mir alles Material vorführen lassen. Zu meiner großen Erleichterung konnte ich Marc nirgendwo entdecken. Doch plötzlich wußte ich, aus welchem Grund die Caltanis diese so pompöse und gefährliche Inszenierung gewagt hatten: »Marc, du bist hundertprozentig gefilmt worden, während du die Keile entfernt hast! Nur zu diesem Zweck hat man dich auf das Gelände gelockt.«

Er mußte zugeben, daß dies der einzige einleuchtende Grund gewesen war. Alles Weitere war einfach. Wir waren uns sicher, daß Olliphan oder die Caltanis mich schon bald anrufen und zu einem Treffen ›einladen‹ würden, bei dem ich wohl bedingungslos zu kapitulieren hätte.

Gut, die Mechanismen der Falle, die man mir gestellt hatte und in die ich prompt geraten war, hatten wir verstanden, doch es war noch wichtiger, eine wirkungsvolle Parade zu finden. Und während ich weiter an diesem ungenießbaren Kaffee nippte, war mir immer noch keine Idee gekommen. Ich nahm das Gespräch wieder auf:

»Es wird mir schwerfallen, Ihnen einundfünfzig Prozent der Anteile am *Weißen Elefanten* zu verkaufen, denn ich besitze nur fünfzig.«

»Wir sind uns sicher, daß Sie Ihre chinesischen Freunde überzeugen können.«

Jos Caltanis Stimme war weiterhin ruhig und höflich. Er bedrohte mich nicht, er sprach mit mir über Geschäfte. Auch wenn es natürlich ausgeschlossen war, daß ich seine Vorschläge ablehnte. Olliphan hatte seinen Platz gewechselt; vor einigen Augenblicken saß er noch rechts von mir, so daß ich nur meinen Kopf hatte drehen müssen, um ihn anzuschauen, während er jetzt hinter mir saß, seine Art, mir zu sagen, daß er mit dem Inhalt dieses Gespräches nichts zu tun hatte und daß sich seine Rolle darauf beschränkte, mich in dieses Haus zu bringen und anschließend wieder in die Stadt zu begleiten.

»Nun, nehmen wir einmal an, ich gebe Ihrer Erpressung nach und gehe auf Ihre Bedingungen ein«, sagte ich zu Jos Caltani...

»Ich glaube, Sie haben gar keine andere Wahl.«

»Wenn dieser Film in die Hände der Versicherungsgesellschaft gerät, werde ich in der Tat mit einigen Schwierigkeiten zu kämpfen haben. Aber ich bin mir nicht sicher, ob ich als einziger Probleme haben werde, denn die Versicherung wird den Film selbstverständlich an die Polizei weiterreichen. Die Folge? Die Polizei wird ganz offen nach dem Brandstifter suchen, und ich werde mich nicht scheuen, auf Sie hinzuweisen, Caltani. Und ich bin mir sicher, daß früher oder später Beweise gefunden werden.«

Die beiden Brüder schauten mich erstaunlich gleichmütig an. Meine Drohung schien sie nicht zu berühren. Sie schien ihnen sogar völlig gleichgültig zu sein. Ich war mir sicher, daß die wirklichen Brandstifter keine Laien auf diesem Gebiet gewesen waren. Die Detektive der Versicherung hatten ja anscheinend keine Beweise gefunden, obwohl sie viel Erfahrung auf diesem Gebiet hatten. Ich fuhr fort:

»Und zweitens...«

Um abrupt zu verstummen, als hätte ich eines über den Kopf bekommen. Ich war drauf und dran gewesen, die Brüder Caltani zu bedrohen und ihnen an den Kopf zu werfen, daß ich die Ergebnisse publik machen würde, die mir der Engländer über Baumers letzten Lebensabschnitt mitgeteilt hatte. Dabei durfte ich auf gar keinen Fall auch nur entfernt auf die Arbeit des Engländers anspielen, weder auf die vergangene noch auf die gegenwärtige, wo er sich in der Hauptsache mit Olliphan und Walcher beschäftigte, wenn ich nicht meine Haut riskieren wollte. Wenn ich überhaupt eine Chance hatte, bei dieser Geschichte mit einem blauen Auge davonzukommen, dann hing diese – winzige! – Chance von zwei Faktoren ab: den Erkenntnissen des Engländers und unter Umständen dem Druck, den ich auf Olliphan aufgrund seiner südafrikanischen Abenteuer würde ausüben können. In beiden Fällen mußte ich eisern schweigen.

Schweigen. Die Caltanis schauten mich fragend an; anscheinend waren sie von meinem plötzlichen Verstummen überrascht worden. Ich hörte, wie Olliphan hinter mir aufstand und durch das Zimmer ging; er geriet in mein Blickfeld, und ich beobachtete, wie er zu einem der Fenster ging und sich in die Betrachtung des Parks vertiefte. Schweigend. Unwillkürlich fragte ich mich, ob er erraten hatte, was in mir vorging, und hatte gleichzeitig die unerklärbare Intuition, daß er genau dies gespürt hatte.

»Ja, Cimballi?«

Jos Caltani hatte mich aufgefordert weiterzureden, doch ich war immer noch unfähig, auch nur ein Wort zu formulieren, zweifelsohne das erste Mal in meinem Leben, daß mir so etwas widerfuhr. Mir war bewußt, daß ich einen recht jämmerlichen Eindruck machen mußte, wie ich da mit offenem Mund in meinem Sessel saß, nach Luft schnappte wie ein Fisch auf dem Trockenen und auch meine zitternden Hände nicht unter Kontrolle bekam. Ich mußte mich so schnell wie möglich wieder in die Gewalt bekommen und stand kurz entschlossen ebenfalls auf. Ich begann, in der Halle auf und ab zu marschieren, wie ein Mann, der seinen Zorn kaum zu unterdrücken vermag, wobei ich mir das Rattengesicht für meine mörderischen Absichten aussuchte und ihm jedesmal finstere Blicke zuwarf, wenn ich an ihm vorbeikam, doch dies schien ihn gar nicht zu stören. Und wie immer kam mir die rettende Idee in dem Augenblick, in dem ich wirklich nicht damit gerechnet hatte. Ich hätte beinahe losgebrüllt, denn kaum hatte ich die Idee zum ersten Mal gehabt, da wollte sie auch schon wieder in der Tiefe meines Unterbewußtseins verschwinden, und ich mußte mich ungeheuer anstrengen, daß sie in meinem Bewußtsein blieb.

Nach und nach hatte ich mich wieder in der Gewalt; ich drehte mich den beiden Männern zu, die mich weiterhin aufmerksam musterten, da sie anscheinend aus mir einfach nicht schlau werden konnten, und sagte so bestimmt wie möglich:

»Gut. Ich werde versuchen, meine chinesischen Freunde zu einem Verkauf ihrer Anteile zu bewegen.«

»Versuchen wird nicht ausreichen.«

»Ich brauche Zeit. Sie werden verstehen, daß ich mindestens einmal nach Macao fliegen muß.«

»Vierzehn Tage.«

»Vier Wochen.«

»Heute ist der vierte März. Bis zum zwanzigsten März.«

Während ich mit den beiden Mafia-Bossen verhandelte, ging mir meine Idee nicht aus dem Kopf, die ich abwechselnd ungeheuer genial und ungeheuer kindisch empfand. Eine Idee nach meinem Geschmack.

»Vier Wochen. Mindestens bis zum 31. März. Vorher ist es unmöglich. Ich muß die Chinesen überzeugen, eine langwierige Arbeit, und ... (ich improvisierte) die endgültigen Beschlüsse der Versicherungsgesellschaft kennen. Falls sie ablehnen sollte, für den Schaden aufzukommen, dann gibt es auch keine Anteile am *Weißen Elefanten* zu verkaufen, denn wie Sie wissen, verfüge ich nicht über die einhundertfünfzig Millionen Dollar, die notwendig sind, so wie ich weiß, daß Sie nicht über eine solche Summe verfügen.«

Was ich natürlich nicht wußte, sondern nur annahm, denn

damals wußte ich noch nicht sehr viel über die wahren finanziellen Möglichkeiten der Caltanis. Ich wußte nur, daß sie zur Finanzierung ihres eigenen Kasinos einen Bankkredit über mehr als dreihundert Millionen Dollar in Anspruch genommen hatten. Doch das hieß noch lange nicht, daß ihre Reserven aufgebraucht waren.

Jos Caltani warf seinem Bruder einen schnellen Blick zu; anscheinend überzeugte ihn das, was er sah, denn er sagte kurz darauf:

»Einverstanden. Mittwoch, 30. März, mittags.«

»Unter der Voraussetzung, daß die Versicherung sich bis dahin bereit erklärt hat, den Schaden zu übernehmen.«

»Einverstanden.«

Neuerliches Schweigen. Olliphan, der immer noch in den Anblick des Parks vertieft war, hustete. Vielleicht ein Signal, denn Jos Caltani nahm den Faden wieder auf:

»Wir sind Geschäftsleute, Cimballi, nichts anderes als ehrbare Geschäftsleute. Wir werden natürlich das, was Sie uns verkaufen, bezahlen. Wir werden den auf uns entfallenen Anteil an den Schulden bei der Bank aus Philadelphia übernehmen und für die einundfünfzig Prozent einundfünfzig Millionen Dollar bezahlen.«

Das war zu schön, um wahr zu sein. Es war nicht wahr, denn er fügte sofort hinzu:

»Zumindest werden die einundfünfzig Millionen Dollar in dem Verkaufsvertrag auftauchen. Wir werden diese Transaktion allerdings erst dann als abgeschlossen betrachten, wenn Sie dreißig der einundfünzig Millionen auf ein panamesisches Konto überwiesen haben, das wir Ihnen noch benennen. Wir müssen schließlich einen bescheidenen Gewinn erzielen, Mister Cimballi.«

Ich stieg anscheinend in ihrer Achtung, denn inzwischen war ich zum ›Mister‹ avanciert. Und hatte dafür dreißig Millionen Dollar verloren. Mehr noch. Denn erstens war es noch keineswegs sicher, daß es mir gelingen würde, Miranda zu einem Verkauf zu bewegen; es war sehr viel wahrscheinlicher, daß man mich eines Tages mit einem Messer zwischen den Schulterblättern finden würde... Doch nehmen wir einmal an, ich machte das Unmögliche möglich und Miranda willigte in einen Verkauf ein, dann würde sie sich nie im Leben mit ihrer Einlage zufriedengeben, sondern ich mußte ihr eine besondere lukrative Entschädigung anbieten (und diese Entschädigung würde ich, neben den dreißig Millionen Dollar Verlust, aus eigener Tasche bezahlen müssen). Wirklich ein Glückstag!

Ich hob die Hand:

»Ich bin einverstanden, stelle aber drei Bedingungen.«

»Wir stellen hier die Bedingungen.«

Ich tat so, als ob ich die Halle verlassen wollte.

»Gut. In diesem Fall können Sie Ihren Film zeigen, wem Sie wollen. Ich lasse mich zwar erpressen, aber nur bis zu einem gewissen Punkt. Und dieser Punkt ist inzwischen erreicht.«

Schweigen. Eiskaltes Schweigen. Ich hatte im Grunde nicht einmal geblufft, denn ich war wirklich bereit, die ›Verhandlungen‹ abzubrechen – wenn man unser Gespräch als Verhandlungen bezeichnen will. Larry Caltani, in meinen Augen der Intelligentere der beiden, ergriff zum ersten Mal das Wort; seine Stimme war noch sanfter und noch verschleierter:

»Welche Bedingungen?«

»Erstens: die Überschreibung wird nicht auf einmal, sonder auf zweimal erfolgen. Am 30. März oder spätestens achtundvierzig Stunden, nachdem die Versicherung sich in unserem Sinne positiv entschieden hat, werde ich Ihnen neunundvierzig Prozent der...«

»Wir hatten von einundfünfzig gesprochen.«

»Die Sie auch erhalten werden, aber erst am Ende der Transaktionen. Ich werde Ihnen die fehlenden zwei Prozent später überschreiben.«

»Wann?«

»Genau drei Monate nachdem der *Weiße Elefant* eröffnet wurde.«

»Einen Monat.«

»Zwei.«

»Einverstanden.«

»Zweitens: Ich bestehe darauf, daß dieser Film und alle Kopien, die möglicherweise von diesem Film gemacht wurden, noch heute in einem Schließfach bei einer Bank Ihrer Wahl hinterlegt werden. Dieses Schließfach wird in meiner Gegenwart abgeschlossen und kann nur bei gleichzeitiger Anwesenheit von mir und einem von Ihnen oder einem von Ihren Repräsentanten aufgemacht werden. Wohlverstanden, von dieser Sekunde ab werden wir uns nicht mehr trennen, solange der Film nicht in Sicherheit gebracht ist.«

Olliphan, der uns immer noch den Rücken zuwandte, ergriff zum ersten Mal das Wort:

»Jedes Bankschließfach kann jederzeit, gleichgültig, welche Vorsichtsmaßnahmen ergriffen wurden, auf richterliche Anordnung hin aufgeschlossen werden.«

»Ich weiß.«

»Und natürlich können irgendwo Kopien versteckt sein.«

»Dieses Risiko nehme ich auf mich. Ich glaube nicht, daß Sie sich die Mühe gemacht haben und weitere Kopien anfertigen ließen. Haben Sie welche anfertigen lassen?«

»Die Antwort wäre in jedem Fall nein«, bemerkte Larry Caltani leicht ironisch, worauf Olliphan zum zweiten Mal das Wort ergriff:

»Meine Klienten bräuchten nur eine Klage gegen Sie einzureichen, vor allem, wenn sie bereits Aktionäre des *Weißen Elefanten* sind, und das Schließfach wird von der Polizei geöffnet und die sich darin befindenden Dokumente dem Gericht übergeben.«

Olliphan war mir zur Hilfe gekommen! Ich hatte es geahnt! Ich sagte:

»Ihre Klienten gehen also kein Risiko ein, wenn sie meine Bedingung erfüllen.«

»Richtig.«

Schweigen.

Larry Caltani fuhr fort:

»Aber warum dann diese umständliche Prozedur, Mister Cimballi? Die Tatsache, daß wir Ihre Partner werden, müßte doch als Sicherheit ausreichen, damit dieser Film nie mehr auftaucht?«

»Ich möchte vor allem vermeiden, daß dieser Film verlorengeht. Und ich wünsche ebenfalls, daß dieser Film sowie eventuell vorhandene Kopien an dem Tag, an dem ich Ihnen die zwei fehlenden Prozent überschreibe, vernichtet wird. Und was meine dritte Bedingung anbelangt...«

Meine Hände waren feucht geworden.

»Ich möchte, daß die Übertragung der neunundvierzig Prozent sowie der Vorvertrag zum Verkaufsvertrag über die restlichen zwei Prozent, die wir beide am 30. März abschließen, auf den 25. Februar 1977 vordatiert werden, dem Tag, an dem ich nach einer längeren Reise wieder in den Vereinigten Staaten eintraf.«

»Der 25., das heißt, zwei Tage, bevor der *Weiße Elefant* gebrannt hat.«

»Richtig. So kann ich sichergehen, daß der Film, oder die Filme, falls Sie doch Kopien gemacht haben sollten, bestimmt nicht mehr auftauchen.«

Schweigen. Ich vermied es, Olliphan einen Blick zuzuwerfen, obwohl dieser uns weiterhin den Rücken zudrehte. Ich fragte mich, ob er meine geheimen Absichten wohl erraten hatte, was mich allerdings sehr überraschen würde, da ich sie selbst noch keineswegs durchdacht hatte. Ich nahm das Gespräch wieder auf:

»Was befürchten Sie? Sie haben vorher gesagt, daß Sie diesen Film nicht benutzen wollen, wenn ich Ihre Bedingungen erfülle. Andererseits scheinen Sie davon überzeugt zu sein, daß die Detektive der Versicherungsgesellschaft die wahren Brandursachen nie herausfinden werden.«

Neues Schweigen. Olliphan meldete sich wieder zu Wort:

»Ich würde mich gerne mit meinen Klienten unterhalten, Monsieur Cimballi, ohne daß Ihre Ohren sich in Reichweite befinden.«

Mein Puls raste, wahrscheinlich so um die einhundertfünfzig; ich versuchte, mich so selbstsicher wie nur möglich zu geben:

»Ich sähe es gerne, wenn der Film aus dem Projektor genommen würde...«

Jos Caltani machte dem Rattengesicht ein entsprechendes Zeichen. Er nahm die Spule aus dem Projektor, legte sie in eine Schachtel und deponierte das alles entscheidende Päckchen mit aufreizender Langsamkeit auf einem niedrigen Tisch.

Ich sagte zu Olliphan:

»Wenn Sie wollen, können Sie gerne mit ihren Klienten reden. Ich stelle allerdings die Bedingung, daß Sie in meinem Blickfeld bleiben und mit niemand anderem Kontakt aufnehmen. Sie könnten, zum Beispiel, in den Park gehen, wo ich Sie vom Fenster aus überwachen könnte und selbst von diesem Schönling überwacht werde.«

Ich hatte auf das Rattengesicht gedeutet. Olliphan überlegte kurz und verschwand dann mit den beiden Caltanis im Park. Ungefähr zwanzig Meter vom Haus entfernt wanderten sie auf und ab, ohne den Versuch zu machen, aus meinem Gesichtskreis zu verschwinden; natürlich konnte ich nichts hören, und die drei achteten darauf, mir nie ihr Gesicht direkt zuzuwenden, so daß ich auch von ihren Lippen nichts ablesen konnte, eine Kunst, die ich ohnehin nicht beherrschte.

In meinem Rücken spürte ich den schweren Blick des Rattengesichts, durchaus nicht angenehm, und ich war mir sicher, daß er keine Sekunde zögern würde, mir eine Kugel durch den Kopf zu jagen, falls ich Anstalten machen sollte, den Film an mich zu nehmen.

Die Diskussion zwischen den Caltanis und Olliphan wurde immer erregter; vor allem Jos gestikulierte heftig, und Olliphan hatte anscheinend viel Mühe, ihn zu beruhigen, während Larry nur selten, dann aber um so nachdrücklicher, in das Gespräch eingriff. Zumindest meinte ich das aus den verschiedenen Körperhaltungen ablesen zu können.

Ich bekam es mit der Angst zu tun.

Ich hatte auf Olliphan gesetzt, zumindest auf seine augenblickliche Haltung. Die Bedingungen, unter denen ich bereit war, die Forderungen der Caltanis zu erfüllen, beinhalteten keine Falle. Zumindestens im Augenblick nicht. Aus einem einfachen Grund: Ich war bisher nicht in der Lage gewesen, eine Falle aufzubauen; ich wußte noch nicht einmal, wie ich eine solche Falle stellen konnte und ob dies überhaupt möglich war. Aber ich wußte, daß ich mich gleich begraben lassen konnte, wenn meine Gegner nicht auf meine Bedingungen eingehen würden. Ich hoffte, daß Olliphan meine Pläne nicht durchkreuzte. Zwanzig, dreißig Minuten verstrichen. Endlich kamen die drei Männer wieder in die Wohnhalle zurück.

Ich hatte mir gesagt, daß ich auf gar keinen Fall als erstes Olliphan anschauen dürfe, doch ich konnte mich nicht beherrschen; kaum war er durch die Tür gekommen, durch die man direkt in den Park gelangte, schaute ich ihn an und mußte mich zusammennehmen, denn das, was ich zu erkennen meinte, hätte mich um ein Haar zu einem freudigen Ausruf veranlaßt.

Jos Caltani bestätigte kurz darauf meine Intuition:

»Wir gehen auf Ihre Bedingungen ein, Cimballi.«

Mit einer geringfügigen Abänderung: Sie waren bereit, den Film in einer Schachtel, so daß die Bankbeamten nicht ahnen konnten, was in der Schachtel war, zu meinen Bedingungen in einem Schließfach aufzubewahren und eine Vereinbarung zu unterschreiben, daß dieses Schließfach nur im Beisein von zwei Personen aufgemacht werden durfte, zu denen ich natürlich gehörte. Doch die zweite Person, und das war ihre Abänderung, war weder einer der Caltanis noch Olliphan; sie schlugen einen gewissen Kowalski vor, Pete Kowalski. Ihre Absicht war leicht zu durchschauen: Wenn eines Tages, aus welchem Grund auch immer, der Film wieder auftauchen und der Polizei übergeben werden sollte, dann mußten die Caltanis, wollten sie mit Hilfe des Filmes juristisch gegen mich vorgehen, behaupten können, den Film nicht zu kennen.

»Wo hält sich dieser Kowalski auf?«

»Wir werden ihn in Ihrer Gegenwart anrufen. Sie werden dann zusammen den Film, das heißt die Schachtel, in dem Schließfach deponieren.«

Ich war einverstanden, kontrollierte den Film, um sicherzugehen, daß es sich auch um den richtigen handelte, legte ihn in eine Schachtel und verklebte die Schachtel. Olliphan meinte:

»Sie können die Schachtel gerne aufbewahren, bis sie in dem Schließfach deponiert wird.«

»Ihr Vertrauen ehrt mich.«

Doch es war offensichtlich, daß sie nicht die Absicht hatten, mich auch nur eine Sekunde aus den Augen zu lassen.

Ich fragte mich wieder, ob sie eine oder vielleicht sogar mehrere Kopien gezogen hatten. An ihrer Stelle hätte ich das getan.

Meine anderen Bedingungen wurden ohne Änderungswünsche akzeptiert.

Ich sollte nie erfahren, welche Rolle Olliphan dabei gespielt hatte, ging aber davon aus, daß er die Caltanis mehr oder minder dazu überredet hatte, auf meine Bedingungen einzugehen. Denn so konnte ich mich in dem Glauben wiegen, meine wichtigste Trumpfkarte steche.

Hier noch einmal die Bedingungen, auf die die Caltanis eingegangen waren:

Am 30. März, also in sechsundzwanzig Tagen, würde ich unter der Voraussetzung, daß sich die Versicherungsgesellschaft, bei der der *Weiße Elefant* gegen Feuer versichert war, bereit erklärt hatte, für den entstandenen Schaden aufzukommen, neunundvierzig Prozent meiner Anteile an dem Kasino einer anonymen Gesellschaft verkaufen, hinter der natürlich die Caltanis steckten. An dem gleichen Tag mußte ich beweisen, daß ich unterdessen die Anteile der Chinesen aus Macao gekauft oder sonstwie in meinen Besitz gebracht hatte. Und wieder an dem gleichen Tag würde ich eine Verkaufsverpflichtung unterschreiben, die unwiderruflich war und in der festgehalten wurde, daß ich auf den Tag genau zwei Monate nach der Eröffnung des *Weißen Elefanten* weitere zwei Prozent meiner Anteile an die Caltanis verkaufen würde. Diese Papiere würden geschlossen auf den 25. Februar rückdatiert werden. An dem Tag, an dem auch die zwei Prozent in den Besitz der Caltanis übergegangen sein würden, würden wir den Film aus dem Bankschließfach holen und gemeinsam vernichten.

Eines war klar: Die Caltanis hätten sich höchstwahrscheinlich geweigert, auf meine Bedingungen einzugehen, hätte Olliphan aus Gründen, die mir unbekannt waren, nicht meine Partei ergriffen.

Natürlich hätte ich die tollsten Pläne schmieden können, mit deren Hilfe ich den Film an mich bringen wollte, eine Söldnertruppe aufstellen, zum Beispiel, die die Bank überfallen würde, oder sonst irgend etwas Verrücktes, doch ich hütete mich, auch nur daran zu denken, denn erstens konnte ich wirklich nicht davon ausgehen, daß die Caltanis es versäumt hatten, Kopien anfertigen zu lassen, und zweitens wäre mein Leben nach einem solchen Abenteuer keinen Pfifferling mehr wert gewesen.

Es gab aber noch einen dritten Grund, weshalb ich von solchen Plänen Abstand nahm, und dieser Grund war wohl der entscheidende: Der Film war mir eigentlich völlig gleichgültig. Er durfte nur nicht in die Hände meiner Versicherung geraten, das war alles.

Ich wurde wieder nach Manhattan zurückgebracht; Olliphan blieb allerdings noch auf dem Land, so daß ich mit dem Chauffeur und zwei der dienstbaren Geister der Caltanis vorliebnehmen mußte, die mich auf der Rückbank einrahmten. Rattengesicht war auch dabei.

Vor dem Eingang der Bank wurden wir bereits von zwei Männern erwartet. Der eine stellte sich vor:

»Pete Kowalski.«

Wir gingen in die Bank; Rattengesicht folgte uns und nahm während der ganzen Prozedur seine rechte Hand nicht aus der Tasche seines Regenmantels... Vielleicht hatte er aber auch nur Angst, ich würde versuchen, seine kostbare Meerschaumpfeife zu stehlen... Die Formalitäten waren schnell erledigt, und zehn Minuten später befanden wir uns bereits wieder auf der Straße.

»Auf Wiedersehen, Mister Cimballi.«

Zwei Sekunden später war ich allein. Ich schaute mich um und ging in die nächstbeste Bar, um einen Whisky zu trinken, was so gar nicht zu meinen Gewohnheiten paßte. Doch auch der scharfe Alkohol konnte meine Magennerven nicht beruhigen.

Ich befand mich wirklich nicht in meinem normalen Zustand. Angst, Wut und kalte Entschlossenheit bildeten eine merkwürdige Mischung. Mit solchem Zynismus war ich bisher, finanziell gesehen, noch nie ›hingerichtet‹ worden.

»Wir sind ehrbare Geschäftsleute«, hatte Jos Caltani behauptet.

Man hatte mich betrogen, mir das Fell über die Ohren gezogen, anders kann ich es nicht ausdrücken. Doch in den wenigen Sekunden, in denen ich verstummt und zu einem Eisblock erstarrt war, war in mir eine Idee geboren worden, die ich unbedingt weiterverfolgen mußte.

Noch stellte die Idee nicht die Parade dar, doch wenn ich sie weiterentwickelte...

So leicht gab ich mich nicht auf!

FÜNFTER TEIL

Wer zuletzt betrügt, betrügt am besten

22

In allen guten Abenteuerfilmen sehen wir den Helden in den Sekunden, Minuten oder, besser noch, Nächten, die dem abschließenden Kampf vorangehen – sei es, daß die Indianer endlich angreifen oder unser Held sich nach langem Zögern endlich anschickt, die uneinnehmbare Festung einzunehmen –, ruhig, ausgeglichen, ja sogar zärtlich seiner Angebeteten den Hof machen. Im Mondlicht oder bei Sonnenuntergang.

Sarah lachte schallend:

»Und du meinst, ich soll die Rolle der Heldin übernehmen?«

»Du, Marc-Andrea und Heidi; eine Rolle mit dreifacher Besetzung.«

Ich hatte am Abend des 3. März, wenige Stunden nach der Gipfelkonferenz mit den Caltanis, das nächste Flugzeug nach Kalifornien genommen. Ich hatte natürlich viele Gründe, zu meiner Familie zu fliegen, doch es spielte sicher auch eine Rolle, daß dies die einfachste Möglichkeit war, den unendlichen Diskussionen mit Lavater, Rosen, Lupino und Vandenbergh aus dem Weg zu gehen, die ich nur kurz angerufen hatte, um mitzuteilen, daß nichts Mitteilenswertes vorgefallen war. Sie hatten dies nicht zu schätzen gewußt und mich mit Fragen bestürmt, die ich nicht beantwortete:

»Räumt mir einige Tage Zeit ein.«

Sarah schaute mich aufmerksam an:

»Franz, steht es wirklich so schlecht?«

»Es könnte noch schlimmer stehen. Ich könnte Krebs mit Metastasen haben, Heidi das Schienbein des Präsidenten der Vereinigten Staaten zertrümmert, Marc-Andrea Mumps und du plötzlich den Wunsch haben, in ein Kloster einzutreten.«

»Mit dem Kloster ist es noch nicht so eilig«, antwortete sie. »Komm mit mir ins Bett, ich weiß kein besseres Mittel gegen deine Krankheit.«

Gehorsam führte ich ihren Befehl aus und mußte zugeben,

daß mich ihre Therapie wirklich entspannte. So sehr, daß ich in den drei darauffolgenden Tagen regelmäßig rückfällig wurde und im Grunde nichts anderes tat, von Spaziergängen in San Francisco in Begleitung meiner Irin und der Kinder einmal abgesehen. Li und Liu, bei denen wir wohnten, waren in Frankreich, in Monaco, wo sie ein Unterseeboot ausprobierten, das heißt, eher eine Art Maschine, die am Meeresboden arbeitend die wertvollen Metalle bergen konnte, die dort unten schlummerten.

»Franz, weißt du eigentlich, wieviel Gold sich allein in kolloidalem Zustand im Meer befindet? Für ungefähr neun Milliarden Dollar!«

»Ihr verrückten Chinesesn, wollt ihr eigentlich alle Ozeane durchsieben? Und meint ihr, ihr werdet auf diese Art eines Tages reich?«

»Reich sind wir schon, mein lieber Freund, reicher kann man gar nicht werden. Nein, wir wollen uns nur amüsieren.«

Sie waren am 7. März nach San Francisco zurückgekehrt, in meinen Augen gerade rechtzeitig, denn ich begann, vor lauter Ungeduld mich im Kreis zu drehen. Ich war natürlich nach Kalifornien gekommen, um meine kleine Familie zu sehen, aber ich hatte noch eine zweite Absicht verfolgt: Ich wollte etwas Abstand von New York gewinnen und die Idee, die mir während des Gesprächs mit den Caltanis gekommen war, ausbauen. Unter anderen Umständen wäre ich nach Saint-Tropez geflogen und hätte mich dort in die Villa, in der ich geboren wurde, *La Capilla,* zurückgezogen, der einzige Platz auf dieser Welt, wo ich wirklich zu Hause bin. Doch das Verbot, mit Heidi die Vereinigten Staaten zu verlassen, hatte mich daran gehindert, denn ich wollte mich auf keinen Fall von dem Mädchen trennen. Ich mußte mich folglich mit San Francisco zufriedengeben, fühlte mich hier aber überraschend wohl und nutzte die Zeit, in der meine Berater mir meine Ruhe ließen, denn ich war überzeugt, daß die New Yorker und auch Lavater alles darangesetzt hätten, mir zu beweisen, daß ich endgültig und unheilbar verrückt geworden war. Ich hatte also in den vergangenen Tagen meine Idee hin und her überlegt und mir so etwas wie einen Schlachtplan zurechtgelegt, der unter Umständen die Erpressung, der ich ausgesetzt war, ins Leere laufen lassen konnte. Ich hatte vor, Li und Liu als erste in meinen Plan einzuweihen. Aus gutem Grund, denn ohne die beiden konnte ich meinen Plan nie verwirklichen. Ich erklärte ihnen mein Projekt.

Schweigen.

Sie waren plötzlich ernst geworden.

In den Minuten vorher hatten sie noch mit dem nie versiegenden Humor, der ihnen zu eigen ist, mir ihr merkwürdiges Meeresbodensieb erklärt, und es mir, als ich es nicht verstand, auch vorgespielt, eine Mischung zwischen einer Grille und einem Rennwagen, dessen Motor durch Pedale ersetzt worden war; sie erklärten mir, daß die Bäche und Flüsse auf dieser Erde jedes Jahr dreieinhalb Milliarden Tonnen Metalle verschiedenster Art ins Meer transportierten, und dies seit Erschaffung der Welt, was ja bekanntlich schon eine ganze Weile her war. Sie rechneten mir vor, daß man ungefähr sechshundert Millionen ihrer Maschinen und sieben oder acht Milliarden Jahre brauchen würde, um uneingeschränkter Herrscher über alle bekannten und noch zu entdeckenden Metalle dieser Welt zu werden.

Doch jetzt lachten sie nicht mehr. Innerhalb von einer Sekunde hatten sie mit ihren Eseleien aufgehört und sich in diese kalten und methodisch vorgehenden Geschäftsleute verwandelt, die sie sein können, falls die Umstände dies von ihnen verlangen (so ganz nebenbei gesagt: die beiden waren wohl um die dreihundert Millionen Dollar wert).

»Das wird nicht klappen, Franz. Das ist der verrückteste Racheplan, den wir kennen, doch...«

Sie schüttelten den Kopf:

»Zu verrückt. Zu kompliziert. Das wird nicht funktionieren.«

»Ihr gebt aber immerhin zu, daß dies meine einzige Chance ist?«

»Gib auf. Verkauf deine fünfzig Prozent an dem *Weißen Elefanten* an die Caltanis, nimm die zwanzig Millionen Dollar, die sie dir dafür bieten, und hau ab.«

»Eher verrecken! Übrigens, diese ehrbaren Geschäftsleute bestehen auf einundfünzig Prozent, nicht auf fünfzig. Die wissen haargenau, was sie wollen: Ich soll die Chinesen aus dem Kasio vertreiben, so daß sie später keine Scherereien mit den Gelbgesichtern bekommen. Nein, nein, ich habe keine Wahl. Und ihr müßt mir helfen, Miranda zu überzeugen. Ihr kennt sie gut, sie wird auf euch hören, so daß ich vielleicht nicht in tausend Stücke zersäbelt werde, wenn ich in Macao eintreffe.«

»Oder wir schwimmen alle drei im Chinesischen Meer, in Begleitung von kleinen lieben Haifischen. Franz, selbst einmal angenommen, Miranda ließe sich von deinem verrückten Plan überzeugen: Du wirst zum Minderheitsaktionär, daran läßt sich nichts ändern. Und deine Caltanis werden nicht nur die Mehrheit des *Weißen Elefanten* besitzen, sondern auch noch das benachbarte Kasino. Leicht auszurechnen, was sie vorhaben: Sie werden die beiden Kasinos zusammenlegen. So daß dir zum Schluß nicht einmal ein Viertel der Aktien bleibt. Und du kannst Gift darauf nehmen, daß die Unkosten allen Gewinn auffressen, auf dem Papier natürlich; in den kommenden dreißig Jahren wirst du keinen Cent sehen. Nein, Cimballi, die haben dich liquidiert.«

Als ob sie mir das erst beibringen müßten! Ich hatte mir keine Sekunde Illusionen über das Schicksal gemacht, das diese ›ehrbaren‹ Geschäftsleute mir zugedacht hatten. Ich versuchte weiter, meine chinesischen Freunde zu überzeugen:

»Ein weiterer Grund, um etwas anderes zu probieren. Diese Typen haben mich betrogen, und ich werde sie betrügen, wie noch nie ein Mafioso betrogen wurde! Und ich bin überzeugt, daß ich den richtigen Weg gefunden habe.«

Um die Motive verstehen zu können, die Li und Liu schließlich doch dazu veranlaßten, bei der sehr akrobatischen *combinazione*, die ich ihnen vorgeschlagen hatte, mitzumachen, müssen meine Leser wissen, daß ich die beiden heute in San Francisco installierten Chinesen seit meinen Anfängen als internationaler Geschäftsmann kannte, die mit ihren eigenen Anfängen zusammenfielen. Ich hatte ihnen damals einen Dienst erwiesen, der mich unter Umständen das Leben hätte kosten können.* Mit Hilfe der sechzig Millionen Dollar, die ich ihnen praktisch auf einem silbernen Tablett

* Siehe Paul-Loup Sulitzer, Money, Heyne-TB Bd. 01/6936

servierte, hatten sie ihr aktuelles Vermögen aufbauen können, und diesen Anfangsbestand hatten sie nur meiner grundehrlichen Natur zu verdanken. Als ich mich vor zwei Jahren in einer sehr kritischen Situation befand, hatten sie mir nicht helfen können, denn sie hatten ihre sämtlichen verfügbaren Gelder so investiert, daß sie in der Tat nichts locker machen konnten.* Im Augenblick, und da war ich mir sicher, verfügten sie über die notwendigen Mittel, um mir unter die Arme zu greifen. Doch lassen wir einmal diese aufrichtige Freundschaft beiseite, die uns miteinander verbindet, denn im Dschungel der internationalen Geschäftswelt gibt es keine Börse, an der die Aktien der Freundschaft gehandelt werden, obwohl, manchmal...

Sie mochten mich und fühlten sich mir vielleicht auch irgendwie verpflichtet. Doch ich kannte sie recht gut und nahm eigentlich an, daß es nicht so sehr die Freundschaft war, die sie bewog, mir zu helfen, sondern die Extravaganz, um nicht zu sagen der helle Wahnsinn, der mein Projekt prägte.

Immer noch ernst, nickten sie bedächtig mit ihren himmlischen Köpfen und sagten:

»Als erstes müssen wir mit diesem Zwerg sprechen, Mirandas Vetter. Wie nennst du ihn?«

Caliban. Am 8. März traf er, von seiner blonden Gattin, von der er sich anscheinend nie trennte, begleitet, in San Francisco ein. Er war nervös und beunruhigt: Während der letzten Tage hatte er die Privatdetektive der Versicherungsgesellschaft beobachtet, die die Reste des *Weißen Elefanten* mit unwahrscheinlicher Sorgfalt untersuchten. Als ich ihm die Wahrheit mitteilte und ihm sagte, daß es sich sehr wohl um eine Brandstiftung handelte, daß ich den Beweis dafür hatte und unglücklicherweise nicht der einzige war, der über diesen Beweis verfügte, und daß ich, das heißt natürlich, daß wir uns in einer nicht gerade angenehmen Situation befanden, wurde sein Gesicht, das seit seiner Ankunft nur verschlossen gewesen war, so wütend, daß es mit diesem Wort nur unzureichend beschrieben wird.

* Siehe Paul-Loup Sulitzer, Cash, Heyne-TB Bd. 01/6937

»So etwas ahnte ich bereits. In den letzten Tagen warst du völlig verändert. Ich habe übrigens Miranda bereits alarmiert. Es war höchste Zeit, daß du mir reinen Wein eingeschenkt hast, denn die Situation ging mir langsam auf die Nerven.«

Unglaublich, wie gefährlich dieser Zwerg wirken konnte. Ich befand mich wirklich in einer höchst ungemütlichen Lage: Auf der einen Seite ein Caliban und seine chinesischen Auftraggeber und auf der anderen die Caltanis, denen ein Menschenleben mindestens ebenso gleichgültig war. Ich hatte wirklich das Talent, mich in völlig ausweglose Situationen zu manövrieren. Trotz meines noch zarten Alters – ich würde, wenn ich das Datum noch erleben sollte, in sechs Monaten achtundzwanzig Jahre alt werden – hatte ich gefährlichere Situationen überstanden und noch zu überstehen als mancher Berufssöldner.

»Du hättest mich auf der Stelle informieren müssen«, fuhr mich der korsisch-chinesische Zwerg weiter an. »Ich repräsentierte die Hälfte der Besitzer und habe genauso viel zu sagen wie du!«

Erst nach zweistündiger, zum Teil sehr stürmischer Diskussion hatte sich sein Zorn einigermaßen gelegt; wir waren dabei zweimal kurz vor dem Abbruch der Verhandlungen gestanden, das heißt, er hatte gedroht, mit dem nächsten Flugzeug nach Macao zu fliegen und dort zu einem Krieg gegen Cimballi zu trommeln. Nur den Interventionen von Li und Liu hatte ich es zu verdanken, daß er sich jedesmal wieder beruhigte und an den Verhandlungstisch zurückkehrte. Die drei hatten dabei heftig chinesisch miteinander geredet, so daß ich bei den eigentlichen Friedensverhandlungen ausgeschlossen gewesen war.

Ich sehe noch heute Caliban vor mir, wie er in seinem Sessel sitzend die Beine unterschlug, wie er es immer tat, mit Macao telefonierte und unendlich lange auf chinesisch verhandelte. Hinter ihm zeichnete sich in der großen Fensterfront die Golden Gate Bridge ab, die laufend von Wolken umspielt wurde. Caliban, der endlich seinen ganzen Zorn losgeworden war, hatte mich gebeten, ihm noch einmal meinen Plan genau auseinanderzusetzen und dabei auch die nebensächlichsten Details ausführlich zu beschreiben. Er unterbrach mich kein einziges Mal. Seine Augen verließen mich keine Sekunde, während ich redete; trotzdem wußte ich nicht, was in ihm vorging, denn er beherrschte sich wie ein erfahrener Pokerspieler. Als ich endlich fertig war, überlegte er noch eine Zeitlang, bevor er endlich den Mund aufmachte... und mit Li und Liu auf chinesisch verhandelte, die ihm natürlich in ihrer Muttersprache antworteten. Das Gespräch zog sich in die Länge, so daß ich nach einiger Zeit verbittert sagte:

»Ich brauche zwar keine wörtliche Synchronisation, aber Untertitel würden mir das Verständnis schon erleichtern.«

Anscheinend hatten sie vergessen, daß es mich überhaupt noch gab. Überrascht schauten mich drei geschlitzte Augenpaare an. Dabei entdeckte ich in den Augen Lis und Lius einen Ausdruck, den ich nur allzugut kannte, und richtig, kurz darauf mußten sie so lachen, das es sie regelrecht durchschüttelte. Am schönsten aber war, daß auch Caliban in dieses Lachen einstimmte und ebenfalls kein Halten mehr kannte.

Tränen liefen über ihre Wangen. Endlich kam Li (oder Liu, ich konnte die beiden wirklich nicht auseinanderhalten) wieder zu Atem, so daß er mir, immer wieder von Lachkrämpfen unterbrochen, sagen konnte:

»Großer, verrückter, gerissener Cimballi... anders ausgedrückt, mein lieber Franz: Du bist vielleicht der Chinesischste von uns allen. Wir haben gerade abgestimmt. Wir haben beschlossen, nach Peking zu schreiben und um deine Naturalisierung zu bitten.«

Am nächsten Morgen, am 9. März, einundzwanzig Tage vor dem Ablauf der Frist, die mir von den Caltanis eingeräumt worden war, flog ich nach Hongkong. Nicht allein. Zweieinhalb Chinesen begleiteten mich. Li und Liu und Caliban, den ich kaum als ganzen Chinesen zählen konnte, denn sein Vater war ja ein Korse gewesen...

Das gleiche Spielchen mit Miranda. Zum dritten Mal schilderte ich nun in allen Einzelheiten meinen Plan, den Li und Liu sowie Caliban bereits kannten. Allmählich kannte ich meinen Text auswendig und begann, ihn an gewissen Stellen auszuschmücken und mit Anekdoten zu versehen, um, zumindest für mich, die Spannung aufrechtzuerhalten. Wie der alte Theramenes entwickelte ich den Schlachtplan, bereit, anschließend den Giftbecher auszutrinken (falls ich nicht das Chinesische Meer auszutrinken hatte). Miranda, ganz in Schwarz gekleidet, als ob sie meinetwegen bereits Trauerkleidung angelegt habe, hörte mir zu, ohne auch nur ein einziges Mal eine Reaktion zu zeigen. Sie hatte auf einem vollständigen Bericht bestanden, obwohl Caliban ihr am Telefon die wichtigsten Punkte bereits mitgeteilt hatte.

Das gleiche Spielchen auch noch aus einem anderen Grund: Kaum war ich mit meinem Bericht fertig, wurde wieder stundenlang auf Chinesisch palavert. Zu viert diesmal, und im kantonesischen Dialekt, was für mich weiter nicht von Bedeutung war, denn ich verstand ja sowieso nichts. Ein weiterer Unterschied: Calibans Reaktion hatte ich gefürchtet, doch während ich auf die von Miranda wartete, wurde ich regelrecht von Panik gepackt, denn ich wußte, daß in diesem Augenblick eine Entscheidung getroffen wurde, die für mich im wahrsten Sinne des Wortes lebenswichtig war.

Miranda stand auf:

»Wollen Sie mir bitte folgen, Monsieur Cimballi!«

Ich schaute meine Freunde an und versuchte verzweifelt, irgendeinen Hinweis auf das zu erhalten, was mich erwartete, vergebens. Caliban lächelte ins Leere und zeigte mir seine großen und strahlenden weißen Zähne; er gehörte, daran bestand kein Zweifel, zur fleischfressenden Familie. Daß er lächelte, hatte nichts zu bedeuten. Ich hatte erlebt, wie er in Atlantic City auf einen Croupier wütend wurde, der ihm seine Geschicklichkeit bei der Manipulation von Würfeln beweisen wollte: Caliban hatte zuerst gelacht, wie in diesem Augenblick, bevor er mit bestürzender Schnelligkeit und Heftigkeit auf den Mann losging und ihm mit dem Nagel eine tiefe Wunde im Gesicht zufügte. Eine Rasierklinge hätte nicht schärfer sein können. Drei Mann waren notwendig, um Caliban von seinem Opfer zu trennen, das natürlich auf der Stelle entlassen wurde.

»Bitte hier entlang.«

Die Tür schloß sich hinter mir. Ich war nicht allein. Drei Mädchen, wahrscheinlich Leibwächterinnen, hatten mich im Gang umringt und in ihre Mitte genommen. Ich wurde in das Schlafzimmer geleitet, das ich von meinem ersten Besuch her bereits kannte.

»Aber setzen Sie sich doch, Sie sind doch hier bereits zu Hause.«

Zwei weitere Leibwächterinnen erschienen, so daß sich jetzt schon fünf um uns kümmerten. Eine regelrechte Mobilmachung. Sie teilten sich auf und zogen uns aus. Miranda und mich. Im Handumdrehen.

»Cimballi, als Frau hat man auch Vorteile. Kann es einen besseren Augenblick geben, um mit einem Mann über Geschäfte zu verhandeln, als den, in dem er die Frau liebt?«

Ich hatte nicht die geringste Ahnung, was Li und Liu auf kantonesisch Miranda über meine Pläne und die Chancen, diese Pläne auch durchzuführen, gesagt hatten. Im Prinzip hatten sie... Ich machte einen Satz und sprang aufs Bett, denn die Leibwächterinnen machten Anstalten, ganz eindeutige Initiativen zu ergreifen.

»Am wichtigsten ist es«, fuhr Miranda fort, »die Gesprächspartner in eine Situation zu bringen, in der ihre Schwäche offenkundig wird. Bei Geschäftsverhandlungen das A und O!«

Es lag nicht an der mangelnden Lust, daß ich plötzlich unbeweglich liegenblieb. Es gab dafür sehr handfeste Gründe, denn die jungen Damen schwangen auf einmal diese mikroskopisch feinen Schlingen aus reiner Seide in der einen und rasiermesserscharfe Messer in der anderen Hand und begannen, genau die Stelle meines Körpers zu rasieren, wo ich eine scharfe Klinge sehr ungern sehe...

»Nun, gehen wir die ganze Geschichte noch einmal durch«, nahm Miranda gelassen den Faden wieder auf. »Bitte erzählen Sie mir doch noch einmal, wie Sie mich entschädigen wollen, falls ich mich aus dem Vertrag mit Ihnen zurückziehe. Und bedenken Sie dabei, daß das Geschäft sich trotz des Brandes im Grunde doch recht gut anließ...«

Chinesische Friseure benutzen mit wahrer Leidenschaft diese Schlingen aus reiner Seide, um ihre Kunden von lästigen Haaren zu befreien. Man mußte nur die Schlinge über das Haar ziehen, bis zur Haarwurzel hinunterschieben und dann kräftig daran ziehen. Ein Verfahren, das vielleicht bei Menschen mit spärlichem Haarwuchs, zu denen ich allerdings nicht zähle, angebracht ist. An der Stelle, an der sich ein Teil der chinesischen Schönheiten vergnügte, wuchsen bei mir besonders viele Haare. Und die Rasiermesser, mit denen die anderen hantierten und die so scharf waren, daß sie wie Mähdrescher Schneisen in meine kleine Bewaldung schnitten, hinderten mich daran, aufzuspringen und den Damen mit den Seidenschlingen ihr Handwerk zu legen.

»Cimballi, Sie haben recht; an Ihrer Stelle ist es wirklich klüger, sich nicht allzusehr zu bewegen«, spottete die nackte Miranda und küßte mich. »Sprechen wir doch von unsren Geschäften. Sie wollen also meine Anteile übernehmen...«

»Genau...«

»Und wann?«

»Wir müssen den Vertrag auf den 23. Februar datieren, da mein Vertrag mit den Caltanis auf den 25. Februar datiert werden wird.«

Sie küßte und streichelte mich liebevoll.

»Bewegen Sie sich möglichst nicht. Halten Sie still, auch dort unten! Ein Unglück passiert so schnell! Wieviel wollten Sie mir für meine Anteile bezahlen?«

»Sechzig Millionen Dollar.«

»Dann hätte ich zehn Millionen Dollar verdient.«

»Richtig. Außerdem werde ich Ihnen natürlich Ihren Gewinnanteil überweisen, falls wir in den ersten beiden Monaten nach Eröffnung des *Weißen Elefanten* bereits einen Gewinn erzielen.«

Während ich sprach, verfolgte ich, sobald Miranda mich einmal nicht küßte, ängstlich die Bewegungen der Rasiermesser.

»Denn wir müssen natürlich den Bankiers aus Philadelphia ihren Kredit zurückzahlen und dies bei einer eventuellen Gewinnermittlung berücksichtigen.«

»Glauben Sie eigentlich, Cimballi, daß in den ersten beiden Monaten überhaupt ein Gewinn anfallen wird?«

»Offen gesagt: nein.«

»So soll ich mich mit zehn Millionen Dollar Gewinn zufriedengeben, obwohl ich das Kasino mitgegründet habe und die Entwicklung höchst vielversprechend verlief?«

»Sie vergessen den zweiten Teil meines Planes. Sie werden dabei Gewinne einstreichen, die bedeutender ausfallen werden.«

»Wenn dieser zweite Teil des Planes je verwirklicht wird. Wenn Sie den ersten Teil des Planes überleben und den zweiten angehen können.«

»Ich werde mein Bestes tun. Schon um zu überleben.«

»Cimballi, ich werde Ihren Vorschlag annehmen. Wenn ich ihn ablehnte, würde ich direkt mit den Caltanis in Konflikt kommen. Eines Tages werde ich das vielleicht nicht vermeiden können, vor allem, wenn Sie bei dieser Geschichte auf der Strecke bleiben. Küssen Sie mich doch... Sie scheinen mir heute nicht gerade sehr leidenschaftlich zu sein!... Ich werde aus diesem ersten Grund Ihren Vorschlag annehmen; es gibt noch einen zweiten: Ihre Freunde aus San Francisco halten Sie für so verrückt, daß Sie unter Umständen dieses schon sehr extravagante Objekt zu einem guten Ende bringen könnten.«

Plötzlich hatte Miranda ein Rasiermesser in der Hand. Sie drückte die Schneide gegen meine Kehle. Die Mädchen zogen sich etwas zurück, ohne das Zimmer zu verlassen. *Wollten sie etwa zuschauen?*

»Küssen Sie mich Cimballi. Nein, ich habe nicht die Absicht, das Messer aus der Hand zu geben. Ich habe, im Gegenteil, die größte Lust, mich dieses Messers zu bedienen. Ohne ihre Freunde aus San Francisco wären Sie bereits tot. Küssen Sie Ihre ehemalige Partnerin. Besser! Ich bin überzeugt, daß Sie das noch viel besser können. Umarmen Sie mich... Jawohl... Schauen Sie, sie können, wenn Sie nur wollen...«

Das war alles ganz einfach. Fast ganz einfach.

– Erstens: Die Caltanis hatten mich in der Hand, so daß ich ihnen einundfünfzig Prozent der Anteile am *Weißen Elefanten* für einundzwanzig Millionen Dollar verkaufen mußte.

– Zweitens: Um dies durchführen zu können, mußte ich

Mirandas Anteile in meinen Besitz bringen. *Alle*. Nicht nur, weil die Caltanis darauf bestanden hatten, es nach dem 30. März nur mit mir zu tun zu haben, da sie befürchteten, andere Partner könnten unter Umständen zu neugierig werden... sondern auch (und von diesem Grund wußten die Caltanis selbstverständlich nichts), da ich unbedingt nach dem 4. August, dem Tag, an dem ich die restlichen zwei Prozent an die Caltanis überschreiben würde, ihr einziger Partner sein mußte, um den Plan, den ich ausgeheckt hatte, auch durchführen zu können.

– Drittens: Um Miranda zu überzeugen, mir ihre Anteile zu verkaufen, hatte ich ihr für ihre fünfzig Prozent sechzig Millionen Dollar geboten; sie selbst hatte ja nur fünfzig Millionen eingezahlt. So konnte sie einen Gewinn von zehn Millionen verbuchen. Doch das allein hätte ganz bestimmt nicht ausgereicht: Würde mein Plan gelingen, würde sie eine bedeutend höhere Summe einstreichen. Sie glaubte an diese Möglichkeit, ohne wirklich davon überzeugt zu sein. Doch so ganz frei war sie in ihrer Entscheidung nicht. Wenn sie sich weigerte, mir ihre Anteile zu verkaufen, dann war sie, wenn es zum Krach mit der Versicherungsgesellschaft kam, immer noch aktive Teilhaberin von mir, wurde folglich mit in den Strudel gezogen. Sie konnte sich ausrechnen, alles oder zumindest fast alles zu verlieren. Natürlich konnte sie gerichtlich gegen mich vorgehen, doch ein solcher Prozeß würde Jahre in Anspruch nehmen, ich selbst könnte wohl kaum für ihren Schaden aufkommen, und es war damit zu rechnen, daß entweder die Caltanis oder sie selbst irgendwann einmal die Geduld verloren und mit mir auf andere Art abrechneten, endgültig.

– Viertens: Miranda hatte mir zugesagt, mir ihre Anteile für sechzig Millionen Dollar zu verkaufen. Nur, woher sollte ich um Himmels willen diese sechzig Millionen Dollar nehmen? Als ich im Juni 1976 mit den Kasino-Spekulationen begann, verfügte ich über ein Kapital von insgesamt knapp zweiundachtzig Millionen Dollar. Aufgrund der Befreiung Fezzalis war ich wieder in den Besitz der zehn Millionen gekommen, die in Liechtenstein blockiert gewesen waren. Gesamtkapital: zweiundneunzig Millionen. Als Eigenkapital mußte ich beim Ankauf und Umbau des *Weißen Elefanten* fünfzig Millionen Dollar anlegen; blieben mir etwas mehr als vierzig Millionen. Sagen wir vierzig, denn ich hatte die ganze Zeit über ja auch Unkosten gehabt (so mußte ich den Engländer bezahlen). Miranda hatte ich aber sechzig Millionen Dollar versprochen. Auch für dieses Problem hatte ich eine Lösung gefunden: Li und Liu hatten sich bereit erklärt, mir die fehlenden zwanzig Millionen zu leihen; am 30. März wollten die Catanis mir einundzwanzig Millionen Dollar für meine Anteile am *Weißen Elefanten* bezahlen, und ich hatte vor, mit dieser Summe den Kredit von Li und Liu abzulösen.

Sie sehen, liebe Leser, das war alles SEHR einfach.

Neben dieser wunderbaren Einfachheit zeichnete sich der erste Teil meines Planes durch den Zustand aus, in den ich, finanziell gesehen, geraten würde (wenn wir einmal die sehr feine rote Linie außer acht lassen, mit der Mirandas Rasiermesser meine Kehle geschmückt hatte): Ich würde praktisch ruiniert sein. Ich hatte, um die vierzig Millionen aufzutreiben, um so viel Bargeld zur Verfügung zu haben, daß wir leben konnten, um den Engländer zu bezahlen und meine Reisen um die Welt zu finanzieren, sämtliche Finanzspekulationen abbrechen müssen, mit denen ich mich damals beschäftigte und, um nur ein Beispiel zu nennen, meine kanadischen und australischen Staatsobligationen wieder verkaufen müssen. Ich war zwar noch nicht auf die Heilsarmee angewiesen, doch wenn man bedenkt, daß ich mich vor noch nicht einmal neun Monaten sorgenlos in der Sonne Jamaikas geaalt hatte und mindestens dreihundertfünfzig Jahre bequem hätte leben können, dann konnte man sich schon fragen, ob ich eigentlich immer normal reagierte.

Am 14. März waren wir wieder in die Staaten zurückgeflogen, Li, Liu, Caliban und ich. Ja, auch Caliban, der wieder in einer Mission Mirandas unterwegs war:

»Cimballi, ich weiß nicht, ob Ihr Plan, der zumindest originell ist, Erfolg haben wird. Ich bezweifle es. Heute nacht hatte ich einen etwas merkwürdigen Traum: Wer sagt mir denn, daß Sie mit den Caltanis nicht unter einer Decke stekken und nach Mitteln und Wegen gesucht haben, um diese armen, törichten Chinesen aus Macao loszuwerden? Und dann bringe ich es nicht übers Herz, diese bewegende Freundschaft zwischen Caliban und Ihnen einfach so zu zerstören. Nein, ich glaube, es ist besser, wenn Caliban Ihnen die nächste Zeit nicht von der Pelle rücken wird. Darf ich Sie bitten, ihn in alles, was Sie unternehmen, einzuweihen? Und wenn er, was Gott verhüten möge, feststellen müßte, daß Sie sich über mich lustig machen, dann werden Sie nicht mehr lange lachen. Und da Caliban ja ein Experte in Kasino-Angelegenheiten ist, wie sogar Ihr Freund Henry Chance eingeräumt hat, kann er nur dazu beitragen, daß der *Weiße Elefant* so erfolgreich wie möglich arbeitet, was ja in unserem gemeinsamen Interesse liegt. Amüsieren Sie sich gut, Cimballi.«

Ich hatte also ab sofort einen einen Meter sieben großen persönlichen Wachhund. Doch bevor ich mich in die Schlacht stürzen wollte, hatte ich noch ein anderes Problem zu regeln: Sarah und die Kinder. Je weiter sie vom Operationsfeld entfernt waren, desto besser. Li und Liu fragten:

»Glaubst du wirklich, daß die Caltanis sich an deiner Frau und den Kindern vergreifen?«

Woher sollte ich das wissen? Aber war es nicht normal, angesichts der ›Qualität‹ meiner Feinde möglichst alles einzuplanen? Ein Martin Yahl unterhielt zumindest kein Bataillon von Berufsmördern! Und er hätte auch nicht mit meinem Leben und dem der Kinder gespielt und das Kasino in Brand stecken lassen. Nein, angesichts der Überraschung, die ich für die Caltanis ausgeheckt hatte, konnte ich leider nicht ausschließen, daß Sarah und die Kinder physisch in Gefahr gerieten.

Ich hätte es am liebsten gesehen, hätten Sarah und die Kinder die Vereinigten Staaten verlassen und wären nach Jamaika, besser aber noch nach Europa gezogen, nach Saint-Tropez. Doch angesichts der Auflagen, die mir das österreichische Generalkonsulat gemacht hatte, war dies unmöglich. So war es immer noch das Beste, sie blieben unter der diskreten Obhut von Li und Liu in San Francisco.

Nach unserer Rückkehr aus Macao versuchte ich, das Sarah schonend beizubringen. Was nicht ganz einfach war. In solchen Fällen erweist sich ihr irisches Temperament immer als sehr explosiv:

»Willst du damit sagen, daß ich vielleicht bis zum Jahresende hier bleiben muß«.

»Nichts und niemand hindert dich daran, nach Jamaika zu fliegen und dich um deine blöden Hotels zu kümmern!«

»Und Heidi und Marc-Andrea? Die willst du wohl irgendeiner Walküre anvertrauen?«

Sie kochte. Bei dem heiligen Patrick, warum konnte ich um Himmels willen kein Geschäftsmann sein wie alle anderen? Mit einer festen Wohnung, einem Büro, einer Sekretärin, an der ich mein Mütchen kühlen konnte, festgelegten Arbeitsstunden und der Mitgliedskarte des örtlichen Country-Clubs. Warum mußte ich mich immer in die blödsinnigsten Unternehmen stürzen und dabei Kopf und Kragen riskieren? (Warum eigentlich? Die Frage hatte ich mir häufig selbst gestellt!) Und wie ich es nur fertigbrachte, einmal praktisch Milliardär und dann wieder völlig ruiniert zu sein?

»Und jetzt verkündest du mir so ganz nebenbei, daß das Leben deines Sohnes und das der kleinen Österreicherin, um von meinem gar nicht zu reden, bedroht ist? Franz, es gibt Tage, an denen könnte ich dir die Kehle durchschneiden!« Sie also auch! Anscheinend flößte ich Frauen wirklich warmherzige Gefühle ein! Doch das Schlimmste für Sarah, das, was sie am meisten in Wut versetzte, war, daß sie praktisch tun mußte, was ich von ihr verlangte, denn sie empfand eine beinahe mütterliche Liebe für die Kinder. Heidi und meinen Sohn in dem Augenblick allein zu lassen, in dem sie einer wirklichen Gefahr ausgesetzt waren, das brachte sie einfach nicht fertig. Sie mußte eben mit ihrem Arbeitgeber sprechen und notfalls ihren Urlaub verlängern, vielleicht sogar für immer. Weitere sechs Monate wurden Sarah eingeräumt; es stand allerdings keineswegs fest, daß mein Kampf mit den Caltanis bis September ausgestanden war. Ich schämte mich für das, was ich ihr antat.

Am nächsten Morgen, am 15., war sie wieder so weit zu sich gekommen, daß sie sogar bereit war, mich zum Flughafen zu bringen.

»Mit wem hast du es denn diesmal zu tun? Nicht mit Martin Yahl, oder?«

Ich trauerte meinem alten Feind beinahe nach!

»Nein.«

»Schlimmer?«

»Ja.«

Sie schaute mich mit halbgeschlossenen Lidern und in den Nacken geworfenem Kopf an:

»Wirst du gewinnen, Franz?«

»Hundertprozentig!«

»Wie? Du hast wahnsinnige Angst!«

Beinahe wäre ich in diesem Augenblick in der nicht gerade sehr sauberen Abflughalle des leicht heruntergekommenen Flughafens von San Francisco zusammengebrochen. Plötzlich spürte ich die ungeheure Nervenanspannung, der ich in den vergangenen Wochen ausgesetzt gewesen war. Und die Wochen, die mir bevorstanden mit all ihrer Hektik und all ihren Gefahren waren auch nicht dazu angetan, mich zu erleichtern. Ich zog Sarah an mich und hielt sie einen langen Moment fest in meinen Armen, meine Art, sie um Verzeihung für das zu bitten, was ich ihr antat – und vielleicht auch, um etwas Mut zu schöpfen.

»Sarah, sobald das vorbei ist, höre ich auf. Egal, wie das Ergebnis aussehen wird.«

Mit feuchten Augen nickte sie nur stumm mit dem Kopf. Ich bestieg das Flugzeug nach New York. Ich konnte den Kampf nicht mehr länger hinauszögern.

23

30. März 1977. Mittags.

Auf der einen Seite des Tisches saßen Vandenbergh, Rosen, Marc Lavater und ich. Auf der anderen nicht die Caltanis, die mit ihrer Abwesenheit glänzten und offensichtlich nirgendwo offiziell auftauchen wollten, sondern Olliphan und zwei Begleiter, ein amerikanisch-italienischer Wirtschaftsanwalt, den ich kannte, und ein mir Unbekannter.

Jimmy Rosen hatte mir, noch bevor die Verhandlung offiziell begonnen hatte, ein gefaltetes Papier zugeschoben, auf das er geschrieben hatte:

»*Weisman. Ein Strohmann der Caltanis in verschiedenen Unternehmen. Fünfzig Jahre lang Kasino-Manager in Las Vegas. Die Lizenz wurde ihm entzogen. Haßt Olliphan. Gefährlich.*«

Wie immer in solchen Fällen hatte ich den Zettel zu einer Kugel zusammengeknüllt und im Aschenbecher verbrannt, unter den Augen dieses Weismans, die trotz der Brille mit den getönten Gläsern stechend scharf waren.

»Wenn Sie möchten, können wir anfangen, Monsieur Cimballi«, sagte Olliphan lächelnd.

Philip Vandenbergh holte aus seiner Aktentasche die Dokumente, die belegten, daß meine früheren Partner aus Macao mir ihre Anteile überschrieben hatten und daß ich im Augenblick der einzige Besitzer des *Weißen Elefanten* war.

Er legte die Papiere auf den Tisch und schob sie ins feindliche Lager. Absolutes Schweigen, während Olliphan, der amerikanische-italienische Wirtschaftsanwalt, und Weisman, immer in dieser Reihenfolge, die Papiere aufmerksam studierten. Olliphan brach das Schweigen als erster:

»Ich sehe mit großer Freude, daß ihre früheren chinesischen Partner auf Ihr Angebot, ihre Anteile zu übernehmen, eingegangen sind.«

»Der Brand hatte sie in Panik versetzt; meine früheren chinesischen Partner haben eine gewisse Aversion gegen brennende Kasinos...«

»Sie haben uns informiert, daß Ihre Versicherung zu dem Schluß gekommen ist, daß es sich um einen unglücklichen Zufall handelte, der zu dem Brand führte...«

Jimmy Rosen legte die Photokopien des Untersuchungsberichtes vor, der von den Privatdetektiven meiner Versicherung erstellt worden war, und einen an mich gerichteten Brief von Jack Getchell, dem Generaldirektor der Getchell & Harkin New Jersey Insurance Company. Es hatte sich herausgestellt, daß das Feuer von einem Kurzschluß ausgelöst worden war, verursacht von einem der alten, provisorisch angebrachten Glücksspielautomaten. Die Wachmannschaft traf keine Schuld, und die Brandvorschriften waren eingehalten worden. Getchell hatte mir mitgeteilt, daß seine Gesellschaft wie in dem Vertrag vorgesehen für den Schaden aufkommen würde, der sich voraussichtlich auf einhundertfünfzig Millionen Dollar beliefe. Er legte die Kopie eines Überweisungsauftrages an die Bank von Philadelphia bei, der auf fünfundsiebzig Millionen Dollar lautete, meinte, diese Anzahlung würde uns wohl die Möglichkeit geben, die notwendigen Renovierungsarbeiten in Angriff zu nehmen, und er werde dafür Sorge tragen, daß der Restbetrag überwiesen würde, sobald der genaue Schaden feststünde. Olliphan lächelte wieder verbindlich:

»Mein Klient, Mister Weisman, hatte sich noch gestern sehr besorgt über die Haltung Ihrer Versicherungsgesellschaft geäußert; ich nehme an, daß diese Dokumente seine Sorgen restlos beseitigen.«

Ich warf einen kurzen Blick zu Weisman, dem unser Gespräch anscheinend vollkommen gleichgültig war. Womit er recht hatte, denn unser Gespräch war ja nichts anderes als eine billige Schmierenkomödie. Olliphan und damit die Caltanis waren von mir sofort über den positiven Bescheid der Versicherungsgesellschaft informiert worden, der ja, wie sich meine Leser sicher erinnern, eine der grundlegenden Bedingungen gewesen war, ohne die das heutige Treffen gar nicht stattgefunden hätte. Doch als ›ehrbare Geschäftsleute‹ spielten wir das vorgeschriebene Spiel und taten so, als handele es sich um eine ganz normale Transaktion.

Das Folgende ging dann schnell über die Bühne: Ich unterschrieb den auf den 25. Februar 1977 datierten Vertrag, in dem ich neunundvierzig Prozent der Anteile am *Weißen Elefanten* Weisman verkaufte. Weisman setzte ebenfalls seine Unterschrift unter das Dokument. Ich erhielt einen von der Bank garantierten Scheck über neunundvierzig Millionen Dollar.

Die Formalitäten waren erledigt. Weisman schüttelte mir die Hand. Alles war in Ordnung.

Wie ausgemacht, verließen uns Vandenbergh und Rosen zu diesem Zeitpunkt. Lavater blieb bei mir, so daß ich dem Trio nicht ganz allein gegenübersaß.

Zu Beginn hatte Olliphan, nachdem die Entscheidung der Versicherungsgesellschaft vorlag und wir uns folglich für den heutigen Tag verabredeten, abgelehnt, daß Lavater auch an dem zweiten Teil der Transaktion teilnehmen sollte. Aber ich hatte energisch darauf bestanden, daß mein französischer Berater die ganze Zeit über anwesend sei.

»Ich habe keine Geheimnisse vor ihm. Er ist in alle meine Geschäfte eingeweiht. Und wenn mir etwas passieren sollte...«

»Um Himmels willen, was sollte Ihnen denn passieren?«

»Nun, vielleicht ein Unfall, der natürlich genauso zufällig wäre wie der Brand des *Weißen Elefanten*. Marc wird an dem Gespräch teilnehmen.«

Er nahm an dem Gespräch teil. Auch wenn er schwieg. Auch wenn dies Olliphans Kollegen so stören sollte, daß die beiden erst eine Weile in einer Zimmerecke miteinander flüsterten, bevor Olliphan mit seiner höflichen Ruhe seinen Kollegen so weit überzeugt hatte, daß auch dieser Marcs Anwesenheit tolerierte. Olliphan verfügte über eine beeindrukkende Fähigkeit, Menschen zu überzeugen! Die beiden setzten sich wieder an den Tisch; Weisman war sitzengeblieben, als ginge ihn das alles im Grunde gar nichts an.

»Kommen wir zum Ende, Monsieur Cimballi. Sie haben für neunundvierzig Prozent der Anteile am *Weißen Elefanten* einen Scheck über neunundvierzig Millionen Dollar erhalten. Zwei Dinge bleiben noch zu tun: Sie müssen die Absichtserklärung, in der Sie unwiderruflich bekunden, am kommenden 4. August weitere zwei Prozent Ihrer Anteile am *Weißen Elefanten* an Mister Weisman verkaufen zu wollen, unterschreiben. Und uns den Überweisungsauftrag über dreißig Millionen Dollar auf das Konto der panamesischen Bank...«

Ich tat so, als hätte ich nicht richtig verstanden:

»Dreißig?«

Olliphan lächelte strahlend:

»Denn bei den Vereinbarungen, die Sie vor nicht allzu langer Zeit mit...«

»...den Caltanis, um den Namen einmal klar und deutlich auszusprechen...«

Ich zwinkerte Marc zu:

»Richtige Betrüger, wenn du meine Meinung wissen willst; du hättest sie wirklich kennenlernen sollen.«

»Das wurde mir auch von anderer Seite bestätigt«, bemerkte Marc unerschütterlich.

Olliphan reagierte nicht, wenn man einmal von seinem Lächeln absah, das noch strahlender wurde. Ich hätte geschworen, daß er sich königlich amüsierte. Nicht so sein Kollege, der eingeschnappt war, und Weisman, der immer noch so tat, als ginge ihn das alles nichts an.

»Keine Namen!« wies mich Olliphans Kollege scharf zurecht.

Olliphan fuhr fort, als ob nichts geschehen wäre:

»Laut diesen Vereinbarungen geben Sie nach der Unterzeichnung der Verträge Ihrem Käufer den Unterschiedsbetrag zwischen dem offiziellen und dem realen Preis zurück. Der offizielle Preis beträgt einundfünfzig Millionen Dollar, der reale einundzwanzig. Die Differenz beträgt folglich dreißig. Monsieur Cimballi, Sie erhalten heute neunzehn Millionen und am 4. August, nach der Unterzeichnung des Vertrages über die restlichen zwei Prozent, die meinen Klienten, Mister Weisman, zum Mehrheitsaktionär des *Weißen Elefanten* genannten Kasinos machen, weitere zwei Millionen.«

Das alles hatte er mit einer Geschwindigkeit heruntergeleiert, die deutlich zeigte, daß er sich bei dieser Pseudo-Verhandlung wirklich amüsierte.

»Ich bin nicht mit Ihnen einverstanden: Ich bestehe darauf, heute zwanzig Millionen Dollar zu erhalten. Die letzte Million kann dann meinetwegen bis zum 4. August warten.«

Ich hatte einen guten Grund, auf die zwanzig Millionen zu pochen: Li und Liu waren zwar Freunde, aber ich legte Wert darauf, meinen Kredit bei Ihnen pünktlich zurückzubezahlen (die zwanzig Millionen, die ich Miranda bezahlen mußte), zumal sie in einer mehr als freundschaftlichen Geste auf Zinsen verzichtet hatten. Ich hatte Ihnen vorgeschlagen, am 4. August eine Million Dollar zu bezahlen, doch sie hatten abgelehnt.

»Das steht außer Frage«, fuhr mir Olliphans Kollege in die Parade, »neunzehn Millionen heute und zwei am 4. August.«

Ich machte Marc ein Zeichen, der daraufhin seine Aktentasche aufmachte und belegte Brote sowie eine Thermoskanne mit Kaffee herausholte. Ich erklärte:

»Wir werden dieses Zimmer nicht ohne die zwanzig Millionen Dollar verlassen; und wir verfügen über sehr viel Zeit. Olliphan, mögen Sie lieber Käse oder Schinken?«

Diesmal zog Olliphan seinen Kollegen in die Zimmerecke, und ich fragte mich unwillkürlich, ob die auch bei anderen Verhandlungen soviel zu hören bekommen hatte. Eifriges Geflüster. Die beiden gesellten sich wieder zu uns:

»Einverstanden«, sagte Olliphan.

Aber ich hatte den Eindruck, daß auch er langsam die Geduld verlor. Ich war vielleicht etwas zu weit gegangen. Der Rest lief dann reibungslos ab; ich unterschrieb die Erklärung, in der ich mich unwiderruflich zum Verkauf der zwei Prozent der Anteile am *Weißen Elefanten* verpflichtete, die den Caltanis noch fehlten, wobei ausdrückich festgehalten wurde, daß dieser Verkauf nur dann am 4. August stattfinden sollte, wenn das Kasino wie geplant am 4. Juni eröffnet werden würde. Anschließend einigte ich mich mit Olliphan über die Modalitäten, die Überweisung der neunundzwanzig Millionen Dollar betreffend, die auf ein Nummernkonto einer Bank auf den Bahamas erfolgen sollte; ich war mir sicher, daß man das Geld sofort nach seinem Eintreffen auf ein anderes Nummernkonto in Panama oder einem anderen Steuerparadies transferieren würde. Damit war dieses denkwürdige Treffen zu Ende gegangen.

Die Unterredung hatte in einem Apartment des Hotels *Drake* an der Ecke der Sechsundfünfzigsten und der Park Avenue stattgefunden, das vorsichtshalber für den ganzen Tag reserviert worden war. Marc und ich verließen als erste den Raum. Das *Pierre* lag ganz in der Nähe, so daß wir zu Fuß gingen. Nach wenigen Metern fragte ich Marc:

»Weißt du eigentlich, aus welchem Grund ich darauf bestanden habe, daß du an dem Gespräch teilnimmst?«

»Olliphan?«

»Ja. Dein Eindruck?«

»Merkwürdiger Mensch. Wie kann man es am besten ausdrücken? Für einen *Consigliere* einer mächtigen New Yorker Familie ist er eigentlich viel zu nonchalant; als ob ihm alles gleichgültig wäre. Und zweimal hat er dir ganz offen geholfen: als er den zweiten Rechtsanwalt überzeugte, daß ich bleiben konnte, und vor allem bei der Geschichte mit den zwanzig Millionen Dollar. Ohne ihn hätte der Bluff nicht funktioniert. Trotz Kaffee und belegter Brote.«

Schon bei der Unterredung in Harrison hatte Olliphan mir überraschend offen geholfen, als er die Caltanis überzeugt hatte, daß meine drei Bedingungen risikolos angenommen werden konnten. Marc dachte weiter nach, wobei er seine Gedanken laut aussprach:

»Eine Art Gleichgültigkeit, die ich nur bei Menschen kennengelernt habe, die wissen, daß sie eher früher denn später an Krebs oder an einer anderen unheilbaren Krankheit sterben müssen. Vielleicht spielt er ein Spiel, dessen Regeln ich nicht verstehe. Und folglich nicht begreife, worauf es hinausläuft.«

»Vielleicht steht das in einem Zusammenhang mit Korber und Südafrika.«

Ich packte Marcs Arm und blieb stehen:

»Marc, dieser Bankier vom Cap, Balthasar, der Mischling! Eigentlich hätte er schon lange mit Rosen Kontakt aufnehmen müssen, hätte er etwas über Olliphan herausgefunden...«

Wir waren die Madison Avenue hinuntergegangen und dann links abgebogen. Tiffany's lag links von uns, auf dem Gehsteig gegenüber. Ich machte immer noch keine Anstalten weiterzugehen:

»Ich bat Balthasar, für mich herauszufinden, ob Olliphan sich nicht vielleicht rein zufällig anschickte, mit allem Gepäck, aber ohne seine geliebte Gattin, ins Land der Springböcke überzusiedeln. Und ich wollte auch wissen, ob sich in dem Gepäck vielleicht ganz zufällig eine Art Darlehen von seiten seiner Schwäger fände. Balthasar hat sich bisher nicht die Mühe gemacht, mir die gewünschte Auskunft zu beschaffen, und das beunruhigt mich etwas.«

»Ich soll wohl hinfliegen und ihn aus seiner Lethargie reißen?«

»Ja. Aber besuche vorher den Türken in London. Du kennst ihn ja. Er ist mein Freund und gleichzeitig der schlimmste Verbrecher, den man sich vorstellen kann. Wenn Balthasar irgendwann einmal etwas ausgefressen hat, das nicht allgemein bekannt geworden ist und das, falls man ihm damit droht, ihm den Mund öffnen könnte, dann weiß das der Türke. Flieg also zu dem Türken und frage ihn, wie man Balthasar zwingen kann, uns Auskunft zu geben. Und dann nichts wie nach Südafrika.«

Ich setzte mich wieder in Bewegung und überquerte die Straße.

»Und richte dem Türken aus, daß ich ihm nächstes Jahr eine entsprechende Kommission bezahlen werde, zehn Prozent der Summen, die von Olliphan nach Südafrika geschafft wurden und die wir belegen können.«

»Und wenn Olliphan eine Milliarde verschoben hat? Dann stehst du ganz schön blöd da.«

»Olliphan konnte den Caltanis keine Milliarde stehlen. Wenn er ihnen überhaupt etwas gestohlen hat. Komm.«

Ich ging zu Tiffany's und fragte, ob sie, rein zufällig, einen Elefanten aus purem Gold vorrätig hätten. Die Verkäufer fragten nur nach der gewünschten Größe. Ich riß meine Arme auseinander, soweit wie ich konnte, wie die Seeleute, die sich von einem Boot zum anderen Zeichen geben, reduzierte aber dann schnell die Distanz zwischen den beiden Armen, als ich bemerkte, daß die Angestellten Anstalten machten, in das Lager zu gehen und das Gewünschte zu holen, bis ich bei der von mir wirklich gewünschten Größe angelangt war: ungefähr zweieinhalb Zentimeter groß.

»Haben Sie einen solchen Elefanten vorrätig?«

Sie hatten.

»Auch aus Diamanten?«

Innerhalb von vier Tagen. Ich hinterließ meine Visitenkarte. Und einen Scheck über hunderttausend Dollar. Ungefähr ein Fünftel des Geldes, über das ich noch frei verfügen konnte. Wir verließen den Laden durch den Eingang, der auf die Fifth Avenue führte.

»Willst du dich jetzt mit Ohrringen schmücken?« fragte sich Marc.

»Der aus Gold ist für Ute Jenssen in London. Sie wird ihrem Geliebten alias dem Türken überzeugend darlegen, daß er mir helfen muß. Und wenn sie ihn verprügeln sollte. Der andere ist für Sarah. Marc?«

»Ja.«

»Paß auf dich auf in Südafrika. Sei vorsichtig. Wir wissen nicht, welche Suppe Olliphan auf dem Feuer hat. Ich selbst kann nicht nach Südafrika, denn ich befürchte, daß die Caltanis mich überwachen lassen. Aber es ist durchaus möglich, daß auch du überwacht wirst.«

»Keine Sorge, ich paß auf.«

Wir kamen zum *Pierre*. Eigentümlicherweise fühlte ich mich plötzlich leicht und beschwingt. Ich hatte Lust zu tanzen.

»Marc?«

»Ja?«

»Ich werde gewinnen.«

24

April, Mai und ein Großteil des Juni – fast drei Monate, die ich darauf verwendete, meinen Feldzug gegen die Caltanis vorzubereiten, von kurzen Besuchen im *Weißen Elefanten* und in San Francisco abgesehen, wo Li und Liu meine kleine Familie bewachten, als handele es sich um die Nachfahren der chinesischen Kaiser – es wimmelte um uns herum nur so von Schlitzaugen, so daß man fast den Eindruck bekam, als würde sich die chinesische Kolonie von San Francisco, immerhin sechzigtausend Zöpfe, geschlossen um Sarah, Heidi und Marc-Andrea bemühen.

Li, Liu und Caliban waren neben Marc Lavater die einzigen, die in die Details meines Feldzuges eingeweiht waren und die Vorbereitungen aus der Nähe miterlebten. Caliban begleitete mich häufig auf meinen Ausflügen nach San Francisco, denn einmal hatte Miranda ihm befohlen, mich auf gar keinen Fall aus den Augen zu verlieren, und dann hatte er sich mit Li und Liu befreundet und wollte mit ihnen verschiedene Unternehmen gründen, was sie später dann auch taten.

In dieser Vorbereitungszeit, die ungefähr bis zum 20. Juni dauerte, arbeitete ich ruhig, methodisch und vor allem diskret, denn die Mechanismen, die notwendig waren, um die Caltanis hereinzulegen, waren höchst kompliziert, wie sich jeder vorstellen kann...

Ich reiste viel; ein Teil der Reisen durfte bekannt werden, auch bei einem Olliphan oder den Caltanis; ein anderer Teil mußte aber unter allen Umständen geheimbleiben. Ich hatte meinen Freund Flint alarmiert, den Piloten und Milliardär, der aufgrund meiner Idee, auf dem von seinem Großvater ererbten sumpfigen Areal in Florida einen Safaripark hochzuziehen, nur so im Geld schwamm und sowohl sich wie auch sein Flugzeug mir gerne zur Verfügung stellte, so daß ich nicht auf die öffentlichen Verkehrsmittel angewiesen war, die auf alle Fälle für meine geheimen Reisen viel zu verräterisch gewesen wären.

In den Tagen direkt nach der Unterzeichnung der Verträge tat sich nicht sehr viel; die Arbeiten am *Weißen Elefanten* waren mit viel Energie wieder aufgenommen worden, was auch notwendig war, wenn bis zum 3. Juni abends alles fertig sein sollte, so daß wir wie geplant am 4. eröffnen konnten. Ich hatte während dieser Zeit noch ein unangenehmes Gespräch zu überstehen, mit Henry Chance, den ich natürlich über die neuen Besitzverhältnisse informieren mußte. Er reagierte so, wie ich es erwartet hatte:

»Weisman, sagten Sie? Ich kannte einen Abie Weisman in Las Vegas, Brille mit getönten Gläsern, fünfundfünzig Jahre, schmale Lippen, fast immer stumm.«

»Genau der.«

»In diesem Fall, Monsieur Cimballi, müssen Sie sich einen anderen Kasino-Manager suchen. Ich kündige den Vertrag.«

»Das kommt nicht in Frage.«

»Weisman ist nur ein Strohmann.«

»Ich weiß. Und ich weiß auch, wer sich hinter ihm verbirgt. Trotzdem müssen Sie bleiben. Henry, ich brauche Sie unter allen Umständen.«

»Nein.«

Ich hatte stundenlang auf ihn eingeredet und durchblicken lassen, daß ich überzeugt war, die Situation innerhalb einer kurzen Zeit bereinigen zu können – ohne ihm allerdings zu sagen, wie ich das anstellen wollte oder ihn gar in meine Pläne einzuweihen. Ich bekniete ihn, denn für mich war es lebenswichtig geworden, daß der *Weiße Elefant* in den ersten Monaten soviel Gewinn wie nur irgend möglich abwarf. Endlich rang ich ihm ein kleines Zugeständnis ab:

»Drei Monate, Monsieur Cimballi. Drei Monate, ab dem Tag der Eröffnung an gerechnet. Doch dann werde ich Atlantic City verlassen und zurück nach Las Vegas oder Monte Carlo ziehen.«

Mehr konnte ich nicht verlangen. Drei Monate nach der Eröffnung, das bedeutete, daß er bis zum 4. September blieb. Und an diesem Tag hatte ich dem Caltanischen Drachen den Kopf abgeschlagen – oder ich war im Staub zertreten.

Ein ärgerliches Zwischenspiel, das in diese Epoche fiel: Ein österreichisches Ministerium hatte ein sehr offizielles Schreiben nach New York geschickt, in dem ein gewisser Herr Franz Cimballi aufgefordert wurde, eine gewisse Heidi Moser umgehend dem österreichischen Generalkonsulat anzuvertrauen. Ich lachte nur und warf das Schreiben in den Papierkorb, denn ich hatte damals wirklich andere Sorgen, und meine Haltung Heidi gegenüber hatte sich in der Zwischenzeit nicht im geringsten geändert. Zumindest nicht in dem Sinne, in dem die Wiener Behörden dies vielleicht erhofft hatten: Ich wollte mich auf keinen Fall von Heidi trennen, und ihr Vormund, Anna Moser, war damit ja auch einverstanden.

Doch ich hatte nicht mit der Hartnäckigkeit der österreichischen Beamten gerechnet. Zehn Tage nachdem ich das Schreiben erhalten und in den Papierkorb geworfen hatte, tauchte ein amerikanischer Polizist im *Pierre* auf, der einen alten, abgeschabten Regenmantel und ausgelatschte Schuhe trug und an einer ausgegangenen Zigarre herumkaute:

»Ich komme wegen des kleinen österreichischen Mädchens. Es soll zum Konsulat gebracht werden.«

»Es ist nicht da.«

»Wo ist das Gör?«

»Nicht hier.«

Er glaubte mir nicht und wollte sich persönlich überzeugen. Er ging durch das Apartment und schaute sogar in den Schränken, unter den Betten und in den Badezimmern nach.

»Sie ist nicht da, wie?«

»Genau das habe ich Ihnen vorher gesagt.«

Er lutschte an seinem Zigarrenstummel, und nikotinbrauner Speichel lief ihm das Kinn hinunter. Abstoßend.

»Mir ist diese kleine Australierin vollkommen gleichgültig...«

»Österreicherin.«

»Das ist doch gleich. Gesetz ist Gesetz. Sie müssen die Kleine dem Konsulat übergeben, dann bekommen Sie keine Schwierigkeiten. Übergeben Sie die Kleine nicht dem Konsulat, dann bekommen Sie Schwierigkeiten. Ich bin mit der Untersuchung beauftragt worden. Sie wollen mir nicht verraten, wo sie sich aufhält?«

Ich hätte es ihm nicht gesagt, auch wenn er wie Robert Redford ausgesehen hätte. Und so, wie er sich da aufführte! Die ganze Geschichte erschien mir grotesk zu sein. Ich konnte es nicht mehr länger ertragen, daß sich Gott und die Welt in die Beziehung zwischen Heidi, Marc-Andrea, Sarah und mir einmischen wollte, und faßte einen Entschluß:

»Jimmy, ich will Heidi adoptieren. Offiziell. Veranlassen Sie bitte alles Notwendige. UND SAGEN SIE MIR UM HIMMELS WILLEN NICHT: DAS IST NICHT SO EINFACH!«

»Sie hätten die Beamten des österreichischen Generalkonsulats nicht einfach hinauswerfen dürfen. Ihr Bericht ist dementsprechend ausgefallen: Herr Cimballi verfügt über keinen festen Wohnsitz, ist nicht verheiratet, besitzt ein Spielkasino...«

»Und über den Handel mit Drogen steht nichts drin? Die haben mich wohl als Mafioso ausgegeben, oder?«

»Ein Richter in Tirol, im Hinterland, mit dem Bericht des Konsulats als Grundlage der Entscheidung...«

»Jimmy, ich will Heidi adoptieren. Ich denke schon seit langem darüber nach. Jetzt leiten Sie bitte alles in die Wege.

Anna Moser wird sicher einverstanden sein. Heidi und Marc-Andrea ebenfalls. Also, beeilen Sie sich...«

Ich legte auf und war wütend, mit diesen blödsinnigen Formalitäten soviel Zeit zu verlieren. Der Engländer wartete auf mich. Inzwischen war es der 16. April geworden.

Damit wir uns völlig unauffällig treffen konnten, hatte sich auch der Engländer im *Pierre* eingemietet. Wir taten so, als ob wir uns noch nie gesehen hätten, eine Vorsichtsmaßnahme, die ich eigentlich für überflüssig hielt, auf die der Engländer aber sehr viel Wert legte.

»Es handelt sich um Walcher. Walcher ist der ehemalige Freund von Karl-Gustav Bau...«

»Ich weiß, wer Walcher ist. Ich will nur wissen, ob er bei der Entführung Baumers seine Hand mit im Spiel hatte oder nicht.«

Er zögerte. Ich spürte, daß auch er den Allerweltssatz gebrauchen würde: Das ist nicht so einfach. Und wirklich:

»Das ist nicht so einfach zu entscheiden. Seit zwei Monaten folgen wir ihm auf Schritt und Tritt. Er flog zweimal nach Nassau. Beide Male hat er sich dort mit einem Bankier getroffen mit Namen...«

»Ist mir völlig gleichgültig.«

»Das eine Treffen fand in einem Hotelzimmer ab. Jemand war auf die großartige Idee gekommen, das Gespräch aufzuzeichnen. Wir haben...«

»Das Wesentliche...«

»Walcher hat zwei Millionen Dollar auf einem Nummernkonto in Nassau liegen.«

»Die kann er geerbt oder gewonnen haben.«

»Oder bei seiner Bank unterschlagen. Doch das trifft alles nicht den wahren Sachverhalt. Hätten Sie mich ausführlich berichten lassen oder sich die Mühe gemacht, meinen Bericht zu lesen, dann wüßten Sie, daß Walcher an einer ganz bestimmten Stelle gesagt hat:

›Jetzt schläft das Geld seit zweieinhalb Jahren.‹

Walcher fuhr dann fort, daß er das Geld jetzt gewinnbringend anlegen wolle. Zweieinhalb Jahre, Monsieur Cimballi. Rechnen Sie selbst nach: Oktober 1974.«

Ich war mir sicher, dieses Datum schon einmal gehört zu haben. Der Engländer lächelte:

»Im Oktober 1974 war Baumer nach seinem Verschwinden wieder in Nassau aufgetaucht. Am 14. Oktober flog Walcher selbst nach Nassau, um, wie er behauptete, den Versuch zu unternehmen, seinen Freund Baumer zur Vernunft zu bekommen. Ich bin davon überzeugt, daß er während dieser Reise das Nummernkonto einrichtete. Kein Bankier auf dieser Welt läßt zwei Millionen Dollar einfach auf einem Konto ruhen, ohne den Versuch zu unternehmen, das Geld anzulegen. Außer, wenn es für ein solches Verhalten gute Gründe gibt.«

»Wann fand dieses Gespräch zwischen Walcher und seinem Nassauer Bankier statt, das Sie mitschneiden konnten?«

»Am 2. April.«

Das heißt, an dem ersten Samstag nach der Übertragung meiner neunundvierzig Prozent Anteile an dem Kasino an die Caltanis. Die Zufälle in dieser Geschichte fingen an zu stinken...

»Noch etwas«, nahm der Engländer den Faden wieder auf. »Ich kann es mir auch nicht erklären, aber Walchers Privatanschluß wird merkwürdigerweise abgehört. Am 30. März erhielt Walcher in den Abendstunden einen interessanten Anruf:

›Ernie? Abie... Ich möchte Ihnen nur mitteilen, daß alles geregelt ist. Auf bald.‹

Wir haben uns natürlich um diesen so kurz angebundenen Abie gekümmert; einen Monat zuvor, am 12. Februar, hatte Walcher mit einem gewissen Abie Weisman zu Abend gegessen. Sagt Ihnen der Name etwas, Monsieur Cimballi?«

Und wie! Hatte ich bisher dank der Arbeit des Engländers und seines Teams bereits starke Verdachtsmomente gehabt, so stand für mich inzwischen fest, daß Walcher nichts anderes war als ein Helfershelfer der Caltanis. Darüber hinaus hatte ich, ohne es zu wissen, die legalen Erben von Onkel Karl-Gustav um fünfundzwanzig Millionen Dollar betrogen, als ich diesen Betrag der Caltani-Familie gezahlt hatte. Die Moser-Schwestern! Und damit natürlich auch Heidi. Die jetzt, genau wie ihre Schwestern, versuchen könnte, einen

Prozeß gegen die Caltanis und indirekt auch gegen mich anzustrengen.

Wie ich mich auch drehte und wendete, ich saß auf einem Pulverfaß. Was für ein unbeschreibliches Durcheinander!

Marc Lavater war insgesamt drei Wochen abwesend gewesen; natürlich hatte er mich von London und Paris aus angerufen, doch dann hatten wir, wie vereinbart, aus Vorsicht Stillschweigen bewahrt.

Am 20. April kam er abends wieder in New York an. Wir schauten uns nur kurz an, und ich wußte, daß er nicht mit leren Händen von seiner Reise zurückkam. Doch erst als wir allein im Wagen saßen, mit dem wir vom Kennedy Airport aus in die Stadt fuhren (ich selbst war gerade aus Europa angekommen, so daß wir uns gleich am Flughafen verabredet hatten), fing er an zu reden. Er hatte nicht sehr viel zu erzählen, aber das, was er wußte, war entscheidend und entsprach insgesamt meinen Hoffnungen:

»Seit Jahren transferiert Olliphan bereits Geld nach Südafrika. Insgesamt dürfte die Summe um die vierzehn Millionen Dollar betragen. Die Überweisungen erfolgen auf sehr verschlungenen Wegen. Franz, du selbst hast mir auf diesem Gebiet viel beigebracht, und als ich noch an der Spitze der französischen Steuerfahndung stand, hatte ich einiges erlebt, doch so raffiniert war wohl noch niemand vorgegangen. Übrigens: Man bräuchte Jahre, wenn man die Summen, die Olliphan persönlich gehören, und die, um die er die Caltanis betrogen hat, auseinanderdividieren wollte. Ohne die Hilfe der Caltanis ein unmögliches Unterfangen.«

»Mir geht es nur darum, auf Olliphan Druck ausüben zu können.«

»Wir haben genügend Beweise. Balthasar hat alles ausgespuckt, was er wußte. Und einen Teil eindeutig belegt. Vorsicht: Jetzt wird er uns hassen, den Türken, dich und mich.«

»Korbers Rolle?«

»Er verwaltet Olliphans Gelder. Die beiden Männer haben viele gemeinsame Firmen, die offiziell allerdings Korber allein gehören. Franz, wenn du den Caltanis auch nur ein Zehntel von dem mitteilst, was ich in Südafrika erfahren habe, ist Olliphan ein toter Mann. Er ist dir völlig ausgeliefert.«

Ich war so aufgeregt, daß ich es vorzog, an den Straßenrand zu fahren und anzuhalten, um keinen Unfall zu verursachen. Ich hatte bereits genügend Schwierigkeiten. Eine der wichtigsten Voraussetzungen, auf denen ich meinen Plan aufgebaut hatte, war in Erfüllung gegangen. Marc fragte mich: »Und wie weit bist du gekommen?«

Meine Vorbereitungen liefen reibungslos. Ich gab ihm einen schnellen Überblick, während unser Wagen immer wieder durchgeschüttelt wurde: Die vorbeifahrenden oder, richtiger, vorbeirasenden Autos lösten starke Druckwellen aus. Ich erinnerte mich noch genau an mein erstes Zusammentreffen mit Lavater, das im Juli 1970 stattgefunden hatte; ich hatte ihn angerufen – damals kannte ich ihn noch nicht – und gebeten, zum Trocadéro, einem Pariser Lokal, zu kommen. Ich war gerade aus Kenia eingetroffen und ungeheuer stolz auf meine ersten Finanzerfolge.*

Seit dieser Zeit war Marc Lavater mein engster Berater. Er lächelte mir zu:

»Spielen wir nicht die alten Verbündeten und Kämpfer. Wenn ich dich richtig verstanden habe, hat dein Plan ausgezeichnet funktioniert, und alle Vorbereitungen sind abgeschlossen. Um ehrlich zu sein: Ich hätte nie gedacht, daß dir das gelingen würde. Wann wirst du Olliphan anrufen und unter Druck setzen?«

»Im letzten Moment. Ich möchte nicht, daß er Zeit hat, sich zu wehren.«

Am 4. Juni wurde der *Weiße Elefant* wie geplant eröffnet. Schon in den ersten Tagen war der Erfolg überwältigend, wobei natürlich der Presserummel um den Brand und mein Abenteuer mit den Kindern eine nicht unerhebliche Rolle spielte, denn jeder wollte jetzt natürlich wissen, wie es im *Weißen Elefanten* aussah.

* Siehe Paul-Loup Sulitzer, *Money*, Heyne-TB Bd. 01/6936

Ab dem 15. Juni war auch Henry Chance bereit zuzugeben, daß das von ihm mit strenger Hand geleitete Kasino dabei war, alle Rekorde zu brechen. Die von ihm auf die Beine gestellte Organisation funktionierte hervorragend: Allein in New York hatte er drei Büros eingerichtet, die als Bank und gleichzeitig als Reisebüro dienten. Man brauchte nur tausend Dollar einzubezahlen (die von einem Computer sofort verbucht und angelegt wurden); der Rest wurde praktisch von allein erledigt. Essen und Getränke und die Reise New York–Atlantic City–New York waren kostenfrei, und natürlich erhielten die Spieler den Gegenwert des eingezahlten Betrages in Form von Jetons ausbezahlt, sobald sie im *Weißen Elefanten* eintrafen. Ab zehntausend Dollar wurden die Spieler außerdem kostenlos beherbergt. Ähnliche Büros hatte Henry Chance in allen größeren amerikanischen und kanadischen Städten eingerichtet und war bereit, dieses Netz nach einer gewissen Anlaufzeit auf alle Großstädte der Welt auszudehnen.

Henry Chance hatte mir bereits in der Vorbereitungszeit einmal gesagt:

»Monsieur Cimballi, an dem Tag, an dem ich die wirklich großen Spieler zum ersten Mal in unserem Kasino sehe, garantiere ich Ihnen den endgültigen Erfolg.«

Diese wirklich großen Spieler hatte er alle in seiner berühmten, seit fünfundzwanzig Jahren geführten Kartei verzeichnet und eine Reihe von Sondermaßnahmen vorgesehen. Es verstand sich von selbst, daß die Suiten im *Weißen Elefanten* für diese Spielerkategorie reserviert waren; aber Chance war natürlich jederzeit bereit, ähnlich luxuriös ausgestattete Suiten in den großen New Yorker Hotelpalästen anzumieten und die Kunden, kostenlos natürlich, in bequemen Hubschraubern von New York nach Atlantic City zu fliegen. Und jeden Freitagabend startete eine Boing 747 mit dem Emblem des *Weißen Elefanten* von Los Angeles an der Westküste Richtung Atlantic City; diese Maschine legte in Las Vegas eine Zwischenlandung ein, eine deutliche Herausforderung an die dortigen Glücksspielbarone...

Natürlich hatte ich absolutes Vertrauen in die beruflichen Fähigkeiten Henry Chances. Trotzdem fragte ich mich im Gegensatz zu Caliban, der Chance rückhaltlos unterstützte, ob es nicht ein Fehler gewesen war, das System, das in Las Vegas erfolgreich war, aber bisher eben nur dort, ungeprüft für Atlantic City zu übernehmen. Ich sollte schon bald einsehen, daß Chance recht gehabt hatte. Als mich Anfang Juli Flint nach einer neuen, geheimgehaltenen Reise auf dem Flughafen Newark absetzte – ich war mehr als eine Woche ›untergetaucht‹ gewesen, doch es war für mich entscheidend, das letzte Glied innerhalb der Kette, die den Caltanis zum Verhängnis werden sollte, besonders sorgfältig vorzubereiten – rief ich als erstes Henry Chance an und fragte ihn nach der weiteren Entwicklung. Er beantwortete meine Frage mit einer Gegenfrage:

»Wie hoch haben Sie die jährlichen Gewinne des *Elefanten* geschätzt?«

»Auf ungefähr achtzig Millionen Dollar.«

»Ich garantiere Ihnen fünfzig Prozent mehr. Das steht heute schon fest. Sie sind da.«

Sie, das waren die großen Spieler. Seit zwei Wochen war die Boing 747 ausgebucht, so daß er eine zweite chartern konnte. Auch die Japaner und die Hongkong-Chinesen kamen, die innerhalb von drei Tagen mühelos eine Million Dollar in einem Kasino ausgaben. Ohne die Prinzen aus dem Morgenland zu erwähnen, die als erste unser Kasino beehrt hatten.

Ich gönnte mir eine Woche Urlaub in San Francisco. Jimmy Rosen war es gelungen, das von den österreichischen Behörden gegen mich in die Wege geleitete Verfahren zu stoppen und von einem Richter ganz offiziell das vorläufige Sorgerecht für Heidi eingeräumt zu bekommen. Doch nach meiner Woche Urlaub hatte ich kein Herz, sofort nach New York zurückzufliegen, sondern blieb noch bis zum 22. Juli. Am 4. August sollte ich mich wieder mit den Beauftragten der Caltanis treffen und weitere zwei Prozent meiner Anteile verkaufen.

Der Engländer erwartete mich im *Pierre;* seit Monaten überwachte er Olliphan und versicherte mir, daß ich jederzeit den Rechtsberater der Mafia-Familie erreichen konnte. Doch ich zog es vor, noch zu warten, und sagte zu dem Engländer:

»Am besten wäre es wohl, wenn ich Olliphan an einem völlig neutralen öffentlichen Ort treffe, an dem es von Menschen nur so wimmelt. Ich möchte auf keinen Fall sein Leben in Gefahr bringen.«

Oxforder Lächeln:

»Nichts einfacher als das, Monsieur Cimballi. Aufgrund eines glücklichen Zufalls kennen wir den Terminkalender unseres Beobachtungsobjektes, zumindest die Termine, die er seiner Sekretärin mitteilt. Interessieren Sie sich für bestimmte Tage?«

»Für den Montag, 1. August, Dienstag, 2. August, und Mittwoch, 3. August.«

Drei, zwei oder auch nur einen Tag vor meinem Treffen mit den Beauftragten der Caltanis, das gleichzeitig den Auftakt zu dem darstellte, das man mit verschiedenen Namen belegen konnte: den Abschluß einer Operation, die am 14. Juni 1976, als ich Philip Vandenbergh von meinem Beschluß in Kenntnis setzte, ein Kasino zu kaufen, begonnen hatte; oder als meinen Gegenangriff bzw. die Endphase meines Rachefeldzuges, den ich nun seit fünfundzwanzig Wochen vorbereitete.

14. Juni 1976 bis 4. August 1977, die Daten, die auf meinem Grabstein in Form eines Elefanten stehen könnten, falls mir in der Schlußphase auch nur der geringste Fehler unterlief. Vierhundertsechsundachtzig Tage. Der Engländer hatte sich in seine Unterlagen vertieft.

»Am Dienstag, 2. August, könnte es gehen. Wie Sie ja wissen, ist Mister Olliphan ein leidenschaftlicher Musikliebhaber; weniger bekannt ist, daß er sich in gleichem Maße für die zeitgenössische amerikanische Malerei interessiert. Am Montag, dem 1. August, wird im Museum für Moderne Kunst eine Ausstellung eröffnet, die er gleich am darauffolgenden Tag besuchen möchte. Er wird, zumindest hat er das eingeplant, gegen fünf Uhr in der Ausstellung anzutreffen sein.«

»Ich ebenfalls.«

»Wie lange werden Sie wohl brauchen, um ihm alles mitzuteilen, was Sie ihm mitteilen möchten?«

»Höchstens fünfzehn Minuten.«

Doch es sollte nicht einmal fünfzehn Minuten in Anspruch nehmen. Am Dienstag, dem 2. August, traf ich mich mit Olliphan, von einem der Assistenten des Engländers aufgefordert und zu mir geführt, im vierten Stock des MOMA, des Museum of Modern Art; es war kurz vor halb sechs Uhr nachmittags. Als er mich entdeckte, bogen sich seine Augenbrauen leicht spöttisch, leicht amüsiert nach oben, das einzige Zeichen seiner Überraschung.

»Monsieur Cimballi, ich bin keineswegs überrascht; ich rechnete seit längerem damit, daß Sie mich privat sprechen wollen.«

Während ich ihm sagte, was ich von und über ihn wußte und was ich von ihm im Ausgleich für mein Schweigen erwartete, hörte er mir mit seinem ewigen Lächeln zu, ohne mich auch nur ein einziges Mal zu unterbrechen. Das ganze dauerte höchstens fünf Minuten. Selbst nachdem ich fertig war, schwieg er weiter. Endlich schüttelte er beinahe sorgenvoll seinen Kopf:

»Ich weiß nicht, welche Falle Sie für die Caltanis vorbereitet haben, aber ich bin mir sicher, daß Sie ein enormes Risiko auf sich nehmen.«

»Das geht nur mich etwas an.«

Er zögerte kurz und fragte dann:

»Und Sie wollen auch mit Ernie Walcher abrechnen?«

»Wenn ich nun schon einmal beim Ausmisten bin ... Sie haben noch fünfzig Sekunden Zeit, sich zu entscheiden.«

Er begann zu lachen, wobei seine Augen sich merkwürdigerweise schlossen, so als ob er über sich selbst lache und sich gleichzeitig über die Stupidität der Welt amüsiere.

»Ich habe meine Entscheidung seit langer Zeit gefällt, Monsieur Cimballi. Wissen Sie das denn nicht? *Ich* habe Sie schließlich am 18. September gewarnt. *Ich* habe Sie mit Korber bekannt gemacht. *Ich* habe Ihnen den Strick gereicht, an dem Sie mich aufhängen können, und geduldig abgewartet, um herauszufinden, ob Sie so geschickt sind, den Strick zu packen. Muß ich noch weiterreden? Ich weiß nicht, wie sehr Sie die Caltanis hassen; ich weiß nur eines: Ihr Haß kann sich in keinem Fall mit meinem messen. Natürlich gehe ich auf Ihre Bedingungen ein. Was Walcher anbelangt, gibt es überhaupt keine Probleme. Ich kann Ihnen die fehlenden Beweise jederzeit liefern. Auch in diesem Punkt weiß ich natürlich nicht, was Sie für Walcher vorbereitet haben; ich weiß nur, daß er es verdient hat. Die Idee, die der ganzen Affäre zugrunde liegt, stammt von ihm.«

Ich spürte, daß er redselig wurde und bereit war, alles zu erzählen, doch es war wohl weder der richtige Zeitpunkt noch der richtige Ort, so daß ich ihm das Wort abschnitt. Vierzig Stunden vor meiner entscheidenden Unterredung mit den Caltanis durfte auf gar keinen Fall bekannt werden, daß ich mich mit Olliphan verständigt hatte. Er stimmte sofort zu und fragte:

»Und wie soll meine Beichte ausfallen?«

Er sollte noch am gleichen Abend die ganze Geschichte in allen Einzelheiten auf Band sprechen; gegen vier Uhr morgens sollte ein Beauftragter des Engländers die Bänder abholen und den Sekretärinnen bringen, die noch in der Nacht die Bänder abschreiben sollten; um neun Uhr dreißig sollten Rosen und Vandenbergh ihn in seinem Büro aufsuchen und die Bänder sowie die Abschriften mitbringen.

»Sie werden zu dritt die Kassetten abhören und die Abschriften durchgehen und überall dort, wo meine Rechtsanwälte dies für notwendig erachten, Korrekturen anbringen. Anschließend unterzeichnen Sie bitte den geschriebenen Text. Wir haben ja kein Problem, einen Vorwand für Rosens und Vandenberghs Besuch in Ihrem Büro zu finden: Offiziell kommen sie, um letzte Hand an die am 4. August von den Caltanis und mir zu unterschreibenden Dokumente zu legen.«

Sobald Rosen und Vandenbergh sich im Besitz der korrigierten und unterschriebenen Aussagen befänden, war Olliphan frei und konnte tun und lassen, was er wollte, nach Südafrika zu seinem Freund Korber fliegen, zum Beispiel. In der Hoffnung, daß die Caltanis seine Spur nicht aufnahmen und ihn nicht fanden. Olliphan lächelte wieder. Es stimmte schon, seine Augen waren die eines Irländers, humorvoll, wild und leicht verrückt.

»Und nicht an der Besprechung am Donnerstag teilnehmen? Das kommt nicht in Frage. Ich bin mir sicher, daß

Jos und Larry mißtrauisch würden, wenn ich plötzlich nicht zur Unterzeichnung eines so wichtigen Vertrages auftauche. Haben Sie keine Angst, ich betrüge die Caltanis seit mehr als fünfzehn Jahren und habe darin eine wahre Meisterschaft erlangt. Aber ich habe noch einen weiteren Grund, auf meiner Anwesenheit zu bestehen: Die Neugier frißt mich auf. Zum Training meines Gehirns habe ich versucht mir vorzustellen, was Sie wohl für die Caltanis vorbereitet haben, wie Sie dieser Falle, die ich ja selbst mit aufgebaut habe, entgehen wollen. Ich habe versucht, mich an die Stelle eines Lavaters, Lupinos, Vandenberghs und Rosens zu setzen. Was ich Ihnen an ihrer Stelle empfohlen hätte? Ehrlich gesagt, alles, was mir diesbezüglich einfiel, konnte mich nicht befriedigen. Ich bin mir aber fast sicher, daß Sie eine Antwort gefunden haben. Und da verlangen Sie, daß ich einer solchen Rache nicht beiwohne? Wenn wenigstens einmal zwei der größten Schufte auf Gottes Erdboden, meine geliebten Schwäger Jos und Larry, die gebührende Antwort erhalten? Nein, Monsieur Cimballi, dieses Schauspiel lasse ich mir auf keinen Fall entgehen, und ich bete für Ihren Erfolg.«

Am nächsten Tag, also am Mittwoch, dem 3. August, besuchten Rosen und Vandenbergh mich kurz vor zwölf Uhr mittags im *Pierre*. Alles war so abgelaufen, wie wir es geplant hatten. Sie hatten Olliphans ›Beichte‹ sowohl auf Band wie auch geschrieben und natürlich unterschrieben bei sich und sich sogar die Mühe gemacht, das Original mit der Originalunterschrift an einen sicheren Ort zu bringen und nur eine Kopie mit ins *Pierre* zu nehmen. Die Geschichte war vollständig: Zum erstenmal waren alle Fakten verzeichnet, vom ersten Kaufangebot, das Olliphan Baumer gemacht und das dieser energisch abgelehnt hatte, obwohl ihm immerhin eine Million Dollar geboten worden waren, über Walchers Intervention, Baumers Ausflug in den Süden, die Entführung, die von Caltanis Handlangern durchgeführt worden war, Baumers Tod (ein natürlicher Tod, der aber auf alle Fälle eingeplant gewesen war), den Ankauf des Hotels durch die Caltanis, die sich hinter einer anonymen Gesellschaft versteckten und endlich dem Verkauf des gleichen Hotels an einen gewissen Cimballi...

Dann die ersten Besorgnisse innerhalb der ehrenwerten Mafia-Familie und auch bei Walcher, als plötzlich Heidi in New York auftauchte und sich bei mir einnistete. Heidi hatte im Grunde die Aktivitäten des feindlichen Clans ausgelöst. Rosen erklärte:

»Franz, die erste von Lavater durchgeführte Untersuchung hat Walcher alarmiert. Er geriet in Panik, vor allem als er feststellen mußte, daß Sie Heidi bei sich behielten und sogar nach Österreich geflogen waren, um dort mit den Schwestern Moser zu verhandeln. Walcher wußte natürlich nicht, wieweit Anna Moser von Baumer über dessen Geschäfte eingeweiht gewesen war. Er und auch die Caltanis nahmen an, daß Sie die Interessen Heidis und der Moser-Schwestern verteidigen und zu diesem Zweck wohl früher oder später die Polizei einschalten wollten. Sie mußten unbedingt zum Schweigen gebracht werden, wobei das klassische Mittel der Mafia, Sie einfach verschwinden zu lassen, nicht in Frage kam, denn Sie hatten es geschickt verstanden, den Eindruck zu erwecken, als wären Ihre Berater über Ihre Angelegenheiten voll informiert. Nein, man mußte Sie zum Komplizen machen...«

»Daher der Brand...«

»Der von einer extra aus Chicago gekommenen Spezialeinheit der Mafia vorbereitet und gelegt worden war. Zwei Männer, von denen wir zwar nicht die Namen kennen, aber doch soviel wissen, daß wir sie leicht identifizieren können, falls das notwendig wird. Sie sollten in dem Brand nicht umkommen, sondern nur in eine solche Situation gebracht werden, in der Sie nicht mehr die Wahrheit hätten sagen können, ohne sich selbst zu belasten. Hätten Sie nicht mitgespielt, dann wären Sie natürlich trotz unserer Kenntnisse eliminiert worden.«

Ich habe es bereits einmal gesagt: Es waren nur verschwindend wenig Menschen in den Mechanismus der Falle eingeweiht, die ich den Caltanis am 4. August stellen wollte. Nicht einmal Rosen, Vandenbergh oder Lupino hatte ich eingeweiht, zumal sie sich einem dermaßen verrückten Plan auf alle Fälle heftig widersetzt hätten. Zu meinem Glück brauchte ich während der Vorbereitungszeit ihre Hilfe nicht direkt.

Es war folglich nur logisch, daß sie als Juristen darauf drängten, Olliphans Beichte sofort der Polizei zuzuspielen. Obwohl sie einräumen mußten, daß die Lügen, die Marc und ich der Versicherungsgesellschaft gegenüber aufgetischt hatten, ein großes Problem darstellten. Vandenbergh allerdings hatte bereits eine Lösung gefunden:

»Die Versicherung gewinnt nichts, wenn sie Sie anklagt. Ich schwöre Ihnen, daß ich sie dazu überreden kann, folgender Vereinbarung zuzustimmen: Sie behaupten, Sie hätten genau wie die Versicherung diese ganzen Lügen nur aufgebaut, um den Caltanis eine Falle zu stellen. Und mit Olliphans Geständnissen ...«

Er entwickelte seine Theorie. Ich hörte ihm nur halb zu und dies auch nur, weil ich im Grunde ein höflicher Mann bin. Ich war nervös, beinahe zu nervös, je näher die Stunde der Wahrheit rückte. Seit fünfundzwanzig Wochen hatte ich mich auf diesen Kampf vorbereitet; jetzt war es zu spät. Niemand konnte mich mehr von meinen Plänen abbringen, zumal sie, und davon war ich fest überzeugt, allen anderen Vorschlägen, die man mir machte oder noch machen würde, überlegen waren. Und ich wollte, auch wenn das komisch erscheinen mag, nicht, daß Olliphan mehr als unbedingt notwendig in den Strudel der Geschehnisse gerissen würde, auch wenn er natürlich Schuld auf sich geladen hatte. Er hatte mir geholfen, auch wenn dies aus rein persönlichen Gründen geschehen war. Ich fand ihn sympathisch und hatte irgendwie Mitleid mit ihm. Seine Beichte reichte mir. Ich wollte sie sowieso nur benutzen, wenn am morgigen Tag alles schieflaufen sollte. Er war neutralisiert, das war wesentlich. Die Caltanis hatten, ohne daß sie es wußten, ihren wichtigsten Berater verloren, der einzige, der mir wirklich hätte gefährlich werden können.

Zum zweiten oder dritten Mal sagte ich zu meinen New Yorker Rechtsanwälten, daß ich an meiner ursprünglichen Entscheidung festhielt und Olliphans Beichte nicht juristisch ausnutzen wollte. Philip Vandenbergh verließ mich als erster und verbarg seinen Zorn hinter seiner gewohnten eiskalten Höflichkeit. Jimmy Rosen schaute mich lange nachdenklich an, bevor auch er ging. Er hatte ganz bestimmt keine Idee, was ich plante, aber er wußte, daß ich in nicht einmal vierundzwanzig Stunden das größte Pokerspiel meines Lebens beginnen würde. Und das verrückteste. Er schüttelte mir kräftig die Hand und lächelte:

»Viel Glück, Franz!«

Lavater und Caliban, meine beiden alten Waffengefährten, leisteten mir Gesellschaft. Wir gingen ins Kino, doch weder Marc noch ich erinnerten uns später an den Titel des Films.

Am nächsten Morgen sollte ich mich um elf Uhr fünfundvierzig in einer Suite des *Plaza* mit den Caltanis treffen.

25

Eine Stunde zuvor war ich zu der Bank in der Nassau Street gegangen und hatte die Schachtel mit dem Film aus dem Schließfach geholt. Natürlich war ich nicht allein gewesen; neben Lavater leisteten mir Kowalski und zwei Leibwächter Gesellschaft. Wir hatten die Papiere unterzeichnet, die wir zu unterzeichnen hatten, um an das Schließfach heranzukommen, und die Schachtel an uns genommen.

Sie stand jetzt auf einem niedrigen Tisch zwischen den Caltanis und mir. Jos Caltani zuckte nur mit den Schultern und bemerkte mit seiner verschleierten Stimme:

»Sie hätten nichts riskiert, Cimballi, denn wir hätten diesen Film nicht benutzt.«

»Auf gar keinen Fall«, unterstrich sein Bruder Larry. »Seit wir Partner sind...«

Kurz, es wäre ihnen wie ein Selbstmord vorgekommen, sagten sie im Chor. Eigentlich rührend, doch mein Gesicht zeigte keine Regung. Ich war wütend-niedergeschlagen-resigniert-mich-ganz-in-das-Unvermeidliche-schickend, so wie es dem Moment entsprach: Ich mußte eine sehr bittere

Pille schlucken und tat dies mit dem entsprechenden Widerwillen.

»Ich mag es gar nicht, wenn man mir einen geladenen Revolver an den Kopf hält, auch wenn man betont, daß man nicht abdrücken will.«

Wir waren zu sechst: Marc und ich auf der einen, die Brüder Caltani, Weisman und Olliphan auf der anderen Seite. Kowalski war kommentarlos verschwunden, ein einfacher Bauer, der beim Königsspiel nicht gebraucht wurde. Und meinen sizilianischen Freund mit den schwarzen Haaren, das Rattengesicht, hatte ich beim Eintreffen in einem Nebenzimmer gesehen, wo er mit zwei seiner ›Soldaten‹ Wache hielt, denn er war wohl so etwas wie der Kriegsminister der Caltanis.

»Kommen wir zum Ende«, sagte ich bitter.

Das Apartment im *Plaza* ging auf den Central Park. Direkt unter dem Fenster warteten Kutschen auf Gäste. In New York war es an diesem Tag heiß und schwül; ein Gewitter lag in der Luft.

»Franz?«

Lavater hatte mich aus den Träumen gerissen; er hatte die Schachtel geöffnet und sich den Film genau angeschaut. Sein Gesicht wurde immer verschlossener, je mehr er entdeckte (bei der Vorführung war er ja nicht dabei gewesen); endlich sagte er bitter:

»Ich wäre als erster ins Gefängnis gewandert.«

»Wir sind uns aber doch einig, den Film heute zu vernichten«, ließ sich Olliphan beruhigend vernehmen.

Die Caltanis hatten für einen Behälter aus Eisen gesorgt, Marc und ich für Scheren. Wir zerschnitten den Film, legten die Stücke in den eisernen Behälter, übergossen sie mit etwas Feuerzeugbenzin und zündeten sie an. Schweigend sahen wir zu, wie der Film zu Asche verbrannte, die Marc sorgfältig zerdrückte.

»Nichts beweist, daß Sie nicht doch haben Kopien anfertigen lassen.«

Jos Caltani lachte schallend:

»Aber, aber…«

Weisman griff nach dem eisernen Behälter, zeigte ihn

herum, so daß sich jeder überzeugen konnte, daß sich nur noch zerstoßene Asche in ihm befand, und ging dann zur Toilette, um die Asche hinunterzuspülen. In den darauffolgenden Minuten unterzeichnete ich die vorbereiteten Papiere, nachdem ich eine letzte Bedingung gestellt hatte: Ich verlangte für die Zeit, in der ich Mehrheitsaktionär des *Weißen Elefanten* gewesen war, für die Zeit vom 25. Februar bis zum 4. August also (ich erinnere meine Leser daran, daß wir die Papiere vordatiert hatten), entlastet zu werden. Diese Entlastung wurde mir problemlos gewährt. Weisman und damit die Caltanis waren zum Mehrheitsaktionär meines Kasinos geworden. Es war kurz nach Mittag. Ich stand auf und machte wohl den Eindruck eines Mannes, der gerade den bittersten Kelch seines Lebens ausgetrunken hatte. Jos Caltani wehrte schnell ab; warum sollten wir nicht versuchen, jetzt, wo alles geregelt war, unsere Beziehungen etwas freundlicher, wärmer zu gestalten?

»Cimballi, wir sind jetzt Partner. Oder etwa nicht? Das muß gefeiert werden. Franz, Sie haben italienisches Blut in Ihren Adern, wir ebenfalls, das verbindet doch. Nennen Sie uns doch Jos und Larry. Und Ollie. Wir werden vertrauensvoll zusammenarbeiten, über Jahre hinweg, doch, doch...«

Ollie – natürlich Olliphan – machte einen großartigen Vorschlag: warum nicht alle zusammen nach Atlantic City fliegen und als neue Besitzer dem *Weißen Elefanten* einen Besuch abstatten? Ollie hatte für uns ein wahres Festmahl in Auftrag gegeben und auch dafür gesorgt, daß einer der Kasino-Hubschrauber zu unserer Verfügung stand. Weisman und Lavater sollten vielleicht zuerst die wichtigen Papiere in Sicherheit bringen und dann ebenfalls nach Atlantic City kommen. Ich schmollte eine Weile und zierte mich, gab aber dann doch nach, mich anscheinend mit meiner Situation abfindend. Nein, ich sprach kein Sizialinisch, aber etwas Italienisch. *Andiamo.*

Alles spielte sich genau wie vorgesehen ab. Gegen ein Uhr dreißig landeten wir auf dem hoteleigenen Hubschrauberlandeplatz des *Elefanten,* von Henry Chance in seiner Eigenschaft als Kasino-Manager begrüßt (er war kälter als je zuvor; ab und zu schaute er mich an, ohne daß es mir gelang, seinen Blick zu interpretieren).

Französischer Champagner, bester Jahrgang, beste Marke, für mich persönlich ausgesucht, italienische Spezialitäten, um unsere gemeinsame Abstammung zu feiern. Wir feierten. Gegen drei Uhr tauchte Weisman wieder auf, Lavater eine halbe Stunde später. Kurz nach vier Uhr läutete das Telefon.

Wir hatten uns in meine Wohnung innerhalb des atombombensicheren Bunkers zurückgezogen (der private Spielsaal wurde in der Regel erst ab sechs benutzt; nur wenn sehr reiche Spieler sich angemeldet hatten, wurden Ausnahmen gemacht). Henry Chance war gerade dabei, seinen Bericht zu liefern und uns die Zukunft des Kasinos in den glühendsten Farben zu schildern. Er hob ab. Auch vor diesem Anruf hatte das Telefon mehrmals geklingelt, doch dieser Anruf sollte wichtig werden. Sehr wichtig sogar. Chances Gesicht und seine Stimme ließen es spüren. Er fragte:

»Und sie wissen, daß sich die Herren Cimballi, Caltani und Lavater hier befinden?«

Kurze Zeit später:

»Gut, wenn es so ist, dann führen Sie die Herren herunter.«

Er legte auf und erklärte, während in dem Bunker Grabesstille herrschte:

»Drei Männer, Abgesandte der Versicherungsgesellschaft Getschell & Harkin; sie bestehen darauf, von Ihnen empfangen zu werden. Sie behaupten, sicher zu sein, daß sich alle Besitzer des Kasinos im Augenblick hier unten aufhalten und daß äußerst schwerwiegende Gründe sie zu ihrem Kommen veranlaßt haben.«

Hier muß ich drei Punkte klarstellen:

– Ich erwartete eine Intervention von seiten der Versicherungsgesellschaft Getchell & Harkin Company und hatte auch allen Grund dazu, wußte allerdings nicht, wo und wann sie stattfinden würde.

– Die drei Männer, die unser fröhliches Fest so abrupt unterbrachen, handelten nicht in meinem Auftrag, sondern waren echte Privatdetektive, die keinen Grund hatten, mich zu schonen, und die mich auch nicht schonten. In ihren Augen war ich in gleichem Maße für den ungeheuren Betrug, den sie entdeckt hatten, verantwortlich wie die Caltanis.

– Henry Chance wußte nicht, was sich abspielen würde. Er war allerdings, um den Ausdruck zu gebrauchen, den er in Las Vegas selbst verwendet hatte, nicht der Mann, den man so ohne weiteres täuschen konnte. Ich hatte ihn angefleht, wenigstens drei Monate noch Manager des *Weißen Elefanten* zu bleiben, und er hatte daraus sicher geschlossen, daß ich meine Rache vorbereitete; jetzt sah ich an seinen Augen, daß er Bescheid wußte. Nicht über das, was sich ereignen sollte, sondern daß sich überhaupt etwas ereignen sollte.

Die drei Männer zeichneten sich durch die unbeteiligte Kälte dreier Henker aus, deren Aufgabe es ist, eine Hinrichtung vorzunehmen. Ihr Chef, Yarrow, seit ungefähr vierzig Jahren mit der Aufklärung von Schadenfällen beauftragt, sprach als einziger, ein kleiner, untersetzter Mann mit dünnen Lippen, kleinem Mund und Brille mit randlosen Gläsern. Er erinnerte mich an einen Mathematiklehrer aus meiner Schulzeit, den ich aufrichtig gehaßt hatte.

»Bis zum heutigen Tag«, begann er salbungsvoll, »hatte ich keinen so komplizierten Fall zu untersuchen. Der gleichzeitig so klar und eindeutig war.«

Sofort nach seinem Erscheinen hatte er Chance gebeten, das Zimmer zu verlassen. Anschließend hatte er unsere Namen einzeln genannt: Franz Cimballi, Joseph und Larry Caltani, Marc Lavater, Abraham Weisman.

»Wir sind uns nie begegnet; dabei kenne ich jeden von Ihnen.«

Kurze Pause.

»Ich bin mit der Untersuchung des Brandes beauftragt worden, der vor drei Monaten den *Weißen Elefanten* fast völlig verwüstet hat. Ich habe die Angestellten der Versicherungsgesellschaft abgelöst, die Brandstiftung ausschlossen. Und zu Unrecht meinten, der Brand sei einem unglücklichen Umstand zu verdanken. Es handelt sich sehr wohl um Brandstiftung. Meine Herren, ich bin gerne bereit, Ihnen das zu beweisen.«

Seine Assistenten bauten geschäftig eine Leinwand und einen Filmprojektor auf (zum dritten Mal innerhalb der Affäre *Weißer Elefant* sollte ich mir einen Film anschauen!). Ich erkannte natürlich die gezeigten Bilder, die von dem Kamerateam der CBS aufgenommen worden und in ganz Amerika von den verschiedensten Fernsehgesellschaften gezeigt worden waren.

»Millionen von Amerikanern haben diese Streifen gesehen, meine Herren. Ich selbst habe sie immer wieder angeschaut, bevor mir etwas Anormales aufgefallen ist.«

Ich war eigentlich darauf vorbereitet gewesen, Komödie spielen zu müssen, doch das war glücklicherweise nicht der Fall, denn ich spürte, wie es mir plötzlich eiskalt den Rücken hinunterlief und wie sich die Caltanis nervös verkrampften. Yarrow hatte aus der Masse der Neugierigen, Polizisten und Feuerwehrleuten, einen Mann herausvergrößert und festgehalten: den Wächter, den ich auf dem Bildschirm im Notausgang gesehen, der die Ausstiegsplatten verkeilt und der anschließend, nachdem er mir ironisch zugegrinst hatte, einen Keil wieder entfernt hatte. Yarrows Kommentar:

»An diesem Dienstag, dem 27. Februar, wurde die Baustelle des *Weißen Elefanten* selbstverständlich bewacht. Von sechs sorgfältig ausgewählten Wächtern, deren Namen und Gesichter mir bekannt sind, da ich mit ihnen gesprochen habe. Wir haben genau festgehalten, was sie am Unglückstag getan haben. Alle sechs sind auf den Filmen der CBS zu sehen... Jetzt schauen Sie sich bitte diesen Mann in der Mitte der Menschenmenge an, der die Uniform der Wächter des *Weißen Elefanten* trägt... Er interessiert sich nicht für das Feuer, sondern verläßt den Schauplatz.«

Die Assistenten führten den Film im Zeitlupentempo vor, so daß wir jede Bewegung des Mannes genau verfolgen konnten.

»... Er verläßt den Schauplatz... Er scheint es sogar eilig zu haben. Der erste Beweis, den ich Ihnen vorlegen wollte. Offiziell arbeiten nur sechs Wächter. Woher kommt dieser siebte? Welche Aufgabe hatte er zu erfüllen?«

Der Film wurde zurückgespult, bis das Gesicht des Mannes wieder sichtbar wurde.

»Und vor allem: Wer ist dieser Mann? Wir brauchten Wochen, um ihn zu identifizieren. Heute kennen wir seinen Namen: Frank Dindelli. Richtiger Frank Bruno Dindelli. Zwei Vorstrafen, einmal wegen Gewalttätigkeit, das zweite Mal wegen Erpressung. Trotzdem hat dieser Mann nach seiner Verurteilung wieder eine Stelle gefunden: Er arbeitete im vergangenen Februar als Ausfahrer für eine Gesellschaft, die sich hauptsächlich mit dem Import von hochwertigem Olivenöl befaßt. Und wem gehört diese Gesellschaft?

Jos und Larry Caltani.

Natürlich hätten wir diesen Mister Dindelli gerne getroffen, um ihm einige Fragen zu stellen, vor allem, wie er zu dieser Uniform gekommen war, die ihm nicht zustand, und was er an diesem Sonntag in Atlantic City eigentlich zu suchen hatte. Wir haben diesen Dindelli sogar aufgetrieben. Außerhalb der Vereinigten Staaten. Auf Sizilien, wo er im Augenblick von den erheblichen Einkünften aus einem Hotel und einem Restaurant lebt, die er bar bezahlt hat. Auch das Datum, an dem er in das Land seiner Vorfahren zurückkehrte, ist hochinteressant: Dindelli hat New York am Abend des 27. Februar, dieses berühmten Sonntags, verlassen.«

Ich schaute zu den Caltanis hinüber. Sie waren zu Salzsäulen erstarrt, doch man hätte blind sein müssen, um ihre wachsende Nervosität nicht zu erkennen. Ich mußte die in mir aufsteigende Freude unterdrücken: Jetzt sollte es diesen ›ehrbaren Kaufleuten‹ endlich an den Kragen gehen! Yarrow fuhr fort:

»Es fiel uns nicht schwer, die engen Verbindungen zwischen Ihnen, meine Herren Caltani, und Frank Bruno Dindelli nachzuweisen. Wir konnten auch nachweisen, wie großzügig Sie gegenüber diesem Dindelli sich verhalten haben. Zu diesem Zweck haben Sie sich, ganz nebenbei gesagt, der Hilfe eines der Herren bedient, die häufig in Ihrem Namen handeln, des hier anwesenden Mister Weisman. Auch diese Beziehungen sind nachweisbar. Doch das ist noch nicht alles. Als in Dallas Präsident Kennedy ermordet wurde, haben verschiedene Amateurfilmer die Szene festgehalten. Der Brand des *Weißen Elefanten* war natürlich für Amateurfilmer ein gefundenes Fressen, wenn ich es einmal so nennen darf, und es war nur folgerichtig, daß wir nicht weniger als sieben Amateure fanden, die den Brand festgehalten haben. Ein Film hat uns besonders interessiert...«

...die Szene, die Yarrow besonders interessierte, war nur kurz. Sie dauerte kaum sieben oder acht Sekunden. Der Schmalfilmspezialist hatte nur einen Schwenk über das Gebäude gemacht und hatte dabei auch den Garten aufgenommen, den Graben, und dabei fünf Personen festgehalten, die sich dicht bei der Ausstiegsluke des Notausgangs Nr. 1 aufhielten.

»Erkennen Sie sich, Mister Cimballi? Die beiden Kinder neben Ihnen? Und der Mann, der nur zehn, zwölf Meter von Ihnen entfernt den Keil losschlägt, das ist doch zweifelsohne Ihr französischer Rechtsanwalt, Marc Lavater, der sich ebenfalls hier befindet. Der Wächter links, der gerade weggeht, ist genauso mühelos identifizierbar, auch wenn er der Kamera den Rücken zustreckt: Frank Bruno Dindelli.«

Der Projektor wurde ausgeschaltet. Einer der Assistenten machte Licht. Yarrow stand uns gegenüber, mit triumphierenden, leuchtenden Augen:

»Ich habe noch einen dritten Beweis, meine Herren. Es gibt nur wenige Spezialisten, die dazu in der Lage sind, einen Brand so zu legen, daß normale Untersuchungsbeamte und Privatdetektive getäuscht werden.« Yarrow wußte, daß die beiden Brandstifter, die den *Weißen Elefanten* auf dem Gewissen hatten, extra zu diesem Zweck aus Chicago gekommen waren. Er wußte, wann Jos Caltani und Abie Weisman zum ersten Mal mit ihnen Verbindung aufgenommen hatten, wieviel ihnen bezahlt worden war und wie sie in den Besitz dieser Gelder gekommen waren. Die Beweise, die er vorlegte, waren so erdrückend, daß es für Weisman wie für Jos Caltini lächerlich gewesen wäre, ihre Verantwortung für die Brandstiftung abzustreiten. So wie auch Marc und ich nichts abstreiten konnten. Wir waren schuldig. Und Komplizen. Yarrow verstieg sich sogar zu einer höchst beeindruckenden These: Jos und Larry Caltani, Abie Weisman, James Montague Olliphan, Marc Lavater und Franz Cimballi, diese Verbrecher, hatten sich zusammengeschlossen, um die Chinesen aus Macao dazu zu bewegen, sich aus dem Kasino zurückzuziehen.

Für ihn das wichtigste Ergebnis des Brandes.

Womit er recht hatte.

Olliphan warf mir einen Blick zu, den ich wohl nie vergessen werde und der wohl soviel bedeutete wie:

›Himmel noch mal, Cimballi, wie ist es Ihnen nur gelungen, dieses Material zusammenzutragen und, vor allem, *welche Absicht* verfolgen Sie mit diesem Spiel?‹

26

Hier einige zum Verständnis notwendige Hinweise:

Der angebliche ›Amateurfilm‹ war in meinem Auftrag gedreht worden. Eine Idee, auf die ich richtig stolz war. Als ich sie Li und Liu zum ersten Mal unterbreitete, brachen diese in ihr gewohntes Lachen aus. Als ehemalige Spezialisten chinischer Horror- und Kung-Fu-Filme, bei denen das Blut in Strömen floß, konnten sie sich den Film mühelos vorstellen und halfen bei dessen Verwirklichung. Wir mußten nur den Park mit den Notausgängen originalgetreu nachbauen (natürlich konnten wir nicht den Originalschauplatz benutzen, wo wir zu leicht hätten überrascht werden können), so, wie er am 27. Februar ausgesehen hatte. Das Engagement der Schauspieler stellte ebenfalls keine Schwierigkeiten dar, denn natürlich spielten Marc, Marc-Andrea, Heidi und ich unsere Rolle selbst – wir hatten sogar viel Spaß bei der Arbeit. Der falsche Dindelli (den ich, wie ich einräumen muß, auf den Bändern der CBS nicht entdeckt hatte), wurde von einem Schauspieler aus Los Angeles gemimt; da wir uns in unserem ›Drehbuch‹ darauf beschränkt hatten, den Mann nur von hinten zu zeigen, liefen wir keine Gefahr.

Auf diese Art hatten wir den ›ersten Beweis‹ selbst hergestellt.

Olliphans Geständnisse hatten uns bei der Identifikation der Spezialisten aus Chicago große Dienste geleistet, und wir hatten eigentlich nur die Schwierigkeit gehabt, Yarrow die

Namen mitzuteilen, ohne daß Yarrow herausfinden konnte, von wem die Information stammte. Nach langem Überlegen hatten wir den schon klassischen Informanten eingeschaltet, einen weiteren Schauspieler, der für Yarrow stilgerecht für seine Information bezahlt worden war.

Mit dem ›dritten Beweis‹, der von Yarrow vorgelegt worden war, hatte ich nicht das geringste zu tun. Es war sein höchstpersönliches Verdienst, auf den Filmen der CBS Dindelli entdeckt zu haben. Und ich muß hier auch einräumen, daß er die Untersuchung sehr gut geleitet hatte, so daß er an diesem 4. August uns alle, Marc, Weisman, Olliphan, die Caltanis und mich, ins Gefängnis schicken konnte.

Warum ich ihm bei dieser Untersuchung wohl geholfen hatte?

Yarrow gab selbst die Antwort:

»Bevor ich auf den Grund meines Besuches zu sprechen kam, habe ich Henry Chance gebeten, den Raum zu verlassen. Er hat mit der ganzen Geschichte nichts zu tun, und seine Ehrlichkeit wird auch nach unserer Untersuchung nicht in Frage gestellt. Vielleicht haben einige von Ihnen bereits begriffen (bei diesen Worten schaute er mich an, was mir schmeichelte, denn ich konnte dies nur als einen Beweis meiner großen Intelligenz auffassen), auf was ich hinausmöchte. Die Situation ist eindeutig: Geraten die von mir zusammengetragenen Unterlagen in die Hände der Polizei, hätte ich die große Genugtuung, Sie alle hinter Gittern zu sehen. Und hätten meine Auftraggeber mir freie Hand gelassen, dann befänden sich die Unterlagen bereits auf dem zuständigen Kommissariat und Sie in Untersuchungshaft; doch ich habe andere Anweisungen bekommen, die ich selbstverständlich ausführe...«

Zu seinem großen Bedauern, wie wir mühelos feststellen konnten...

Er verzichtete auf allzu ermüdende Details und bot uns im Namen von Getchell & Harkin ein ›Geschäft‹ an, das wir annehmen oder ablehnen, aber nicht diskutieren konnten. Wir, das heißt die Caltanis und ich, hatten auf betrügerische Weise einhundertfünfzig Millionen Dollar von der Versicherungsgesellschaft erhalten, die wir zurückzugeben hatten.

Das verstand sich eigentlich von selbst. Und Getchell & Harkin bestand auch auf einer angemessenen Verzinsung, zehn Prozent, fünfzehn Millionen Dollar.

Außerdem...

Yarrows schmale Lippen formten sich zu diesem sadistischen Lächeln, das ich von meinem ehemaligen Mathematiklehrer so gut kannte; immer dann, wenn er mich an die Tafel gerufen hatte, hatte er mich auf genau die gleiche Weise ›strahlend‹ angelächelt.

»Außerdem wird Ihnen natürlich eine Finanzbuße auferlegt, die Hälfte der von Ihnen ergaunerten Summe, also fünfundsiebzig Millionen Dollar. Rechnen wir einmal zusammen: einhundertfünfzig Millionen Dollar plus fünfzehn Millionen plus fünfundsiebzig Millionen, macht zusammen zweihundertvierzig Millionen Dollar, die Sie aufzubringen haben. Wer dabei welchen Anteil übernimmt, das ist meinen Auftraggebern gleichgültig.«

Yarrows Assistenten hatten ihre Geräte zusammengepackt und waren gegangen. Während der letzten Worte hatte Yarrow begonnen, die von ihm vorgelegten Dokumente in seine Aktentasche zu räumen.

»Zweihundertvierzig Millionen Dollar, meine Herren. Heute ist Donnerstag, der 4. August. Ich erwarte Sie am kommenden Montag, 8. August, in unserer Filiale in Newark, ab neun Uhr fünfundvierzig. Sie haben bis zehn Uhr Zeit, um mir Schecks vorzulegen, die diese Summe ergeben und natürlich von den ausstellenden Banken garantiert sein müssen. Es ist mir gleichgültig, ob Sie einzeln oder zusammen kommen oder einen Beauftragten schicken. Doch kommen Sie auch nur eine Minute zu spät, werde ich das Büro verlassen und Klage gegen Sie erheben.«

Er ließ das Schloß seiner Aktentasche zuschnappen und ging. Ein, wie eingeräumt werden muß, perfekter Abgang, der die höchsten dramaturgischen Ansprüche erfüllte.

Meine Rolle verlangte von mir, daß ich vor Wut außer mir war und tobte. Ich tobte und erklärte den Caltanis, was ich von ihnen hielt. Wie war es nur möglich, daß sie bei diesem Brand Spuren hinterlassen hatten? Wer hatte Dindelli engagiert? Und wer war nach Chicago geflogen, um die beiden sogenannten Spezialisten anzuheuern? Ich etwa? Und wer hatte diesen Film, von dem wir Ausschnitte gesehen hatten, praktisch der Öffentlichkeit zugänglich gemacht? Die Caltanis sollten bloß nicht hoffen, ich würde das Märchen von einem Amateurfilm schlucken! Der Film, den Yarrow uns gezeigt hatte, war der gleiche wie der, den die Caltanis mir in Harrison vorgespielt hatten. Ja, der gleiche!

Es fiel mir nicht schwer, die Rolle zu spielen, die ich zu spielen hatte, denn ich haßte die Caltanis aus ganzem Herzen; sie hatten mich betrogen und in eine Lage gebracht, in der ich auch zu diesem Zeitpunkt noch nicht sichergehen konnte, ob meine Rache gelänge und wo ich zudem damit zu rechnen hatte, im schlimmsten Fall ins Gefängnis zu kommen. Obwohl Marc alles daransetzte, mich zu beruhigen (das hatten wir vorher so vereinbart), verlor ich meine Kaltblütigkeit:

»Hören Sie mir genau zu, auch Sie, Olliphan: Was habe ich wohl getan, nachdem Sie mir bei unserer Unterredung in Harrison die Pistole auf die Brust gesetzt hatten? Glauben Sie etwa, daß ich in aller Ruhe auf meine Hinrichtung gewartet habe? Selbstverständlich habe ich nach Mitteln und Wegen zu meiner Verteidigung gesucht. Und gefunden! Diese Mittel reichen vielleicht nicht aus, um Sie zu zwingen, mich in Ruhe zu lassen, sind aber doch so aussagekräftig, daß Sie mit mir zusammen untergehen, wenn es für mich keine Rettung mehr geben sollte. Auch ich habe Unterlagen zusammengetragen. Ich warne Sie: Sie werden diese zweihundertvierzig Millionen Dollar Yarrow bezahlen, oder ich lasse alles auffliegen. In diesem Fall werde ich als erster die Polizei informieren. Die sich mit Ihnen nicht nur über die Brandstiftung unterhalten wird, sondern auch über die Erpressung, die Sie mit mir veranstaltet haben, über die Affäre Baumer, die ganze Affäre Baumer inklusive der Entführung, und über die verschiedenen Steuerhinterziehungen in Ihren Restaurants. Entführung und Steuerhinterziehung – das FBI wird sich um Sie kümmern!«

Nach diesem Ausbruch versuchte man mich, dem Drehbuch gemäß, das zwischen Olliphan, Marc und mir verabredet worden war, zu beruhigen und die Situation so kaltblütig wie möglich zu besprechen, denn die Lage war ernst, für alle Beteiligten, und man mußte um jeden Preis eine Lösung finden...

Auch für das Geld. Yarrow hatte zweihundertvierzig Millionen Dollar von uns verlangt. Olliphan schlug vor, die Summe den Anteilen am *Weißen Elefant* gemäß aufzuteilen: 51% die Caltanis, 49% ich, oder einhundertvierundzwanzig Millionen vierhunderttausend für die Caltanis und einhundertsiebzehn Millionen sechhunderttausend für mich. Natürlich tobte ich wieder los: Wer hatte eigentlich das Feuer gelegt? Wer war für diese Scheiße verantwortlich? Die Caltanis. Dann sollten sie auch zahlen!

Vier Stunden später einigten wir uns dank der Vermittlungsdienste von Olliphan und Lavater, die mehr als einmal in letzter Sekunde eingriffen, auf einen Zahlungsplan, der mich vor Wut mit den Zähnen knirschen ließ: Ich erklärte mich bereit, einhundert Millionen Dollar zu bezahlen, falls die Caltanis den Rest, das heißt einhundertvierzig Millionen Dollar übernehmen.

Es gelang mir sogar, richtig zu weinen und meinen endgültigen Ruin zu beklagen.

Aus welchem Grund die Caltanis sich bereit erklärten, eine immerhin recht ansehnliche Summe auf den Tisch zu legen?

Der springende Punkt, der zuerst Marc, dann Li und Liu und zum Schluß Miranda heftiges Kopfzerbrechen bereitet hatte, bevor sie einräumen mußten, daß ich mit meinen Spekulationen höchstwahrscheinlich recht hatte.

Die Caltanis bezahlten, weil es für sie gar keine andere Möglichkeit gab. Man bezahlt immer, wenn man nicht anders kann, aber um zu verstehen, warum die Caltanis nicht anders konnten, ist es für meine Leser sicher notwendig, die finanzielle Lage der Caltanis so zu kennen, wie ich sie damals aufgrund der unermüdlichen Arbeit Jimmy Rosens kannte. Die Caltanis waren mehr als wohlhabend: Sie besaßen Anfang August 1977 einundfünfzig Prozent der Anteile am *Weißen Elefanten*, hundert Prozent des daneben liegenden Kasinos, eine Brauerei- und Restaurantkette in New York, Anteile an verschiedenen Import-Export-Gesellschaften (die vor allem Olivenöl importierten) und zusammen mit einer Chicagoer Familie ein Kasino in Las Vegas und eines auf den Bahamas.

Für die Caltanis wäre es, finanziell gesehen, reiner Selbstmord gewesen, Yarrow nicht fristgerecht zu bezahlen. Aus folgenden Gründen:

– Erstens war die Strafe, die von der Versicherungsgesellschaft verlangt wurde, fünfundsiebzig Millionen Dollar, vernünftig und angemessen. Bei einer Gerichtsverhandlung wären wir wahrscheinlich nicht so ›billig‹ davongekommen, denn wir hätten damit rechnen müssen, daß die Strafe dem Betrag entsprach, um den die Gesellschaft betrogen worden war, also einhundertfünfzig Millionen Dollar, wir also insgesamt dreihundertfünfzehn und nicht nur zweihundertvierzig Millionen Dollar hätten auf den Tisch legen müssen.

– Zweitens wäre einer, vielleicht aber auch beide Caltanis ins Gefängnis gewandert – natürlich auch ich, doch ich konnte mir nicht vorstellen, daß sie diese Tatsache in besonderem Maße getröstet hätte.

– Drittens wäre ihnen jegliche Beteiligung an einem Kasino untersagt worden, wie auch immer diese Beteiligung ausgesehen hätte. Sie hätten sich nicht nur in Atlantic City, sondern auch in Las Vegas und in Nassau aus dem Geschäft zurückziehen müssen, und zwar endgültig.

– Meine Drohung mit dem FBI war nur ein Bluff, denn ich hatte keinerlei Beweise in der Hand; aber da ich mir sicher war, daß die Caltanis sowohl bei der Affäre Baumer wie auch bei den Steuermanipulationen Dreck am Stecken hatten, konnte ich sichergehen, daß die Caltanis auf meinen Bluff reagieren würden; sie konnten nicht wissen, wie wenig ich beweisen konnte, und mußten alles daransetzen, um nicht in das Visier des FBI zu geraten.

– Endlich würden die Brüder Caltani durch die Zahlung, auch wenn diese unter dramatischen Bedingungen stattfand, das Wichtigste retten – und Olliphan als der Hauptberater der Familie setzte alles daran, um sie von diesem Punkt zu überzeugen – nämlich die Möglichkeit, wieder auf die Beine zu kommen. Denn es blieb den beiden auf alle Fälle so viel Kapital, daß sie einen sinnvollen Neuanfang ins Auge fassen konnten.

Sie hatten keine Wahl.

War es überhaupt möglich, die Summe bis zu dem von Yarrow festgelegten Termin aufzutreiben?

Das Ultimatum wurde am Donnerstag, dem 4. August, gegen Ende des Nachmittags gestellt. Sagen wir, um sechs Uhr. Am darauffolgenden Montag, zehn Uhr, lief die Frist, die zweihundertvierzig Millionen zu bezahlen, unweigerlich ab. Blieben achtundachtzig Stunden, von denen achtundvierzig auf ein Wochenende fielen, was die Geldbeschaffung nicht gerade erleichterte.

Die Caltanis hatten natürlich keine einhundertvierzig Millionen Dollar bar zur Verfügung. Wer, zum Teufel, hat solche Summen bar zur Verfügung? Rosen und Vandenbergh hatten unabhängig ausgerechnet, daß die Brüder innerhalb der vereinbarten Frist im Höchstfall zehn bis zwölf Millionen Dollar locker machen konnten, was gar nicht so schlecht war.

Fehlten noch einhundertdreißig Millionen.

Welche Bank wäre wohl bereit, ihnen eine solche Summe zu leihen? Schwierig zu sagen, denn jeder Bankier würde sich natürlich eingehend erkundigen, wofür man so dringend diese stolze Summe brauchte. Innerhalb von drei Tagen. Inklusive eines Wochenendes. Unmöglich.

Ihre Partner in Las Vegas und Nassau? Selbst unter der Voraussetzung, daß die Partner über solche Summen verfügten, wäre dieser Ausweg sicher schlimmer als eine Anzeige bei der Polizei gewesen. Finanziers machen sich in der Regel gegenseitig keine Geschenke, doch zwischen Mafia-Familien gibt es nicht nur keine Geschenke – derjenige, der seine Schwäche zeigt, ist zum Untergang verurteilt. Es herrscht hier das Gleichgewicht des Schreckens, nicht der Abschrekkung.

Nein, die Caltanis verfügten nur über einen Ausweg, einen einzigen...

Die Schweizer Gruppe.

Ich kannte die Schweizer Gruppe in allen Einzelheiten. Und hatte auch allen Grund dazu, denn ich hatte sie gegründet. War in gewissem Sinne ihr Erzeuger.

Im vergangenen April hatte die Schweizer Gruppe, deren Gründung zu den wichtigsten Maßnahmen meines Rachefeldzuges gehörte, zum erstenmal die Aufmerksamkeit der Caltanis auf sich gelenkt. Von Zürich aus, dem Firmensitz, suchten zwei Männer im Auftrag der Gruppe, Paul Hazzard, ein Amerikaner (der Erdölspezialist aus Texas, der mich auf Henry Chance hingewiesen hatte), und Adriano Letta, ein Italiener, nach günstigen Anlagemöglichkeiten in Nord-Amerika, wobei die Summen, die angelegt werden sollten, auch die Herzen von erfahrenen Bankiers höher schlagen ließen. Olliphan hatte ihnen ein Treffen mit Jos Caltani vermittelt; dabei hatte Letta Interesse für das neben dem *Weißen Elefanten* liegende Kasino, das ja zu hundert Prozent im Besitz der Familie war, gezeigt. Caltani hatte, wie vorgesehen, abgelehnt. Doch die Schweizer Botschafter ließen sich nicht entmutigen, sondern fragten noch zwei-, dreimal, ob die Caltanis vielleicht anderer Meinung geworden seien, wobei Adriano Letta, der ein grauenhaftes Englisch sprach, mit den Brüdern auf Italienisch und sogar Sizilianisch verhandelte und versuchte, mit den Leitern der Familie möglichst persönliche Beziehungen aufzubauen, was ihm auch gelang. Beweis: Er wurde zum Spaghetti-Essen im Familienkreis eingeladen, eine hohe Ehre. Nach diesen Freundschaftsspaghetti, die um den 20. Juli herum gegessen worden waren, verschwand Adriano wieder nach Rom und bedauerte beim Abschied einmal mehr, daß sich die Caltanis nicht von ihrem Kasino trennen wollten, doch, man könne nie wissen, und vielleicht eines Tages...

Die Falle war gestellt.

Die Caltanis hatten gar keine Wahl, sie mußten in die Falle gehen. Die Zeit drängte, und Olliphan bekniete sie, so daß sie nicht lange zögerten, sondern Letta in Rom anriefen, noch am 4. August, dem berühmten Donnerstag, gegen zehn Uhr abends, New Yorker Ortszeit. In Rom war es folglich fünf Uhr früh, Freitag, 5. August. Sie sagten Adriano, sie seien bereit, auf sein Angebot einzugehen, doch es sei sehr eilig. Ob er Vollmacht habe, sofort zu verhandeln? Ob er noch am gleichen Tag in die Staaten fliegen könne? Wie immer befolgte Adriano Letta meine Anweisungen buchstabengetreu. Er machte Schwierigkeiten, meinte, die Frist sei einfach zu kurz, geradezu lächerlich angesichts der bedeutenden Investition, gab aber schließlich, als die Italo-Amerikaner ihn anflehten und beinahe in Tränen ausbrachen, nach. Er nahm das erste Flugzeug Rom–Paris und erreichte so in letzter Sekunde die Concorde Paris–New York, wo er um sechs Uhr fünfunddreißig Ortszeit ankam. Die Verhandlungen begannen augenblicklich...

Während dieser ›Verhandlungen‹ gingen die Caltanis sogar so weit, Adriano eine Million Dollar Schmiergeld anzubieten, damit er seine Auftraggeber überzeuge, den Vertrag noch am gleichen Tag zu unterzeichnen! Adriano zierte sich lange (und händigte mir später die Million aus, von der ich ihm seine üblichen zehn Prozent ausbezahlte; eine Anekdote am Rande) und ›überredete‹ seine Schweizer Auftraggeber tatsächlich. Er telephonierte lange mit Zürich und verhandelte sogar im Beisein der Caltanis, die vor lauter Nervosität an ihren Fingernägeln kauten.

(Übrigens: Cannat, Marc Lavaters engster Mitarbeiter, hatte die Rolle der Schweizer Auftraggeber übernommen und sich zu diesem Zweck einen abscheulichen deutschen Akzent zugelegt; normalerweise spricht er hervorragend Amerikanisch.)

Endlich legte Adriano auf und lächelte die Caltanis an:

»Geschafft. Sie sind einverstanden.«

Es war inzwischen Viertel vor zehn, New Yorker Ortszeit, in der Schweiz folglich Viertel vor vier. Letta schilderte kurz die Bedingungen, unter denen das Geschäft abgewickelt werden sollte: die Schweizer Gruppe wollte für fünfzig Millionen Dollar die Anteile der Caltanis am *Weißen Elefanten* übernehmen und für weitere achtzig Millionen Dollar das Kasino, das den Brüdern zu hundert Prozent gehörte. Einhundertdreißig Millionen Dollar. Selbstverständlich erklärten sich die Schweizer auch bereit, die auf den beiden Kasinos liegenden Hypotheken zu übernehmen.

Diese einhundertdreißig Millionen Dollar sollten den Caltanis am Montag, dem 8. August, um neun Uhr dreißig in Form eines bankgarantierten Schecks überreicht werden.

»Mehr war einfach nicht zu machen!« erklärte Adriano.

»Wir werden Montag früh die Verträge unterzeichnen; nach der Unterzeichnung erhalten Sie natürlich sofort den Scheck.«

Erst nach neuer hartnäckiger Diskussion ließ sich Adriano erweichen, schon eine Stunde vorher die Papiere zu unterzeichnen. Die Caltanis waren so offensichtlich erleichtert, daß sie nicht mehr an die Bosse einer mächtigen Mafia-Familie, sondern an ertappte Schulkinder erinnerten, denen eine Strafe erlassen wurde (an dem berühmten Montag zögerte Adriano ausdrücklich die Verhandlungen solange wie nur irgend möglich hinaus. Jos Caltani, der ja den Hudson River zu überqueren hatte, um rechtzeitig bei Yarrow in Newark einzutreffen, wurde fast wahnsinnig).

Jedem seine Rache.

Schauen wir uns einmal kurz an, was die Caltanis verkauft hatten, um diese einhundertdreißig Millionen Dollar aufzutreiben. Erst einmal ihr eigenes Kasino, in das sie fünfundachtzig Millionen Dollar investiert hatten (der bei einer Bank aufgenommene, zusätzliche Kredit belief sich, wie sich meine Leser sicher noch erinnern, auf dreihundertzwanzig Millionen Dollar). Die Schweizer Gruppe bezahlte achtzig Millionen und übernahm die Hypothek. Die Caltanis hatten folglich fünf Millionen Dollar verloren (und die eine Million, die sie an Adriano bar bezahlten). Doch ihr Verlust war in Wirklichkeit sehr viel höher, denn das Kasino der Caltanis hatte vor vier Monaten bereits aufgemacht (zwei Monate vor dem *Weißen Elefanten*), und die Erträge waren ausgezeichnet; nach alter Faustregel lag der aktuelle Wert (angesichts der hervorragenden Ertragslage) um zwanzig Prozent über der Gesamtinvestitionssumme. Von diesem Wert mußten natürlich noch die ausstehenden Bankschulden abgezogen werden. Alles in allem kann davon ausgegangen werden, daß die Caltanis durch den Verkauf zwischen achtzig und hundert Millionen Dollar einbüßten. Und sicher noch mehr, wenn man an die Zukunft dachte.

Für ihre einundfünfzig Prozent am *Weißen Elefanten* erhielten sie fünfzig Millionen, hatten mir aber nur einundzwanzig bezahlt; sie erzielten folglich einen Gewinn von neunundzwanzig Millionen Dollar.

Ein Punkt, der mich zur Weißglut brachte. Ich saß immer wieder über meinen Kalkulationen und suchte nach einer Lösung, den Caltanis diesen Gewinn streitig zu machen, doch ich sah schließlich ein, daß ich diesen Preis bezahlen mußte, denn hinter diesem Köder versteckte sich der riesige Haken, den sie schlucken sollten.

Und ich, Cimballi, Franz, aus Saint-Tropez?

Eines war sicher: Ich durfte auf gar keinen Fall den Verdacht der Caltanis wecken und mußte meinen Anteil ebenfalls bezahlen. Mit richtigen Schecks, die einer Nachprüfung standhielten, denn ich hielt es für möglich, daß die Caltanis, sobald etwas Zeit verstrichen war, überprüfen würden, woher ich die hundert Millionen Dollar hatte. Yarrow war der weitere Grund, der mich zu einer echten Zahlung veranlaßte, denn Yarrow war in nichts eingeweiht und hätte mich ohne zu zögern ins Gefängnis gebracht.

Ich mußte also ebenfalls innerhalb von achtundachtzig Stunden einhundert Millionen Dollar auftreiben (allerdings will ich einen enormen Vorteil nicht verschweigen: Ich wußte dies bereits seit mehr als zwanzig Wochen!).

Fünfundsechzig Millionen Dollar kamen von dem Türken, der mir ganz offiziell meine Anteile am *Weißen Elefanten* für diese Summe abgekauft hatte. In Namen unserer alten Freundschaft. Nach einem einfachen Telephonanruf. (Hahaha!!!) Übrigens entsprachen diese fünfundsechzig Millionen in etwa dem realen Wert meiner neunundvierzig Prozent, nachdem das Kasino zwei Monate lang mehr als zufriedenstellende Ergebnisse eingespielt hatte.

Fünfunddreißig Millionen Dollar erhielt ich ganz offiziell von Li und Liu, denen ich meine Anteile an zwei Geschäften verkaufte, bei denen wir Gründungspartner gewesen waren: dem Safari-Park und TENNIS-IM-HIMMEL. Natürlich besaß ich seit langem keine einzige Aktie dieser Gesellschaften mehr, doch wer wußte dies außer mir und meinen chinesischen Freunden? Wir hatten beim wirklichen Verkauf verschiedene anonyme Gesellschaften eingeschaltet gehabt, und es würde wohl Jahre in Anspruch nehmen, die Wahrheit herauszufinden, falls dies jemand versuchen wollte.

Außerdem war ich mir fast sicher, daß die Caltanis zumindest im Augenblick andere Kopfschmerzen hatten; sie würden mir wahrscheinlich keine Schwierigkeiten machen, vorausgesetzt, ich legte einen oder mehrere bankgarantierte Schecks über die Gesamtsumme von einhundert Millionen Dollar vor.

Am Montag, dem 8. August, kam ich um neun Uhr vierundvierzig im New Yorker Büro Yarrows an und legte meine beiden Schecks, den von Li und Liu und den von dem Türken, vor. Die Caltanis waren bereits da und hatten den von Lettas Kunden unterschriebenen Scheck über einhundertdreißig Millionen Dollar sowie einen auf sie selbst ausgestellten bankgarantierten Scheck über zehn Millionen Dollar bei sich. Wie ertappte Sünder schlichen wir herum und baten um Gnade. Grauenhaft. Yarrow prüfte die Schecks. Alles in Ordnung. Yarrow schaute uns verächtlich und auch etwas bedauernd an; er hätte es sicher vorgezogen, uns ins Gefängnis zu stecken, zumindest vor Gericht zu bringen.

»Aber«, betonte er von neuem, »selbstverständlich bin ich gehalten, die Wünsche meiner Auftraggeber zu erfüllen. Sie kommen noch einmal mit einem blauen Auge davon.«

Angewiderter als je zuvor händigte er uns die Dokumente aus, in der die Getchell & Harkin Company offiziell darauf verzichtete, uns anzuzeigen. Mehr noch, die Versicherungsgesellschaft bescheinigte uns, das heißt den Caltanis und mir, daß wir höchst ehrenwerte Mitglieder der Finanzwelt und über jeden Verdacht erhaben wären.

Die Besprechung mit Yarrow nahm alles in allem zwanzig Minuten in Anspruch. Beim Hinausgehen befand sich Larry Caltani direkt neben mir. Selbst wenn ich für ihn so etwas wie Sympathie hätte empfinden können, was wahrscheinlich nicht der Fall ist, verlangte meine Rolle natürlich von mir, daß ich weiterhin den Beleidigten spielte. Was mir nicht schwerfiel, denn die Brüder Caltani ekelten mich an. Obwohl mein Plan aufgegangen war und ich das gewünschte Ergebnis erreicht hatte, empfand ich keine Befriedigung; als ich Yarrow gegenüber gestanden war, hatte ich mich einen Moment lang wirklich wie ein Betrüger gefühlt, eine höchst unangenehme Geschichte.

»Grausig, dieser Augenblick, nicht wahr?«

Das Schlimmste war, daß ein Caltani plötzlich Sympathie für mich zu empfinden schien. In einer italienischen Aufwallung wollte er mich sogar am Arm packen. Wütend machte ich mich los, und diese Wut war nicht gespielt:

»Je weniger ich Sie in den nächsten hundert Jahren sehe, desto besser!«

»Cimballi, Sie werden nie mehr etwas von uns hören!«

»Ausgezeichnet. Für alle Beteiligten. Vergessen Sie nicht, daß ich im Besitz der Dokumente über Baumer und die Steuerhinterziehung bin!«

Die beiden Caltanis schauten mich drohend an:

»Cimballi, wenn diese Dokumente bekannt werden, sind Sie ein toter Mann.«

»Ich werde diese Dokumente nicht benutzen, solange ich Sie nicht zu Gesicht bekomme und, hören Sie gut zu, solange ich mich bester Gesundheit erfreue. Sollte mir etwas zustoßen, ganz überraschend...«

Ihre Leibwächter näherten sich. Larry Caltani streckte mir seine Rechte entgegen:

»Schließen wir Frieden.«

»Gehen Sie zum Teufel.«

Sie stiegen in ihren Luxusschlitten und fuhren zur George-Washington-Brücke, die über den Hudson führt.

Ich ließ mir viel Zeit und brauchte mehr als zwei Stunden, bevor ich in Manhattan eintraf. Gegen ein Uhr mittags erst zeigte ich mich im *Pierre*. Als erstes rief ich Sarah in San Francisco an und sagte ihr, es stünde alles sehr gut, und wir würden schon bald für immer zusammen sein, sie, die Kinder und ich. Ich legte auf und schaute ihn an.

Er leckte an seinem Eis und war erst nach einiger Zeit bereit, mit mir zu sprechen:

»Die amerikanischen Ice-Creams werden überschätzt. Alles in allem sind sie nicht einmal so gut wie diese abscheulichen jemenitischen Cassatas!«

»Wir sollten wohl miteinander abrechnen!«

Er deutete auf die bankgarantierten Schecks – zweihundertvierzig Millionen Dollar – die Yarrow vor einer Stunde gebracht hatte und die vor ihm auf dem Tisch lagen, und lachte:

»Ja, ich glaube, es ist an der Zeit.«

27

Keine Sekunde hatte ich natürlich angenommen, daß Hassan Fezzali und indirekt Prinz Aziz mir helfen würden, nur weil ich Hassan vor kurzem aus einer üblen Lage befreit hatte. Bei Geschäften spielen Gefühle in der Regel keine Rolle. Unsere Freundschaft, die durch meine Cassata-Lieferung noch verstärkt worden war, hatte allerdings einen Vorteil: Hassan war immer für mich erreichbar, und er hörte sich meine Vorschläge an.

Als ich Mitte März, nachdem Miranda ihr Messer aus der Hand gelegt und sich zähneknirschend mit meinem Plan einverstanden erklärt hatte, Fezzali in Rom unter größten Geheimhaltungsmaßnahmen getroffen hatte, hatte er mir zugehört. Ich erinnere mich noch an meine Worte:

»Das, was ich Ihnen vorschlage, ist ein Geschäft mit guten Gewinnaussichten. Natürlich enthält es auch Risiken, doch welches Geschäft enthält keine Risiken? Vor allem, wenn es solche Gewinne abwirft! Denn am Ende...«

»Am richtigen Ende werden Sie eine kleine Milliarde Dollar investiert haben, eine einzige nur unter den vielen Milliarden, die Sie verwalten. Und diese Milliarde wird Ihnen innerhalb von nicht einmal einem Jahr dreißig Prozent Gewinn einbringen. Dafür lege ich meine Hand ins Feuer. *Amen.*«

»Ihr werdet von dem Wunsch, euren Reichtum zu vermehren, besessen. Doch schon bald werdet ihr die Hölle sehen und ihr werdet Rechenschaft ablegen müssen über die Vergnügen, die ihr in dieser Welt genossen habt. Ich darf doch mit einem Zitat aus dem Koran antworten?«

»Wir warten alle auf das Ende. Wartet ebenfalls, und ihr werdet

erfahren, wer von uns dem rechten Weg folgt. Ich habe den Koran ebenfalls gelesen.«

Er schüttelte nachdenklich sein weißes Beduinenhaupt:

»Wir werden langsam zu den eifrigsten Koranschülern...«

»Bei einem Geschäft dieser Art darf kein Aspekt außer acht gelassen werden.«

Körperlich war Hassan von seiner langen Gefangenschaft nichts mehr anzumerken. Er machte den Eindruck, als sei die Ewigkeit in ihm erstarrt: der Kopf eines alten, melancholischen Kamels auf einem großen, dürren, knochigen Körper. Und eine riesige Zunge, so richtig zum Eisschlecken geeignet. Er kratzte sich an dem beeindruckenden Höcker auf seiner Beduinennase:

»Und Sie meinen, ich soll diese Versicherungsgesellschaft kaufen? Die Herschell...«

»Getchell. Die Getchell & Harkin New Jersey Insurance Company. Keine sehr bedeutende Gesellschaft. Die einhundertfünfzig Millionen Dollar, die sie für den Brand des *Weißen Elefanten* bezahlen mußte, hat sie in gewisse Schwierigkeiten gebracht. Der derzeitige Präsident, Jack Getchell, ist schon ziemlich alt und hat keine direkten Nachkommen. Ich bin mir sicher, daß er zu einem vernünftigen Preis verkaufen wird.«

»Gut. Und anschließend?«

»Anschließend wird der Mann, der in Ihrem Auftrag die Versicherungsgesellschaft leitet, die Untersuchung über den Brand des *Weißen Elefanten* wieder aufnehmen, aber so, daß niemand davon etwas bemerkt. Ich schlage vor, daß Ihr Beauftragter die Untersuchung einem gewissen Yarrow anvertraut, der beste Privatdetektiv auf diesem Gebiet.«

»Und Yarrow wird herausfinden, daß es sich um eine Brandstiftung handelte.«

»Richtig.«

»Und Sie und die Caltanis ins Gefängnis stecken.«

»Nein.«

»Schade. Und warum gehen Sie nicht ins Gefängnis, Franz Cimballi?«

»Weil Yarrow die sehr präzisen Anordnungen des neuen Präsidenten der Getchell & Harkin buchstabengetreu ausführen wird. Yarrow wird, wenn auch zähneknirschend, sich an diese Anordnungen halten, denn er weiß, daß jede Versicherungsgesellschaft ein schlechtes Arrangement einem guten Prozeß vorzieht. Übrigens, Yarrow wird gar keine Wahl haben: Entweder er hält sich an die Anordnungen, oder er bekommt kein Geld.«

»Und Sie meinen, diese Versicherungsgesellschaft, die ich kaufen soll, wird von den Caltanis und von Ihnen zusammen zweihundertvierzig Millionen Dollar erhalten?«

»Richtig.«

»Einhundertzwanzig Millionen von jedem?«

»Ich glaube, daß ich die Caltanis soweit bringen kann, daß sie einhundertvierzig Millionen übernehmen; schließlich sind sie für den Brand verantwortlich.«

»Sie haben aber keine hundert Millionen Dollar.«

»Der Türke wird meine Anteile am *Weißen Elefanten* für fünfundsechzig Millionen übernehmen. Der reale Verkaufspreis.«

»Der Türke hat nicht soviel Geld.«

»Er wird es haben. Nachdem Sie es ihm gegeben haben. Denn in Wirklichkeit sind Sie es, der meine neunundvierzig Prozent übernehmen wird.«

»Ich verstehe. Es fehlen Ihnen aber weitere fünfunddreißig Millionen, die Sie auch nicht haben. Woher werden die kommen?«

»Li und Liu werden Sie mir leihen; fünfzehn Prozent Zins sind vereinbart.«

Der Wüstensohn lachte:

»Das Vertrauen, das die Himmlischen Verrückten in Sie setzen, wird mich immer wieder überraschen. Die sind genauso verrückt wie ich, wenn ich mir Ihren Wahnsinn weiterhin anhöre. Also, was soll ich noch alles kaufen?«

»Den Rest des *Weißen Elefanten,* der den Caltanis gehört, sowie deren Kasino. Mit Hilfe einer Schweizer Finanzgruppe, die wir nur zu diesem Zweck gründen. Ich schlage vor, Adriano Letta zum Präsidenten der Gruppe zu ernennen.«

»Der Prophet hat das Glücksspiel untersagt.«

»Der Prophet hat ganz bestimmt auch etwas über solche Gauner wie die Caltanis gesagt. Und über das Schicksal, das sie schon auf Erden zu erleiden haben. Und über die freundlichen Cimballis und die Hilfe, auf die diese rechnen dürfen.«

»Das würde mich nicht erstaunen«, antwortete mein Lieblingsbeduine, »der Prophet hat soviel Wichtiges gesagt!«

Im Grunde war er mit seinen Gedanken woanders. Ich spürte, wie sich die Zahlen in seinem Kopf jagten; der alte Teppichhändler, der vom Basar in die Hochfinanz aufgestiegen war, hatte es immer abgelehnt, einen Taschenrechner zu Hilfe zu nehmen. Er rechnete alles im Kopf. Plötzlich fragte er:

»Und anschließend dann alles wieder verkaufen?«

Er hatte eigentlich gar nicht gefragt, sondern nur laut überlegt. Ich wußte, daß er zustimmen würde.

Nein, mein Plan war wirklich nicht ganz einfach. Aber auch nicht so kompliziert, wie es vielleicht den Anschein hat. Rechnen wir einmal die nackten Zahlen zusammen, dann wird jeder verstehen, warum es in Hassan Fezzalis Interesse lag, bei meinem Rachefeldzug mitzumachen.

Zuerst einmal die Investitionen, die er auf sich nehmen mußte:

– Er kaufte eine amerikanische Versicherungsgesellschaft. Auf diesem Gebiet sind Geldanlagen kaum mit größeren Risiken verbunden, ausgenommen bei dem Ankauf der Getchell & Harkin, die durch die Überweisung der einhundertfünfzig Millionen Dollar in Schwierigkeiten gekommen war. Doch aufgrund meines Planes, das heißt des Aufkaufs der Gesellschaft durch Fezzali und der Arbeit Yarrows, würde die Gesellschaft nicht nur die einhundertfünfzig Millionen Dollar zurückerstattet bekommen, sondern darüber hinaus auf der Haben-Seite fünfzehn Millionen Dollar Zinsen und fünfundsiebzig Millionen Dollar Strafe verbuchen können. Die im März sich in Schwierigkeiten befindende Getchell & Harkin befand sich im August in einer glänzenden Lage. Fezzali würde ein erstklassiges Geschäft machen.

– Er kaufte den *Weißen Elefanten* und bezahlte dafür einmal fünfundsechzig Millionen Dollar (über den Türken, der als Strohmann diente) und einmal fünfzig Millionen (an die Caltanis). Macht zusammen einhundertfünfzehn Millionen;

Fezzali übernahm darüber hinaus den Bankkredit, der sich im Augenblick inklusive der zu zahlenden Zinsen auf vierhundertvierzig Millionen Dollar belief, so daß die Gesamtinvestitionen fünfhundertfünfundfünfzig Millionen betrugen (zwei Monatsraten waren an die Bank in Philadelphia bereits überwiesen worden).

– Er kaufte auch das benachbarte Kasino, das den Caltanis zu hundert Prozent gehörte, und bezahlte dafür achtzig Millionen; der von ihm übernommene Bankkredit belief sich, ebenfalls inklusive der Zinsen, auf dreihundertachtunddreißig Millionen (in diesem Falle waren bereits vier Monatswechsel bezahlt worden). Er hatte also für dieses zweite Kasino insgesamt vierhundertachtzehn Millionen Dollar ausgegeben.

Für die beiden Kasinos zusammen mußte Fezzali (oder die saudischen Prinzen) insgesamt neunhundertdreiundsiebzig Millionen Dollar investieren.

Nun die Gewinne.

Nehmen wir den *Weißen Elefanten* als Beispiel. Ursprünglich hatten wir hundert Millionen Dollar (Miranda fünfzig und ich fünfzig) investiert und einen Bankkredit über vierhundert Millionen Dollar aufgenommen, zu dem sechzig Millionen Zinsen hinzuzurechnen waren; Gesamtinvestition folglich fünfhundertsechzig Millionen Dollar.

Hassan mußte für das Kasino, das sich inzwischen ja in Betrieb befand und Gewinne abwarf, nur fünfhundertfünfundvierzig Millionen Dollar bezahlen; ein erster Gewinn von fünfzehn Millionen.

Eine im Grunde idiotische Rechnung, denn der reale Wert des *Weißen Elefanten* lag im August 1977 weitaus höher. Aus verschiedenen Gründen: Innerhalb der zwei Monate Betriebszeit waren die Gewinne unerwartet hoch ausgefallen, mit Henry Chance hatten wir einen außergewöhnlich tüchtigen und erfolgreichen Kasino-Manager gewinnen können usw. Kurz, der *Weiße Elefant* war eine wahre Goldgrube. Bescheiden kalkuliert, war der *Weiße Elefant* zu dem Zeitpunkt, an dem er in Fezzalis Besitz überging, mindestens zwanzig Prozent mehr wert als seine Ursprungsinvestitionen. Der reale Betrag lag zwischen sechshundertsiebzig und sechshundertachtzig Millionen Dollar. Sagen wir einmal sechshundertfünfundsiebzig.

Das gleiche Phänomen traf natürlich auch auf das Kasino der Caltanis zu, das seit vier Monaten in Betrieb war und ebenfalls eine glänzende Geldanlage darstellte, auch wenn es aus verschiedenen Gründen dem *Weißen Elefanten* nicht das Wasser reichen konnte. Wollte man es im August 1977 verkaufen, ohne daß einem, wie den Caltanis, das Wasser bis zum Hals stand, konnte man ohne Schwierigkeiten zwischen fünfhundertdreißig und fünfhundertfünfzig Millionen Dollar erzielen. Sagen wir einmal fünfhundertvierzig Millionen.

Rechnen wir jetzt die realen Verkaufswerte der beiden Kasinos zusammen (und ich möchte betonen, daß es an möglichen Käufern wahrscheinlich nicht mangelt), dann kommen wir auf die erstaunliche Summe von eintausendzweihundertfünfzehn Millionen Dollar, grob gerechnet.

Hassan mußte, wie bereits gesagt, für die beiden Kasinos nur neunhundertdreiundsiebzig auf den Tisch legen.

Möglicher Gewinn im August, angenommen, daß Hassan seinen neuen Besitz sofort wieder weiterverkaufte, ohne Hast zwar, aber auch ohne zu zögern innerhalb von einem Monat: zweihundertzweiundvierzig Millionen Dollar.

Nicht schlecht! Aber es sollte noch besser kommen!

Denn man mußte schlichtweg schwachsinnig sein (was ich von mir nicht annahm, zumindest nicht als Dauerzustand, und wahrlich nicht von Hassan), um die beiden Kasinos *getrennt* zu verkaufen.

Nicht einmal hundert Meter trennten die beiden Komplexe, die durch Brücken oder Tunnel mühelos miteinander zu verbinden waren. Weder technisch noch ästhetisch noch finanziell ein Problem. Mit Hilfe von einfachsten Mitteln wurde so ein enormer Komplex geschaffen.

Der weitaus mehr wert war als die beiden Kasinos einfach zusammengerechnet.

Der in der Tat mehr als eineinhalb Milliarden Dollar wert war. Genau: eine Milliarde sechshundertvierzig Millionen Dollar. Zu diesem Preis verkaufte Hassan Fezzali im April

1978 den gesamten Komplex an eine Erdölgesellschaft, die in Las Vegas bereits zwei Kasinos betrieb und sich auch in Atlantic City niederlassen wollte.

Und wie erging es dem lieben Cimballi in der ganzen Geschichte?

Ich hatte mich mit bescheidenen zehn Prozent vom Endverkaufspreis zufriedengegeben; die gleichen zehn Prozent, die auch Miranda zustanden (darauf hatten wir uns bei unserem denkwürdigen Treffen in Macao geeinigt). Wir erhielten folglich jeder einhundertvierundsechzig Millionen Dollar, die Hassan anstandslos ausbezahlte. Ja, er hatte ab dem 9. August regelmäßige Abschlagszahlungen auf den im April 1978 stattfindenden Verkauf geleistet, da ich, wie meine Leser ja wissen, völlig blank war.

Was ihm natürlich keine Schwierigkeiten bereitete. Rechnen wir noch einmal seinen Gewinn bei diesem Geschäft durch: Ziehen wir von der fantastischen Summe von einer Milliarde sechshundertvierzig Millionen Dollar, die er bei dem Verkauf des Kasino-Komplexes erzielte, seine Investitionen von neunhundertdreiundsiebzig Millionen ab, die dreißig Millionen, die er für die Verbindung der beiden Kasinos ausgeben mußte sowie die jeweils einhundertvierundsechzig, die Miranda und mir zustanden, dann stellten wir fest, daß sein Reingewinn dreihundertneunzehn Millionen Dollar betrug.

Ich hatte ihm eine Rendite von dreißig Prozent in Aussicht gestellt; das endgültige Ergebnis hatte mir recht gegeben.

Wobei die fünfundsiebzig Millionen Dollar Strafe und die fünfzehn Millionen Dollar Verzinsung, die bei der Getchell & Harkin anfielen, noch gar nicht mitgerechnet worden waren.

Insgesamt hatte Hassan dreihundertneunundneunzig Millionen Dollar verdient.

Aus diesem Grund hatte er mir zugehört und meinem Plan zugestimmt.

Aus diesem Grund war Allah groß!

28

WALCHER. Ich mußte mit ihm noch abrechnen. Er hatte seinen alten Freund Karl-Gustav auf das schäbigste verraten und in gewisser Weise umgebracht; er hatte die Schwester Moser um ihr Erbe beraubt; und er war auch an meinen eigenen Problemen nicht ganz unschuldig gewesen. Ohne ihn hätte es vielleicht keinen *Weißen Elefanten* gegeben. Ohne ihn wäre ich nicht zu diesen schweißtreibenden akrobatischen Kunststücken gezwungen gewesen.

Innerhalb von einer Stunde hatte ich mit ihm abgerechnet. Ich hatte den Engländer, der mir die Akten, Walcher betreffend, aufgearbeitet hatte, gebeten mitzukommen. Wir hielten Walcher die Beweise unter die Nase, und ich behauptete noch zusätzlich (ein reiner Bluff, doch er nahm ihn mir anstandslos ab), daß ich den Caltanis gegenüber behaupten würde, alles, was ich über die Affäre Baumer wisse, stamme von ihm.

Der Engländer hatte mich informiert:

»Walcher ist ein Schwächling, dessen Nerven lang nicht so gut sind, wie er es sich angesichts seiner Betrügereien eigentlich wünschen müßte. Er wird sofort zusammenbrechen.«

Er war sofort zusammengebrochen. Am gleichen Abend noch, am 8. August, setzten ihn zwei Männer des Engländers in ein Flugzeug nach Buenos Aires und machten ihm deutlich, daß es in seinem eigenen Interesse läge, in den nächsten zehn, zwölf Jahren in Argentinien zu bleiben. Damit er sich eine neue Existenz aufbauen konnte, erlaubten wir ihm großzügigerweise, daß er die etwas mehr als vierzigtausend Dollar mitnehmen konnte, die sich ganz offiziell auf seinem Konto befanden. Vorher hatte er noch eine Überweisung ausgeschrieben, die zwei Millionen Dollar betreffend (der von den Caltanis bezahlte Judas-Lohn), die in Nassau schliefen. Ich hatte das Geld in Empfang genommen, allerdings nicht für mich.

Henry Chance. Ich hatte ihm selbst die eingetretenen Änderungen mitteilen wollen und war aus diesem Grund ein letztes Mal nach Atlantic City gefahren, direkt nach unserer Abrechnung mit Walcher. Henry Chance hörte mir zu, zeigte keine Reaktion und schien in Gedanken woanders zu sein. Doch an seinen Augen merkte ich, daß ich dabei war, einen Bekehrten bekehren zu wollen:

»Henry, Sie sind bereits auf dem laufenden, nicht wahr?«

»Ich wußte, daß Sie für die Caltanis eine Überraschung vorbereitet haben. Das Spiel ist jetzt aus, und Sie haben gewonnen. Doch das Spiel wird immer weitergehen. Mit anderen Spielern.«

»Sie werden sie nicht mehr sehen. Ich spreche von den Caltanis.«

»Sie ebenfalls nicht.«

»Mich ebenfalls nicht.«

Wir hielten uns in dem großen, niedrigen Überwachungsraum direkt über dem zentralen Spielsaal des *Weißen Elefanten* auf. Auf unzähligen Bildschirmen konnten wir das Geschehen im Kasino verfolgen. Es war gegen sieben Uhr abends, und die Menschen drängten sich fröhlich um die Spieltische.

»Henry, ich bin fast überzeugt, daß es sich bei denen, die den *Weißen Elefanten* gekauft haben, um die gleichen handelt, die auch das frühere Kasino der Caltanis übernommen haben.«

»Die beiden Kasinos werden wohl zusammengelegt werden.«

Gab es eigentlich etwas, das dieser ruhige und ausgeglichene und aufgrund seiner distanzierten Haltung kaum zugängliche Mann nicht wußte? Ich fügte noch hinzu:

»Die Leitung wird in jedem Fall Ihnen anvertraut werden.«

Ich hatte den Eindruck, als ob er mich nicht einmal gehört hatte. Er war dabei, ein Mädchen zu überwachen, das damit beschäftigt war, Spieler, die bei den Glücksspielautomaten ihr Glück versuchen wollten, mit Münzen zu versorgen. Plötzlich schnalzte er mit dem Finger und gab einem seiner Assistenten ein Zeichen: Das Mädchen sollte auf der Stelle entlassen werden. Erklärungen gab er keine. Ein Kasino-Manager gibt nie Erklärungen ab. Er herrscht und befiehlt. Dann wandte er sich für einen Augenblick mir zu:

»Franz, darf ich Ihnen einen Rat geben?«

Er hatte mich zum ersten Mal mit meinem Vornamen angeredet.

»Warum nicht?«

»Lassen Sie in Zukunft Ihre Finger von Kasinos. Diesmal kamen Sie noch mit einem blauen Auge davon, doch...«

»... doch um ein Haar wäre es schiefgegangen. Sie haben recht.«

»Sie werden im *Weißen Elefanten* immer willkommen sein.«

»Sie wissen, daß ich nie mehr nach Atlantic City kommen werde.«

Er nickte zustimmend mit dem Kopf und schien mich bereits vergessen zu haben, während er auf seine Bildschirme starrte und die Angestellten beobachtete: das letzte Bild von ihm, das sich in mein Gedächtnis eingrub, denn später sollte ich ihm nicht mehr begegnen.

Olliphan.

Ich fuhr in der gleichen Nacht noch nach New York zurück, und es war wohl gegen Mitternacht, als ich dem Portier des *Pierre* meinen Wagen anvertraute. Man hatte eine Botschaft für mich hinterlassen. Von Olliphan. Hier der Text:

»Ich muß Ihnen eine letzte wesentliche Mitteilung machen. Ich bitte Sie, sofort zu mir zu kommen, gleichgültig um welche Uhrzeit Sie wieder nach New York zurückkehren sollten.«

Ich zögerte und hätte den Brief beinahe in den Papierkorb geworfen. Doch dann siegte die Neugier, aber auch die Vorsicht. Ich weckte Marc und den Engländer, denn ich wollte nicht allein zu Olliphan.

Als wir in der Fünfundsechzigsten Straße West ankamen, löste sich die Menschenansammlung gerade wieder auf. Zwei Polizisten hielten die letzten Gaffer von dem großen Fleck auf dem Gehweg fern.

»Ein Unfall?«

»Zwei Tote, vom Dach gefallen; kein sehr erfreulicher Anblick.«

Nicht nur aufgrund des Sturzes, wie uns der mitteilungsfreudige Polizist erklärte, sondern vor allem aufgrund des

Vitriols, das die Körper zerfressen hatte. Nein, die Leichen waren noch nicht identifiziert.

Marc schlug vor, wir sollten unverzüglich umkehren, doch nichts auf der Welt hätte mich daran hindern können, in den vierundsechzigsten Stock zu fahren. Der gleiche bewaffnete Portier, der mir elf Monate zuvor Olliphans Privataufzug gezeigt hatte, war in dieser Nacht im Dienst. Er meinte, wir könnten ruhig hinauffahren, denn die Polizisten in Olliphans Wohnung würden uns auf keinen Fall hineinlassen, wenn wir dort nichts zu suchen hätten.

Eine ganze Polizeigarde erwartete uns. Ich zeigte Olliphans Mitteilung vor und wurde eingelassen; aussagen konnte ich nichts, denn ich wußte nichts. Wieder stießen wir auf einen freundlichen Beamten, der uns über den Stand der Ermittlungen in Kenntnis setzte:

»Keine Zeugen. Alle Angestellten waren heute entlassen worden, wenn wir dem portorikanischen Hausmeister glauben dürfen, den wir telephonisch erreichen konnten und der hoffentlich bald eintreffen wird. Keine Zeugen, dafür aber aussagekräftige Spuren: Er hat seine Frau mit Vitriol übergossen und sich dann selbst mit Vitriol bespritzt, vielleicht bewußt, vielleicht aus Ungeschicklichkeit. Anschließend dann eine Rutschpartie auf dieser verdammten geländerlosen Terrasse – und der Sturz in die Tiefe. Können Sie uns irgendwelche Hinweise geben?«

Keine. Wir fuhren wieder hinunter. Die Nacht war warm und feucht. Erst als wir fast im *Pierre* angekommen waren, bemerkte der Engländer:

»Das Vitriol hat mich auf einen Gedanken gebracht. Vielleicht kann ich etwas herausbekommen: In Rio, auf den Inseln gegenüber der Stadt, gibt es einen Arzt, dessen Spezialität es ist, Gesichter so zu verändern, daß sie nicht mehr erkannt werden können. Wenn Sie wollen, könnte einer meiner Männer oder ich mit dem nächsten Flugzeug hinfliegen und versuchen herauszubekommen, ob ein gewisser Olliphan sich mit dem Chirurgen in Verbindung gesetzt hat. Natürlich könnten wir unsere Nachforschungen auch nach Südafrika ausdehnen und einen gewissen Korber besuchen...«

Ich schaute kurz zu Marc, der offensichtlich von der Idee

nicht sehr angetan war, genau wie ich. So sagte ich zu dem Engländer:

»Nein, lassen Sie nur, die Geschichte des *Weißen Elefanten* ist jetzt abgeschlossen. Ich möchte nicht wissen, was aus Olliphan geworden ist. Trotzdem, vielen Dank...«

»Keine Ursache«, antwortete er phlegmatisch.

Und Caliban und Patty, Li und Liu und Miranda? Sie sind alle noch am Leben, wenn auch unter anderen Namen, aber das versteht sich ja von selbst. Caliban teilt seine Zeit auf zwischen Atlantic City (wo er eine außergewöhnliche Rennbahn gegründet hat, bei der nur Ponys, die von Zwergen geritten werden, zugelassen sind; selbstverständlich nimmt er Wetten auf Sieg und Platz an) und Kalifornien.

Und Heidi?

Jimmy Rosen hatte öfters nach Österreich fliegen müssen, bevor es ihm endlich gelang, eine Einigung mit den wirklich sturen Behörden in die Wege zu leiten. Ich selbst war viermal in Wien und Salzburg gewesen und hatte mit dem Sozialamt verhandelt, das äußerst mißtrauisch gewesen war. Ich hatte sogar die Reise eines österreichischen Beamten nach San Francisco finanzieren müssen, damit er sich mit eigenen Augen davon überzeugen konnte, daß weder Sarah noch ich vorhatten, die kleine Tirolerin der Prostitution auszuliefern. Mit heimlicher Freude stellte ich fest, daß Heidi ihren Landsmann ihre ›Spezialität‹ kosten ließ. Doch der Adoption stand nichts mehr im Wege, und vorausgreifend möchte ich meinen Lesern mitteilen, daß sie im Juni 1978 endgültig vollzogen wurde.

Doch hatte ich Gott sei Dank schon vorher die Erlaubnis bekommen, Heidi auf Reisen auch außerhalb der Vereinigten Staaten mitzunehmen; im September 1977 hatte ich Familie und Freunde in meiner Villa *La Capilla* in Saint-Tropez vereint.

»Darf ich mich ausziehen?« fragte Heidi.

»Was soll denn der Unsinn?«

»Hier laufen doch alle nackt herum.«

»Nicht alle. Ich bin nicht nackt, und Sarah auch nicht.«

»Bei dir ist das auch besser so«, spottete sie, »bei deiner Figur. Sarah trägt nicht einmal einen Büstenhalter.«

»Du ja auch nicht. Du hast ja aber auch noch nichts zu verstecken.«

»Wie komisch!«

Sie war sauer. Nicht lange. Li und Liu hatten es sich mit ihren Frauen am Rand des Schwimmbeckens gemütlich gemacht (ich hoffte nur, daß wenigstens sie ihre Männer auseinanderhalten konnten). Caliban und Patty hatten sich zu ihnen gesellt. Sarah war ins Haus gegangen, um zur Feier meines Geburtstages einen dieser gräßlichen irländischen Puddinge zu machen, bei deren Anblick allein mir das Blut schon stockt. Übrigens: Sarahs kulinarische Kenntnisse beschränkten sich auf eben diese Puddinge und auf Spiegeleier mit Schinken.

Marc-Andrea saß neben mir und imitierte mich; er malte mit einem Bleistift lange Zahlenreihen auf ein Blatt Papier, oder, genauer, er kritzelte das hin, was er für Zahlen hielt.

»Herr Cimballi?«

Ich schaute hoch in die vergißmeinnichtblauen Augen.

»Ja, Heidi?«

»Ich mag dich, Papa.«

Zum ersten Mal hatte sie mich mit Papa angeredet!

Dann zog sie ihre spitzen Schuhe an und ging auf die Jagd; als Jagdgrund diente ihr der Strand direkt vor der Villa. Ich rechnete weiter, obwohl ich mir fast sicher war, welche Endsumme herauskommen würde, denn die gleiche Rechnung hatte ich wohl schon an die hundert Mal angestellt. Ganz einfach: Wenn ich von den einhundertvierundsechzig Millionen Dollar, die ich von Hassan Fezzali bekommen würde, die Summe abzog, die ich Li und Liu schuldete, zuzüglich Zinsen natürlich, und die fünfundzwanzig Millionen für die Schwestern Moser und die Prozente für den Türken und Balthasar und natürlich Marc sowie das nicht gerade bescheidene Honorar des Engländers und die Kosten für Flint und sein Flugzeug sowie meine persönlichen Kosten seit dem 14. Juni des vergangenen Jahres...

Vom Strand her drang schmerzliches Geheul, gefolgt von Heidis klarer, lachender Stimme:

»Das ist meine Spezialität!«

Wenn ich all das von der Summe abzog, die ich von Fezzali bekam, dann stellte ich fest, daß ich einundneunzig Millionen einhundertdreiundzwanzigtausendundeinen Dollar besaß. Das war fast genau die Summe, die ich besessen hatte, als ich am 14. Juni von Montego Bay nach New York geflogen war und Philip Vandenbergh verkündet hatte, ich wolle ein Kasino kaufen.

Einen Gewinn hatte ich allerdings doch erzielt: einhundertsiebenundfünfzig Dollar und neunundzwanzig Cents hatte mir das Abenteuer mit dem *Weißen Elefanten* eingebracht; vor Abzug der Steuern.

Zweites, wütendes Gebrüll vom Strand her. Heidi lachte wieder schallend. Ich legte meinen Bleistift beiseite und nahm auch Marc-Andrea seinen aus der Hand.

»Mein lieber Kollege, was meinst du, sollten wir unsere Berechnungen nicht lieber sein lassen und machen, daß wir hier so schnell wie möglich verduften, bevor der irische Pudding aufgetragen wird?

Er stimmte mir lebhaft zu; ich hatte ihn im Verdacht, daß ihn der Gedanke an irischen Geburtstagspudding ebenso entsetzte wie mich. So hoben wir die Sitzung auf. Ich nahm ihn an die Hand und ging mit ihm durch den Garten zum Strand, auf dem drei stattliche Männer, von denen einer an Yves Mourousi, der andere an Gunther Sachs und der dritte an Johnny Haliday erinnerten, auf einem Fuß herumtanzten und sich das linke Schienbein massierten.

Ich nahm Heidi an die andere Hand, und wir liefen ins Wasser, das heißt bis zu der Stelle, an der das Meer den Sand berührte, und waren höchst zufrieden.

Dann ließen sie mich los. Heidi tanzte auf dem nassen Sand herum; ihre goldenen Haare flogen in der Sonne, und mein Sohn ließ sich natürlich nicht zweimal auffordern, sondern lachte und tanzte mit, daß es nur so eine Pracht war. Ich war um den ganzen Erdball auf der Suche nach dem gejagt, was sich da vor meinen Augen befand und das ich in keiner Währung dieser Welt bezahlen konnte: Als ich die kleinen gebräunten Körper anschaute, das helle, strahlende Lachen hörte und die Haare in der Sonne fliegen sah, da wußte ich, wo sich MEIN REICHTUM wirklich befand.

Der wahre. Der einzige. Heidis und Marc-Andreas Lachen versöhnten mich mit allem.

Saint-Tropez–New York–Las Vegas–Atlantic City
Juli 1981–Januar 1982

STEPHEN KINGS HORROR-THRILLER!

„Horror vom Feinsten" urteilt der „Stern" über Stephen King

Großformatiges Paperback
406 Seiten
Deutsche Erstausgabe
01/7500 - DM 19,80

Sie schien eine ganz normale Krankenschwester zu sein, bis sich eines Tages herausstellte, daß sie ihren Lieblingsautor Paul Sheldon entführt und drogenabhängig gemacht hat . . .

WILHELM HEYNE VERLAG MÜNCHEN